Né en 1942 à Chicago, Michael Crichton poursuit des études de médecine à l'université de Harvard, d'où il sort diplômé en 1969. Sous différents pseudonymes, il écrit des romans pour financer ses études. Son premier best-seller, *Extrême urgence* (1968), remarqué par Stephen King, est encensé par la critique, et reçoit en 1969 le prix Edgar du meilleur roman policier. La même année, il publie *La variété Andromède*, qui connaît un succès immédiat et dont les droits d'adaptation sont achetés à Hollywood. Dès lors il ne cesse d'accumuler les succès en tant que romancier, et publie une série de best-sellers, dont *Sphère* (1987), *Jurassic Park* (1990), *Soleil levant* (1992), *Harcèlement* (1993), *Turbulences* (1996), *Prisonniers du temps* (2000). Dans son récit autobiographique *Voyages* (2000), Michael Crichton nous livre les multiples péripéties d'une vie d'aventures. Son dernier thriller, *La proie* (2003), nous fait pénétrer dans le monde des nanotechnologies, celui de l'infiniment petit.

D'une grande exactitude dans la reconstitution des univers professionnels où se déroulent les intrigues, ses thrillers poussent jusqu'aux limites de l'imaginaire les progrès d'une science devenue le véhicule des hantises et du subconscient collectif.

LA PROIE

MICHAEL CRICHTON

LA PROIE

*Traduit de l'américain
par Patrick Berthon*

ROBERT LAFFONT

Titre original :
PREY

© Michael Crichton, 2002
Edition originale HarperCollins Publishers, New York
© 2003, Editions Robert Laffont

ISBN : 2-266-14117-1

D'ici cinquante à cent ans, nous verrons probablement apparaître une nouvelle classe d'organismes. Ces organismes seront artificiels dans le sens où ils auront été conçus par l'homme. Mais ils auront la capacité de se reproduire et ils « évolueront » vers autre chose que leur forme originelle ; ils seront « vivants » dans les différentes acceptions de ce terme… Le rythme sera extrêmement rapide… Les conséquences pour l'humanité et la biosphère pourraient être énormes, plus importantes encore que la révolution industrielle, l'arme nucléaire ou la pollution de l'environnement. Nous devons d'ores et déjà prendre des mesures pour préparer les conditions de l'apparition d'organismes artificiels…

J. Doyne farmer et Alletta Belin, 1992

Nombreux sont ceux, moi y compris, que les conséquences prévisibles de cette technologie emplissent d'un profond malaise.

K. Eric drexler, 1992

L'évolution artificielle au XXIe siècle

L'idée selon laquelle le monde qui nous entoure évolue continuellement est une platitude ; nous en percevons rarement toutes les implications. Nous ne concevons pas ordinairement qu'une maladie épidémique change de caractère en même temps qu'elle se propage. Pas plus qu'il ne nous vient à l'esprit que l'évolution de certaines plantes et de certains animaux se compte en semaines, voire en jours. Et nous n'imaginons pas que le règne végétal est la scène permanente de guerres chimiques sophistiquées : des plantes produisent des pesticides en réponse à des agressions et des insectes développent une résistance. C'est pourtant ce qui se produit.

Pour comprendre la vraie nature de la nature — pour saisir la véritable signification de l'évolution —, il nous faudrait imaginer un monde dans lequel chaque plante, chaque insecte, chaque espèce animale est en perpétuel changement, en réaction à des situations nouvelles provoquées par les autres plantes, insectes et animaux. Des populations entières d'êtres vivants croissent et décroissent en se modifiant. Ces changements impétueux et permanents, aussi inexorables et irrésistibles que les vagues ou les marées, supposent que toutes les actions humaines ont nécessairement des effets aléatoires. Le système global que nous appelons la biosphère est si compliqué qu'il nous est impossible de connaître à l'avance les conséquences de ce que nous faisons.

Voilà pourquoi toutes les actions humaines, même les plus louables, ont eu une issue indésirable, soit parce que nous n'avions pas tout compris, soit parce que le monde en perpétuel changement a eu des réactions imprévues. De ce point de vue, l'histoire de la protection de l'environnement est aussi décourageante que celle des pollutions. Ceux qui avancent que la politique industrielle de déforestation est plus dommageable que la politique écologique de défrichement par le feu oublient que l'une et l'autre ont été mises en œuvre avec la même conviction et les mêmes conséquences irréversibles sur la forêt vierge. Nous avons là deux exemples patents de l'anthropocentrisme caractéristique de l'action de l'homme sur l'environnement.

L'imprévisibilité des réactions de la biosphère ne doit pas conduire à l'inaction. Mais elle engage à considérer avec circonspection ce en quoi nous croyons et ce que nous faisons. Notre espèce a malheureusement fait la preuve dans son histoire d'une imprudence remarquable ; il est difficile d'imaginer que nous nous comporterons différemment dans l'avenir.

Nous croyons savoir ce que nous faisons ; nous l'avons toujours cru. Il semble que nous soyons incapables de reconnaître que nous avons commis des erreurs dans le passé et que nous risquons d'en commettre dans l'avenir. Chaque génération barre d'un trait les erreurs de ses pères en les imputant au jugement erroné d'esprits mal avisés, puis s'engage à son tour, avec assurance, dans de nouvelles erreurs.

Nous sommes sur notre planète l'une des trois seules espèces pouvant se targuer de posséder une conscience de soi, mais notre trait dominant est peut-être l'aveuglement.

A un moment ou à un autre, dans le courant du XXIᵉ siècle, la rencontre entre notre imprudence aveugle et notre puissance technologique toujours croissante déclenchera une véritable déflagration. Un domaine particulièrement propice à cette rencontre se trouve à la jonction des nanotechnologies, de la biotechnologie et de l'informatique. Trois domaines qui ont en commun les moyens de libérer dans l'environnement des entités capables de se reproduire.

Nous vivons depuis plusieurs années avec les premières de ces entités, les virus informatiques. Et nous commençons à avoir une expérience concrète des problèmes engendrés par la biotechnologie. Le rapport récent selon lequel, au Mexique, des semences de maïs subissent des modifications génétiques — malgré la législation et les contrôles — n'est que le premier pas du long et difficile parcours qui nous attend avant d'arriver à la maîtrise de nos technologies. Parallèlement, les croyances bien enracinées sur l'absence de risques dans le domaine de la biotechnologie — une opinion défendue par la grande majorité des biologistes depuis les années 1970 — sont aujourd'hui remises en question. La création involontaire d'un virus extrêmement destructeur par des chercheurs australiens en 2001 a poussé bien des spécialistes à repenser la question. A l'évidence, nous ne considérerons pas dans l'avenir cette technologie avec l'insouciance du passé.

Les nanotechnologies sont les dernières-nées et, d'une certaine manière, les plus radicales. Elles s'intéressent à la construction de machines d'une taille infiniment petite, de l'ordre de cent nanomètres, soit cent milliardièmes de mètre, et donc environ mille fois plus petite que le diamètre d'un cheveu. Au dire des experts, ces nanomachines fourniront aussi bien des composants électroniques miniaturisés que de nouveaux traitements contre le cancer ou de nouvelles armes de guerre.

Le concept de nanotechnologie remonte à 1959. On le trouve dans une communication de Richard Feynman intitulée : « Il y a de la place en bas »[1]. Quatre décennies plus tard, la spécialité en est toujours à ses débuts malgré un incessant battage médiatique. Cependant, des progrès sensibles ont été réalisés et les investissements sont en augmentation considérable. Des entreprises telles que IBM, Fujitsu ou Intel consacrent des budgets énormes à la recherche. Ces deux dernières années, le gouvernement des Etats-Unis a investi un milliard de dollars dans les nanotechnologies.

Des produits issus de ces recherches arrivent déjà sur le marché : crèmes solaires, tissus antitaches, matériaux composites pour les voitures. D'autres seront bientôt commercialisés : ordinateurs et dispositifs de stockage de très petite taille.

Certains des « produits miracles » si longtemps attendus commencent à faire leur apparition. En 2002, une société a mis en vente un verre autonettoyant, une autre un pansement composé de nanocristaux, possédant des propriétés antibiotiques et anti-inflammatoires.

Les nanotechnologies s'intéressent principalement aujourd'hui à la composition des matériaux, mais leurs applications potentielles vont bien au-delà. Depuis plusieurs décennies, on s'interroge sur la création de machines capables de s'autofabriquer ; dès 1980, une publication de la NASA passait en revue différentes

1. Richard P. Feynman, « There's Plenty of Room at the Bottom », *Eng and Sci*, 23 (1960), p. 22.

méthodes pour y parvenir. Il y a dix ans, deux scientifiques de renom ont abordé sérieusement la question :

D'ici cinquante à cent ans, nous verrons probablement apparaître une nouvelle classe d'organismes. Ces organismes seront artificiels dans le sens où ils auront été conçus par l'homme. Mais ils auront la capacité de se reproduire et ils « évolueront » vers autre chose que leur forme originelle ; ils seront « vivants » dans les différentes acceptions de ce terme... Le rythme de l'évolution sera extrêmement rapide... Les conséquences pour l'humanité et la biosphère pourraient être énormes, plus importantes encore que la révolution industrielle, l'arme nucléaire ou la pollution de l'environnement. Nous devons d'ores et déjà prendre des mesures pour préparer les conditions de l'apparition d'organismes artificiels[1]...

K. Eric Drexler, le chantre des nanotechnologies, exprimait des inquiétudes de même nature :

Nombreux sont ceux, moi y compris, que les conséquences prévisibles de cette technologie emplissent d'un profond malaise. Il y aurait tant de choses à changer que le risque est grand que la société, faute de préparation, ne sache pas s'y prendre[2].

1. Farmer, J. Doyne, et Alletta d'A. Belin, « Artificial Life : The Coming Evolution », dans *Artificial Life II*, édité par C.G. Langton, C. Taylor, J.D. Farmer et S. Rasmussen, Santa Fe, Institute Studies in the Sciences of Complexity, Proc. Vol. X, Redwood City, Calif., Addison-Wexley, 1992, p. 815.
2. K. Eric Drexler, « Introduction to Nanotechnology », dans *Prospects in Nanotechnology : Toward Molecular Manufacturing (proceedings of the First General Conference on Nanotechnology : Development, Applications and Opportunities)*, édité par Markus Kumnenacker et James Lewis, New York, Wiley and sons, 1995, p. 21.

D'après les prévisions les plus optimistes (ou les plus alarmistes selon le point de vue), ces organismes ne verront pas le jour avant plusieurs dizaines d'années. Nous sommes en droit d'espérer que, lorsqu'ils feront leur apparition, nous aurons mis en œuvre des moyens de contrôle internationaux sur les créations technologiques capables de se reproduire. Nous pouvons aussi espérer que ces contrôles seront appliqués avec rigueur ; nous avons déjà appris à traiter les fabricants de virus informatiques avec une sévérité inconcevable il y a vingt ans. Nous envoyons les pirates informatiques derrière les barreaux. Les spécialistes dévoyés de la biotechnologie seront bientôt logés à la même enseigne.

Mais il est évidemment possible qu'il n'y ait pas de moyens de contrôle. Ou que quelqu'un parvienne à créer bien plus tôt qu'on ne l'imagine des organismes artificiels capables de se reproduire. Si cela doit arriver, il est difficile d'en prévoir les conséquences. C'est le sujet de ce roman.

MICHAEL CRICHTON
Los Angeles, 2002

PROIES

Il est minuit. La maison est plongée dans l'obscurité. Je ne sais pas comment tout cela va finir. Les enfants sont affreusement malades : ils n'arrêtent pas de vomir. J'entends les haut-le-cœur de mon fils et de ma fille, chacun dans une salle de bains. Je suis allé il y a quelques minutes voir ce qu'ils régurgitaient. Je m'inquiète pour la petite ; j'ai été obligé de la rendre malade, elle aussi : c'était le seul espoir.

Je crois que je ne suis pas atteint, du moins pour le moment. Mais j'aurai de la chance si je m'en sors : la plupart de ceux qui ont joué un rôle dans cette histoire sont déjà morts. Et comment être certain de quoi que ce soit ?

L'installation est détruite, mais peut-être était-il déjà trop tard.

J'attends Mae. Elle est partie au labo, à Palo Alto, il y a douze heures ; j'espère qu'elle a réussi. Qu'elle est parvenue à leur faire prendre conscience de la gravité de la situation. J'attendais des nouvelles : rien jusqu'à présent.

J'ai des tintements d'oreilles, ce qui est mauvais signe. Et je sens une vibration dans ma poitrine et mon abdomen. Le bébé ne vomit que des glaires. La tête me tourne ; j'espère que je ne vais pas perdre connaissance. Les enfants ont besoin de moi, surtout la petite. Ils ont peur ; quoi de plus naturel ?

Moi aussi, j'ai peur.

Comment croire qu'il y a une semaine ma préoccupation majeure était de trouver du travail ? Cela paraît si dérisoire aujourd'hui.

Les choses, il est vrai, ne se passent jamais comme on l'imagine.

FAMILLE

Premier jour

10 h 04

Les choses ne se passent jamais comme on l'imagine.

Je n'ai jamais voulu devenir un homme au foyer. Un nouveau père. Un papa à plein temps. Appelons cela comme on veut, il n'y a pas d'expression qui convienne. Tel était pourtant mon lot depuis six mois.

J'étais allé acheter des verres chez Crate and Barrel, une boutique du centre de San Jose ; j'ai remarqué qu'il y avait un grand choix de sets de table. Il nous en fallait de nouveaux. Les sets de table ovales tressés que Julia avait achetés l'année précédente commençaient à perdre leur fraîcheur et des fragments d'aliments pour bébés s'étaient incrustés entre les tresses. Et comme ils étaient tressés, on ne pouvait pas les laver. Je me suis donc arrêté devant le rayon ; j'en ai vu des bleu pâle qui me plaisaient et j'ai pris des serviettes blanches. Puis mon regard a été attiré par des jaunes, d'une couleur éclatante, très plaisante. Je les ai pris aussi. Comme il n'y en avait pas assez en rayon et que je pensais qu'il était préférable d'en avoir six, j'ai demandé à la vendeuse d'aller voir dans la réserve s'ils en avaient d'autres. J'ai profité de son absence pour poser sur la table un des napperons et une assiette blanche, puis une serviette jaune sur le côté. L'ensemble paraissait très gai ; je commençais à me dire que je ferais peut-être mieux d'en prendre huit plutôt que six quand mon portable a sonné. C'était Julia.

— Bonjour, chéri.

— Bonjour, Julia. Tout va bien ?

Je percevais un bruit de fond, un ronflement régulier. Probablement la pompe à vide pour le microscope électronique. Il y avait plusieurs microscopes électroniques à balayage dans son labo.

— Qu'est-ce que tu es en train de faire ?

— J'achète des sets de table, pour ne rien te cacher.

— Où ?

— Chez Crate and Barrel.

— Tu es le seul homme dans la boutique ? demanda-t-elle en riant.

— Non...

— Tant mieux, tant mieux.

Je savais que Julia se désintéressait de la conversation ; elle avait l'esprit ailleurs.

— Ecoute, Jack, il faut que je te dise... Je suis vraiment désolée, mais je vais encore rentrer tard ce soir.

— Bon, bon...

La vendeuse est revenue avec des sets de table jaunes. Le téléphone collé à l'oreille, je lui ai fait signe d'approcher. J'ai levé trois doigts ; elle a posé trois napperons.

— Tout va bien ? demandai-je à Julia.

— Oui, c'est la folie habituelle. Nous envoyons une démo par satellite à des capital-risqueurs asiatiques et européens, mais nous avons des problèmes de relais, à cause du camion vidéo qui... Je ne vois pas pourquoi je te raconte tout ça. En tout cas, nous allons avoir deux heures de retard, peut-être plus. Je ne serai pas à la maison avant 20 heures. Pourras-tu faire manger les enfants et les mettre au lit ?

— Pas de problème.

J'en avais pris l'habitude. Julia, ces derniers temps, travaillait très tard. Le plus souvent, les enfants dormaient déjà quand elle rentrait. Xymos Technology, la société pour laquelle elle travaillait, essayait de trouver de nouveaux investisseurs pour financer son développement — à hauteur de vingt millions de dollars — et la pression était forte. D'autant plus que Xymos se consacrait à ce que les ingénieurs de la société nommaient « fabrication moléculaire » mais que l'on appelle communément les nanotechnologies. Un domaine qui n'avait pas la faveur des banquiers ; trop de capital-risqueurs avaient laissé des plumes ces dix dernières années dans le financement de produits prétendument en phase de réalisation mais qui n'étaient jamais sortis des laboratoires. Pour eux, les nanotechnologies restaient au stade des promesses.

Julia n'avait pas besoin qu'on le lui rappelle ; elle avait travaillé pour deux sociétés d'investissement. Psychologue pour enfants de formation, elle était devenue une spécialiste de l'« incubation de technologie », une activité consistant à aider des sociétés technologiques de création récente à prendre leur essor. Elle disait, en manière de plaisanterie, qu'elle faisait encore de la psychologie pour enfants. Julia avait cessé de conseiller ces sociétés pour accepter un poste à plein temps dans l'une d'elles. Elle était aujourd'hui une vice-présidente de Xymos.

D'après Julia, la société avait réalisé des percées significatives et pris une bonne avance sur la concurrence. Elle allait jusqu'à affirmer que la réalisation d'un prototype commercial n'était plus qu'une question de jours. Mais je ne prenais pas tout ce qu'elle disait au pied de la lettre.

— Il y a autre chose, Jack, reprit-elle d'une voix chargée de culpabilité. Eric ne va pas être content.

— Pourquoi ?

— Euh… J'avais dit que j'irais le voir jouer.

— Pourquoi as-tu dit ça, Julia ? Nous avons déjà parlé de ces promesses en l'air. Comment aurais-tu fait pour assister à un match qui commence à 3 heures ?

— Je croyais pouvoir me libérer.

J'ai poussé un gros soupir en me disant que c'était une marque d'affection de la part de Julia.

— Bon, ne t'en fais pas, chérie. Je vais arranger ça.

— Merci. Ah ! au fait, Jack ! Pour les sets de table, tu choisis ce que tu veux, mais pas de jaune, d'accord ?

Sur ce, elle a coupé la communication.

J'ai fait des spaghettis pour le dîner. Tout le monde aimait cela ; je savais que je n'aurais pas à hausser le ton. A 8 heures, les deux petits dormaient et Nicole terminait ses devoirs. Elle devait être au lit à 10 heures mais ne voulait pas que ses copines le sachent. Elle avait douze ans.

La plus petite, Amanda, n'avait que neuf mois. Elle commençait à ramper partout, arrivait même à se tenir debout en s'agrippant à ce qu'elle trouvait. Eric, lui, avait huit ans. Passionné de football, il passait son temps à jouer au ballon quand il ne se déguisait pas en chevalier pour poursuivre sa grande sœur d'un bout à l'autre de la maison en brandissant une épée en plastique.

Nicole abordait une phase pudique. Le grand plaisir d'Eric était de chiper le soutien-gorge de sa sœur et de courir d'une pièce à l'autre en criant à tue-tête : « Nicky porte un soutif ! Nicky porte un soutif ! » Nicole se drapait dans sa dignité. « Papa ! Il recommence ! Dis-lui d'arrêter ! » Il fallait que j'attrape Eric et que je lui interdise de toucher aux affaires de sa sœur.

Voilà ce qu'était devenue ma vie. Au début, après avoir perdu mon boulot chez MediaTronics, je trouvais intéressant de gérer les rivalités entre frère et sœur ; souvent, en fait, elles n'étaient guère différentes de ce que j'avais connu dans le cadre de mon travail.

Chez MediaTronics, je dirigeais une équipe de jeunes programmeurs de talent. A quarante ans, j'étais trop vieux pour écrire moi-même des programmes ; écrire des codes est un travail pour les jeunes. Je dirigeais donc une équipe, ce qui était un travail à plein temps. Comme la plupart des programmeurs de Silicon Valley, les membres de mon équipe semblaient vivre un drame permanent fait d'accidents de Porsche, d'infidélités, de liaisons bancales, de tracas familiaux et d'abus de stupéfiants, le tout s'ajoutant aux nuits de boulot assaisonnées de Sun Chips et de Coca light.

Mais nous avions un travail excitant dans un domaine de pointe. Nous écrivions des programmes de traitement distribué parallèle. Ces programmes s'inspirent de processus biologiques : ils créent des agents virtuels dans l'ordinateur et les laissent agir les uns sur les autres pour résoudre des problèmes du monde réel. Aussi bizarre que cela paraisse, cela marche. Un de nos programmes, par exemple, prenait modèle sur le comportement des fourmis — comment les fourmis trouvent le chemin le plus court vers leur nourriture — pour acheminer les appels dans un important réseau téléphonique. D'autres programmes reproduisent le comportement des termites, des abeilles quand elles essaiment ou des lions qui traquent une proie.

C'était amusant et j'y serais certainement encore si je n'avais accepté des responsabilités supplémentaires. J'avais été nommé chef de la sécurité en remplacement d'un consultant qui, après avoir occupé le poste deux ans, n'avait pas été capable de découvrir le vol d'un code source de la société que l'on avait retrouvé dans un programme commercialisé à partir de Taiwan. C'était le code source de mon service — un logiciel de traitement distribué.

Nous savions qu'il s'agissait de ce code car on n'avait pas touché aux « œufs de Pâques ». Pour le plaisir, sans utilité pratique, les programmeurs insèrent toujours dans leurs codes de petites surprises appelées « œufs de Pâques ». La société taïwanaise n'avait rien changé : notre code était utilisé tel quel. Les touches Alt-Maj-M-9 ouvraient une fenêtre donnant la date du mariage d'un de nos programmeurs. Le vol était manifeste.

Nous avons porté plainte, naturellement, mais Don Gross, le patron de MediaTronics, voulait être sûr que cela ne se reproduirait pas. Il m'a donc confié la charge de la sécurité ; outré par le vol, j'ai accepté. Cette activité n'occupait qu'une partie de mon temps et je continuais à diriger mon service. La première mesure que j'ai prise a consisté à mettre sous surveillance les stations de travail de la boîte. Une pratique courante : aujourd'hui, dans quatre-vingts pour cent des sociétés, on surveille ce que font les employés sur leurs terminaux. Surveillance vidéo, enregistrement des touches utilisées, recherches dans les messages électroniques de certains mots clés... Les moyens ne manquent pas.

Don Gross était un dur de dur, un ex-marine qui ne s'était jamais débarrassé des manières de l'armée. Quand je lui avais parlé du nouveau système de surveillance, il m'avait demandé de ne pas toucher à son terminal personnel. Je l'en avais assuré ; en réalité, j'avais mis sous contrôle tous les ordinateurs de la société, y compris le sien. C'est ainsi que j'ai découvert, quinze jours plus tard, que Don avait une liaison avec Jean, une fille de la comptabilité, à qui il permettait d'utiliser une voiture de la société. J'ai donc annoncé au patron que des e-mails reçus par Jean semblaient indiquer qu'elle avait un amant, dont j'ignorais l'identité, et qu'elle bénéficiait d'avantages auxquels elle n'avait pas droit. J'ai bien précisé que je ne connaissais pas le nom de cet homme mais que, s'ils continuaient à échanger des e-mails, je ne tarderais pas à le découvrir.

Je m'étais dit que Don comprendrait. Mais il s'est mis à envoyer des e-mails compromettants depuis son domicile, sans se douter que tout passait par le serveur de la société et que rien ne m'échappait. Voilà comment j'ai appris qu'il faisait des « remises » à des distributeurs étrangers et qu'il faisait virer de confortables honoraires de « consultant » sur un compte, aux îles Caïmans. Devant ces pratiques manifestement illégales, je ne pouvais fermer les yeux. J'en ai fait part à Gary Marder, mon avocat, qui m'a conseillé de démissionner.

— Démissionner ?

— Oui. Absolument.

— Pourquoi ?

— Peu importe la raison. On t'a fait une proposition mirobolante. Tu as des problèmes de santé ou des questions de famille à régler. Ton couple bat de l'aile. Tu laisses tomber. Choisis le prétexte que tu veux, mais démissionne.

— Attends un peu, protestai-je. Tu estimes que je dois partir alors que c'est lui qui commet des illégalités ? Voilà le conseil de mon avocat ?

— Non, précisa Gary. L'avocat dit que si tu as eu connaissance d'actes illégaux, ton devoir est de faire un rapport, mais l'ami te conseille de la boucler et de partir vite fait.

— Ce serait de la lâcheté. Je pense que je dois en informer les investisseurs.

Gary a posé la main sur mon épaule en soupirant.

— Jack, les investisseurs sont assez grands pour se débrouiller tout seuls. Tire-toi de cette boîte !

Je ne trouvais pas cela juste. Le vol de mon code m'avait irrité, mais je me demandais maintenant s'il s'agissait vraiment d'un vol. Peut-être le code avait-il été vendu. MediaTronics était une société privée : j'ai fait part de mes soupçons à l'un des administrateurs.

Pas de chance, il était dans le coup. Le lendemain, j'étais viré pour négligence et faute professionnelle grave. Comme on me menaçait de poursuites judiciaires, j'ai dû signer une flopée d'engagement de non-divulgation pour toucher mon indemnité de licenciement. Chaque document arrachait un soupir à mon avocat.

Quand tout fut réglé, nous avons fait quelques pas dehors, sous un soleil voilé.

— Voilà, déclarai-je en me tournant vers lui. Au moins, c'est terminé.

— Pourquoi dis-tu ça ? répliqua-t-il en me lançant un regard étonné.

Evidemment, ce n'était pas terminé. J'avais un haut niveau de qualification et je travaillais dans un domaine de pointe, mais, sans que je m'explique comment, j'étais devenu un homme marqué. Je voyais bien que je n'intéressais pas les recruteurs ; pis encore, je les sentais mal à l'aise. La Silicon Valley couvre une grande superficie mais c'est un petit univers où les nouvelles circulent vite. J'ai passé un entretien avec Ted Landow, que je connaissais un peu ; l'année d'avant, j'avais entraîné son fils qui jouait dans une équipe de base-ball junior.

— Qu'est-ce qu'on raconte sur moi ? demandai-je à la fin de l'entretien.

— Rien, Jack, affirma-t-il en secouant la tête.

— J'ai passé dix entretiens en dix jours, Ted. Parlez-moi franchement.

— Il n'y a rien à dire.

— Ted !

Il s'était mis à fourrager dans ses papiers, la tête baissée, évitant mon regard.

— Jack Forman, commença-t-il en soupirant. Un

élément perturbateur, emporté, agressif. N'a pas l'esprit d'équipe. Il se murmure aussi, poursuivit-il après un moment d'hésitation, que vous auriez été mêlé à un trafic. On ne sait pas très bien de quoi il s'agit ; une affaire louche qui vous aurait permis de palper…

— Moi ? m'écriai-je.

J'ai eu une flambée de colère, prêt à dire ce que j'avais sur le cœur, mais je n'ai pas voulu paraître emporté, agressif. J'ai réussi à me contenir ; je l'ai remercié de sa franchise.

— Jack ! lança-t-il au moment où je sortais. Dans votre intérêt, laissez les choses se tasser. Tout change très vite ici. Vous avez un beau CV et des compétences exceptionnelles. Attendez, disons…

Il a fait une moue hésitante.

— Deux mois ?

— Plutôt quatre ou cinq.

Je sentais au fond de moi qu'il avait raison. Après cet entretien, je n'ai plus mis autant d'acharnement à trouver un nouvel emploi. Selon certaines rumeurs, MediaTronics était en train de couler et des mises en examen pourraient avoir lieu. Je flairais les ennuis. Mais je ne pouvais rien faire d'autre qu'attendre.

L'impression bizarre que cela me faisait de ne pas aller au bureau le matin s'estompait lentement. Julia était de plus en plus prise par son travail et les enfants m'accaparaient. Comme je devenais un père au foyer, ils se tournaient vers moi et non plus vers Maria, la femme de ménage. J'avais commencé à les conduire à l'école et à aller les chercher, à les emmener chez le médecin ou l'orthodontiste et à l'entraînement de football. Mes premiers repas avaient été un désastre, mais j'avais fait des progrès.

Voilà comment, de fil en aiguille, je me retrouvais en train d'acheter des sets de table chez Crate and Barrel. Et cela me semblait parfaitement normal.

Julia est rentrée vers 21 h 30. Je regardais les Giants de San Francisco à la télévision, sans vraiment suivre le match. Elle est entrée dans le séjour, a posé un baiser sur ma nuque.

— Tout le monde dort ?

— Sauf Nicole. Elle n'a pas terminé ses devoirs.

— Hein ? Tu ne crois pas qu'elle devrait être au lit à l'heure qu'il est ?

— Non, ma chérie. Nous étions d'accord pour qu'elle se couche à 10 heures cette année. Tu as oublié ?

Julia a haussé les épaules, comme si elle avait vraiment oublié. Il s'était produit entre nous une sorte d'inversion des rôles. Elle avait toujours suivi les enfants de près ; maintenant, c'était moi. Parfois, elle le vivait mal, comme si cela représentait pour elle une perte de pouvoir.

— Comment va la petite ?

— Son rhume se termine, mais elle a encore le nez bouché. Elle mange mieux.

J'ai suivi Julia dans les chambres. Elle a commencé par celle d'Amanda, s'est penchée sur le berceau pour embrasser tendrement le bébé endormi. En la regardant, je me suis dit qu'il y avait dans l'affection d'une mère quelque chose qu'un père ne pouvait égaler. Julia avait établi avec les enfants des rapports que je n'aurais jamais. Des rapports d'un type différent. Elle a écouté la respiration paisible du bébé et s'est redressée.

— Oui, elle va mieux.

Julia est ensuite entrée dans la chambre d'Eric ; elle a ramassé la Game Boy qui traînait sur le lit en me lançant un regard réprobateur. J'ai haussé les épaules avec une pointe d'irritation. Je savais qu'Eric jouait avec sa console à des heures où il était censé s'endormir, mais j'étais en train de coucher le bébé et j'avais fermé les yeux. Julia aurait dû être plus compréhensive.

Elle a fini par la chambre de Nicole, qui a fermé le

couvercle de son ordinateur portable en entendant sa mère.

— 'soir, maman.

— Tu devrais être couchée.

— Non, maman…

— Tu es censée faire tes devoirs.

— Je les ai faits.

— Alors, pourquoi n'es-tu pas au lit ?

— Parce que…

— Je ne veux pas que tu passes la nuit à échanger des e-mails avec tes amies.

— Maman…, protesta Nicole d'un ton outragé.

— Tu les vois tous les jours à l'école, cela devrait te suffire.

— Maman…

— Ne regarde pas ton père. Nous savons toutes deux qu'il te laisse faire ce que tu veux. C'est à moi que tu parles !

— Je sais, maman.

Les affrontements de ce genre entre Nicole et Julia devenaient de plus en plus fréquents. J'imagine que c'était normal à l'âge de ma fille, mais je me suis dit qu'il valait mieux intervenir. Quand Julia était fatiguée, elle avait tendance à se braquer, à devenir autoritaire.

— Il est tard pour tout le monde, glissai-je en la prenant par les épaules. Tu veux une tasse de thé ?

— Ne te mêle pas de ça, Jack !

— Mais non, je veux juste…

— Je parle à Nicole. Ne te mêle pas de notre conversation, comme toujours !

— Nous étions d'accord pour qu'elle se couche à 10 heures. Je ne comprends pas ce que…

— Si elle a fini ses devoirs, elle devrait être couchée.

— Ce n'est pas ce qui a été convenu.

— Je ne veux pas qu'elle reste nuit et jour devant son ordinateur.

31

— Mais non, Julia !

Nicole a éclaté en sanglots ; elle s'est dressée en repoussant violemment sa chaise.

— Tu passes ton temps à me critiquer ! s'écria-t-elle d'une voix étranglée. Je te déteste !

Elle s'est précipitée dans la salle de bains ; la porte a claqué. Le bruit a réveillé le bébé qui s'est mis à pleurer.

— Voudrais-tu me laisser régler cette affaire toute seule, Jack ? lança Julia.

— Tu as raison, fis-je d'un ton conciliant. Excuse-moi… Tu as raison.

La franchise m'oblige à dire que je n'en pensais pas un mot. Plus le temps passait, plus je considérais la maison comme *ma* maison et les enfants comme *mes* enfants. Elle débarquait chez *moi* bien après le dîner, alors que tout était calme, comme j'aimais que soient les choses, comme elles devaient être. Et elle faisait des histoires.

Je ne pensais pas du tout qu'elle avait raison. Bien au contraire.

J'avais remarqué, ces dernières semaines, que les incidents de ce genre se multipliaient. Après avoir cru, au début, que Julia se sentait coupable d'être si souvent absente, je m'étais dit qu'elle cherchait à affirmer son autorité, qu'elle essayait de reprendre le contrôle d'un foyer tombé entre mes mains. Ensuite, j'avais pensé que son comportement était dû à la fatigue ou à la tension nerveuse causée par son travail.

Mais je trouvais quand même un peu trop souvent des excuses à son comportement ; j'avais beau m'en défendre, Julia n'était plus la même. Elle était devenue plus nerveuse, plus dure.

La petite continuait de brailler. Je l'ai sortie de son lit pour la serrer contre moi et murmurer des paroles apaisantes à son oreille tout en glissant un doigt à l'arrière de la couche pour voir si elle était mouillée : elle l'était, évidemment. Quand je l'ai allongée sur la table à langer, elle s'est mise à hurler de plus belle. Il a fallu que j'agite son hochet préféré et que je lui mette dans la main pour qu'elle se taise. Elle m'a laissé la changer sans donner trop de coups de pied.

— Je vais le faire, dit Julia en entrant dans la chambre.

— Ça va.

— Je l'ai réveillée, il est normal que je le fasse.

— Je t'assure, chérie, ça ne me dérange pas.

Julia a posé la main sur mon épaule et m'a embrassé sur la nuque.

— Je suis vraiment au-dessous de tout, reprit-elle. C'est la fatigue : je ne sais pas ce qui m'a pris. Laisse-moi changer la petite, je ne la vois jamais.

— D'accord.

Je me suis écarté ; elle a pris ma place devant la table à langer.

— Alors, mon petit sucre d'orge, fit-elle en caressant le menton du bébé. Comment va ma jolie petite puce ?

Surprise d'être l'objet de tant d'attention, Amanda a lâché son hochet et s'est mise à pleurer en se tortillant sur la table. Sans se rendre compte que les pleurs étaient provoqués par la perte du jouet, Julia a essayé de la calmer tout en s'efforçant de mettre la couche propre. Le bébé qui se tortillait comme un ver en battant des pieds ne lui facilitait pas la tâche.

— Arrête, Amanda !

— Elle fait ça depuis quelque temps.

De fait, Amanda était dans une phase où elle refusait d'être changée. Et elle donnait de vrais coups de pied.

— Eh bien, ça ne durera pas… Arrête !

Les pleurs se sont intensifiés, la petite a essayé de se tourner sur le côté. Un des adhésifs s'est détaché, la couche a glissé et Amanda a commencé à rouler vers le bord de la table à langer. Julia a remis sur le dos le bébé qui continuait de gigoter.

— Bon Dieu, vas-tu arrêter ! hurla Julia en lui donnant une tape sur la cuisse.

La petite a braillé encore plus fort en donnant de grands coups de pied.

— Arrête, Amanda ! Arrête !

Une autre tape.

— Arrête ! *Arrête !*

J'étais abasourdi, incapable de réagir. Je ne savais pas quoi faire. Les cuisses de la petite était toutes rouges ; Julia continuait de la frapper.

— Chérie…, murmurai-je en me penchant. Essayons de…

Cela a suffi pour faire exploser Julia.

— Pourquoi t'en mêles-tu toujours ? rugit-elle en frappant violemment la table à langer. Merde, alors ! Qu'est-ce qui ne va pas chez toi ?

Elle a quitté la chambre comme une furie.

J'ai poussé un long soupir, puis j'ai pris dans mes bras le bébé inconsolable qui hurlait autant d'émotion que de douleur. Je me suis dit qu'elle aurait besoin d'un biberon pour se rendormir. Je lui ai caressé le dos ; elle s'est un peu calmée. Après avoir remis la couche, je l'ai emmenée dans la cuisine pour faire chauffer le lait. L'éclairage était faible : juste les lampes fluorescentes au-dessus du plan de travail.

Assise à la table, Julia buvait une bière à la bouteille, le regard dans le vide.

— Quand vas-tu trouver du travail ? demanda-t-elle.

— Je fais ce que je peux.

— Vraiment ? Je ne pense pas que tu fasses grand-chose. A quand remonte ton dernier entretien ?

— A la semaine dernière.

— Eh bien, grogna-t-elle, j'aimerais que tu te bouges un peu. Cette situation me rend folle.

— Je sais, fis-je en ravalant ma colère. C'est dur pour tout le monde.

Il était tard et je n'avais plus envie de discuter ; j'ai continué à l'observer du coin de l'œil.

A trente-six ans, Julia était une très jolie femme, une brune menue aux yeux noirs et au nez retroussé, dotée d'une personnalité pétillante. Contrairement à nombre de cadres high-tech, elle était séduisante et d'un abord facile. Elle se liait aisément, elle avait le sens de l'humour. Quelques années plus tôt, quand Nicole était toute petite, Julia nous faisait des descriptions hilarantes de ceux avec qui elle avait travaillé dans la journée. Réunis autour de la table de la cuisine, nous nous tordions de rire pendant que la petite tirait sa mère par la manche en demandant : « Dis, maman, pourquoi tu ris ? Pourquoi tu ris, maman ? » Nous ne pouvions évidemment pas le lui expliquer, mais Julia semblait avoir une réserve inépuisable de mots drôles qui permettaient à Nicole de partager avec nous ce moment de gaieté. Non seulement Julia voyait le côté comique de la vie, mais elle était appréciée pour son égalité d'humeur ; jamais ou presque on ne la voyait s'emporter.

Mais, là, visiblement hors d'elle, Julia ne me regardait même pas. Assise à la table ronde, les jambes croisées, balançant nerveusement le pied dans la pénombre, elle gardait les yeux fixés devant elle. Plus je la regardais, plus j'avais l'impression que son apparence aussi avait changé. Elle avait minci ces derniers temps, ce que j'avais mis sur le compte du surmenage. Ses traits semblaient avoir perdu de leur douceur : les pommettes étaient plus saillantes, le menton plus pointu. Cela apportait à son visage une dureté nouvelle, mais lui donnait en même temps un charme plus sophistiqué.

Sa manière de s'habiller n'était plus la même non plus. Julia portait une jupe noire et un chemisier blanc, une tenue de travail on ne peut plus classique. Mais la jupe était plus moulante qu'à l'ordinaire et j'avais remarqué en suivant le balancement de son pied qu'elle était chaussée de hauts talons. Ce qu'elle qualifiait naguère de chaussures d'allumeuse et qu'il ne lui serait jamais venu à l'esprit de mettre pour aller travailler.

C'est ainsi que j'ai pris conscience que tout en elle était différent : son comportement, son apparence, son humeur, tout. La lumière s'est faite d'un seul coup dans mon esprit et j'ai compris pourquoi : *ma femme avait une liaison*.

De la vapeur a commencé à s'élever de l'eau qui chauffait ; j'ai pris le biberon dans la casserole, fait couler une goutte sur le dos de ma main. C'était trop chaud, il fallait laisser refroidir. Amanda s'est mise à pleurer, je l'ai fait sauter un peu sur mon épaule en allant et venant dans la pièce.

Julia n'a pas tourné la tête ; elle a continué de balancer le pied en regardant dans le vide.

J'avais lu quelque part que c'était un syndrome. Le mari n'a pas de travail, l'attrait de sa virilité décline, sa femme ne le respecte plus et va voir ailleurs. J'avais dû lire cela dans *Glamour*, *Redbook* ou une autre de ces revues qui traînaient dans la maison et que je feuilletais en attendant que le cycle du lave-linge se termine ou que le micro-ondes décongèle un hamburger.

J'étais assailli de sentiments contradictoires. La fatigue me faisait-elle voir les choses en noir ? Quelle importance si Julia portait une jupe ajustée et des chaussures différentes ? La mode changeait. Les gens avaient le droit de changer. Les sautes d'humeur de Julia signifiaient-elles vraiment qu'elle avait une liaison ? Bien sûr que non. C'est moi qui devais me sentir dépourvu de séduction, absolument pas à la hauteur, à cause des incertitudes liées à ma situation. J'ai suivi un moment le fil de mes sombres réflexions.

Mais je ne parvenais pas à me convaincre. J'étais sûr de ne pas me tromper. J'avais partagé la vie de cette femme pendant plus de douze ans ; je savais qu'elle était différente et je savais pourquoi. Je sentais la présence de quelqu'un d'autre, d'un intrus venu s'immiscer dans notre relation. Je le sentais avec une certitude qui me laissait pantois. Je le sentais douloureusement jusque dans la moelle de mes os.

J'ai tourné la tête, les larmes aux yeux.

Amanda a pris le biberon avec des gazouillements joyeux. La tête levée vers mon visage, elle plantait son regard droit dans le mien, comme le font les tout-petits. C'était apaisant de l'avoir dans mes bras. Au bout d'un moment, elle a fermé les yeux, puis j'ai vu sa bouche s'entrouvrir. Je l'ai appuyée contre mon épaule et j'ai pris la direction de sa chambre en lui tapotant le dos pour lui faire faire son rot. On a tendance à taper trop fort ; il est préférable de caresser délicatement le bébé du plat de la main, parfois même de suivre la colonne vertébrale avec deux doigts. Amanda a fait un rot discret et s'est détendue.

Je l'ai allongée dans son petit lit et j'ai éteint la veilleuse. Le seul éclairage provenant de l'aquarium dont la clarté bleu-vert rayonnait depuis le coin de la chambre. Un plongeur en plastique marchait sur le fond, une colonne de bulles dans son sillage.

En me retournant pour sortir, j'ai vu la silhouette de Julia qui se découpait dans l'embrasure de la porte, éclairée par-derrière. Elle m'observait, mais je ne pouvais distinguer l'expression de son visage. Quand elle s'est avancée, je me suis raidi. Elle a passé les bras autour de mes épaules, a posé la tête sur ma poitrine.

— Je te demande pardon, murmura-t-elle. Je suis vraiment nulle. Tu es un père merveilleux ; je suis jalouse, c'est tout.

Elle plaquait son visage couvert de larmes sur mon épaule.

— Ce n'est pas grave, affirmai-je en la serrant contre moi. Ne t'inquiète pas.

J'attendais de voir si mon corps se détendait mais rien ne venait. Je restais sur mes gardes. Le mauvais pressentiment qui s'était emparé de moi ne se dissipait pas.

Elle est sortie de la douche, est entrée dans la chambre en frictionnant ses cheveux courts avec une serviette. Assis sur le lit, j'essayais de regarder la fin de la rencontre de base-ball. Il m'est brusquement venu à l'esprit que Julia ne prenait pas sa douche le soir, mais le matin, avant de partir au travail. Ces derniers temps, à peine rentrée, elle filait directement dans la salle de bains, avant même d'embrasser les enfants.

Décidément, je n'arrivais pas à me détendre ; j'ai éteint la télé.

— Comment s'est passée la démonstration ? demandai-je.

— Comment ?

— Tu ne faisais pas une démonstration aujourd'hui ?

— Ah !… Si, si, bien sûr. Tout s'est bien passé, quand nous avons enfin pu commencer. Les investisseurs allemands n'ont pas pu tout regarder, à cause du décalage horaire. Au fait, tu veux la voir ?

— Comment cela ?

— J'ai une copie. Tu veux la voir ?

— Oui, bien sûr, fis-je, pris de court.

— J'aimerais vraiment savoir ce que tu en penses, Jack.

J'ai perçu dans sa voix une pointe de condescendance. Ma femme me faisait participer à son travail ; elle voulait me donner l'impression que j'avais une place dans sa vie. Je l'ai observée pendant qu'elle prenait dans sa serviette un DVD et le glissait dans le lecteur. Elle est revenue s'asseoir à côté de moi sur le lit.

— Qu'est-ce que c'est exactement ?

— La technologie la plus récente en matière d'imagerie médicale. Vraiment très fort, tu peux me croire.

Elle est venue se nicher contre mon épaule, tendrement, comme au bon vieux temps. Je me sentais encore mal à l'aise, mais j'ai passé le bras autour de ses épaules.

— A propos, hasardai-je, comment se fait-il que tu prends maintenant une douche le soir et plus le matin ?

— Je ne sais pas, répondit-elle. C'est vrai ? Oui, tu as raison… Cela me paraît plus simple, mon chéri. Le matin, je suis bousculée et puis il y a ces vidéoconférences avec l'Europe qui prennent tellement de temps… Voilà, c'est parti, poursuivit-elle en montrant l'écran.

J'ai d'abord vu de la neige, puis l'image est devenue nette.

On voyait Julia dans un grand laboratoire équipé comme une salle d'opération. Un homme sous perfusion était étendu sur un lit, un anesthésiste à son chevet. Au-dessus de la table d'opération, se trouvait un grand disque métallique de près de deux mètres de diamètre qui pouvait être levé et abaissé ; il était en position haute. Tout autour, il y avait des moniteurs vidéo. Au premier plan, le regard rivé sur un écran, se tenait Julia, un technicien à ses côtés.

« C'est terrible ! disait-elle en montrant l'image. Pourquoi y a-t-il tous ces parasites ?

— Je crois qu'ils sont provoqués par les purificateurs d'atmosphère, répondait le technicien.

— Eh bien, c'est inacceptable !

— Vraiment ?

— Oui, vraiment.

— Que voulez-vous que nous fassions ?

— Je veux que cette image soit nette.

— Alors, il faudra augmenter la puissance et vous avez dit…

— Je m'en fiche ! Je ne peux pas montrer cette image

aux investisseurs ; ils ont en vu de meilleure qualité en provenance de Mars. Arrangez-moi ça ! »

— Je ne savais pas que tout cela avait été enregistré, fit Julia contre mon épaule. C'était avant la démonstration. Tu peux appuyer sur avance rapide.

J'ai actionné la télécommande : l'image s'est brouillée. Au bout de quelques secondes, j'ai appuyé sur la touche « Marche ». La même scène, Julia toujours au premier plan. Carol, son assistante, lui murmurait quelque chose à l'oreille. « D'accord, acquiesça Carol, mais qu'est-ce que je vais lui dire ?

— Dites-lui non.

— Il veut qu'on commence maintenant.

— Je comprends, mais la transmission ne sera pas possible avant une heure. Dites-le-lui. »

Julia a levé la tête vers moi.

— Peter, notre sujet d'expérimentation, était fébrile, impatient que cela commence.

« Je pense qu'il est très nerveux, Julia, reprit l'assistante à voix basse. A sa place, je le serais aussi, avec deux millions de particules qui grouillent à l'intérieur de mon corps…

— Il n'y en a pas deux millions et elles ne grouillent pas, coupa Julia. En tout état de cause, c'est son invention.

— Ça ne fait rien.

— C'est un anesthésiste, là-bas ?

— Non, un cardiologue.

— Eh bien, le cardiologue peut-il lui donner quelque chose pour les nerfs ?

— C'est déjà fait. Une injection. »

— Avance rapide, Jack, fit Julia.

J'ai appuyé sur la touche ; les images ont défilé en accéléré.

— C'est bon… Stop.

Julia était toujours devant le moniteur, le technicien à ses côtés.

« Maintenant, c'est acceptable, déclara-t-elle en montrant l'écran. Pas génial, mais acceptable. Montrez-moi les images du STM.

— Le quoi ?

— Le microscope électronique. Montrez-moi l'image.

— Euh… balbutia le technicien désemparé. Personne ne nous a parlé d'un microscope électronique.

— Bon Dieu ! Vous n'avez qu'à lire le story-board !

— C'est dans le story-board ? demanda le technicien, les yeux écarquillés.

— L'avez-vous lu ?

— Je suis confus… J'ai dû le rater.

— Ce n'est pas le moment d'être confus. Faites ce qu'il faut !

— Ce n'est pas la peine de hurler.

— Si ! Je hurle parce que je suis entourée d'imbéciles ! »

Elle a levé les bras au plafond.

« Je vais bientôt prendre la parole devant des investisseurs de cinq pays, prêts à placer onze milliards de dollars, pour leur montrer une technologie submicroscopique, mais comme je n'ai pas d'images du microscope, ils ne pourront rien voir ! »

— J'ai pété les plombs avec ce type, expliqua Julia en tournant la tête vers moi. Une pendule indiquait le temps qui restait avant le créneau horaire du satellite qui nous était réservé. Nous ne pouvions pas en changer : il fallait être à l'heure. Ce type était un crétin, mais tout a été prêt en temps voulu… Avance rapide, Jack.

Sur l'écran, une image fixe était accompagnée d'un texte :

Démonstration privée
d'imagerie médicale avancée
par Xymos Technology
Mountain View, Californie,
leader mondial de la fabrication moléculaire

Puis Julia est apparue devant le lit et l'appareillage médical.

« Bonjour à tous, commença-t-elle en souriant à la caméra. Je m'appelle Julia Forman. Nous allons faire la démonstration d'un procédé d'imagerie médicale révolutionnaire mis au point par Xymos Technology. Notre sujet, Peter Morris, est sur la table d'opération. Dans quelques instants, nous allons regarder à l'intérieur de son corps et de ses vaisseaux sanguins avec une facilité et une précision jamais atteintes à ce jour. »

Elle a commencé à faire le tour de la table d'opération en poursuivant sa présentation.

« Contrairement à un cathétérisme cardiaque, notre procédé technique est sûr à cent pour cent. Et il nous permet de voir partout à l'intérieur du corps, dans tous les vaisseaux quelle que soit leur taille. Nous verrons l'intérieur de l'aorte, la plus grosse des artères, mais aussi des alvéoles pulmonaires et des vaisseaux capillaires du bout des doigts. Tout cela est possible, parce que la caméra que nous avons placée à l'intérieur des vaisseaux est plus petite qu'une cellule sanguine. Oui, beaucoup plus petite qu'un globule rouge. La technologie de microfabrication de Xymos est aujourd'hui en mesure de produire des caméras miniaturisées et d'en produire en quantité. Rapidité, coût peu élevé. Il en faudrait un millier pour faire une marque de la taille d'une pointe de crayon. Nous pouvons fabriquer en une heure un kilo de ces caméras. Ces affirmations vous laissent sceptiques, je n'en doute pas. Nous savons parfaitement que les nanotechnologies n'ont pas tenu leurs promesses. Le problème, vous ne l'ignorez pas, était que les scientifiques avaient les moyens de concevoir des objets à l'échelle moléculaire mais pas de les fabriquer. Xymos a résolu ce problème. »

Mon attention a été aussitôt en alerte.

— Quoi ? m'écriai-je en me dressant sur mon séant. C'est une blague ?

Si c'était vrai, il s'agissait d'un progrès extraordinaire, une percée technologique de la plus haute importance et cela signifiait…

— C'est la vérité, déclara posément Julia. Nous sommes entrés dans la phase de fabrication.

Elle a souri ; ma stupéfaction lui faisait visiblement plaisir.

« J'ai placé une de nos caméras Xymos sous le microscope électronique, poursuivit-elle sur l'écran, pour vous permettre de la comparer au globule rouge qui se trouve à côté. »

L'image est passée en noir et blanc. J'ai vu un petit instrument mettre en position sur une surface de titane quelque chose qui ressemblait à un minuscule calmar. Une petite masse arrondie à l'avant et munie de filaments à l'arrière. Elle faisait le dixième de la taille du globule rouge qui, dans le vide du microscope à balayage, avait la forme d'un ovale ridé, un peu comme un raisin sec grisâtre.

« Notre caméra fait un vingt milliardième de centimètre de long. Comme vous le voyez, elle a la forme d'un calmar. Les images sont prises par le nez de la machine, des microtubes placés dans la queue assurent la stabilité, comme la queue d'un cerf-volant. Mais ils peuvent aussi assurer la locomotion, par battement, comme des flagelles… Jerry, si nous pouvions tourner la caméra de manière à voir le nez… Voilà. Merci. Maintenant, de face, au centre, vous voyez une dentelure… C'est le détecteur miniature de photons à l'arséniure de gallium, qui joue le rôle d'une rétine. La zone environnante, dont l'aspect rappelle celui d'un pneu à carcasse radiale, est bioluminescente : elle éclaire vers l'avant. A l'intérieur du nez, vous distinguez peut-être un ensemble assez compliqué de molécules en hélice ; c'est notre cascade

ATP brevetée. On peut la considérer comme une sorte de cerveau primitif qui contrôle le comportement de la caméra… Un comportement très limité, certes, mais suffisant pour ce qui nous intéresse. »

J'ai entendu un sifflement de parasites, suivi d'un toussotement. Une petite fenêtre s'est ouverte dans l'angle de l'écran pour montrer Fritz Leidermeyer. L'investisseur allemand a déplacé son corps massif en posant une question.

« Excusez-moi, madame Forman. Pourriez-vous me montrer l'objectif ?

— Il n'y a pas d'objectif.

— Comment peut-on parler de caméra s'il n'y a pas d'objectif ?

— Je vais vous expliquer dans un moment », fit Julia.

— Ce doit être une *camera obscura*, lançai-je du lit.

— Exact, fit Julia avec un petit hochement de tête.

La *camera obscura* — « chambre noire » en latin — est le plus ancien procédé connu pour produire une image. Les Romains avaient découvert que la lumière du jour pénétrant par un petit trou aménagé dans le mur d'une pièce noire projette sur le mur d'en face l'image inversée des objets placés à l'extérieur. La lumière pénétrant par un petit orifice est concentrée, comme par les lentilles dans un objectif. Voilà pourquoi, depuis l'époque romaine, on donne le nom de caméra aux appareils de prises de vues. Mais, dans notre cas…

— Comment est fait l'orifice ? demandai-je. C'est un trou d'épingle ?

— Je croyais que tu le savais, glissa Julia. C'est toi qui l'as conçu.

— Moi ?

— Oui. Xymos exploite les brevets de plusieurs algorithmes écrits par ton équipe.

— Non, je ne savais pas. Quels algorithmes ?

44

— Ceux qui permettent de contrôler un réseau de particules.

— Tes caméras fonctionnent en réseau ? Toutes ces petites caméras communiquent entre elles ?

— Oui, répondit Julia. Elles forment un essaim, en réalité.

Elle souriait toujours, amusée par mes réactions.

— Un essaim…

Je réfléchissais à toute vitesse, pour essayer de comprendre. Mon équipe avait effectivement écrit un certain nombre de programmes destinés à contrôler des essaims d'agents, des programmes calqués sur le comportement des abeilles. Ces programmes présentaient bien des caractéristiques utiles. Les réactions d'un essaim à l'environnement étaient d'autant plus fortes qu'il était composé d'agents plus nombreux. D'autre part, devant des conditions nouvelles et inattendues, les programmes ne se plantaient pas : ils contournaient en quelque sorte les obstacles et continuaient de fonctionner.

Mais nos programmes fonctionnaient en créant des agents virtuels à l'intérieur de l'ordinateur alors que Julia avait créé des agents réels dans le monde réel. Je n'ai pas compris au début comment nos programmes pouvaient être adaptés à ce qu'elle faisait.

— Nous les utilisons pour la structure, expliqua-t-elle. Le programme construit la structure de l'essaim.

Naturellement. Une seule caméra moléculaire n'était à l'évidence pas en mesure d'enregistrer une image, quelle qu'elle soit. L'image était donc composée par des millions de caméras fonctionnant simultanément. Mais elles devaient être ordonnées dans l'espace pour former une structure, probablement une sphère. C'est là que la programmation intervenait. Mais cela signifiait alors que Xymos devait produire l'équivalent de…

— Tu as fait un œil ?

— En quelque sorte.

— Mais où est la source lumineuse ?
— Le périmètre bioluminescent.
— La lumière n'est pas suffisante.
— Si. Regarde.

Sur l'écran, Julia s'était retournée pour montrer le goutte-à-goutte. Elle a pris dans un seau à glace une seringue dont le corps de pompe semblait rempli d'eau.

« Cette seringue, expliqua-t-elle, contient approximativement vingt millions de caméras dans une suspension saline isotonique. Pour le moment, elles existent à l'état de particules, mais quand elles seront injectées dans les vaisseaux sanguins, leur température s'élèvera, elles s'assembleront et se mettront en forme. Comme des oiseaux lorsqu'ils effectuent un vol en formation.

— Quelle forme prendront-elles ? demanda un des investisseurs potentiels.

— Une sphère. Avec une petite ouverture d'un côté. On pourrait considérer cela comme l'équivalent d'une blastula, en embryologie. En réalité, les particules formeront un œil. L'image produite par cet œil sera composée de millions de détecteurs de photons. De la même manière que l'œil humain crée une image à partir de ses cellules nerveuses, les cônes et les bâtonnets. »

Elle s'est tournée vers un moniteur montrant une animation qui se répétait en boucle. En entrant dans le sang, les caméras formaient une masse inorganisée, mal définie, une sorte de nuage diffus. Le flux sanguin l'aplatissait aussitôt, l'étirait pour en faire une bande allongée, mais en quelques secondes, cette bande prenait une forme sphérique. Une sphère aux contours de mieux en mieux définis, qui finissait par apparaître presque solide.

« Si ce que vous voyez vous rappelle l'aspect d'un œil, poursuivit Julia, il y a une raison. Chez Xymos, nous imitons délibérément les structures morphologiques.

Comme nous utilisons des molécules organiques, nous avons conscience qu'après des millions d'années d'évolution, le monde qui nous entoure dispose d'un stock d'assemblages moléculaires fonctionnant parfaitement. Alors, nous nous en servons.

— Vous ne voulez pas réinventer la roue, c'est ça ? lança une voix.

— Exact. Ni le globe oculaire. »

Au signal de Julia, l'antenne plate s'abaissa, ne s'arrêtant qu'à quelques centimètres du corps du sujet de l'expérience.

« Cette antenne fournira l'énergie nécessaire aux caméras et recevra l'image qu'elles transmettront. Cette image pourra naturellement être conservée, intensifiée, manipulée, bref, tout ce que permet le traitement numérique des images. Maintenant, s'il n'y a pas d'autres questions, nous pouvons commencer. »

Elle a placé une aiguille au bout de la seringue et l'a enfoncée dans un bouchon de caoutchouc, sur le goutte-à-goutte.

« Vous êtes prêts ?

— Prêts.

— C'est parti ! »

Le piston de la seringue est descendu rapidement.

« Comme vous le voyez, reprit Julia, je vais vite. Notre procédé ne nécessite aucune précaution particulière. On ne peut rien abîmer. Si les microturbulences provoquées par le passage du liquide dans l'aiguille déchirent les microtubes de quelques milliers de caméras, ce n'est pas grave. Il en restera des millions. En général, poursuivit-elle en retirant l'aiguille, il faut attendre une dizaine de secondes pour que la sphère prenne forme, puis nous devrions commencer à recevoir une image… Ah ! on dirait qu'il y a quelque chose qui vient… Voilà ! »

L'écran montrait la caméra avançant à une vitesse considérable à travers ce qui ressemblait à un champ d'astéroïdes, mais les astéroïdes étaient des globules rouges, des sacs gonflés d'un rouge violacé, baignant dans un liquide clair légèrement teinté de jaune. De loin en loin, un globule blanc, bien plus gros, emplissait l'écran l'espace d'un instant et disparaissait. J'avais l'impression de regarder un jeu vidéo plus que des images médicales.

— C'est stupéfiant, Julia.

Elle s'est blottie contre mon épaule en souriant.

— Je m'étais dit que cela pourrait t'impressionner.

« Nous venons d'entrer dans une veine, expliquait-elle à l'écran. Les globules rouges ne sont donc pas oxygénés. Notre caméra se dirige vers le cœur ; vous allez voir les vaisseaux s'élargir à mesure que nous remontons dans le système veineux… Voilà, nous approchons du cœur… Vous voyez les pulsations du flux sanguin produites par les contractions ventriculaires… »

Elle disait vrai : je voyais la caméra s'arrêter, puis repartir et s'arrêter de nouveau. J'entendais les battements du cœur. Sur la table, le sujet demeurait parfaitement immobile, l'antenne à quelques centimètres de son corps.

« Nous débouchons à l'oreillette droite et nous devrions voir la valvule tricuspide. Nous activons les flagelles pour ralentir la caméra. Voici la valvule ; nous sommes dans le cœur. »

J'ai vu les replis rouges, telle une bouche s'ouvrant et se fermant. Puis la caméra est passée ; elle a traversé le ventricule et elle est ressortie.

« Nous nous dirigeons maintenant vers les poumons où vous verrez ce qu'il n'a jamais été donné à personne de voir : l'oxygénation des globules. »

Le vaisseau s'est rétréci rapidement, les globules se sont gonflés et sont devenus, l'un après l'autre, d'un rouge vif. Cela s'est passé en très peu de temps : une seconde a suffi pour qu'ils soient tous rouges.

« Les globules rouges ont été oxygénés, reprit Julia. Nous repartons vers le cœur. »

— C'est réellement fantastique, murmurai-je en me tournant vers elle.

Elle avait les yeux fermés et respirait lentement.

— Julia ?

Elle dormait.

Il arrivait souvent à Julia de s'endormir en regardant la télévision. Qu'elle s'endorme pendant qu'elle était à l'écran me paraissait compréhensible : elle avait déjà vu sa présentation. Et il était tard. Me sentant, moi aussi, fatigué, j'ai décidé de garder pour plus tard la fin de la démonstration. Elle me semblait d'ailleurs assez longue. Combien de temps avais-je passé à regarder le DVD ? En prenant la télécommande pour éteindre la télé, j'ai regardé la durée d'enregistrement affichée au bas de l'image. Des chiffres défilaient à toute vitesse, indiquant les centièmes de seconde. D'autres chiffres, sur la gauche, ne bougeaient pas. Une ligne m'a fait hausser les sourcils : c'était la date. Je n'y avais pas prêté attention plus tôt car elle était affichée en format international : l'année d'abord, puis le jour et le mois. Les chiffres indiquaient : 02.21.09.

Le 21 septembre.

La veille.

La démonstration avait été enregistrée la veille, pas le jour même.

J'ai éteint la télé, puis la lampe de chevet. J'ai posé ma tête sur l'oreiller en attendant de trouver le sommeil.

Deuxième jour

9 h 02

Il nous fallait du lait écrémé, du pain grillé, des tartelettes aux fruits, de la gelée, du détergent pour lave-vaisselle… autre chose encore, mais je n'arrivais pas à me relire. J'étais planté dans l'allée du supermarché, penché sur ma liste, quand une voix m'a fait sursauter.

— Salut, Jack ! Comment ça va ?

En levant la tête, j'ai vu Ricky Morse, un chef de division chez Xymos.

— Ah ! Ricky ! Comment vas-tu ?

Je lui ai serré la main, sincèrement content de le voir. J'étais toujours content de voir Ricky. Hâlé, les cheveux blonds en brosse, on aurait facilement pu le prendre pour un surfer s'il n'avait eu un T-shirt portant l'inscription « SourceForge 3.1 ». Ricky n'était mon cadet que de quelques années mais il avait un air de perpétuelle jeunesse. Je lui avais offert son premier poste, dès la fin de ses études, et il n'avait pas mis longtemps à gravir les échelons. Son caractère enjoué et son optimisme de battant faisaient de lui un chef de projet idéal, même s'il était enclin à minimiser les difficultés et à promettre à ses supérieurs des délais irréalistes.

A en croire Julia, cela avait déjà créé des problèmes chez Xymos ; Ricky prenait des engagements qu'il n'était pas en mesure de tenir et il lui arrivait de maquiller la vérité. Mais l'homme était si aimable, si charmant qu'on ne lui en tenait jamais rigueur. Du moins était-ce mon cas quand il travaillait pour moi. J'avais de l'affection pour lui et je le considérais presque comme un petit frère ; c'est sur ma recommandation qu'il avait été engagé chez Xymos.

Ricky poussait ce matin-là un caddie rempli de gros paquets de couches-culottes : il avait un bébé, lui aussi. Je lui ai demandé pourquoi il n'était pas au boulot.

— Mary a la grippe et la nounou est au Guatemala, expliqua-t-il. Je lui ai dit que je ferais des courses en partant.

— Je vois que tu as des Huggies. Moi, j'utilise toujours des Pampers.

— Je trouve les Huggies plus absorbantes, protesta Ricky. Et les Pampers sont trop serrées : elles pincent la peau des cuisses.

— Il y a dans les Pampers une couche qui retient l'humidité et laisse les fesses au sec ; j'ai moins de rougeurs avec elles.

— Je trouve que leurs adhésifs ne tiennent pas bien et, quand la couche est pleine, cela coule sur la jambe… A mon avis, les Huggies sont de meilleure qualité.

Quand une femme passant avec un caddie nous a regardés d'un drôle d'air, nous avons éclaté de rire. Elle devait se croire dans une pub.

— Alors, reprit Ricky d'une voix forte, tu crois que les Giants vont gagner ?

La femme a pressé le pas sans se retourner.

— Tu parles ! Les autres ne leur arrivent pas à la cheville !

Un nouvel éclat de rire, puis nous nous sommes mis en marche en poussant notre caddie.

— Je vais tout te dire, reprit Ricky. Mary préfère les Huggies ; je ne discute pas.

— Ça me rappelle quelque chose.

— Je vois que tu achètes du lait écrémé bio, poursuivit Ricky en observant mon chariot du coin de l'œil.

— Arrête, maintenant ! Comment ça se passe chez Xymos ?

— Ils font du bon boulot. La technologie avance bien, tu peux me croire. Nous avons fait une démonstration pour les investisseurs l'autre jour ; tout s'est bien passé.

— Julia s'en sort ? demandai-je d'un ton aussi détaché que possible.

— Comme un chef… Autant que je puisse en juger.

J'ai tourné fugitivement la tête vers Ricky ; j'avais cru le sentir plus réservé. Avais-je surpris une crispation de son visage, une expression figée ? Me cachait-il quelque chose ? Je n'en étais pas sûr.

— En fait, reprit-il, je ne la vois pas beaucoup. Elle n'est pas souvent là ces temps-ci.

— Je ne la vois pas beaucoup non plus.

— Il faut dire qu'elle passe le plus clair de son temps dans le complexe de fabrication. Ça bouge, là-bas, avec les nouveaux procédés. Tu es au courant ? ajouta-t-il en me lançant un regard en coin.

L'unité de fabrication de Xymos avait été réalisée en un temps record, compte tenu de sa complexité. C'est là qu'étaient assemblées les molécules à partir des atomes : on unissait les fragments de molécules comme des blocs de Lego. La majeure partie de ces opérations avait lieu dans le vide et nécessitait des champs magnétiques extrêmement puissants. Le bâtiment était donc équipé d'énormes pompes à vide et d'un puissant système refroidisseur pour les aimants. D'après ce que Julia m'avait dit, une grande partie du matériel était expérimentale ; rien de semblable n'avait jamais été construit.

— Ce bâtiment a été élevé à une vitesse stupéfiante, observai-je.

— Il n'y avait pas de temps à perdre ; la concurrence nous talonne. Aujourd'hui, l'unité de fabrication tourne à plein régime et nous avons déposé des tonnes de brevets. Mais Molecular Dynamics et NanoTech ne doivent pas avoir plus de six mois de retard, dans le meilleur des cas.

— C'est donc de l'assemblage moléculaire que vous faites à l'usine ?

— Tu as tout compris, Jack. De l'assemblage moléculaire à grande échelle. Depuis plusieurs semaines déjà.

— Je ne savais pas que Julia s'intéressait à ce genre de chose.

J'avais toujours cru que Julia, psychologue de formation, s'intéressait avant tout à l'humain.

— Elle se passionne pour cette technologie, crois-moi. On fait aussi beaucoup de programmation là-bas : des cycles itératifs qui perfectionnent la fabrication. Tu connais ça.

— Quel genre de programmation ?

— Traitement distribué. Réseaux multi-agents. Ce qui permet de coordonner l'activité des individus, de les faire travailler ensemble.

— Tout ça pour la caméra médicale ?

— Oui… Entre autres.

Ricky m'a lancé un regard gêné, comme s'il ne voulait pas risquer de divulguer des informations confidentielles.

— Tu n'es pas obligé de me le dire.

— Non, non ! protesta-t-il. On se connaît depuis longtemps, Jack ! Et puis, ajouta-t-il en me donnant une tape sur l'épaule, ton épouse fait partie de la direction. C'est un peu comme si tu étais de la maison…

Mais il avait encore l'air gêné ; l'expression de son visage contredisait ses paroles. Et son regard s'était dérobé au moment où il prononçait le mot « épouse ».

Notre conversation allait en rester là. Je sentais monter en moi le genre de tension que l'on ressent à l'idée que l'autre sait quelque chose et ne le dit pas parce qu'il est embarrassé, ne sait comment l'exprimer ou ne veut pas s'en mêler, parce qu'il estime qu'il est trop dangereux d'aborder le sujet ou que c'est à son interlocuteur de comprendre seul. Surtout quand il s'agit de votre propre femme. Quand elle couche à droite et à gauche. Il vous regarde comme si vous étiez un cadavre ambulant, un mort en sursis, mais il ne dit rien. D'après mon expérience, jamais un homme ne fait la moindre allusion quand il sait quelque chose sur l'épouse d'un autre. Les femmes entre elles, à l'inverse, se font toujours part de l'infidélité d'un conjoint.

C'est comme ça.

Mais j'étais tellement tendu que j'ai failli…

— Hé ! regarde l'heure ! lança Ricky avec un grand sourire. Je suis à la bourre, Mary va me tuer ! Il faut que je file. Elle fait déjà la gueule : je vais rester deux jours au labo et la nounou est en vacances… Tu sais comment ça se passe, ajouta-t-il avec un petit haussement d'épaules.

— Je sais. Bonne chance.

— Prends soin de toi.

Nous nous sommes quittés avec une poignée de main. Ricky a disparu au coin de l'allée avec son chariot.

On est parfois incapable de réfléchir aux choses pénibles, de contraindre son esprit à se concentrer sur elles. Le cerveau se dérobe, comme s'il ne voulait pas aborder le sujet. C'est ce qui m'arrivait. Mon esprit refusant de se fixer sur Julia, j'ai pensé à ce que Ricky avait dit à propos de l'unité de fabrication. A la réflexion, ce qu'il affirmait tenait la route, même si cela allait à l'encontre de l'opinion la plus répandue dans le milieu des nanotechnologies.

Les spécialistes imaginaient depuis longtemps que, lorsqu'on aurait trouvé le moyen de réaliser la fabrication à l'échelle atomique, ce serait comme lorsque la barrière des quatre minutes au mile avait été enfoncée. Tout le monde s'engouffrerait dans la brèche ; on déverserait sur les cinq continents des flots de merveilleuses créations moléculaires sortant de chaînes d'assemblage. En un laps de temps très court, la vie humaine serait transformée par les applications fantastiques de cette nouvelle technologie. Dès que quelqu'un aurait trouvé le moyen.

Cela n'arriverait jamais, bien entendu ; l'idée même était parfaitement absurde. La fabrication moléculaire n'était pas fondamentalement différente de la fabrication d'ordinateurs, de valves, d'automobiles ou de n'importe quel autre produit manufacturé. Il fallait un certain temps pour tout mettre au point. En fait, l'assemblage d'atomes pour fabriquer une nouvelle molécule était tout à fait comparable à la compilation d'un programme informatique à partir de lignes de code. Et cela ne marchait jamais la première fois ; les programmeurs étaient toujours obligés de revenir en arrière pour arranger les lignes. Même après la compilation, le programme ne marchait *jamais* la première fois. Ni la deuxième. Ni la centième. Il fallait le déboguer. Le déboguer encore. Et recommencer.

J'avais toujours été convaincu qu'il en irait de même avec ces molécules, qu'il faudrait supprimer d'innombrables erreurs de programmation avant que tout fonctionne correctement. Et si Xymos voulait des « groupements » de molécules travaillant ensemble, il faudrait aussi supprimer les erreurs de programmation relatives à la communication entre les molécules, aussi limitée soit-elle.

S'il y avait une communication entre les molécules, on serait en présence d'un réseau sous une forme primitive ; pour l'organiser, il faudrait probablement programmer un réseau distribué. Du genre de ceux que j'élaborais chez MediaTronics.

Il ne m'était donc pas difficile d'imaginer qu'ils menaient de front fabrication et programmation. Mais je ne comprenais pas ce que Julia avait à voir là-dedans. L'unité de fabrication était loin du siège de Xymos. Elle se trouvait au fin fond du désert, près de Tonopah, dans le Nevada. Et Julia n'aimait pas le désert.

Dans la salle d'attente du pédiatre chez qui j'étais venu faire vacciner Amanda, il y avait quatre mères qui faisaient sauter chacune un enfant malade sur leurs genoux pendant que les plus grands jouaient par terre. Les femmes parlaient entre elles comme si je n'existais pas.

Je commençais à m'habituer à ce comportement. Un homme au foyer, un homme dans le cabinet d'un pédiatre, ce n'était pas courant. C'était même louche. Cela signifiait aussi que quelque chose clochait chez ce pauvre type. Il n'avait pas de travail ; peut-être s'était-il fait virer à cause de l'alcool ou de la drogue, peut-être était-il à la rue. Quelle que fût la raison, il n'était pas normal pour un homme de se trouver chez le pédiatre au milieu de la journée. Les mères faisaient donc comme si je n'étais pas là.

Mais elles jetaient de loin en loin un coup d'œil méfiant dans ma direction, comme si j'attendais qu'elles aient le dos tourné pour sauter sur elles et les violer. Même l'assistante, Gloria, a pris une mine soupçon-neuse en regardant le bébé dans mes bras — Amanda ne pleurait pas, reniflait à peine.

— Quel est le problème ?

J'ai dit que je venais faire vacciner la petite.

— Elle est déjà venue ici ?

Oui, le pédiatre la suivait depuis sa naissance.

— Vous êtes de la famille ?

J'étais le père.

Elle a fini par nous faire entrer dans le cabinet. Le pédiatre m'a accueilli la main tendue, s'est montré très aimable, n'a pas cherché à savoir pourquoi le père était là et non la mère ou la nourrice. Il a fait deux injections à Amanda ; la petite s'est mise à hurler. Je l'ai bercée pour la consoler.

— Il y aura peut-être un léger gonflement, une rougeur localisée. Appelez-moi si cela n'a pas disparu dans quarante-huit heures.

De retour dans la salle d'attente, la petite braillant dans mes bras, j'essayais de prendre ma carte de crédit dans mon portefeuille quand le portable a sonné. C'était Julia.

— C'est moi. Qu'est-ce que tu fais ?

Elle avait dû entendre Amanda pleurer.

— Je paie le pédiatre.

— Un moment difficile ?

— On peut dire ça…

— Au fait, Jack, j'appelais pour dire que je rentrerai tôt — enfin ! — et que je dînerai avec vous. Veux-tu que je fasse les courses en revenant ?

— Excellente idée.

L'entraînement de football d'Eric n'en finissait pas ; l'obscurité gagnait la pelouse. L'entraîneur faisait durer la séance et j'arpentais le bord du terrain en me demandant si j'allais protester. Il est difficile de savoir si l'on protège trop ou pas assez ses enfants. Nicole a téléphoné de son portable pour rappeler que sa répétition était terminée ; elle voulait savoir pourquoi je n'étais pas encore passé la chercher. Qu'est-ce que je fabriquais ? J'ai expliqué que l'entraînement d'Eric n'était pas terminé et j'ai demandé si elle pouvait se débrouiller pour rentrer avec quelqu'un.

— Papa…, soupira-t-elle avec exaspération.

On aurait pu croire que je lui avais demandé de rentrer à la maison à quatre pattes.

— Je suis coincé, Nicole.

— N'importe quoi !

— Je te prie de changer de ton.

Quelques minutes plus tard, l'entraînement a dû être interrompu. Un gros camion vert du service d'entretien s'est engagé sur la pelouse ; deux hommes en sont descendus, munis de masques et de gants de cuir, un pulvérisateur sur le dos. Ils allaient projeter un désherbant et personne ne devait utiliser le terrain jusqu'au lendemain matin.

J'ai rappelé Nicole pour dire que nous passions la prendre.

— Quand ?

— Nous sommes en route.

— L'entraînement du petit saligaud est terminé ?

— Nicole, je t'en prie !

— Pourquoi passe-t-il toujours en premier ?

— Il ne passe pas toujours en premier.

— Si ! C'est un petit saligaud !

— Nicole…

— Ex-cu-se-moi.

— Nous serons là dans quelques minutes.

J'ai coupé la communication. Les enfants étaient de plus en plus précoces ; ils entraient dans l'adolescence avant douze ans.

A 17 h 30, dès notre arrivée, ils ont fait une razzia dans le réfrigérateur. Pendant que je mettais la table, Nicole mordait à belles dents dans un gros morceau de fromage ; je lui ai dit d'arrêter, que cela allait lui couper l'appétit.

— Quand est-ce qu'on mange ?

— Bientôt. Maman apporte le dîner.

— Bon…

Nicole a disparu ; elle est revenue quelques minutes plus tard, au moment où je versais de l'eau dans les verres.

— Elle dit qu'elle s'excuse de ne pas avoir appelé et qu'elle sera en retard.

— Quoi ?

— Elle s'excuse de ne pas avoir appelé mais elle sera en retard. Je viens de l'avoir au téléphone.

— Bon Dieu !

J'essayais de ne jamais montrer mon irritation aux enfants, mais, parfois, c'était plus fort que moi.

— D'accord, soupirai-je.

— Je meurs de faim, papa.

— Va chercher ton frère. Tout le monde en voiture, nous allons au drive-in.

Plus tard, ce soir-là, en allant coucher la petite, j'ai effleuré du coude une photographie posée sur la bibliothèque du séjour. Elle est tombée sur le carrelage ; je me suis penché pour la ramasser. C'était un cliché de Julia et Eric à Sun Valley. Notre fils avait quatre ans. Ils portaient tous deux une combinaison de ski. Julia l'aidait avec un sourire radieux à se tenir sur ses skis. A côté, il y avait une photographie de nous deux prise à Kona pour notre onzième anniversaire de mariage. J'étais en chemise hawaïenne aux couleurs criardes, elle avait un éclatant collier de fleurs autour du cou, nous échangions un baiser au coucher du soleil. Ce voyage nous avait laissé de merveilleux souvenirs ; Amanda, selon toute vraisemblance, avait été conçue là-bas.

— Tu te souviens, mon chéri, quand tu m'as dit que les *maitais* étaient dangereux ? avait lancé un soir Julia en rentrant du travail.

— Oui…

— Eh bien, tu avais raison. En d'autres termes, c'est une fille.

La surprise m'avait fait avaler de travers une gorgée de soda ; nous avions éclaté d'un rire joyeux.

Il y avait aussi une photo de Julia faisant des crêpes avec Nicole, si petite que, assise sur le plan de travail, ses jambes n'arrivaient pas au bord. Elle n'avait guère plus de dix-huit mois. Le front plissé par la concentration, elle brandissait une grosse cuillère de pâte à crêpe devant sa mère qui se retenait de rire.

Sur un autre cliché pris dans le Colorado, Julia tenait la main de Nicole et je portais le petit Eric sur mes épaules. Le col de ma chemise était trempé, pas seulement de sueur, si ma mémoire était bonne. Eric devait avoir deux ans : il avait encore des couches. Je me souviens qu'il trouvait amusant de mettre ses petites mains sur mes yeux pendant que je marchais sur le sentier de montagne.

Le cliché du Colorado était de guingois dans son cadre. Je l'ai tapoté pour essayer de le redresser, mais il ne bougeait pas. J'ai remarqué que plusieurs autres avaient perdu leur brillant ou collaient au verre. Personne n'en avait pris soin. Amanda reniflait dans mes bras et se frottait les yeux avec ses poings. J'ai reposé les photos sur l'étagère : c'étaient de vieux instantanés d'une époque révolue, plus heureuse, d'une autre vie. Elles semblaient ne plus rien avoir de commun avec moi. Tout était différent.

Le monde était différent.

Après le repas, en manière de reproche silencieux, j'ai laissé le couvert de Julia sur la table. Elle l'a vu en rentrant, vers 22 heures.

— Pardonne-moi, mon chéri.

— Je sais que tu avais du travail.

— C'est vrai. Tu me pardonnes ?

— Bien sûr.

— Tu es parfait.

Elle m'a envoyé un baiser du fond de la pièce.

— Je vais prendre une douche, ajouta-t-elle en se retournant pour s'engager dans le couloir.

Elle a jeté un coup d'œil au passage dans la chambre d'Amanda ; je l'ai vue disparaître dans l'embrasure. Quelques secondes plus tard, j'ai entendu des murmures accompagnés du gazouillement du bébé. Je me suis levé pour aller voir.

Dans la pénombre de la chambre d'enfant, Julia tenait Amanda à bout de bras et frottait son nez contre le sien.

— Julia… tu l'as réveillée.

— Non, elle ne dormait pas. N'est-ce pas que tu étais réveillée, mon bout de chou ? Dis à papa que tu étais réveillée, mon petit cœur.

La petite a bâillé en se frottant les yeux de ses poings minuscules ; elle donnait vraiment l'impression d'avoir été tirée du sommeil.

— Je t'assure, fit Julia en se tournant vers moi, que je ne l'ai pas réveillée. C'est vrai… Pourquoi me regardes-tu comme ça ?

— Comme quoi ?

— Tu le sais bien. Avec cet air accusateur.

— Je ne t'accuse de rien.

La petite s'est mise à pleurnicher, de plus en plus fort ; Julia a passé la main sous sa couche.

— Je crois qu'elle est mouillée, déclara-t-elle en me mettant le bébé dans les bras. Je te laisse la changer, toi qui es parfait !

Il y avait de la tension entre nous. Après avoir changé Amanda et l'avoir recouchée, j'ai entendu Julia sortir de la douche et claquer une porte. Quand elle commençait à claquer les portes, il était temps pour moi d'aller la calmer. Je ne me sentais pas d'humeur à cela. J'étais agacé de l'avoir vue réveiller la petite, agacé de ne pouvoir compter sur elle, agacé qu'elle n'ait même pas téléphoné pour dire qu'elle ne rentrait pas de bonne heure, comme elle l'avait promis. Je redoutais qu'une liaison amoureuse toute fraîche ne soit à l'origine de ce comportement. Ou, plus simplement, qu'elle ne se soit détachée de sa famille. Je ne savais que faire mais je n'avais pas envie d'arrondir les angles.

Je l'ai laissée claquer les portes. Celle de sa penderie a fait tellement de bruit que j'ai entendu le bois craquer. Elle a juré à mi-voix, ce qui, en temps normal, m'aurait fait accourir dans l'instant.

Je suis reparti dans le séjour et j'ai repris mon livre. Trop en colère pour lire, incapable de me concentrer, je regardais fixement la page à laquelle je l'avais ouvert. Julia se déplaçait bruyamment dans la chambre ; si elle continuait, elle allait réveiller Eric et l'affrontement deviendrait inévitable. J'espérais que nous n'en arriverions pas là.

Au bout d'un moment, le bruit a cessé : elle avait dû se coucher. Dans ce cas, elle ne tarderait pas à s'endormir. Julia était capable de s'endormir avant la fin d'une dispute. Pas moi : je tournais en rond, bouillant de colère, sans pouvoir me calmer.

Quand je suis enfin allé me coucher, Julia dormait profondément. Je me suis glissé dans les draps avant de me tourner de mon côté, sans la toucher.

Il était 1 heure du matin quand les hurlements de la petite m'ont réveillé. En cherchant la lumière à tâtons, j'ai renversé le réveil ; la radio s'est mise en marche avec des beuglements de rock. J'ai juré à mi-voix. J'ai fini par trouver la lampe de chevet et j'ai éteint la radio.

Amanda hurlait de plus en plus fort.

— Qu'est-ce qu'elle a ? demanda Julia d'une voix ensommeillée.

— Je ne sais pas.

Je me suis levé en secouant la tête pour essayer de me réveiller. J'ai allumé la lumière avant d'entrer dans la chambre du bébé. La pièce paraissait très claire, le papier peint à motifs de clowns d'un jaune éclatant. Je me suis fugitivement demandé pourquoi Julia ne voulait pas des sets de table jaunes alors qu'elle avait tapissé toute la chambre de cette couleur.

Amanda était debout dans son petit lit, agrippée aux barreaux. La bouche grande ouverte, elle hurlait si fort qu'elle avait de la peine à reprendre son souffle. Des larmes ruisselaient sur ses joues. Quand je me suis avancé, elle s'est jetée dans mes bras et je l'ai serrée contre moi pour la consoler. Je croyais que c'était un cauchemar ; j'ai commencé à la bercer tout doucement.

Mais elle continuait à brailler, inconsolable. Peut-être avait-elle mal quelque part ? Peut-être sa couche était-elle pleine ? En examinant son corps, j'ai découvert une vilaine rougeur sur son ventre, des zébrures qui s'étendaient jusqu'au dos et remontaient vers le cou.

— Tu ne peux pas la faire taire ? demanda Julia dans mon dos.

— J'ai vu quelque chose de bizarre, fis-je en montrant le ventre rouge.

— Elle a de la fièvre ?

J'ai posé la main sur le front d'Amanda. La peau était chaude, moite de sueur, mais cela pouvait venir de la crise de larmes. Le reste du corps paraissait normal.

— Je ne sais. Je ne crois pas.

La rougeur avait gagné ses cuisses ; était-elle là quelques minutes plus tôt ? J'avais l'impression qu'elle s'étendait à vue d'œil. Les hurlements de la petite semblaient encore, si c'était possible, augmenter de volume.

— Insupportable ! souffla Julia. Je vais appeler le médecin.

— Vas-y.

J'avais allongé le bébé sur le dos et je scrutais chaque partie de son corps. La rougeur s'étendait, cela ne faisait aucun doute. Les hurlements d'Amanda m'écorchaient les oreilles ; elle semblait terriblement souffrir.

— Ma pauvre petite chérie, murmurai-je. Ma pauvre petite…

Et cette rougeur, qui continuait à s'étendre.

Julia est revenue pour dire qu'elle avait laissé un message au médecin.

— Je ne veux pas attendre, déclarai-je. Je la conduis aux urgences.

— Tu crois que c'est vraiment nécessaire ?

Je n'ai pas répondu. Je suis parti dans notre chambre pour m'habiller.

— Veux-tu que je t'accompagne ? lança Julia en me rejoignant.

— Non, reste avec les enfants.

— Tu es sûr ?

— Oui.

— D'accord.

Elle a tourné les talons pendant que je cherchais mes clés de voiture.

La maison retentissait des hurlements d'Amanda.

— Je comprends que ce soit désagréable, expliquait l'interne, mais je ne pense pas qu'il soit prudent de lui donner un calmant.

Nous étions dans un box fermé par un rideau, dans la salle des urgences. Penché sur le bébé en pleurs, l'interne examinait ses oreilles. Tout le corps d'Amanda était maintenant d'un rouge brillant, inquiétant ; elle donnait l'impression d'avoir été ébouillantée.

La peur ne me quittait pas. Je n'avais jamais entendu

parler de cela : un bébé dont la peau devient rouge vif et qui pleure sans discontinuer. Je n'avais pas confiance en cet interne qui me paraissait bien trop jeune pour être compétent. Il manquait d'expérience ; c'est tout juste s'il avait du poil au menton. Je ne tenais pas en place, je passais d'un pied sur l'autre. Ma petite fille hurlait sans arrêt depuis une heure : il y avait de quoi devenir fou. L'interne semblait ne pas y prêter attention ; je ne comprenais pas comment il faisait.

— Elle n'a pas de fièvre, déclara-t-il en inscrivant quelque chose sur une feuille de température, mais, pour un enfant de cet âge, cela ne veut rien dire. A moins d'un an, même en cas de maladie infectieuse grave, un enfant peut ne pas avoir de température.

— C'est ce qu'elle a ? Une infection ?

— Je ne sais pas. Je soupçonne une infection virale, à cause de cet érythème. Nous ne devrions pas tarder à avoir le résultat de l'analyse de sang préliminaire... Ah ! merci !

Une infirmière lui glissait en passant un bout de papier.

— Voyons cela... Tiens !...

— Tiens, quoi ? demandai-je, rempli d'anxiété.

Sans détacher les yeux du bout de papier, il a secoué la tête en silence.

— Alors ?

— Ce n'est pas une infection. La numération globulaire est normale, la fraction protéique aussi. Aucune réaction immunitaire.

— Ce qui signifie ?

Il était très calme, immobile, le front plissé par la réflexion. Je me suis demandé s'il n'était pas un peu bête. Les esprits les plus brillants ne faisaient plus médecine ; peut-être cet interne faisait-il partie de la nouvelle race de médecins bêtes ?

— Il faut élargir le champ du diagnostic. Je vais demander l'avis d'un chirurgien, d'un neurologue, d'un

dermato. Ce qui signifie que plusieurs personnes viendront vous interroger au sujet de votre fille, qu'ils pose-
ront les mêmes questions…

— Très bien, coupai-je. Ça ne me dérange pas,
mais… A votre avis, qu'est-ce qu'elle a ?

— Je ne sais pas, monsieur Forman. Si ce n'est pas
d'origine infectieuse, nous allons chercher d'autres raisons qui expliqueraient cette réaction cutanée. Elle n'a
pas fait de voyage à l'étranger ?

— Non.

— Pas d'exposition récente à des métaux lourds ou
des substances toxiques ?

— C'est-à-dire ?

— Décharges, sites industriels, contacts avec des
produits chimiques…

— Non, non.

— Avez-vous une idée de ce qui aurait pu provoquer
cette réaction ?

— Aucune… Si !… Elle s'est fait vacciner hier.

— Quels vaccins ?

— Je n'en sais rien. Ceux de son âge…

— Vous ne savez pas quels vaccins on lui a injectés ?

Son stylo s'est immobilisé en l'air.

— Non ! Bon Dieu ! m'écriai-je, incapable de contenir mon irritation. Je ne sais pas quels vaccins on lui a
faits ! Chaque fois qu'elle va chez le pédiatre, il lui fait
une injection. C'est vous le médecin, vous devez
savoir…

— Pas de problème, monsieur Forman, fit l'interne
d'un ton apaisant. Je sais que c'est éprouvant. Donnez-
moi simplement le nom de votre pédiatre, je vais l'appeler, si vous êtes d'accord.

J'ai acquiescé de la tête. J'ai passé la main sur mon
front ; je transpirais. Il a noté sur son carnet le nom du

pédiatre que je lui épelais. J'ai essayé de me calmer, de retrouver ma clarté d'esprit.

Pendant tout ce temps, mon bébé n'avait pas cessé de hurler.

Une demi-heure plus tard, Amanda était prise de convulsions. Cela a commencé pendant qu'un des spécialistes en blouse blanche était penché sur elle pour l'examiner. Son petit corps se tordait, les muscles se contractaient. Elle avait des haut-le-cœur bruyants, comme si elle avait voulu vomir, et ses jambes étaient agitées de spasmes. Elle commençait à avoir du mal à respirer ; ses yeux se sont révulsés.

Je n'ai pas gardé le souvenir de ce que j'ai dit ou fait à ce moment-là, mais je sais qu'un gros infirmier taillé en hercule m'a poussé dans un coin du box et m'a tenu les bras. En tordant le cou pour regarder derrière son épaule musculeuse, j'ai vu six personnes agglutinées autour de ma fille ; une infirmière portant un T-shirt de Bart Simpson était en train de lui enfoncer une seringue dans le front. Je me suis débattu en criant. L'infirmier répétait : « Temporale, temporale, temporale ! » J'ai fini par comprendre qu'il parlait de la veine temporale. Il a expliqué que c'était pour mettre la petite sous perfusion épicrânienne, qu'elle était déshydratée. C'était pour cela qu'elle faisait des convulsions. J'entendais les autres parler de magnésium, de potassium.

Les convulsions ont cessé au bout de quelques secondes. Mais Amanda continuait de hurler.

J'ai appelé Julia ; elle ne dormait pas.

— Comment va-t-elle ?

— Pareil.

— Elle pleure encore ? C'est elle que j'entends ?

— Oui.

— Seigneur ! grogna Julia. Qu'est-ce qu'elle a, d'après eux ?

— Ils ne le savent pas encore.

— Pauvre bébé !

— Je ne sais combien de médecins ont défilé pour la voir.

— Je peux faire quelque chose ?

— Je ne crois pas.

— Bon… Tu me tiens au courant ?

— Bien sûr.

— Je ne dors pas.

— D'accord.

Quelques heures avant l'aube, le groupe de spécialistes a annoncé qu'Amanda avait soit une occlusion intestinale, soit une tumeur au cerveau. N'étant pas en mesure de se prononcer, ils avaient décidé de lui faire passer une IRM. Le ciel commençait à se marbrer de traînées grises quand on l'a enfin transportée dans la salle d'imagerie médicale. Une grosse machine blanche occupait le centre de la pièce. L'infirmière m'a dit que la petite serait plus calme si je l'aidais à la préparer. Elle a retiré la seringue de la perfusion : il ne fallait pas de métal pour l'IRM. Du sang a giclé sur le visage d'Amanda, puis a coulé dans ses yeux ; l'infirmière l'a essuyé.

Le plateau blanc sur lequel Amanda était attachée a commencé à glisser dans les profondeurs de la machine ; j'ai vu ma fille ouvrir des yeux terrorisés sans cesser de hurler. L'infirmière a dit que je pouvais attendre à côté, avec le technicien. Je suis entré dans la salle voisine où une grande vitre donnait sur la machine.

Le technicien était d'origine étrangère ; il avait le teint basané.

— Quel âge a-t-elle ? C'est bien une fille ?

— Oui, une fille. Neuf mois.

— Il y a du monde qui s'occupe d'elle.

— Oui.

Il parlait en manipulant ses boutons et en surveillant ses cadrans, sans un regard pour ma fille.

Tout le corps d'Amanda se trouvait maintenant à l'intérieur de la machine ; le bruit de ses sanglots nous parvenait très assourdi. Le technicien a actionné une commande ; la pompe s'est mise en marche. Cela faisait beaucoup de bruit mais je percevais encore les cris de la petite.

D'un seul coup, elle s'est tue.

Elle était devenue totalement silencieuse.

J'ai poussé un petit gémissement en me tournant vers le technicien et l'infirmière. La frayeur se peignait sur leur visage. Nous pensions tous la même chose, que quelque chose de terrible était arrivé. Mon cœur battait à tout rompre. Le technicien a coupé la pompe en hâte et nous nous sommes précipités dans l'autre salle.

Toujours attachée, Amanda respirait profondément ; apparemment, tout allait bien. Elle a lentement cligné des yeux, comme hébétée. Sa peau était déjà d'un rose plus clair, avec une coloration normale par endroits. Le rash cutané s'estompait à vue d'œil.

— Jamais vu ça ! souffla le technicien.

Les spécialistes des urgences n'ont pas autorisé Amanda à rentrer à la maison. Ils croyaient encore qu'elle avait une tumeur ou une occlusion intestinale et voulaient la garder en observation. Mais le rash cutané continuait de se résorber ; en une heure, la rougeur avait presque entièrement disparu.

Personne ne comprenait ce qui s'était passé et les médecins restaient inquiets ; la perfusion avait été replacée de l'autre côté de la tête d'Amanda. On lui a donné un biberon de lait maternisé qu'elle a commencé à boire goulûment dans mes bras. Elle levait vers moi un regard fixe, avec un air de béatitude. Elle semblait aller très bien, si bien qu'elle s'est endormie dans mes bras.

Je suis encore resté une heure, puis j'ai commencé à montrer des signes d'impatience, à dire qu'il fallait que j'aille retrouver mes enfants, que je devais les conduire à l'école de bonne heure. Peu après, le corps médical a proclamé une nouvelle victoire de la médecine moderne et nous a autorisés à partir. Amanda a dormi profondément pendant tout le trajet ; elle ne s'est même pas réveillée quand je l'ai descendue de la voiture. Je l'ai portée dans mes bras jusqu'à la maison aux premières lueurs du jour.

Troisième jour

6 h 07

La maison était silencieuse ; les enfants dormaient encore. J'ai trouvé Julia dans la salle à manger, devant la fenêtre donnant sur le jardin. J'entendais les chuintements et les cliquettements de l'arrosage automatique. Une tasse de café à la main, elle restait plantée devant la vitre.

— Nous voilà !

— Comment va-t-elle ? demanda Julia en se retournant.

— On dirait que tout va bien, répondis-je en levant les bras pour qu'elle prenne la petite.

— Quel soulagement ! J'étais si inquiète, Jack.

Mais elle n'a pas fait un pas vers Amanda, elle n'a pas fait mine de la prendre dans ses bras.

— Folle d'inquiétude.

Sa voix étrange, distante, n'exprimait pas vraiment l'inquiétude. Elle prononçait des phrases toutes faites, comme si elle se conformait aux conventions d'une culture qui lui était étrangère.

— Je n'ai pas fermé l'œil de la nuit, poursuivit-elle

après avoir bu une gorgée de café. J'étais si inquiète, Jack, je me sentais si mal !

Elle a levé fugitivement les yeux vers mon visage, les a aussitôt détournés. Elle avait mauvaise conscience.

— Tu veux la prendre ?

— Euh...

Elle a secoué la tête en indiquant la tasse qu'elle tenait à la main.

— Pas maintenant. Il faut que j'aille voir l'arrosage automatique ; il va noyer mes rosiers.

Elle est sortie dans le jardin.

Je l'ai vue marcher vers le fond, s'arrêter devant les tourniquets d'arrosage. Après avoir lancé un coup d'œil par-dessus son épaule, elle a fait semblant de vérifier le programmateur fixé au mur ; elle a soulevé le couvercle et s'est penchée pour regarder de plus près. Je ne comprenais pas : les jardiniers avaient réglé la programmation de l'arrosage la semaine précédente. Peut-être n'avaient-ils pas fait ce qu'il fallait.

Amanda a commencé à s'agiter dans mes bras. Je l'ai emmenée dans sa chambre pour la changer avant de la coucher.

Quand je suis revenu dans la cuisine, Julia avait son téléphone cellulaire contre l'oreille. Encore une nouvelle habitude : elle n'utilisait plus guère le poste fixe de la maison. Quand je lui avais demandé pourquoi, elle avait répondu que c'était plus facile, qu'elle avait beaucoup d'appels longue distance, que la société réglait les factures.

En marchant sur le tapis, je me suis approché en catimini. J'ai surpris ce qu'elle disait au téléphone.

— Oui, bien sûr, mais nous devons être prudents maintenant...

Elle a tourné la tête et m'a vu.

— Euh... écoute, Carol, poursuivit-elle en changeant de ton, je pense que nous pouvons régler cela en téléphonant à Francfort. Envoie un fax de confirmation et tiens-moi au courant. D'accord ?

Elle a coupé la communication au moment où j'entrais dans la cuisine.

— Cela m'embête de partir avant que les enfants soient levés, Jack, mais…

— Tu pars maintenant ?

— Je crains de ne pouvoir faire autrement. Il y a un problème à l'usine.

J'ai regardé ma montre : il était 6 h 15.

— Bon.

— Et, pour les enfants, tu veux bien…

— Ne t'inquiète pas. Je m'occupe de tout.

— Merci. Je t'appelle dans la journée.

Et elle est partie.

J'étais si fatigué que je n'arrivais pas à réfléchir. La petite dormait encore ; avec un peu de chance, elle ne se réveillerait pas avant plusieurs heures. Maria est arrivée à 6 h 30 ; elle a mis la table pour le petit déjeuner et les enfants ont mangé. J'ai pris la route de l'école ; j'avais du mal à rester éveillé, je bâillais.

Assis à côté de moi, Eric bâillait, lui aussi.

— Tu as mal dormi ?

— A cause des hommes qui m'ont réveillé.

— Quels hommes ?

— Ceux qui sont venus à la maison, cette nuit.

— De qui parles-tu ?

— Les hommes qui ont passé l'aspirateur. Ils ont passé l'aspirateur partout ; ils ont même aspiré le fantôme.

— Le fantôme ! ricana Nicole dans mon dos.

— Je crois que tu as rêvé, mon fils.

Ces derniers temps, Eric faisait des cauchemars effrayants qui le réveillaient souvent au beau milieu de la nuit. J'étais sûr que c'était parce que Nicole le laissait regarder des films d'horreur avec elle, tout en sachant qu'il serait secoué. A l'âge de Nicole, on adore les films mettant en scène des tueurs masqués qui zigouillent des adolescents après qu'ils ont fait l'amour. La recette éprouvée : après l'amour, la mort. Mais ces films n'étaient pas faits pour Eric ; j'en avais maintes fois parlé à Nicole.

— Non, papa, ce n'était pas un rêve, affirma Eric en étouffant un nouveau bâillement. Ces hommes étaient là. Il y avait tout un groupe.

— Ah ! ah ! Et le fantôme, c'est quoi ?

— Un vrai fantôme. Il était argenté, tout miroitant, mais il n'avait pas de visage.

Nous étions arrivés à l'école. Nicole a dit qu'il fallait que je vienne la chercher à 4 h 15 au lieu de 3 h 45 : elle avait une répétition de théâtre après ses cours. Eric a annoncé qu'il n'irait pas chez le pédiatre si on lui faisait une piqûre. Je m'en suis tenu au leitmotiv parental : « Nous verrons ça. »

Les enfants sont descendus de la voiture et se sont éloignés en traînant leur sac à dos. Ils étaient chargés chacun d'une bonne dizaine de kilos ; je n'arrivais pas à m'y faire. De mon temps, les écoliers ne portaient pas ces énormes fardeaux. Nous n'avions même pas de sacs à dos ; il semblait maintenant que tout le monde avait le sien. On voyait des gamins de huit ans pliés en deux comme des sherpas. Certains le transportaient sur des rollers, comme des bagages sur un chariot d'aéroport. Je ne comprenais pas, dans ce monde qui allait vers le tout numérique, où on faisait plus petit, plus léger, pourquoi le sac des écoliers était de plus en plus lourd.

Deux ou trois mois auparavant, dans une réunion de parents d'élèves, j'avais posé la question au principal. Il avait convenu que c'était en effet un gros problème, un sujet de préoccupation pour tout le monde. Puis il était passé à autre chose. Je n'avais pas compris non plus. Si tout le monde s'en préoccupait, pourquoi ne pas essayer d'y remédier ? Ainsi va la nature humaine : on ne fait rien avant qu'il soit trop tard. On installe un feu de signalisation à un carrefour *après* qu'un enfant s'est fait écraser.

Je suis rentré à la maison : la circulation était difficile. J'espérais pouvoir prendre deux heures de repos, je n'avais pas d'autre idée en tête.

Maria m'a réveillé à 11 heures en me secouant vigoureusement l'épaule.

— Monsieur Forman ! Monsieur !

J'étais encore abruti de fatigue.

— Qu'est-ce qui se passe ?

— Le bébé.

— Qu'est-ce qu'elle a ? demandai-je, complètement réveillé en une fraction de seconde.

— Allez voir le bébé, monsieur. Elle est toute…

D'un geste hésitant, Maria s'est frotté l'épaule et le bras.

— Toute quoi ?

— Allez voir le bébé, monsieur.

Je me suis rendu d'un pas lourd dans la chambre d'Amanda. Debout dans son lit à barreaux, elle faisait des bonds d'un air réjoui. Tout aurait été normal si son petit corps n'avait eu une coloration violacée uniforme. Comme une ecchymose géante.

— Bon Dieu !

Je ne voulais pas repartir à l'hôpital, je ne voulais plus voir ces médecins en blouse blanche qui ne disent rien, je ne voulais pas retomber dans les affres de la peur. La nuit que je venais de passer m'avait épuisé. J'avais l'estomac noué à l'idée que ma fille souffrait de quelque chose de grave. Je me suis penché vers Amanda qui a souri en babillant joyeusement. Elle a tendu la main en ouvrant la bouche : le signal pour que je la prenne dans mes bras.

Je l'ai sortie de son lit : elle avait l'air en pleine forme. Elle a saisi mes cheveux et essayé, comme toujours, d'arracher mes lunettes. Je me suis senti soulagé. Je voyais sa peau de plus près : on aurait dit qu'elle était couverte d'ecchymoses, mais d'une coloration uniforme qui couvrait son corps des pieds à la tête. Amanda donnait l'impression d'avoir été trempée dans un bain de teinture. Il y avait de quoi s'alarmer.

J'ai décidé, quoi qu'il m'en coûtât, d'appeler le médecin des urgences. J'ai pris sa carte dans ma poche pendant qu'Amanda essayait de s'emparer de mes lunettes. J'ai composé le numéro de ma main libre ; j'étais capable de faire un tas de choses d'une seule main. Quand l'interne a pris la communication, il a paru surpris.

— Ah ! J'allais justement vous appeler. Comment va votre fille ?

— Elle semble aller bien, répondis-je en tournant la tête pour que les petites mains ne se referment pas sur mes lunettes.

Elle riait : c'était devenu un jeu.

— Elle va bien, mais il y a quand même…

— Aurait-elle, par hasard, quelque chose qui a l'aspect d'une ecchymose ?

— Oui, exactement. C'est pour cette raison que j'appelle.

— Une ecchymose qui recouvre tout son corps ? D'une coloration uniforme ?

— En effet. Pourquoi demandez-vous cela ?

— J'ai reçu les résultats des analyses, expliqua le médecin. Tout est normal, absolument normal. Un enfant en parfaite santé. J'attends encore le résultat de l'IRM mais l'appareil ne marche plus. Il ne sera pas utilisable avant plusieurs jours.

Je ne pouvais continuer à baisser et tourner sans arrêt la tête. J'ai remis Amanda dans son lit, ce qui, évidemment, ne lui a pas plu. Son visage s'est crispé : elle s'apprêtait à pleurer. Je lui ai tendu son monstre Cookie et elle s'est assise pour jouer. Je savais que je disposais de cinq minutes de tranquillité.

— En tout état de cause, poursuivit le médecin, je me réjouis qu'elle aille bien.

J'ai dit que je m'en réjouissais aussi.

Il y a eu un silence, puis un toussotement.

— Monsieur Forman, reprit l'interne, j'ai vu sur le formulaire d'admission que vous avez rempli que votre profession est ingénieur logiciel.

— C'est exact.

— Cela signifie-t-il que vos activités sont liées à la fabrication ?

— Non. Je fais de la conception de programmes.

— Où travaillez-vous ?

— Silicon Valley.

— Pas dans une usine, par hasard ?

— Non, dans un bureau.

— Je vois. Puis-je vous demander où ? reprit le médecin après un silence.

— En fait, en ce moment, je suis sans emploi.

— Bon. Depuis combien de temps ?

— Six mois.

— Très bien, poursuivit-il après un moment de silence, je voulais juste en avoir le cœur net.

— Pourquoi ?

— Pardon ?

— Pourquoi me posez-vous ces questions ?

— Elles sont sur l'imprimé.

— Lequel ? Je les ai tous remplis à l'hôpital.

— Pas celui-là, expliqua le médecin. C'est une demande de renseignements du Bureau de la Santé et de la Sécurité.

— De quoi s'agit-il ?

77

— Un autre cas a été signalé. Il présente une similitude avec celui de votre fille.

— Où ?

— A l'hôpital général de Sacramento.

— Quand ?

— Il y a cinq jours. Mais la situation est différente. Il s'agit d'un naturaliste de quarante-deux ans, un spécialiste de la flore, qui dormait sous une tente, dans la sierra. Il cherchait une espèce particulière de fleur ou je ne sais quoi. En tout cas, hospitalisé à Sacramento, il présentait les mêmes signes cliniques que votre fille : rash cutané brusque et inexpliqué, pas de fièvre, réaction érythémateuse douloureuse.

— Et une IRM y a mis fin ?

— Je ne sais pas s'il a passé une IRM. Mais, apparemment, ce syndrome, quelle qu'en soit la cause, est limité dans le temps. Déclenchement brusque, disparition tout aussi soudaine.

— Il va bien maintenant ? Le naturaliste ?

— Très bien. Deux jours d'érythème et rien d'autre.

— Tant mieux. J'en suis heureux pour lui.

— Je m'étais dit que vous aimeriez en être informé.

Il a ajouté qu'il me rappellerait peut-être pour poser quelques questions. Y voyais-je un inconvénient ? J'ai répondu qu'il pouvait appeler quand il le désirait. Il a demandé de le prévenir si je constatais un changement dans l'état d'Amanda. J'ai dit que je n'y manquerais pas.

Ma fille avait abandonné son monstre Cookie. Debout dans son lit, une main serrant les barreaux, elle tendait l'autre vers moi ; ses petits doigts se refermaient sur le vide.

Je l'ai prise dans mes bras. L'instant d'après, elle avait arraché mes lunettes en poussant un cri de plaisir. J'ai essayé de les reprendre.

— Amanda...

Trop tard ; elle les avait jetées par terre.

J'ai plissé les yeux ; je ne peux pas me passer de mes lunettes. C'était une paire à monture métallique comme on n'en voit plus beaucoup. Je me suis mis à quatre pattes en tenant le bébé et j'ai balayé le sol de la main en décrivant des cercles dans l'espoir de toucher un verre. Je n'ai rien senti. Les yeux toujours plissés, je me suis rapproché et j'ai recommencé l'opération. Toujours rien. J'ai aperçu un reflet. J'ai posé la petite par terre, je me suis glissé sous le lit et j'ai récupéré mes lunettes. En me relevant, j'ai heurté de la tête le dessous du sommier et j'ai posé la joue par terre.

Mon regard a alors été attiré par la prise électrique murale. Un petit boîtier en plastique était fiché dans la prise de courant ; je l'ai pris pour l'examiner. C'était un cube de cinq centimètres de côté, un régulateur de tension à en juger par son aspect, un modèle ordinaire fabriqué en Thaïlande. Le voltage d'entrée et de sortie était gravé dans le plastique. Sur toute la largeur, une étiquette blanche avec un code-barres portait l'inscription PROPRIETE SSVT, un autocollant comme on en utilise dans les entreprises.

J'ai retourné le cube dans ma main. D'où pouvait-il provenir ? Je m'occupais de tout dans la maison depuis six mois et je savais ce qui s'y trouvait. Amanda n'avait pas besoin d'un régulateur de tension dans sa chambre. Cet appareil ne servait que pour du matériel électronique sensible, un ordinateur par exemple.

Je me suis relevé et j'ai fait le tour de la pièce du regard pour voir si quelque chose avait changé. A mon grand étonnement, j'ai constaté que tout était différent... légèrement différent. La petite lampe du lit d'Amanda avait un abat-jour sur lequel étaient représentés des personnages de *Winnie l'Ourson*. Je plaçais toujours Tigrou, son préféré, face au lit. Cette fois, c'était

Bourriquet. La table à langer était tachée dans un angle. La tache, que je laissais toujours sur la gauche, était passée de l'autre côté. Je mettais les tubes de crème anti-rougeur sur le bord gauche, hors de portée d'Amanda, mais là, la petite pouvait les saisir. Ce n'était pas tout…

J'ai entendu Maria s'approcher.

— Avez-vous fait la chambre du bébé ?

— Non, monsieur.

— Elle n'est pas comme d'habitude.

Maria a regardé autour d'elle.

— Si, monsieur, répondit-elle avec un petit hausse-ment d'épaules. Elle est pareille.

— Non, non, insistai-je, il y a des différences. Regardez bien. Il y a des choses qui ont changé.

J'ai indiqué l'abat-jour de la lampe, la table à langer.

— Certainement, monsieur.

J'ai vu la perplexité se peindre sur son visage. Soit elle ne comprenait pas ce que je disais, soit elle me pre-nait pour un fou. Et je devais paraître un peu dérangé pour faire, à mon âge, une fixation sur un abat-jour décoré de personnages de *Winnie l'Ourson*.

Je lui ai montré le cube que j'avais gardé dans la main.

— Avez-vous déjà vu ça ?

— Non, monsieur.

— Il était sous le lit.

— Je ne sais pas, monsieur.

Elle a examiné l'objet, l'a fait tourner dans sa main, puis me l'a rendu en haussant les épaules. Elle feignait l'indifférence mais je la sentais sur ses gardes. La situa-tion me mettait dans l'embarras.

— Ça ne fait rien, Maria.

Elle s'est penchée pour prendre le bébé.

— Je vais lui donner son biberon.

— Allez-y.

Je suis sorti de la chambre sans pouvoir me débarrasser d'une impression bizarre.

Par simple curiosité, j'ai cherché le sigle SSVT sur le Net ; j'ai visité un certain nombre de sites. Le temple de Sri Shiva Visnu. Un centre de formation Waffen-SS, à Konitz, qui proposait des insignes nazis. Une école technique et professionnelle, à South Shore. Des systèmes optiques VariTemp. Une fabrique de carrelage d'intérieur. Un groupe de rock baptisé Slingshot Venus. La Fédération suisse de tir. J'en passe, et des meilleures.

J'ai laissé tomber l'ordinateur et j'ai regardé par la fenêtre.

Maria m'avait donné une liste de courses, rédigée de son écriture hésitante. Il aurait fallu que je fasse ces achats avant de passer prendre les enfants à l'école, mais j'étais incapable de bouger. Certains jours, le rythme de la vie à la maison m'écrasait, me laissait épuisé, la tête vide. A ces moments-là, j'étais obligé de m'asseoir et je ne faisais rien pendant deux ou trois heures.

Je ne voulais pas bouger. Pas tout de suite.

Je me suis demandé si Julia allait m'appeler en fin de journée et si elle aurait un nouveau prétexte pour rentrer tard. Je me suis demandé comment je réagirais si elle m'annonçait un jour qu'elle était amoureuse d'un autre. Je me suis demandé ce que je ferais si je n'avais toujours pas trouvé de travail à ce moment-là.

Je me suis demandé quand j'allais trouver du travail. Tout en m'abandonnant à ces réflexions, je tournais et retournais le petit appareil dans ma main.

Juste devant la fenêtre se dressait un grand arbre corail aux feuilles épaisses et au tronc vert. Nous l'avions planté beaucoup plus petit, peu après avoir emménagé. Pas nous, bien sûr, les horticulteurs, mais nous étions tous là pour les regarder faire. Nicole avait sa pelle et son seau ; Eric marchait à quatre pattes sur la pelouse. Julia avait fait du charme aux jardiniers pour qu'ils ne partent pas avant d'avoir fini. Après leur départ, je l'avais embrassée et j'avais enlevé la terre qu'elle avait sur le nez. « Un jour, avait-elle dit, cet arbre couvrira toute la maison. »

En fait, une de ses branches avait été brisée par la tempête et il avait poussé de travers. Le bois de cet arbre est tendre, les branches se brisent aisément ; jamais son feuillage n'avait couvert la maison.

Ce souvenir était très net : je nous revoyais tous ensemble sur la pelouse. Mais ce n'était qu'un souvenir. Et j'avais si peur qu'il n'ait plus aucun sens.

Après des années de travail sur les systèmes multi-agents, on se met à voir la vie sur le modèle de ces programmes.

On peut, pour simplifier, considérer un environnement multi-agents comme une sorte d'échiquier et les agents comme les pièces du jeu. Les individus interagissent pour atteindre un but exactement comme les pièces se déplacent sur l'échiquier pour gagner la partie. Avec cette seule différence que personne ne fait manœuvrer les agents. Ils interagissent seuls pour arriver au résultat voulu.

Si on leur donne de la mémoire, ils peuvent apprendre certaines choses sur leur environnement. Ils se souviennent de la place qu'ils occupaient sur l'échiquier et de ce qu'ils y ont fait. Ils peuvent repartir à certains endroits et attendre qu'il s'y produise certaines choses. Les programmeurs disent que les agents ont des certitudes sur leur environnement et qu'ils agissent en fonction de ces certitudes. Ce n'est pas littéralement exact mais cela pourrait l'être. C'est, en tout cas, l'impression qu'ils donnent.

Il est intéressant de constater que certains de ces

agents acquièrent à la longue des convictions erronées. A la suite d'un conflit de motivation ou pour toute autre raison, ils se mettent à agir d'une manière inadaptée. L'environnement a changé mais ils ne semblent pas en avoir conscience. Ils répètent des schémas obsolètes et leur comportement ne reflète plus la réalité de l'échiquier, comme s'ils étaient englués dans le passé.

Dans les programmes évolutionnistes, ces agents sont éliminés ; ils n'ont pas de descendants. Dans d'autres programmes multi-agents, ils sont simplement mis à l'écart, repoussés vers la périphérie pendant que les autres individus poursuivent leur activité. Certains programmes disposent d'un module spécifique, dit « la Faucheuse », qui les retire de l'échiquier à intervalles réguliers.

Mais ils restent englués dans leur passé. Parfois, ils parviennent à se ressaisir, à se remettre sur la bonne voie. Parfois, non.

Des réflexions de cette nature me mettaient mal à l'aise. J'ai changé de position dans mon fauteuil en tournant la tête vers la pendule. J'ai vu avec soulagement qu'il était l'heure d'aller chercher les enfants.

Eric a fait ses devoirs dans la voiture en attendant la fin de la répétition de Nicole. Quand elle est arrivée, elle n'était pas à prendre avec des pincettes. Elle croyait avoir ses chances pour obtenir un des principaux rôles, mais le professeur d'art dramatique l'avait reléguée dans le chœur.

— Mon texte fait deux lignes ! s'écria-t-elle en claquant la portière. Vous voulez savoir ce que je dis ? Ecoutez bien ! « Tiens, voilà John qui arrive. » Et, dans le deuxième acte : « Cela a l'air assez sérieux. » Deux répliques !

Elle s'est enfoncée dans son siège, les yeux fermés.

— C'est quoi, son problème, à M. Blackey ?

— Il te trouve peut-être nulle à chier, glissa Eric.

— Face de rat ! lança-t-elle en lui tapant sur la tête. Cul de singe !

— Suffit ! ordonnai-je en mettant le contact. Vos ceintures !

— Ce petit crétin, il ne connaît rien de rien ! reprit Nicole en bouclant sa ceinture de sécurité.

— J'ai dit : ça suffit !

— Je sais que tu es nulle, répliqua Eric. Pissouse !

— Eric, arrête maintenant !

— Ecoute ton père, Eric, et ferme-la !

— Nicole…

Je lui ai lancé un regard courroucé dans le rétro.

— Pardon, murmura-t-elle, au bord des larmes.

— Je suis sincèrement désolé que tu n'aies pas eu le rôle que tu voulais, ma chérie. Je sais que cela te tenait à cœur et que tu dois être très déçue.

— Non… Je m'en balance.

— Je suis triste pour toi.

— Je t'assure, papa, je m'en fiche. Ce qui est fait est fait ; je vais de l'avant. Tu sais qui a eu le rôle ? reprit Nicole après un silence. Cette sale petite lécheuse de Katie Richards ! M. Blackey est… un nœud !

Avant que j'aie eu le temps de dire quoi que ce soit, elle a fondu en larmes, pleurant à gros sanglots mélo-dramatiques. Eric s'est tourné vers moi en levant des yeux accablés.

Sur le chemin du retour, je me suis promis de deman-der à Nicole, après le dîner, quand elle serait calmée, de surveiller son langage.

Je coupais des haricots verts pour qu'ils puissent loger dans le cuit-vapeur quand Eric est venu me voir.

— Papa, interrogea-t-il de la porte de la cuisine, sais-tu où est ma MP3 ?

— Absolument pas.

Je n'arrivais pas à me faire à l'idée que j'aurais dû savoir où se trouvait chacune de leurs possessions. La Game Boy d'Eric, son gant de base-ball, le pull-over sans manches de Nicole, son bracelet...

— Tu as cherché ?

— Partout, papa.

— Ouais... Tu as regardé dans ta chambre ?

— Dans tous les coins.

— Dans la salle de séjour ?

— Partout.

— Et la voiture ? Tu l'as peut-être laissée dans la voiture.

— Non, papa.

— A l'école, elle reste dans ton armoire ?

— Nous avons des casiers, papa.

— Tu as fouillé dans les poches de ta veste ?

— Arrête, papa ! Je te dis que j'ai regardé partout. Il me la faut !

— Si tu as déjà regardé partout, je ne vois pas comment je pourrais la trouver.

— Je te demande juste de m'aider, papa.

Le rôti avait encore une demi-heure de cuisson. J'ai posé mon couteau pour suivre Eric dans sa chambre. J'ai regardé dans tous les endroits habituels : au fond de son armoire où les vêtements étaient en tas (il faudrait que j'en touche un mot à Maria), sous le lit, derrière la table de chevet, dans le tiroir du bas de la salle de bains et sous le bric-à-brac qui recouvrait son bureau. Eric disait vrai, la console n'était pas dans sa chambre. Nous avons pris la direction du séjour. En passant devant la chambre du bébé, j'ai jeté un coup d'œil à l'intérieur et j'ai vu la console. Elle était sur l'étagère, près de la table à langer, à côté des tubes de crèmes pour bébés. Eric s'est jeté dessus.

— Merci, papa, tu es génial !

Il a aussitôt filé dans sa chambre.

Inutile de chercher à savoir ce que la console faisait dans la chambre d'Amanda. Je suis reparti dans la cuisine pour finir de couper mes haricots.

Quelques secondes plus tard, j'ai entendu la voix d'Eric.

— Papa !

— Quoi ?

— Elle ne marche pas !

— Ne crie pas comme ça, je ne suis pas sourd.

Eric est revenu dans la cuisine, la mine défaite.

— C'est elle qui l'a cassée.

— Qui, elle ?

— Amanda. Elle a voulu jouer avec et elle l'a cassée. C'est pas juste !

— Tu as vérifié les piles ?

— Bien sûr, répondit-il avec un regard condescendant. Je te le dis, elle l'a cassée ! C'est pas juste !

Je doutais que sa console MP3 soit cassée. Ces appareils étaient d'une solidité à toute épreuve, sans pièces mobiles. Et la console était trop grosse pour que le bébé la prenne dans sa main.

— Donne-moi ça, fis-je après avoir posé les haricots verts sur la passoire du cuit-vapeur.

Nous sommes allés dans le garage où j'ai pris ma boîte à outils sous le regard d'Eric qui ne perdait pas un seul de mes gestes. J'avais une trousse contenant un jeu de petits outils adaptés aux ordinateurs et aux appareils électroniques. Je m'y suis mis rapidement : quatre vis cruciformes et l'arrière s'est détaché. J'ai regardé avec attention le circuit imprimé sur son support vert. Il était recouvert d'une mince couche de poussière grisâtre rappelant les débris pelucheux produits par un sèche-linge, qui masquait les composants électroniques. Je soupçonnais Eric d'avoir glissé par terre en jouant au base-ball avec la console dans sa poche. C'était pour cela qu'elle ne marchait plus. En regardant les bords, j'ai vu un joint en caoutchouc à l'endroit où l'arrière venait s'appliquer contre l'appareil : la console était étanche.

J'ai soufflé pour enlever la poussière, espérant découvrir un faux contact, une puce mémoire que la chaleur aurait fait sauter, enfin quelque chose de facile à réparer. Les yeux plissés, j'ai essayé de déchiffrer ce qui était écrit sur les puces. Sur l'une d'elles, l'inscription était cachée, car il semblait y avoir une sorte de…

J'ai relevé la tête.

— Qu'est-ce qu'il y a ? demanda Eric.

— Passe-moi la loupe, veux-tu ?

Eric m'a tendu l'instrument, j'ai approché ma lampe halogène et je me suis penché sur la puce pour l'examiner de plus près. Je n'avais pas pu lire les inscriptions parce que la surface était corrodée. Des canaux s'étaient formés, comme un delta en miniature. J'ai compris d'où venait la poussière : c'étaient les restes pulvérulents de la puce.

— Tu peux la réparer, papa ? Tu peux, oui ou non ?

Qu'est-ce qui avait provoqué cette corrosion ? Le reste de la carte mère semblait en bon état, la puce de contrôle était intacte. Seule la mémoire était endommagée. Je n'étais pas un spécialiste du hardware mais j'en savais assez pour faire de petites réparations sur un ordinateur. J'étais capable d'installer un disque dur, d'ajouter de la mémoire, des choses de ce genre. Je savais ce qu'était une puce mémoire mais je n'avais jamais rien vu de tel. Celle-ci devait être défectueuse ; je n'avais pas d'autre explication. On devait assembler ces consoles MP3 avec les composants les moins coûteux.

— Alors, papa ? Tu peux la réparer ?

— Non, il faut une nouvelle puce. J'en trouverai une demain.

— Elle l'a bousillée, c'est ça ?

— Non. Je pense que la puce était défectueuse.

— Cette console a bien marché pendant un an. Elle l'a bousillée ! C'est pas juste !

Au même moment, comme par hasard, la petite s'est mise à brailler. J'ai posé la console sur la table du garage pour aller voir ce qu'elle avait. J'ai regardé ma montre : j'avais juste le temps de changer la couche d'Amanda et de passer ses céréales au mixeur avant que le rôti soit cuit.

A 9 heures, les deux plus jeunes étaient couchés ; seule la voix de Nicole troublait le silence de la maison. « Cela a l'air *assez* sérieux. Cela a l'air *assez* sérieux. Cela a l'air assez… *sérieux.* » Devant le miroir de la salle de bains, elle répétait son texte en se regardant dans les yeux.

Julia avait laissé un message pour dire qu'elle serait de retour à 8 heures mais elle n'était pas encore arrivée. Je ne voulais pas appeler pour chercher à savoir ce qu'elle faisait. De toute façon, j'étais fatigué, je n'avais plus assez d'énergie pour m'inquiéter au sujet de Julia. J'avais appris ces derniers mois des petits trucs qui me facilitaient la vie, en particulier l'usage sans modération du papier d'aluminium. Malgré cela, après avoir fait la cuisine, mis la table, nourri les enfants, joué à l'avion pour faire manger ses céréales à la petite, nettoyé la table, essuyé la chaise haute, couché Amanda et mis de l'ordre dans la cuisine, j'étais fatigué. Amanda n'avait pas cessé de recracher les céréales, Eric de répéter que ce n'était pas juste, qu'il voulait des blancs de poulet panés à la place du rôti.

Je me suis affalé sur le lit et j'ai allumé la télé.

Il n'y avait pas d'image. Je me suis souvenu que le lecteur de DVD n'avait pas été coupé et que la transmission par câble était interrompue. J'ai actionné la télécommande, le lecteur de DVD s'est mis en marche. C'était la démonstration de Julia.

La caméra suivait le flux sanguin en direction du cœur ; dans la partie liquide du sang, presque incolore, les globules rouges faisaient des bonds. Julia parlait devant le sujet immobile, l'antenne juste au-dessus du corps.

« Nous sortons du ventricule, vous voyez l'aorte… Nous allons passer dans le système artériel… »

Elle s'est tournée face à la caméra.

« Les images que vous avez vues sont fugitives mais nous pouvons laisser la caméra fonctionner une demi-heure et réaliser des compositions très détaillées de tout ce que nous voulons voir. Nous pouvons même arrêter la caméra en utilisant un puissant champ magnétique. Quand nous avons terminé, une dérivation intraveineuse nous permet, toujours à l'aide d'un champ magnétique, de récupérer les particules. Le patient peut rentrer chez lui. »

La caméra s'est rapprochée de Julia.

« La technologie Xymos est sans danger, fiable et d'une utilisation très facile, reprit-elle. Elle ne demande pas de personnel hautement qualifié : elle peut être mise en œuvre par une infirmière ou un auxiliaire médical. Rien qu'aux Etats-Unis, un million de personnes meurent chaque année de maladies vasculaires. Les perspectives commerciales sont excellentes : indolore, simple et sûre, notre technologie remplacera à coup sûr d'autres techniques d'imagerie médicale telles que la scannographie et l'angiographie pour devenir d'une utilisation courante. Nous commercialiserons la nanocaméra, l'antenne et les moniteurs de contrôle. Le prix de revient d'un examen ne sera que de vingt dollars, contrairement à certaines technologies génétiques dont le coût s'élève aujourd'hui à deux ou trois cents dollars.

A vingt dollars la séance, nous espérons atteindre dès la première année des revenus supérieurs à quatre cents millions de dollars. Quand la procédure sera généralisée, ce chiffre triplera. Oui, cette technologie rapportera un milliard deux cents millions de dollars par an. Y a-t-il des questions ?... »

J'ai coupé la télé en étouffant un bâillement. Une démonstration impressionnante, des arguments irréfutables. Je ne comprenais pas bien pourquoi Xymos avait des difficultés à lever des capitaux. Pour les investisseurs, c'était une occasion en or.

Mais Julia n'avait sans doute aucune difficulté ; elle utilisait simplement le prétexte du financement pour rentrer tard tous les soirs. Elle avait certainement de bonnes raisons.

J'ai éteint la lumière. Les yeux ouverts dans l'obscurité, le regard fixé sur le plafond, j'ai commencé à voir des images fugaces se succéder. La cuisse de Julia sur la jambe d'un homme ; Julia les reins creusés ; Julia haletante, tous les muscles contractés. Son bras tendu pour prendre appui sur la tête de lit. Une sarabande d'images à laquelle je ne parvenais pas à mettre fin...

Je me suis levé pour aller jeter un coup d'œil dans les chambres des enfants. Nicole n'était pas couchée ; elle envoyait des mails à ses copines. Je lui ai dit que c'était l'heure d'éteindre. J'ai arrangé le lit d'Eric, qui avait repoussé ses draps. Amanda était encore rouge, mais elle dormait profondément ; sa respiration était douce et régulière.

Je me suis recouché en me disant qu'il fallait que je dorme, que je pense à autre chose. Je me suis tourné et retourné, j'ai déplacé l'oreiller, je me suis relevé pour boire un verre de lait et grignoter des biscuits. Bien plus tard, j'ai fini par plonger dans un sommeil agité.

Et j'ai fait un rêve étrange.

A un moment, dans la nuit, en changeant de position, j'ai vu Julia au pied du lit, en train de se déshabiller. Elle déboutonnait son chemisier avec les gestes lents d'une femme fatiguée ou rêveuse. Elle me tournait le dos, mais je distinguais son visage dans le miroir. Elle était d'une beauté éclatante, avec des traits plus finement ciselés que jamais ; peut-être était-ce dû à l'éclairage.

Je gardais les yeux mi-clos ; elle n'avait pas remarqué que j'étais réveillé. Tandis qu'elle continuait de déboutonner lentement son chemisier, ses lèvres remuaient comme si elle murmurait quelque chose ou était en prière. Le regard vide, elle semblait perdue dans ses pensées.

Tandis que je l'observais, ses lèvres ont viré au rouge sombre, puis au noir. Elle n'a pas paru y prêter attention. Partant de la bouche, le noir s'est étendu sur ses joues et le bas de son visage, a gagné le cou. Je retenais mon souffle ; j'avais le sentiment d'un grand danger. Le noir s'est ensuite déroulé en ondoyant du haut en bas de son corps jusqu'à ce qu'elle en soit recouverte comme d'un manteau. Seul le haut du visage demeurait visible. Son expression était sereine ; elle semblait indifférente, le regard fixe, les lèvres noires remuant en silence. Devant ce spectacle, j'ai frissonné jusqu'à la moelle des os. Quelques secondes plus tard, le manteau noir dans lequel elle était drapée a glissé jusqu'au sol ; il a disparu.

Julia, redevenue normale, a enlevé son chemisier et s'est dirigée vers la salle de bains.

J'avais envie de me lever et de la suivre mais j'étais incapable de bouger. Une fatigue écrasante me clouait sur le lit, me paralysait. Mon épuisement était tel que j'avais de la peine à respirer. Cette oppressante sensation de fatigue allait en s'accentuant : elle a pris possession de ma conscience. J'ai senti mes yeux se fermer et j'ai sombré dans un sommeil de plomb.

Quatrième jour

6 h 40

Le lendemain matin, le rêve était encore présent à mon esprit. Ses images trop nettes engendraient un sentiment pénible : il avait tout de la réalité et rien d'un rêve.

Julia était déjà debout. En me levant, je suis allé là où je l'avais vue se déshabiller pendant la nuit. J'ai examiné la descente de lit, la table de nuit, les draps et l'oreiller froissés. Il n'y avait rien d'anormal, rien qui sortît de l'ordinaire. Ni marques noires, ni traces de quoi que ce fût.

Dans la salle de bains, j'ai regardé les produits de beauté soigneusement alignés de son côté du lavabo : ils étaient tels que je les voyais tous les jours. Mon rêve me laissait une impression de malaise, mais ce n'était qu'un rêve.

Il y avait pourtant quelque chose d'indiscutable : Julia était plus belle que jamais. Quand je l'ai vue dans la cuisine où elle se servait un café, j'ai constaté que ses traits paraissaient réellement plus fins. Ce visage autrefois joufflu était amaigri, avec une grande délicatesse de traits. On aurait dit celui d'un top-model. Son corps aussi, en y regardant de plus près, paraissait plus mince, plus musclé. Elle n'avait pas perdu de poids mais sa ligne svelte donnait une impression de densité, de vitalité.

— Tu as l'air en pleine forme, observai-je.

— Il n'y a aucune raison, répondit-elle en riant. Je suis épuisée.

— A quelle heure es-tu rentrée ?

— Vers 11 heures. J'espère que je ne t'ai pas réveillé.

— Non. Mais j'ai fait un rêve bizarre.

— Ah bon ?

— Oui, c'était…

— Maman ! s'écria Eric en se précipitant dans la cuisine. Maman ! C'est pas juste ! Nicole ne veut pas sortir de la salle de bains ! Elle y est depuis une heure ! C'est pas juste !

— Va dans la nôtre.

— J'ai besoin de mes chaussettes, maman. C'est pas juste !

Le problème n'était pas nouveau. Eric avait deux paires de chaussettes préférées qu'il portait jour après jour jusqu'à ce qu'elles soient noires de crasse. Pour d'obscures raisons, les autres chaussettes qui remplissaient son tiroir ne lui donnaient pas satisfaction ; je n'avais jamais réussi à obtenir une explication.

— Nous en avons déjà parlé, Eric. On met des chaussettes propres le matin.

— Mais ce sont mes bonnes chaussettes, papa !

— Tu as plein de bonnes chaussettes.

— C'est pas juste, papa ! Elle est là-dedans depuis une heure, je t'assure !

— Va chercher d'autres chaussettes.

— Papa…

J'ai pointé le doigt en direction de sa chambre ; il est parti en bougonnant.

Je me suis retourné vers Julia pour reprendre notre conversation. Elle dardait sur moi un regard dur.

— Tu n'y arriveras pas, hein ?

— A quoi ?

— C'est moi qu'il appelait et, toi, tu as pris les choses en main. Comme si je n'étais pas là.

Elle avait raison.

— Je ne vois pas beaucoup les enfants ces temps-ci, Jack. J'aimerais avoir des relations normales avec eux, sans que tu te mêles de tout.

— Je suis désolé… Du matin au soir, j'ai à faire face à des situations de ce genre…

— Cela devient réellement un problème, Jack.

— Je me suis excusé.

— J'ai entendu mais je ne crois pas que tu sois désolé. Tu ne donnes pas l'impression d'essayer de changer d'attitude.

J'ai fait un effort pour contenir la colère qui montait en moi.

— Tu as raison, Julia. Je n'aurais pas dû faire ça.

— Je me sens exclue, poursuivit-elle. Tu m'éloignes de mes enfants.

— Bon sang, Julia, tu n'es jamais là !

Un silence glacial a suivi.

— Bien sûr que je suis là, reprit-elle. Je te défends de dire ça ! Tu ne me vois pas, c'est tout !

— Attends un peu… Quand es-tu à la maison ? A quand remonte le dernier dîner que tu as partagé avec nous ? Ni hier soir, ni avant-hier, ni les jours d'avant. Pas une seule fois de toute la semaine, Julia. Tu n'es jamais là.

— Je ne sais pas ce que tu cherches, Jack, lança-t-elle en me fusillant du regard. Je ne sais pas à quel jeu tu joues.

— Je ne joue à rien du tout. Je te pose une question.

— Je suis une bonne mère, obligée de jongler avec

les exigences d'un métier difficile et les besoins de ma famille. Et je ne reçois aucun soutien de ta part.

— Qu'est-ce que tu racontes ?

J'avais haussé le ton. La conversation prenait un tour irréel.

— Tu me dénigres, tu me démolis sournoisement, tu braques les enfants contre moi. Je vois bien ce que tu fais, je ne suis pas aveugle. Tu ne m'es vraiment d'aucun soutien. Après toutes ces années de mariage, il est lamentable de se comporter de la sorte avec sa femme.

Elle est sortie comme une furie, les poings serrés. Sa rage était telle qu'elle n'a pas vu Nicole, juste derrière la porte, qui avait tout entendu. Et qui écarquillait les yeux tandis que sa mère passait sans un regard pour elle.

— Elle est devenue folle, papa, déclara Nicole dans la voiture, sur la route de l'école.

— Mais non.

— Tu sais bien que si. Tu ne veux pas le dire, c'est tout.

— C'est ta mère, Nicole. Ta mère n'est pas folle. Elle travaille dur en ce moment.

— C'est ce que tu as dit la dernière fois, après votre dispute.

— Eh bien, c'est vrai.

— Avant, vous ne vous disputiez pas comme ça.

— Tout le monde a les nerfs en pelote, ces temps-ci.

Nicole a croisé les bras en faisant une moue dubitative.

— Je ne comprends pas comment tu fais pour la supporter.

— Moi, je ne comprends pas pourquoi tu t'occupes de ce qui ne te regarde pas.

— Papa, c'est des conneries, tout ça !

— Nicole…

— Pardon… Mais tu ne pourrais pas essayer d'avoir une vraie conversation au lieu de la défendre tout le

95

temps ? Ce n'est pas normal, ce qu'elle fait. Je *sais* que tu la crois folle.

— C'est toi qui es folle ! lança Eric de l'arrière, en lui donnant une tape sur le crâne.

— La ferme, face de rat !

— La ferme toi-même, gerbis de putois !

— Je ne veux plus entendre un seul mot, déclarai-je avec force. Je ne suis pas d'humeur à écouter vos bêtises.

Nous arrivions devant l'école. Nicole a ouvert sa portière ; elle s'est retournée pour prendre son sac à dos et m'a lancé un regard noir avant de s'éloigner.

Je ne pensais pas que Julia était devenue folle, mais il y avait assurément quelque chose de changé en elle. En repassant dans mon esprit notre conversation du matin, une sorte de malaise m'a saisi, pour d'autres raisons. Une grande partie de ses remarques donnait à penser qu'elle cherchait des arguments à utiliser contre moi. Qu'elle les accumulait méthodiquement.

Je me sens exclue. Tu m'éloignes de mes enfants.

Je suis là. Tu ne me vois pas, c'est tout.

Je suis une bonne mère, obligée de jongler avec les exigences d'un métier difficile et les besoins de ma famille.

Tu ne m'es vraiment d'aucun soutien. Tu me dénigres, tu me démolis sournoisement.

Tu braques les enfants contre moi.

Je n'avais pas de mal à imaginer son avocat reprenant ces arguments devant un juge. Et je savais pourquoi. J'avais lu récemment dans un article de *Redbook* que l'« aliénation d'affection » était à la mode dans les procédures de divorce. Le père dresse les enfants contre la mère, il instille le poison dans les esprits enfantins par le verbe et l'action. La mère, comme d'habitude, est blanche comme neige.

Tous les pères savent que le système judiciaire favorise systématiquement les mères. Les juges proclament une égalité de façade mais ils décident toujours qu'un enfant a besoin de sa mère. Même si elle est absente, même si elle les frappe ou oublie de les nourrir. Tant qu'elle ne se shoote pas ou ne leur brise pas les os, elle est, aux yeux de la justice, une mère digne de ce nom. Et même si elle se shoote, le père n'est pas sûr d'avoir gain de cause. La femme d'un de mes amis de MediaTronics était accro à l'héroïne et suivait depuis des années des cures de désintoxication. Ils avaient divorcé et obtenu la garde conjointe des enfants. Leur mère était censée avoir décroché, mais les gosses disaient le contraire. Mon ami était inquiet. Il ne voulait pas qu'elle les prenne dans sa voiture quand elle était chargée. Il ne voulait pas que des dealers tournent autour des enfants. Il s'était adressé à la justice pour demander le droit de garde mais n'avait pas été entendu. Le juge avait déclaré que la mère faisait tout ce qu'elle pouvait pour se libérer de sa dépendance et que des enfants ont besoin de leur mère.

Telle était la réalité. Et j'avais l'impression que Julia s'apprêtait à me jouer un mauvais tour ; cela me faisait froid dans le dos.

J'étais dans tous mes états quand mon portable a sonné. C'était Julia ; elle appelait pour s'excuser.

— Je suis vraiment désolée, Jack. J'ai dit des choses stupides que je ne pensais pas.

— Quoi, par exemple ?

— Je sais que tu me soutiens, Jack. Bien sûr. Sans toi, je n'y arriverais pas. Tu es merveilleux avec les enfants. Je ne vais pas très bien en ce moment. J'ai été bête, Jack, je regrette ce que j'ai dit.

Je me suis dit à la fin de cette conversation que j'aurais dû l'enregistrer.

J'avais rendez-vous à 10 heures avec Annie Gerard, qui dirigeait un cabinet de recrutement. Nous nous sommes retrouvés dans la cour ensoleillée d'un café de Baker Street. Tous nos rendez-vous étaient en plein air, pour permettre à Annie de fumer. Elle avait ouvert son ordinateur portable et branché son modem sans fil. Une cigarette pendait au coin de ses lèvres ; la fumée lui faisait plisser les yeux.

— Tu as quelque chose ? demandai-je en m'asseyant en face d'elle.

— Eh bien, oui. Deux excellentes possibilités.

— Merveilleux, fis-je en commençant à tourner mon crème. Dis-moi tout.

— Ecoute bien. Chef analyste chez IBM, responsable de l'architecture des systèmes distribués avancés.

— Tout à fait mon rayon.

— C'est bien mon avis. Tu es hautement qualifié pour ce poste, Jack. Tu dirigerais un labo de recherches avec soixante personnes sous tes ordres. Salaire de base deux cent cinquante mille, plus des stock-options à conserver cinq ans, plus des royalties sur ce qui sera développé dans ce labo.

— Très alléchant. Où ?

— A Armonk.

— A New York ? Pas question, Annie. Qu'as-tu d'autre ?

— La direction d'une équipe qui conçoit des systèmes multi-agents pour une compagnie d'assurances qui fait de l'exploitation de données. Une excellente opportunité…

— Où ?

— A Austin.

— Annie, soupirai-je, Julia a un boulot qu'elle adore, auquel elle se consacre. Il n'est pas question pour elle de le laisser tomber. Mes enfants ont leur l'école ici et…

— Les gens se déplacent, Jack. Tout le monde a des enfants scolarisés ; les enfants s'adaptent.

— Pour ce qui est de Julia…

— Tu n'es pas le seul dont la femme travaille. Les autres déménagent quand même.

— Je sais, mais pour Julia…

— Lui en as-tu parlé ? As-tu abordé le sujet ?

— Euh… non. Je me disais que…

— Jack, coupa Annie en dardant sur moi un regard réprobateur par-dessus l'écran de son portable. Je pense qu'il vaudrait mieux que tu arrêtes tes conneries. Tu n'es pas en position de faire le difficile : tu ne dois pas te laisser placardiser.

— Placardiser ?

— C'est ça, Jack. Tu n'as pas travaillé depuis six mois ; c'est long pour une société high-tech. On va s'imaginer que si tu restes sans emploi si longtemps, il doit y avoir quelque chose qui cloche chez toi. Sans chercher à comprendre, on supposera que ta candidature a été rejetée par plusieurs autres sociétés. Bientôt, tu n'auras même plus d'entretiens. Ni à San Jose, ni à Armonk, ni à Austin, ni à Cambridge. N'attends pas qu'il soit trop tard. Tu m'entends ? Je me fais bien comprendre ?

— Oui, mais…

— Pas de mais, Jack. Il faut que tu parles à ta femme. Il faut que tu trouves le moyen de sortir de ce placard.

— Je ne peux pas quitter Silicon Valley. Je dois rester ici.

— Ça ne va pas si bien que ça, ici, affirma Annie en réglant son écran. Chaque fois que je prononce ton nom, on me fait sentir… A propos, que se passe-t-il chez MediaTronics ? Don Gross va être mis en examen ?

— Je n'en sais rien.

— Ce bruit court depuis plusieurs mois mais on ne voit rien venir. J'espère pour toi que cela ne tardera pas.

— Je ne comprends pas, Annie. Je suis idéalement

placé dans un secteur très recherché, les systèmes distribués multi-agents, mais…

— Très recherché, Jack ? coupa-t-elle en me lançant un regard scrutateur. Tu veux dire qu'on s'arrache les spécialistes. A Silicon Valley, tout le monde pense que les grandes avancées dans le domaine de la vie artificielle viendront du contrôle distribué.

— C'est vrai.

Depuis quelques années, la vie artificielle avait pris la place de l'intelligence artificielle comme objectif à long terme de l'informatique. L'idée était de rédiger des programmes ayant les propriétés des êtres vivants : la capacité de s'adapter, de s'organiser, d'apprendre, de répondre à des situations nouvelles. Bon nombre de ces qualités étaient particulièrement importantes dans le domaine de la robotique ; elles commençaient à être exploitées grâce au traitement distribué.

Le traitement distribué consiste à répartir le travail entre plusieurs processeurs ou dans un réseau d'agents virtuels créé dans l'ordinateur. Il existe plusieurs manières de parvenir à ce résultat. L'une d'elles consiste à créer une nombreuse population d'agents artificiels à l'intelligence limitée, qui travaillent ensemble pour atteindre un but, exactement comme le fait une colonie de fourmis. Mon équipe avait beaucoup travaillé là-dessus.

Une autre méthode consiste à réaliser ce qu'on appelle un réseau neuronal, sur le modèle du réseau de neurones du cerveau humain. Il est apparu qu'un réseau de neurones formels, aussi simple soit-il, dispose d'étonnantes capacités. Il est capable d'apprendre et d'utiliser ce que l'expérience lui a apporté. Nous avions travaillé là-dessus aussi.

Une troisième technique consiste à créer des gènes virtuels dans l'ordinateur et à les laisser évoluer dans un monde virtuel jusqu'à ce qu'ils aient atteint un objectif, quel qu'il soit.

Il existe d'autres procédures qui, dans l'ensemble, diffèrent profondément des travaux menés pour le développement de l'intelligence artificielle. Les programmeurs s'efforçaient auparavant d'établir des règles pour toutes les situations susceptibles de se présenter. Ils essayaient par exemple d'apprendre à l'ordinateur que lorsque quelqu'un achetait quelque chose dans un magasin, il devait payer avant de partir. Ces informations évidentes, relevant du sens commun, se révélaient extrêmement difficiles à programmer. L'ordinateur faisait des erreurs ; il fallait ajouter des règles pour les supprimer. D'autres erreurs suivaient, rectifiées par de nouvelles règles. On arrivait ainsi à des programmes gigantesques, des millions de lignes de code, dont la complexité même était source d'échecs, des programmes trop longs pour être débogués. Impossible de trouver d'où venaient les erreurs.

On commençait donc à se dire que l'intelligence artificielle telle qu'elle était conçue ne marcherait jamais ; les prédictions les plus sombres se multipliaient. Les années 80 ont été une période bénie pour ceux qui professaient que l'ordinateur n'égalerait jamais l'intelligence humaine.

Les systèmes distribués constituaient une approche entièrement nouvelle de la question et transformaient la philosophie de la programmation.

Dans l'ancienne programmation, dite *top down*, on donnait à l'ensemble du système des règles de comportement.

Dans la nouvelle, dite *bottom up*, le programme définit le comportement de chaque agent au plus petit niveau de sa structure. Mais le comportement du système dans son ensemble n'est pas déterminé ; il est le résultat d'une multitude d'interactions individuelles.

Le système n'étant pas programmé, il peut donner des résultats inattendus. Des résultats que le programmeur n'aurait jamais imaginés. Voilà pourquoi on parle de vie artificielle...

— Jack.

Annie tapotait le dos de ma main. J'ai sursauté.

— As-tu entendu ce que je viens de dire, Jack ?

— Excuse-moi.

— Je te trouve un peu distrait, poursuivit-elle en soufflant la fumée de sa cigarette vers mon visage. Tu as raison de dire que ton domaine est très recherché mais les risques de se laisser placardiser sont d'autant plus grands. Ce n'est pas comme si tu étais un ingénieur spécialisé dans les mécanismes des disques optiques. Dans ton domaine, tout va très vite. Six mois suffisent à une société pour prospérer ou couler.

— Je sais.

— Tu es en danger, Jack.

— Je comprends.

— Alors, veux-tu parler à ta femme ?... Fais-le, je t'en prie.

— D'accord.

— Très bien, je compte sur toi. Sinon, je ne pourrai pas t'aider.

D'une chiquenaude, elle a envoyé son mégot dans ma tasse, où il restait un fond de café crème ; il a grésillé et s'est éteint. Annie a refermé son ordinateur portable et s'est levée.

J'ai appelé Julia, sans réussir à la joindre. J'ai laissé un message. Je savais que ce serait une perte de temps d'aborder avec elle le sujet d'un éventuel déménagement. Elle refuserait, cela ne faisait aucun doute, surtout si elle avait une liaison. Mais Annie avait raison de dire que ma situation devenait préoccupante. Il fallait que je fasse quelque chose. Il fallait au moins que j'en parle à Julia.

Assis à mon bureau, j'ai tourné un moment dans ma main le régulateur de tension en me demandant ce que j'allais faire. Il me restait une heure et demie avant d'aller chercher les enfants. J'avais vraiment envie de parler à Julia. J'ai rappelé pour voir si le standard pouvait me mettre en communication avec elle.

— Xymos Technology.

— Pourrais-je parler à Julia Forman ?

— Ne quittez pas.

Quelques notes de musique classique, puis une autre voix.

— Bureau de Mme Forman.

J'ai reconnu la voix de Carol, son assistante.

— Carol, c'est Jack.

— Bonjour, monsieur Forman. Comment allez-vous ?

— Bien, merci.

— Vous cherchez Julia ?

— Exactement.

— Elle est partie dans le Nevada pour la journée. Dans notre unité de fabrication. Voulez-vous que j'essaie de vous mettre en communication ?

— S'il vous plaît.

— Un instant.

J'ai attendu. Un certain temps.

— Elle est en réunion, monsieur Forman. Elle en a pour une heure. J'ai demandé qu'elle me joigne dès qu'elle sera libre. Désirez-vous qu'elle vous rappelle ?

— S'il vous plaît.

— Y a-t-il quelque chose de particulier à lui dire ?

— Non. Demandez-lui simplement de m'appeler.

— Entendu, monsieur Forman.

Après avoir raccroché, je suis resté pensif, le petit appareil au creux de la main. *Elle est partie dans le Nevada pour la journée.* Julia ne m'avait pas dit qu'elle devait aller dans le Nevada. J'ai repassé dans mon esprit la conversation avec Carol. Avait-elle paru gênée ? Couvrait-elle Julia ? Je n'en étais pas sûr. Je n'étais plus sûr de rien. En regardant par la fenêtre, j'ai vu l'arrosage automatique se mettre en marche et projeter une poussière d'eau sur la pelouse. Au plus fort de la chaleur, le moment était mal choisi. L'arrosage automatique n'aurait pas dû se déclencher à cette heure-là ; il avait été réglé quelques jours auparavant.

En regardant l'eau tomber sur la pelouse, j'ai senti l'abattement me gagner ; tout allait de travers. Je n'avais pas de travail, ma femme n'était jamais à la maison, les enfants étaient insupportables, j'avais l'impression de ne pas savoir m'y prendre avec eux. Et maintenant ces fichus arroseurs qui se mettaient en marche à n'importe quelle heure… La pelouse allait griller.

Juste à ce moment-là, le bébé s'est mis à pleurer.

J'ai attendu l'appel de Julia ; il n'est jamais venu. J'ai découpé du blanc de poulet en émincé (il faut le tenir au froid, presque dans le freezer), un plat qui ne suscitait aucune protestation, puis j'ai préparé du riz. Les carottes étaient un peu molles, mais j'ai décidé de les servir quand même pour le dîner.

Je me suis entaillé le doigt en les coupant en rondelles. La blessure n'était pas profonde mais j'ai beaucoup saigné. Les pansements adhésifs ne servaient à rien : le sang continuait à couler. J'ai changé plusieurs fois le pansement. C'était agaçant.

Nous avons dîné assez tard : les enfants étaient d'humeur grincheuse. Eric s'est plaint que mon poulet était coupé grossièrement ; pourquoi est-ce qu'on ne mangeait pas le poulet de McDonald's, qui était bien meilleur ? Nicole a fait plusieurs lectures de ses deux lignes de texte pendant que son frère la singeait à voix basse. Le bébé a recraché toutes ses céréales jusqu'à ce que, de guerre lasse, je les mélange à de la banane écrasée. Je ne sais pas pourquoi je n'y avais pas pensé avant. Amanda grandissait : elle ne voulait plus d'une nourriture fade.

Eric avait laissé ses cahiers à l'école. Je lui ai suggéré de téléphoner à ses copains pour les devoirs ; il a refusé. Nicole a passé une heure à échanger des mails avec ses copines. Je suis entré à plusieurs reprises dans sa chambre pour lui demander d'arrêter et de faire son travail. « Juste une minute, papa », répondait-elle chaque fois. La petite était agitée ; il m'a fallu longtemps pour la coucher.

Je suis retourné dans la chambre de Nicole. Quand j'ai dit : « Ça suffit maintenant ! » elle a fondu en larmes. Eric est venu voir ce qui se passait, la mine réjouie. Je lui ai demandé pourquoi il n'était pas encore au lit. En voyant la tête que je faisais, il a filé sans demander son reste. Nicole a fait remarquer en sanglotant que je devrais m'excuser ; j'ai répliqué qu'elle aurait dû faire plus tôt ce que je lui demandais. Elle s'est enfermée dans la salle de bains en claquant la porte.

— Je n'arrive pas à dormir avec tout ce boucan ! cria Eric de sa chambre.

— Un mot de plus, mon garçon, et tu seras privé de télévision une semaine !

— C'est pas juste !

Je suis allé dans ma chambre et j'ai allumé la télé pour regarder la fin d'un match de foot. Au bout d'une demi-heure, je suis allé voir les enfants. Amanda dormait paisiblement. Eric avait repoussé son drap et sa couverture ; je l'ai recouvert. Nicole travaillait. Elle s'est excusée et je l'ai serrée dans mes bras.

Je suis reparti dans ma chambre. Dix minutes plus tard, je dormais.

Cinquième jour

7 h 10

Au réveil, j'ai vu que le côté du lit de Julia n'avait pas été défait. Elle n'avait pas dormi à la maison. J'ai écouté le répondeur : pas de message. Sur ces entrefaites, Eric est entré dans la chambre.

— Où est maman ? demanda-t-il, la tête tournée vers le lit.

— Je ne sais pas, mon grand.

— Elle est déjà partie ?

— Je suppose…

Il m'a d'abord regardé, puis le lit, et il est sorti. Il ne voulait pas s'en mêler.

Je me suis dit qu'il fallait peut-être que je réagisse. Que j'aille voir un avocat. Il y avait pour moi quelque chose d'irrévocable dans le fait de consulter un avocat. Si j'en étais là, je n'avais plus grand-chose à espérer. Comme je refusais de croire que mon mariage était mort, j'ai décidé d'attendre.

J'ai appelé ma sœur qui vit à San Diego. Ellen est psychologue ; elle a un cabinet à La Jolla. Il était assez tôt pour quelle ne soit pas encore partie travailler : j'ai téléphoné chez elle. Elle a paru surprise de mon appel.

J'ai beaucoup d'affection pour ma sœur mais nous sommes très différents. Je lui ai fait part, sans entrer dans le détail, de mes soupçons à propos de Julia.

— Tu dis que Julia a découché et qu'elle ne t'a pas prévenu ?

— C'est ça.

— Tu l'as appelée ?

— Pas encore.

— Pourquoi donc ?

— Je ne sais pas.

— Peut-être a-t-elle eu un accident, peut-être est-elle blessée…

— Je ne crois pas.

— Qu'est-ce qui te permet de dire cela ?

— On est toujours prévenu en cas d'accident. Il n'y a pas eu d'accident.

— Tu n'as pas l'air d'être dans ton assiette, Jack.

— Je ne sais pas. C'est possible.

— Tu as un problème, Jack, reprit Ellen après un silence. Il faudrait faire quelque chose.

— Quoi ?

— Voir un conseiller conjugal, par exemple. Ou un avocat.

— Et puis quoi, encore ?

— Tu ne crois pas que ce serait une bonne idée ?

— Je ne sais pas… Non, pas tout de suite.

— Elle n'est pas rentrée cette nuit, Jack, et elle ne s'est pas donné la peine de te prévenir. Quand cette femme veut faire comprendre quelque chose, elle ne fait pas dans la dentelle. Que faut-il donc pour t'ouvrir les yeux ?

— Je ne sais pas.

— Tu dis souvent « Je ne sais pas ». En es-tu conscient, Jack ?

— J'imagine.

Un nouveau silence.

— Ça ne va pas, Jack ?

— Je ne sais pas.

— Veux-tu que j'aille te voir deux ou trois jours ? Cela ne fait aucune difficulté. Je devais prendre un peu de vacances avec mon ami, mais sa société vient de se faire racheter. Si tu as besoin de moi, je suis disponible.

— Ça ira.

— Tu en es sûr ? Tu m'inquiètes, tu sais.

— Mais non, n'aie aucune inquiétude.

— Tu te sens déprimé ?

— Non. Pourquoi cette question ?

— Tu dors bien ? Tu fais de l'exercice ?

— Je ne dors pas mal. Pas beaucoup d'exercice.

— Bon… As-tu trouvé du travail ?

— Non.

— Des projets ?

— Pas vraiment.

— Jack, il faut que tu voies un avocat.

— Un peu plus tard, peut-être.

— Je ne te comprends pas, Jack. Je récapitule ce que tu m'as dit. Ta femme est distante et d'humeur acariâtre. Elle te ment. Elle a un comportement bizarre avec les enfants. Elle ne semble plus tenir à sa famille. Elle se met en colère pour un rien et s'absente beaucoup. La situation ne cesse de se dégrader. Tu penses qu'elle a une liaison. Elle n'est pas rentrée cette nuit et ne t'a rien dit. Et toi, tu laisses courir.

— Je ne sais pas ce qu'il faut faire.

— Je te l'ai dit : va voir un avocat.

— Tu crois vraiment ?

— Et comment !

— Je ne sais pas…

Elle a poussé un long soupir exaspéré.

— Ecoute, Jack, reprit-elle, je sais que tu peux être un peu passif, mais…

— Je ne suis pas passif. Et je ne supporte pas que tu m'analyses.

— Ta femme te trompe, tu la soupçonnes de préparer un divorce et de vouloir t'enlever les enfants mais tu ne réagis pas. Si on ne peut pas qualifier cette attitude de passive...

— Que veux-tu que je fasse ?

— Je te l'ai dit, soupira-t-elle. Bon, je prends deux jours et je viens te voir.

— Ellen...

— Ne discute pas. Tu n'as qu'à dire à Julia que je viens te donner un coup de main pour les enfants. Je serai là dans le courant de l'après-midi.

— Mais...

— Ne discute pas.

Et elle a raccroché.

Je ne suis pas passif. Je suis réfléchi. Ellen est une femme énergique, dotée d'une personnalité idéale pour une psychologue : elle aime dire aux autres ce qu'ils doivent faire. En toute franchise, je pense qu'elle en fait trop. Et elle me trouve passif.

Ma sœur se fait des idées sur moi. A la fin des années 70, j'ai étudié à Stanford la biologie des populations animales, une discipline purement théorique selon elle, sans application pratique, sans autre perspective de carrière qu'un poste universitaire. A l'époque, cette discipline était révolutionnée par les études des animaux sur le terrain et les progrès du dépistage génétique. Deux domaines qui faisaient appel à des analyses informatiques à l'aide d'algorithmes mathématiques perfectionnés. Ne trouvant pas les programmes dont j'avais besoin pour mes recherches, j'avais commencé à les établir moi-même. C'est ainsi que j'avais bifurqué vers l'informatique, une autre discipline débile, selon Ellen, purement théorique.

L'obtention de mon diplôme avait coïncidé avec le développement de Silicon Valley et l'explosion de l'ordinateur individuel. Dans les années 80, les salariés des start-up gagnaient des fortunes ; je me suis bien débrouillé dans celle où j'ai décroché mon premier poste. J'ai rencontré Julia, nous nous sommes mariés, nous avons eu des enfants. Tout baignait. Pour toucher nos confortables revenus, il suffisait d'aller au boulot. J'ai été engagé par une autre société qui offrait plus d'avantages et de stock-options. Je n'avais qu'à me laisser porter par le courant. A partir du début des années 90, je n'ai plus fait de programmation ; je supervisais le développement de logiciels. Tout allait comme sur des roulettes, sans que cela me demande beaucoup d'efforts. Les choses se mettaient en place d'elles-mêmes. Je n'avais jamais eu à faire mes preuves.

Tel était le point de vue d'Ellen ; je ne le partageais pas. Entre les sociétés établies à Silicon Valley, la concurrence fait rage. Tout le monde travaille cent heures par semaine. Tout le monde se bat contre le temps. Tout le monde raccourcit les cycles de développement. De trois ans à l'origine, pour un nouveau projet, une nouvelle version, la durée d'un cycle est passée à deux ans. Puis à dix-huit mois. Elle est maintenant de douze mois : une nouvelle version tous les ans. Sachant qu'il faut quatre mois pour déboguer, il n'en reste plus que huit pour faire le travail proprement dit. Huit mois pour revoir dix millions de lignes de code et s'assurer que tout fonctionne bien.

Bref, Silicon Valley n'est pas un endroit pour les gens passifs. Je me démenais comme un beau diable du matin au soir. Je devais faire mes preuves jour après jour. Sinon, je sautais.

Voilà l'idée que je me faisais de moi. Et j'étais dans le vrai.

Ellen avait pourtant raison sur un point : la chance m'avait souri tout au long de ma carrière. Ayant commencé par des études de biologie, je me suis trouvé avantagé quand les programmes informatiques ont commencé à reproduire des systèmes biologiques. Certains programmeurs allaient jusqu'à partager leur temps entre la simulation informatique et l'étude de groupes d'animaux à l'état sauvage, appliquant à la première de ces activités les leçons de la seconde.

De plus, j'avais étudié la biologie des populations animales ; or la science informatique avait évolué vers la création de réseaux neuromimétiques : la programmation de populations d'agents intelligents. Une forme d'esprit particulière était nécessaire pour programmer ces populations d'agents ; je l'avais acquise au long de mes années d'études.

J'étais donc admirablement placé pour suivre les nouvelles orientations de ma spécialité et j'avais fait du bon travail. Je m'étais trouvé au bon moment au bon endroit.

Pour cela, Ellen avait raison.

Les programmes d'agents virtuels prenant pour modèle le comportement de populations animales prenaient une part de plus en plus importante dans le monde réel. C'était le cas de certains de mes programmes qui s'inspiraient du comportement des fourmis pour contrôler un vaste réseau de télécommunications. Ou d'autres, imitant la division du travail dans les colonies de termites pour l'appliquer à la régulation des thermostats dans un immeuble. Dans un domaine voisin, des programmes imitant la sélection génétique trouvaient un large champ d'applications. Dans l'un d'eux, on montrait neuf visages aux témoins d'un crime et on leur demandait de choisir celui qui évoquait le plus celui du meurtrier, même si aucun ne lui ressemblait. Le programme proposait ensuite neuf autres visages et on recommençait. L'opération se répétait plusieurs fois et le programme finissait par proposer une physionomie composite extrêmement précise, infiniment plus que ce qu'aurait pu réaliser un dessinateur de la police. On ne demandait jamais aux témoins pourquoi ils choisissaient tel ou tel visage : ils en choisissaient un et le programme évoluait.

Il y avait aussi les sociétés de biotechnologie. Elles s'étaient rendu compte qu'elles ne parvenaient pas à créer de nouvelles protéines satisfaisantes. Ces sociétés faisaient maintenant appel à des programmes de sélection génétique pour « faire évoluer » ces protéines. L'utilisation de ces différentes procédures informatiques était devenue, en quelques années, une pratique courante. Et elles étaient de plus en plus importantes, de plus en plus puissantes.

Oui, je m'étais bien trouvé au bon moment au bon endroit. Mais je n'étais pas passif : j'étais chanceux.

Je ne m'étais encore ni douché ni rasé. Après avoir enlevé mon T-shirt, je me suis regardé dans le miroir de la salle de bains. J'ai été surpris de voir mes bourrelets ; je ne m'étais pas rendu compte que j'avais grossi. J'avais quarante ans, bien sûr, et, ces derniers temps, je n'avais pas fait beaucoup d'exercice. Non parce que je me sentais déprimé mais je consacrais beaucoup d'énergie aux enfants et, le plus souvent, j'étais fatigué. Je n'avais pas envie de faire de l'exercice, voilà tout.

En considérant mon reflet, je me suis demandé si Ellen n'avait pas raison.

Le problème, en matière de psychologie, est que l'on ne peut appliquer ses connaissances à sa propre personne. On peut être extrêmement clairvoyant sur les défauts d'autrui, amis, conjoint, enfants, mais être incapable de lire en soi-même. On peut jeter sur le monde qui nous entoure un regard lucide et perspicace, mais avoir sur sa propre personne des idées erronées. Les connaissances psychologiques ne sont d'aucune utilité quand on se regarde dans un miroir. Cette bizarrerie, à ma connaissance, demeure inexpliquée.

J'ai toujours estimé, pour ma part, qu'on pouvait trouver un élément de réponse dans ce que nous appelons en informatique un programme récursif. Ce programme peut, au cours de son déroulement, demander à être relancé et tout recommencer jusqu'à obtenir un résultat. On utilise ce type de programme pour certains algorithmes de tri de données, mais il convient d'être prudent pour ne pas risquer de voir la machine connaître une régression à l'infini. L'équivalent en programmation de l'attraction foraine qui vous met devant des miroirs réfléchissant des miroirs qui réfléchissent des miroirs, de plus en plus petits, à l'infini. Le programme continue de se dérouler et se répète mais rien ne se passe. L'ordinateur est planté.

Je m'étais toujours dit qu'il devait se produire quelque chose de similaire quand on tourne vers soi son appareil d'analyse : le cerveau est planté. Le processus de réflexion s'enclenche et suit son cours mais il ne mène nulle part. C'est ce qui doit se passer, puisque, c'est bien connu, on peut penser indéfiniment à soi. D'aucuns ne pensent pas à grand-chose d'autre. Mais le résultat de cette introspection intensive ne semble jamais produire un changement. Comme s'il était impossible de mieux se connaître. Très rares sont ceux qui peuvent prétendre avoir une véritable connaissance de soi.

Comme si l'on avait besoin qu'autrui nous dise qui on est ou, du moins, nous tienne le miroir. C'est étrange, quand on y pense. Ou peut-être que non.

Dans le domaine de l'intelligence artificielle, on se demande depuis longtemps si un programme peut avoir conscience de lui-même. La plupart des programmeurs répondront que c'est impossible.

Il existe une version plus fondamentale de la question, de nature philosophique, qui vise à déterminer si une machine peut comprendre son propre fonctionnement. Certains répondront que c'est également impossible. Une machine ne peut se connaître pour la même raison qu'on ne peut mordre ses propres dents. De fait, cela semble impossible : le cerveau humain est, dans l'univers connu, la structure la plus complexe qui soit, mais le cerveau en sait encore très peu sur lui-même.

Ces trente dernières années, il était amusant de soulever des questions de ce genre entre copains, devant une bière. Jamais elles n'étaient véritablement prises au sérieux. Depuis peu, elles ont acquis une importance nouvelle, car des progrès rapides ont été enregistrés dans la reproduction de certaines fonctions cérébrales. Pas du cerveau lui-même, seulement de certaines de ses fonctions. Avant que je sois viré de chez MediaTronics, mon équipe utilisait des programmes multi-agents pour donner à l'ordinateur la faculté d'apprendre, de reconnaître des structures dans l'ensemble des données, de comprendre les langages naturels, d'établir des priorités et de passer d'une tâche à une autre. L'important, dans ces programmes, était que les machines apprenaient, au sens littéral du mot. Elles s'amélioraient avec l'expérience. Ce qui est déjà plus que ce que certains humains peuvent prétendre...

La sonnerie du téléphone m'a fait sursauter. C'était Ellen.

— As-tu appelé un avocat ?

— Pas encore. Je t'en prie !

— Je prends le vol de 14 h 10 pour San Jose. Je serai chez toi vers 17 heures.

— Ecoute, Ellen, ce n'est pas vraiment indispensable...

— Je sais. Mais j'ai besoin de changer d'air. A tout à l'heure, Jack.

Elle a raccroché. Elle me traitait vraiment comme un patient.

Je me suis dit qu'il ne servait à rien d'appeler un avocat le jour même ; j'avais trop à faire. Je devais d'abord passer à la teinturerie. J'ai traversé la rue pour aller chercher un crème au Starbucks. Et je suis tombé sur Gary Marder, mon avocat, accompagné d'une jeune blonde en jean taille basse et T-shirt moulant, nombril à l'air. Ils étaient enlacés dans la file d'attente. La fille devait être étudiante. Embarrassé, je m'apprêtais à faire demi-tour quand Gary m'a fait signe d'approcher.

— Salut, Jack, lança-t-il en me tendant la main.

— Salut, Gary.

— Je te présente Melissa.

— Bonjour, Melissa.

— 'jour.

Elle semblait légèrement agacée d'être dérangée mais je n'en étais pas sûr. Elle avait cet air vacant que prennent certaines filles encore jeunes en présence d'un homme. Je me suis dit qu'elle avait à peine cinq ou six ans de plus que Nicole. Que faisait-elle avec un type comme Gary ?

— Alors, Jack, comment ça va ? demanda Gary en passant le bras autour de la taille nue de Melissa.

— Ça va. Plutôt bien.

— Tant mieux, fit-il en me lançant un regard perplexe.

— Bon. Eh bien, voilà …

Je restais planté là, hésitant. Je me sentais stupide devant la fille qui attendait visiblement que je parte. Mais je pensais à ce qu'Ellen allait me dire : *Tu as rencontré ton avocat et tu ne lui as rien demandé* ?

— Gary, je peux te parler une minute ?

— Bien sûr.

Il a donné de l'argent à la fille pour payer leurs cafés et nous nous sommes retirés dans un coin de la salle.

— Voilà, Gary, commençai-je en baissant la voix, je pense qu'il faut que je consulte un avocat spécialisé dans le divorce.

— Pourquoi ça ?

— Je crois que Julia a une liaison.

— Tu crois ou tu en as la certitude ?

— Je n'en ai pas la certitude.

— Tu n'as que des soupçons ?

— Oui.

Gary a soupiré et m'a regardé d'un drôle d'air.

— Il n'y a pas que ça. Elle commence à me reprocher de braquer les enfants contre elle.

— Aliénation d'affection, fit-il pensivement. Le cliché du jour. Quand est-ce qu'elle te le reproche ?

— Quand nous nous disputons.

Un nouveau soupir.

— Quand on a une scène de ménage, Jack, on se jette des tas de reproches à la figure. Cela ne veut pas nécessairement dire grand-chose.

— Je crois que si. J'ai peur que si.

— Et cela te perturbe ?

— Oui.

— As-tu vu un conseiller conjugal ?

— Non.

— Fais-le.

— Pourquoi ?

— Pour deux raisons. D'abord, ce serait utile. Tu es marié avec Julia depuis longtemps et, si ma mémoire est bonne, vous étiez très unis. Ensuite, cela te permettra de prouver que tu as essayé de sauver ton couple et de réfuter des allégations d'aliénation d'affection.

— Oui, mais...

— Si tu penses qu'elle est en train de réunir des

arguments contre toi, il va falloir être très prudent, mon vieux. Il est extrêmement difficile de se défendre contre des accusations d'aliénation d'affection. Si les gamins ne supportent plus leur mère et si elle prétend que tu leur montes le bourrichon contre elle, comment pourras-tu prouver que ce n'est pas vrai ? Impossible. Et comme tu passes beaucoup de temps avec eux, on peut facilement imaginer que c'est la vérité. Un juge verra en toi un homme insatisfait qui accepte mal que son épouse travaille. Je sais, poursuivit-il en levant la main, je sais que rien de tout cela n'est vrai, Jack, mais il faut comprendre que ce sont des arguments faciles à invoquer. Son avocat ne s'en privera pas. Ton insatisfaction t'a conduit à monter les enfants contre elle.

— Des conneries, tout ça !

— Bien sûr, fit Gary en me tapant sur l'épaule. Va donc voir un bon conseiller conjugal. Si tu veux des noms, tu peux appeler mon bureau : Barbara t'en donnera deux ou trois.

J'ai téléphoné à Julia pour lui annoncer qu'Ellen venait passer quelques jours à la maison. Je n'ai pas pu la joindre ; j'ai eu son répondeur. J'ai laissé un message d'explication. Puis je suis allé faire des provisions.

Je poussais mon caddie dans une allée du supermarché quand mon portable a sonné. C'était encore le jeune médecin des urgences qui voulait prendre des nouvelles d'Amanda. J'ai dit que les rougeurs avaient presque entièrement disparu.

— Très bien, fit-il. Je suis content d'entendre ça.

— Et l'IRM ?

Il a répondu que les résultats de l'IRM ne pouvaient être pris en considération ; l'appareil fonctionnait mal et n'avait pas conduit à son terme l'examen d'Amanda.

— En fait, poursuivit-il, nous avons des doutes sur

tous les résultats de ces derniers jours. Apparemment, l'appareil était de moins en moins fiable.

— Que voulez-vous dire ?

— Il subissait une sorte de corrosion. Toutes les puces mémoire étaient réduites en poussière.

J'ai senti un frisson me parcourir. Je pensais à la console MP3 d'Eric.

— Comment est-ce possible ?

— Nous supposons que la corrosion est due à un gaz qui s'est échappé des canalisations murales, probablement pendant la nuit. Du chlore par exemple. Mais nous avons constaté que seules les puces mémoire ont été endommagées ; les autres sont en parfait état.

Tout cela devenait de plus en plus étrange mais je n'étais pas au bout de mes surprises. Quelques minutes plus tard, Julia a appelé, toute guillerette, pour annoncer qu'elle rentrait dans le courant de l'après-midi et qu'elle aurait plein de temps avant le dîner.

— Je suis ravie de voir Ellen, déclara-t-elle. Pourquoi vient-elle ?

— Je pense qu'elle avait envie de changer d'air.

— Ce sera bien pour toi d'avoir sa compagnie pendant quelques jours. Enfin une adulte avec qui parler.

— Comme tu dis !

J'attendais qu'elle explique pourquoi elle n'était pas rentrée, mais rien n'est venu.

— Il faut que je file, Jack. Nous parlerons plus tard…

— Attends un peu, Julia.

— Qu'est-ce que tu veux ?

J'ai hésité, ne sachant comment exprimer ce que j'avais sur le cœur.

— Je me suis inquiété pour toi, hier soir.

— C'est vrai ? Pourquoi ?

— Quand j'ai vu que tu ne rentrais pas.

— Mais, chéri, j'ai téléphoné. J'étais bloquée à l'usine. Tu as interrogé le répondeur ?

— Oui.

— Il n'y avait pas de message de moi ?

— Non.

— Je ne sais pas ce qui s'est passé, Jack. J'ai laissé un message. J'ai d'abord appelé à la maison et j'ai eu Maria, mais elle n'a pas bien compris… C'était trop compliqué, tu vois. Alors, je t'ai appelé sur ton portable et j'ai laissé un message pour dire que je ne pouvais pas rentrer.

— Eh bien, je ne l'ai pas eu, déclarai-je en m'efforçant de prendre un ton détaché.

— C'est vraiment bête, mais tu devrais vérifier, chéri. Cette fois, il faut que j'y aille. A ce soir, je t'embrasse.

J'ai pris mon portable et j'ai vérifié : il n'y avait pas de message. Aucun appel la veille au soir.

Julia n'avait pas essayé de me joindre. Personne n'avait essayé de me joindre.

Le sentiment d'angoisse est revenu, cette impression de sombrer dans la déprime. Je me sentais si fatigué que j'étais incapable de bouger. Je regardais fixement les rayons remplis de marchandises ; je ne savais même plus pourquoi j'étais là.

J'étais décidé à quitter le supermarché quand le portable que je tenais encore à la main a de nouveau sonné. C'était Tim Bergman, celui qui avait pris ma place chez MediaTronics.

— Tu es assis ? demanda-t-il.

— Non. Pourquoi ?

— J'ai une nouvelle qui va te donner un coup… Accroche-toi.

— Vas-y.

— Don veut t'appeler.

Don Gross était le patron de la boîte, celui qui m'avait viré.

— Pour quoi faire ?

— Il veut te reprendre.

— Il veut *quoi* ?

— Oui, je sais, c'est du délire. Il veut te reprendre.

— Pourquoi ?

— Nous avons des problèmes avec des systèmes distribués vendus à des clients.

— Lesquels ?

— Predprey.

— C'est un ancien. Qui a vendu ça ?

Predprey avait été conçu plus d'un an auparavant. Comme pour la plupart de nos programmes, on avait utilisé des modèles biologiques. Predprey était un programme reposant sur la dynamique prédateur/proie, dont la structure était extrêmement simple.

— Euh… Xymos voulait quelque chose d'élémentaire, expliqua Tim.

— Vous avez vendu Predprey à Xymos ?

— C'est ça. Une autorisation d'exploitation, plus exactement. Avec un contrat de licence. Et cela nous rend fous.

— Pourquoi ?

— Apparemment, il est détraqué. Le programme semble perdre de vue la tâche à accomplir.

— Ça ne m'étonne pas, affirmai-je. Nous n'avons pas programmé de renforcement.

Pour optimiser les systèmes de commande, on fait appel à l'apprentissage par renforcement. C'est une nécessité car, si les agents en réseau sont capables d'apprendre, ils risquent d'utiliser cette faculté d'une manière qui les éloigne de leur objectif. Il faut trouver un moyen de mettre en mémoire le but à atteindre sans qu'il se perde. Ce moyen est le renforcement. Il est tentant de comparer ces programmes à des enfants : ils oublient des choses, ils perdent des choses, ils laissent tomber des choses.

Il s'agissait d'un comportement émergent ; il n'était

pas programmé, mais était la conséquence de la programmation. Apparemment, c'est ce qui se passait chez
Xymos.

— Don s'est dit que tu dirigeais l'équipe à l'époque
où le programme a été rédigé et que tu es le mieux placé
pour le remettre en état. Et puis, comme ta femme a un
poste de responsabilité chez Xymos, ta présence rassu-
rerait la direction.

Je n'en étais pas sûr mais je n'ai rien dit.

— Voilà la situation, poursuivit Tim. Je t'appelle
donc pour te demander si Don peut te passer un coup de
fil. Il ne veut pas essuyer une rebuffade, tu comprends ?

J'ai eu une flambée de colère. *Il ne veut pas essuyer
une rebuffade*.

— Je ne peux pas aller retravailler là-bas, Tim.

— Tu ne viendrais pas ici. Tu irais à l'unité de fabrication de Xymos.

— Ah bon ? Comment ferait-on ?

— Don t'engagerait comme consultant hors site.
Quelque chose de ce genre.

— Je vois, fis-je d'un ton évasif.

Cette proposition m'apparaissait véritablement comme
une mauvaise idée. Je ne voulais surtout pas retourner
travailler pour ce salopard de Don. En tout état de cause,
c'est toujours une mauvaise idée de revenir dans une
société d'où on a été viré, quelles qu'en soient les raisons et les conditions. Tout le monde sait ça.

D'un autre côté, si j'acceptais ce poste de consultant,
je n'aurais plus à souffrir d'une mise à l'écart ; cela me
permettrait de ne plus toujours être à la maison, d'accomplir des tas de choses.

— Ecoute, Tim, déclarai-je après un silence, je vais
y réfléchir.

— Tu veux me rappeler ?

— D'accord. Je te rappelle.

— Quand ?

La tension était perceptible dans sa voix.

— J'imagine que c'est assez urgent…

— Euh… Oui, c'est urgent. Comme je t'ai dit, cette histoire nous prend la tête. Nous avons cinq programmeurs qui passent pratiquement tout leur temps à l'usine Xymos. Et ils ne parviennent pas à résoudre le problème. Alors, si tu ne veux pas nous aider, il faudra chercher quelqu'un d'autre, sans perdre de temps.

— D'accord. Je te rappelle demain.

— Demain matin ? fit-il d'une petite voix.

— Promis. Demain matin.

Le coup de téléphone de Tim aurait dû me remonter le moral, mais il n'en a rien été. J'ai emmené Amanda au jardin public pour lui faire faire de la balançoire. Elle adorait cela : elle pouvait y rester vingt ou trente minutes sans se lasser et se mettait toujours à hurler quand nous arrêtions. Je me suis assis sur le rebord du bac à sable pendant qu'elle allait et venait à quatre pattes, puis je l'ai aidée à se tenir debout sur les tortues en ciment et les autres jouets. Un petit garçon l'a fait tomber mais elle n'a pas pleuré. Elle semblait aimer être avec d'autres bambins.

En la regardant jouer, je pensais au travail qu'on m'avait proposé.

— Tu as dis oui, bien sûr, lança Ellen.

Elle venait d'arriver, sa valise noire était encore dans un coin de la cuisine. Ma sœur ne changeait pas. Elle était toujours sèche comme un coup de trique, dynamique, blonde, incapable de tenir en place : l'âge semblait ne pas avoir de prise sur elle. Elle buvait une tasse de thé préparé avec un sachet qu'elle avait apporté, du oolong biologique acheté dans une boutique spécialisée de San Francisco. Cela n'avait pas changé non plus : toute petite, elle était déjà difficile sur la nourriture. Maintenant, quand elle voyageait, elle emportait ses sachets de thé, son assaisonnement de salade, ses vitamines, soigneusement rangés dans des pochettes en plastique.

— Non, je n'ai pas dit oui. J'ai dit que j'allais réfléchir.

— Réfléchir ? Tu plaisantes ? Il *faut* que tu retrouves du travail, Jack. Tu le sais… Toi, tu es en pleine déprime, ajouta-t-elle en me jaugeant d'un coup d'œil.

— Mais non !

— Tu devrais prendre un sachet de mon thé. Tout le café que tu bois est mauvais pour les nerfs.

— Il y a plus de caféine dans le thé que dans le café.

— Jack, il faut que tu retrouves du travail.

— Je sais, Ellen.

— Un poste de consultant… ce serait parfait, non ? Tous tes problèmes seraient résolus.

— Je ne sais pas.

— Ah bon ? Qu'est-ce que tu ne sais pas ?

— Je ne sais pas si on m'a tout dit, expliquai-je. Si Xymos a tellement d'ennuis, comment se fait-il que Julia ne m'en ait jamais parlé ?

— Il semble que Julia ne te parle pas de grand-chose, ces temps-ci, glissa Ellen en me regardant au fond des yeux. Alors, pourquoi n'as-tu pas accepté sur-le-champ ?

— Il faut d'abord que je me renseigne.

— Que tu te renseignes sur quoi ? interrogea-t-elle d'un ton empreint de scepticisme.

Ellen se comportait comme si j'avais un problème psychologique qu'il fallait absolument régler. Elle commençait à me porter sur les nerfs et nous n'avions passé que quelques minutes ensemble. Ma sœur aînée me traitait comme un petit enfant.

— Ecoute, Ellen, déclarai-je en me levant, j'ai passé ma vie dans ce milieu et je sais comment les choses fonctionnent. Il peut y avoir deux raisons pour lesquelles Don me propose ce poste. La première est que la société se trouve coincée et qu'il pense que je peux lui être utile.

— C'est ce qu'on t'a dit.

— Exact. L'autre possibilité est qu'ils se sont mis dans une situation inextricable dont ils ne peuvent se sortir.

— Ils cherchent donc un responsable.

— C'est ça. Quelqu'un à qui faire porter le chapeau.

Je l'ai vue hésiter, l'air perplexe.

— Tu crois vraiment ?

— Je n'en sais rien, c'est le problème. Mais il faut que je sache à quoi m'en tenir.

— Comment vas-tu t'y prendre ?

— Je vais passer quelques coups de fil. Peut-être faire une visite-surprise à l'usine dès demain.

— Bon. Ça me paraît bien.

— Je suis content d'avoir ton assentiment, lançai-je sans pouvoir masquer mon irritation.

Ellen s'est levée et m'a pris par les épaules.

— Je m'inquiète pour toi, Jack, c'est tout.

— C'est gentil à toi, mais tu ne m'aides absolument pas.

— Bon. Que puis-je faire pour t'aider ?

— Occupe-toi des enfants pendant que je passe mes coups de fil.

J'ai décidé de commencer par Ricky Morse, celui que j'avais rencontré au supermarché, celui qui achetait des couches. Je connaissais Ricky depuis longtemps ; il travaillait chez Xymos et parlait avec assez de franchise pour me dire ce qu'était réellement la situation. Un seul problème : Ricky était basé à Silicon Valley et il m'avait dit que tout se passait dans l'unité de fabrication. Mais ce serait un point de départ. Je l'ai appelé à son bureau.

— Je regrette, répondit une secrétaire, M. Morse n'est pas là.

— Quand sera-t-il de retour ?

— Je ne peux pas vous dire, monsieur. Voulez-vous laisser un message ?

J'ai laissé un message, puis j'ai appelé le domicile de Ricky.

Sa femme, Mary, a répondu. Elle préparait une thèse de doctorat d'histoire de France. Je l'imaginais avec son bébé dans les bras et un livre ouvert sur les genoux.

— Comment vas-tu, Mary ?

— Bien, Jack.

— Et la petite ? Ricky m'a dit qu'avec vos couches, elle n'a pas de rougeurs. Je suis jaloux.

Je m'efforçais à la désinvolture, comme si ce n'était qu'un coup de fil amical.

— Elle est adorable, dit Mary en riant, et elle n'a jamais eu de coliques… Je touche du bois. Ricky n'était pas là quand elle a eu des rougeurs.

— En fait, c'est lui que je cherche. Il est à la maison ?

— Non, il est parti pour la semaine. Il est allé dans l'unité de fabrication, dans le Nevada.

— Ah ! c'est vrai !

Il m'est revenu à l'esprit que Ricky en avait parlé au cours de notre conversation au supermarché.

— Tu es déjà allé dans cette usine ? poursuivit Mary.

J'ai cru percevoir une légère anxiété dans sa voix.

— Non, pas encore, mais…

— Julia y passe beaucoup de temps, n'est-ce pas ? Elle t'en a parlé ?

Il y avait effectivement de l'inquiétude dans la voix de Mary.

— Elle ne m'a pas dit grand-chose. J'ai cru comprendre qu'ils ont une technologie ultrasecrète. Pourquoi cette question ?

— Mon imagination me joue peut-être des tours…, reprit-elle après un moment d'hésitation.

— Explique-toi.

— Parfois, quand Ricky téléphone, il me paraît bizarre.

— Comment cela ?

— Il est distrait. Il travaille dur, bien entendu, mais il lui arrive de dire des trucs auxquels je ne comprends rien. Et ce ton évasif qu'il a, comme s'il cachait quelque chose.

— Comme s'il cachait quelque chose…

— Je me suis même demandé, reprit Mary avec un petit rire d'autodérision, s'il n'avait pas une aventure. Tu te souviens de Mae Chang ? Elle est là-bas et Ricky a toujours eu un petit faible pour elle. Très jolie fille.

Mae Chang avait travaillé dans mon équipe chez MediaTronics.

— Je ne savais pas qu'elle avait été envoyée dans l'unité de fabrication.

— Si. Des tas de gens qui travaillaient avec toi sont là-bas maintenant.

— Je ne crois pas que Ricky ait une aventure, Mary. Ce n'est pas son genre. Pas plus que celui de Mae.

— Certaines femmes cachent bien leur jeu, poursuivit Mary. Et puis, j'allaite encore, je ne suis pas revenue à mon poids d'avant. Si tu voyais mes cuisses, on dirait des quartiers de bœuf.

— Je ne pense pas que…

— Elles frottent l'une contre l'autre quand je marche. C'est tout flasque.

— Mary, je suis sûr que…

— Comment va Julia, Jack ? Elle n'a pas un comportement bizarre ?

— Pas plus que d'habitude, répondis-je, comme quelqu'un qui prend les choses à la rigolade.

Cela m'a donné mauvaise conscience. Pendant des jours, j'avais espéré savoir à quoi m'en tenir sur Julia, mais maintenant que j'avais quelque chose à partager avec Mary, je m'apprêtais à lui manquer de franchise, à garder le silence.

— Julia travaille beaucoup et il lui arrive d'être un peu bizarre.

— Est-ce qu'elle parle d'un nuage noir ?

— Euh… non.

— Du monde nouveau ? D'être présente pour l'avènement du monde nouveau ?

Cela m'évoquait ces gens qui s'inquiétaient de la Commission trilatérale et croyaient que les Rockefeller dirigeaient la planète.

— Non, ça ne me dit rien.

— Elle n'a jamais parlé d'un manteau noir ?

J'ai eu brusquement l'impression d'un coup de frein, que mon cerveau se mettait à tourner au ralenti.

— Qu'est-ce que tu dis ?

— L'autre soir, Ricky parlait d'un manteau noir qui le recouvrait. Il était tard, Ricky tombait de fatigue, il parlait de manière confuse.

— Qu'a-t-il dit à propos de ce manteau noir ?

— Rien. Juste ça… Tu crois qu'ils prennent des drogues là-bas ? reprit Mary après un silence.

— Je ne sais pas.

— Ils vivent dans le stress, travaillent jour et nuit et ne prennent pas le temps de dormir. Je me demande s'ils ne marchent pas aux amphés.

— Je vais appeler Ricky.

Je m'apprêtais à composer le numéro du portable de Ricky, que Mary m'avait donné, quand j'ai entendu la porte claquer.

— Bonjour, maman ! cria Eric. Qui c'est, le gars qui est avec toi ?

Je me suis levé pour regarder à la fenêtre. Le cabriolet BMW de Julia était là, la capote baissée. Il n'était que 16 h 30. En arrivant dans l'entrée, j'ai vu Julia qui embrassait Eric.

— Ce devait être le reflet du soleil sur le pare-brise,

expliquait-elle. Il n'y a personne d'autre dans la voiture.

— Si, il y a quelqu'un. Je l'ai vu.

— Ah bon ? fit-elle en ouvrant la porte. Va vérifier.

Pendant qu'Eric s'avançait sur la pelouse, Julia s'est tournée vers moi en souriant.

— Il croit avoir vu quelqu'un dans la voiture.

— Bon, fit Eric en franchissant la porte. J'ai dû me tromper.

— C'est ça, mon chéri.

Julia s'est avancée vers moi.

— Ellen est là ?

— Elle vient d'arriver.

— Parfait. Je vais prendre une douche et nous aurons le temps de papoter. Nous pouvons ouvrir une bouteille de vin… Nous dînons à la maison ?

— J'ai acheté des steaks.

— Très bien. Bonne idée.

Elle s'est éloignée avec un petit signe de la main.

La soirée était assez chaude pour dîner dans le jardin. J'ai mis la nappe à carreaux rouges et fait griller les steaks au barbecue avec mon tablier où était marqué : « Le chef a toujours raison ». Un dîner de famille classique, en quelque sorte.

Charmante et diserte, Julia concentrait son attention sur ma sœur, à qui elle parlait des enfants, de l'école, des changements qu'elle voulait faire dans la maison.

— Cette fenêtre va disparaître, expliqua-t-elle en montrant la cuisine et nous allons la remplacer par une porte-fenêtre qui ouvrira sur le jardin. Quel plaisir !

Je n'en revenais pas de la voir faire ce numéro ; les enfants la regardaient en ouvrant de grands yeux. Elle a poursuivi en déclarant qu'elle était fière du grand rôle obtenu par Nicole dans la pièce qu'elle allait jouer à l'école.

— Maman ! protesta Nicole. J'ai un petit rôle de rien du tout !

— Tu ne peux pas dire ça, ma chérie.

— Mais, si ! Je n'ai que deux répliques !

— Allons, ma chérie, je suis sûre que…

— « Tiens, voilà John qui arrive », glissa sournoisement Eric. « Cela a l'air assez sérieux. »

— La ferme, face de rat !

— Elle répète ça sans arrêt dans la salle de bains, insista Eric. Un million de milliards de fois.

— Qui est John ? demanda Julia.

— Ce sont les répliques de sa pièce.

— Ah bon ! De toute façon, je suis sûre que tu seras merveilleuse. Et notre petit Eric fait de gros progrès au football, n'est-ce pas, mon chéri ?

— Ça se termine la semaine prochaine, répliqua Eric en prenant un air boudeur.

Sa mère n'avait pu assister à aucun match de la saison.

— Cela lui a fait tellement de bien, poursuivit Julia en s'adressant à Ellen. Les sports collectifs développent l'esprit d'équipe. Surtout pour des garçons à qui on apprend à être compétitifs.

Ellen ne soufflait mot ; elle écoutait en hochant la tête de temps en temps.

Julia, qui tenait à faire manger Amanda, avait placé la chaise haute à côté d'elle. Mais la petite avait l'habitude de jouer à l'avion à chaque repas. Elle attendait que quelqu'un avance la cuillère vers elle en disant : « Vroum, vroum !… l'avion arrive… ouvrez les portes ! » Comme Julia ne le faisait pas, Amanda gardait la bouche fermée. Cela faisait aussi partie du jeu.

— Bon, je suppose qu'elle n'a pas faim, déclara Julia avec un petit haussement d'épaules. Elle vient de boire un biberon, Jack ?

— Non, elle n'aura le prochain qu'après le dîner.

— Je sais, je sais… Je parlais d'avant le repas.

— Non, elle n'en a pas eu. Veux-tu que j'essaie de la faire manger ?

— Vas-y, fit Julia en me tendant la cuillère.

J'ai pris place à côté d'Amanda et j'ai commencé à jouer à l'avion. *Vroum, vroum*… Avec un grand sourire, Amanda a aussitôt ouvert la bouche.

— Jack a été merveilleux avec les enfants, reprit Julia en se tournant vers Ellen. Absolument merveilleux.

— Je crois qu'il est bon pour un homme de faire l'apprentissage de la vie au foyer.

— C'est vrai, approuva Julia, profondément vrai. Il m'a beaucoup aidée. Je suis sincère, Jack, ajouta-t-elle en me tapotant le genou.

Il sautait aux yeux que Julia était trop joviale, trop enjouée. Tout excitée, elle parlait vite en essayant visiblement de faire comprendre à Ellen qu'elle avait la responsabilité de sa famille. Ma sœur ne se laissait pas prendre à son manège, mais Julia était tellement survoltée qu'elle ne s'en rendait pas compte. Je commençais à me demander si elle n'avait pas pris quelque chose. Comment expliquer cet étrange comportement ? Avait-elle pris des amphétamines ?

— Au travail, poursuivit-elle, l'ambiance est incroyable. Xymos est en passe de faire des découvertes qui se faisaient attendre depuis plus de dix ans. Enfin, nous y sommes !

— Le manteau noir, par exemple ? lançai-je.

Julia n'a pu réprimer un mouvement de surprise.

— Comment ? De quoi parles-tu, chéri ?

— D'un manteau noir. Tu n'as pas parlé d'un manteau noir, l'autre jour ?

— Non, affirma-t-elle en secouant la tête. Je ne vois pas à quoi tu fais allusion. Je dois avouer, poursuivit-elle en se retournant vers Ellen, qu'il nous a fallu beaucoup plus de temps que nous le pensions pour que cette technologie moléculaire arrive sur le marché. Mais c'est enfin une réalité.

— Vous semblez très enthousiaste, glissa ma sœur.

— Je ne vous le cache pas, Ellen, c'est follement excitant. De plus, ajouta-t-elle en baissant la voix, il y a certainement une fortune au bout.

— Tant mieux. Mais j'imagine que cela a demandé énormément de travail, que vous n'avez pas compté votre temps.

— Pas tellement, affirma Julia. Tout compte fait, cela n'a pas été écrasant. Les huit ou dix derniers jours peut-être…

J'ai vu Nicole faire des yeux comme des soucoupes tandis qu'Eric regardait fixement sa mère. Mais les enfants n'ont rien dit. Moi non plus.

— Ce n'est qu'une période de transition, poursuivit Julia, comme il y en a dans toutes les sociétés.

— Bien sûr, fit Ellen.

Le soleil se couchait, l'air devenait plus frais. Les enfants ont quitté la table ; j'ai commencé à débarrasser. Ellen s'est levée pour m'aider pendant que Julia continuait de parler.

— J'aimerais tellement rester, lança-t-elle de but en blanc, mais j'ai quelque chose en cours qui m'oblige à repasser au bureau.

Si Ellen fut surprise, elle n'en a rien montré.

— On ne compte pas son temps, se contenta-t-elle de dire.

— Pendant la période de transition, approuva Julia. Merci d'assurer la permanence, chéri, ajouta-t-elle à mon intention.

Arrivée à la porte, elle s'est retournée pour m'envoyer un baiser du bout des doigts.

— Je t'embrasse, Jack.

Et elle a disparu.

— Un départ un peu abrupt, tu ne trouves pas ?

fit Ellen, l'air perplexe. J'ai haussé les épaules sans répondre.

— Elle ne va pas embrasser les enfants ?

— Je ne pense pas.

— Elle part comme ça, d'un seul coup ?

— Oui.

— Je ne sais pas si elle a une liaison, Jack, poursuivit Ellen en secouant la tête, mais j'aimerais savoir ce qu'elle prend.

— A ma connaissance, rien.

— Elle se charge, ça ne fait aucun doute. As-tu remarqué qu'elle a perdu du poids ?

— Oui. Un peu.

— Elle dort très peu, elle est surexcitée… Il y a des tas de cadres surmenés qui marchent aux amphés.

— Je ne sais pas.

Ellen m'a regardé sans rien dire.

Par la fenêtre de mon bureau, où j'étais allé téléphoner à Ricky, j'ai vu Julia faire une marche arrière dans l'allée. Je me suis avancé pour lui adresser un petit signe de la main, mais elle regardait par-dessus son épaule pour effectuer la manœuvre. A la lumière hésitante du soir, je distinguais sur le pare-brise des reflets dorés de soleil filtré par le feuillage des arbres. La voiture était presque arrivée à la rue quand j'ai cru voir une forme à l'avant, à côté de Julia. La silhouette d'un homme.

Je ne pouvais discerner ses traits à travers le pare-brise du véhicule qui s'éloignait. Quand Julia s'est engagée sur la chaussée, son corps m'a caché le passager, mais j'ai eu l'impression qu'elle lui parlait, avec animation. Elle a passé la première, s'est reculée dans son siège et, l'espace d'un instant, la vue s'est dégagée : j'ai perçu distinctement la forme d'un homme éclairé par-derrière, le visage dans l'ombre. Il devait avoir la tête tournée vers Julia car je ne distinguais toujours pas ses traits, mais, à la manière dont il se tenait, j'ai eu l'impression qu'il était jeune, pas plus de trente ans sans doute. Je ne pouvais en avoir la certitude ; je l'avais juste entraperçu. La BMW s'est éloignée en prenant de la vitesse.

Sans réfléchir, je me suis précipité dehors, et j'ai dévalé l'allée. Je suis arrivé sur le trottoir juste au moment où Julia s'arrêtait au stop du bout de la rue ; les feux arrière du véhicule se sont allumés. La voiture se trouvait à une cinquantaine de mètres, une lumière jaune, diffuse, éclairait obliquement la rue. Julia donnait l'impression d'être seule dans la voiture, mais je ne voyais pas bien. Je me suis senti soulagé, un peu bête aussi de me retrouver planté au bord du trottoir, sans raison bien déterminée. Mon imagination me jouait des tours : il n'y avait personne d'autre dans le véhicule.

Au moment où Julia tournait à droite, la forme est réapparue, comme si l'homme avait été penché en avant pour prendre quelque chose dans la boîte à gants. Quand la BMW a disparu, la détresse m'a étreint, une douleur s'est propagée dans ma poitrine et dans tout mon corps. Ma respiration s'est précipitée, la tête a commencé à me tourner.

Il y avait bien quelqu'un dans la voiture.

J'ai remonté l'allée d'un pas lourd, en proie à de violentes émotions, incertain de ce que je devais faire.

— Tu ne sais pas ce que tu dois faire ? lança Ellen.

Nous étions devant l'évier. Je nettoyais les ustensiles de cuisine qui n'entraient pas dans le lave-vaisselle ; Ellen essuyait.

— Tu prends le téléphone et tu l'appelles, voilà ce que tu vas faire.

— Elle est dans la voiture.

— Il y a un téléphone dans la voiture. Appelle.

133

— Que veux-tu que je lui dise ? Euh… Julia, qui est le type qui t'accompagne ? La conversation risque d'être chaude.

— Peut-être.

— Cela nous conduira tout droit au divorce.

— Et tu n'as pas envie de divorcer, fit Ellen en me regardant dans les yeux.

— Bien sûr que non ! Je veux que ma famille reste unie.

— Ce ne sera peut-être pas possible, Jack. Il se peut que cette décision ne dépende pas de toi.

— Tout cela est absurde, coupai-je. Ce type que j'ai vu dans la voiture, on aurait dit un gamin, un jeune homme.

— Et alors ?

— Julia ne les prend pas au berceau.

— Ah bon ? fit Ellen en haussant les sourcils. Il devait avoir une trentaine d'années. Es-tu sûr de bien connaître les goûts de Julia ?

— Je vis avec elle depuis treize ans.

— Je comprends, Jack, poursuivit Ellen en reposant bruyamment une casserole sur le plan de travail, que tout cela doit être difficile à accepter.

— Oui, c'est dur. C'est dur.

Je ne cessais de repasser dans mon esprit les images de la voiture descendant l'allée en marche arrière. Je me disais qu'il y avait quelque chose de bizarre chez le passager, quelque chose de curieux dans son apparence. J'avais beau essayer de retrouver son visage, je n'y parvenais pas. Les traits étaient toujours brouillés par les reflets sur le pare-brise, par la lumière changeante sur la voiture en mouvement… Je n'avais distingué ni les yeux, ni les pommettes, ni la bouche. Dans mon souvenir, ce visage était sombre, indécis. J'ai essayé de l'expliquer à Ellen.

— Ce n'est pas étonnant.

134

— Ah bon ?

— On appelle cela un déni de la réalité. Tu as la preuve sous les yeux, Jack, tu l'as vu. Ne penses-tu pas qu'il serait temps de croire ce que tes yeux ont vu ?

Je savais qu'elle était dans le vrai.

— Oui, tu as raison.

La sonnerie du téléphone a retenti. J'avais les avant-bras plongés jusqu'au coude dans l'eau savonneuse ; j'ai demandé à Ellen d'aller prendre la communication, mais un des enfants avait déjà décroché. J'ai fini de frotter la grille du barbecue et je l'ai tendue à Ellen.

— Jack, fit-elle avec gravité, il faut que tu te mettes à voir les choses telles qu'elles sont et non comme tu aimerais qu'elles soient.

— Tu as raison. Je vais l'appeler.

A ce moment précis, Nicole est entrée dans la cuisine, le visage défait.

— Papa ? C'est la police. Ils veulent te parler.

Cinquième jour

21 h 10

Le cabriolet de Julia avait quitté la route à une dizaine de kilomètres de la maison et basculé dans un ravin de quinze mètres de profondeur, laissant une large trace entre les sauges et les genévriers. La voiture avait dû faire un tonneau. Elle était sur le toit, les roues tournées vers le ciel ; d'où j'étais, je ne voyais que le châssis. Le soleil était couché, le fond du ravin déjà sombre. Des lumières rouges clignotaient sur le toit des trois ambulances garées sur le bas-côté, les équipes de secours commençaient à descendre en rappel. On installait des projecteurs portables : une lumière bleue et crue a baigné l'épave. J'entendais de tous côtés des grésillements de radios.

Je me tenais au bord de la route en compagnie d'un motard de la police routière. J'avais demandé à descendre, mais on me l'avait interdit : je devais rester en haut.

— Elle est blessée ? demandai-je en entendant se déclencher une radio. Ma femme est blessée ?

— Nous le saurons dans une minute, lâcha tranquillement le motard.

— Et le passager ?

— Un moment, s'il vous plaît.

Il devait avoir des écouteurs à l'intérieur de son casque ; il s'est mis à parler à voix basse, avec des mots qui semblaient codés. J'ai entendu : « … demande bilan un quatre-zéro-deux pour sept-trois-neuf… »

Je me suis avancé au bord du ravin et j'ai regardé. Il y avait des secouristes en bas, certains cachés par la carcasse retournée. Un moment qui m'a semblé interminable s'est écoulé.

— Votre femme est inconsciente, annonça le motard. Elle portait sa ceinture de sécurité et n'a pas été éjectée du véhicule. On pense qu'elle n'a pas de mal… Les fonctions vitales sont stables. La colonne vertébrale n'est pas touchée mais… il semble qu'elle ait un bras cassé.

— A part cela, elle va bien ?

— A ce qu'on m'a dit, oui.

Il y a eu un silence pendant qu'il écoutait.

— J'ai le mari avec moi, reprit-il. Faisons un huit-sept… Elle est en train de reprendre connaissance, ajouta-t-il en se tournant vers moi. Il faudra l'examiner à l'hôpital pour s'assurer qu'il n'y a pas d'hémorragie interne. Elle a bien un bras cassé, mais, pour le reste, ça ira. On va la remonter sur un brancard.

— Elle s'en sort bien, soupirai-je.

— Oui, approuva le motard. Cette portion de route est dangereuse.

— Il y a déjà eu des accidents ici ?

— Plusieurs fois par an. En général, les victimes n'ont pas autant de chance.

J'ai appelé Ellen sur mon portable pour lui demander d'expliquer aux enfants qu'il n'y avait pas à s'inquiéter, que maman n'avait pas de mal.

— Surtout à Nicole, ajoutai-je.

— Tu peux compter sur moi.

137

J'ai coupé la communication avant de m'adresser au motard.

— Et le passager ?

— Elle était seule dans le véhicule.

— Non, il y avait quelqu'un avec elle.

Il a articulé quelques mots à voix basse, s'est retourné vers moi.

— On me dit que non. Il n'y a pas trace de la présence d'un passager.

— Il a peut-être été éjecté.

— Ils interrogent votre femme… Elle dit qu'elle était seule.

— Vous plaisantez !

Il m'a regardé, puis il a haussé les épaules.

— C'est ce qu'elle affirme.

Les lumières clignotantes m'empêchaient de voir l'expression de son visage, mais le ton de sa voix ne laissait pas de doute sur ce qu'il pensait : encore un homme qui ne connaît pas sa propre femme. J'ai tourné la tête pour regarder au fond du ravin.

Un des véhicules de secours avait déplié au-dessus du vide un bras d'acier muni d'un treuil ; un câble descendait. En bas, les secouristes peinant pour garder l'équilibre sur le flanc escarpé du ravin arrimaient un brancard. Je ne voyais pas bien Julia ; elle était enveloppée dans une couverture de survie argentée. On a commencé à hisser le brancard ; il a traversé un cône de lumière bleue, avant de se perdre dans l'obscurité.

— On m'a dit de vous demander si votre femme prend des drogues ou des médicaments, s'enquit le motard.

— Pas à ma connaissance.

— Et l'alcool ? A-t-elle bu ?

— Du vin au dîner. Un ou deux verres.

Le motard s'est retourné pour prononcer quelques mots à voix basse. Après un silence, je l'ai entendu dire : « Affirmatif. »

En s'élevant, le brancard tournait lentement sur lui-même. A mi-pente, un secouriste l'a maintenu pour l'empêcher de bouger.

Je n'ai pu voir distinctement Julia que lorsqu'elle est arrivée à la hauteur de la route. D'autres secouristes ont fait pivoter le brancard et l'ont détaché. Julia avait le visage tuméfié ; la pommette gauche était violacée, le front aussi, au-dessus de l'œil gauche. Sa tête avait dû heurter violemment le tableau de bord. Elle respirait faiblement. J'ai fait le tour du brancard ; elle m'a vu.

— Jack…, murmura-t-elle en esquissant un sourire.

— Ne te fatigue pas.

Elle a toussé faiblement.

— C'était un accident, Jack.

— Bien sûr.

— Ce n'est pas ce que tu penses, Jack.

— Comment cela ?

Elle semblait délirer et parlait d'une voix faible, entrecoupée.

— Je sais ce que tu penses, poursuivit-elle en agrippant mon bras. Promets-moi de ne pas t'en mêler, Jack.

Je n'ai pas répondu. J'ai continué de marcher à côté du brancard.

— Promets-moi de rester à l'écart de tout ça, insista-t-elle en resserrant son étreinte.

— Promis.

Elle s'est détendue, a lâché mon bras.

— Cela n'a rien à voir avec notre famille, reprit-elle. Tout ira bien pour les enfants. Pour toi aussi. Mais ne t'en mêle pas, tu veux bien ?

— D'accord, répondis-je pour l'apaiser.

— Jack ?

— Oui, ma chérie. Je suis là.

Nous étions à quelques mètres de l'ambulance la plus proche ; les portes se sont ouvertes à l'arrière du véhicule.

— Vous êtes de la famille ? a lancé un des secouristes dans ma direction.

— Je suis le mari.

— Vous voulez venir ?

— Oui.

— Allez-y.

Je suis monté dans l'ambulance, on a fait entrer le brancard, puis un des secouristes est monté à son tour et a refermé les portes. Le véhicule s'est mis en marche, la sirène hurlante.

Les deux infirmiers m'ont écarté sans ménagement. L'un dictait un rapport à l'aide d'un petit appareil tandis que son collègue plaçait une deuxième perfusion dans l'autre bras de Julia. Ils étaient préoccupés par sa tension artérielle qui chutait ; il y avait de quoi s'inquiéter. Pendant qu'ils s'affairaient, je ne voyais pas Julia mais je l'entendais murmurer des paroles indistinctes.

J'ai essayé de m'approcher ; les infirmiers m'ont repoussé.

— Laissez-nous travailler, monsieur. Votre femme est blessée, nous devons nous occuper d'elle.

J'ai passé le reste du trajet sur un strapontin, m'agrippant à une poignée dans les virages trop serrés. Julia délirait maintenant. Elle marmonnait des paroles sans queue ni tête. Je l'ai entendue parler des « nuages noirs » qui n'étaient « plus noirs ». Puis elle s'est lancée dans un laïus sur la rébellion de l'adolescence. Elle a prononcé le nom d'Amanda et celui d'Eric, a demandé s'ils allaient bien. Elle paraissait agitée. Les infirmiers s'efforçaient de la rassurer. Pour finir, tandis que l'ambulance filait dans la nuit, elle s'est mise à répéter : « Je n'ai rien fait de mal, je ne voulais rien faire de mal. »

J'étais de plus en plus inquiet.

Les premiers examens ont donné à penser que les blessures de Julia pouvaient être plus sérieuses qu'on ne l'avait cru. Il fallait s'assurer qu'elle n'avait ni fracture du bassin, ni hémorragie interne, ni fracture d'une vertèbre cervicale ; la double fracture du bras gauche nécessiterait peut-être la pose d'une broche. Les médecins semblaient particulièrement inquiets pour son bassin ; on la déplaçait avec précaution pour la conduire dans l'unité de soins intensifs.

Julia était encore consciente : elle cherchait mon regard et me souriait de loin en loin. Puis elle s'est endormie. Les médecins m'ont dit que je ne pouvais rien faire de plus. Ils la réveilleraient toutes les demi-heures jusqu'à la fin de la nuit ; elle resterait au minimum trois jours à l'hôpital, probablement une semaine.

Ils m'ont conseillé d'aller me reposer ; je suis parti un peu avant minuit.

J'ai pris un taxi pour aller récupérer ma voiture sur le lieu de l'accident. La nuit était froide. Les voitures de police et les véhicules de secours avaient disparu. Il restait une grosse dépanneuse qui était en train de remonter la voiture de Julia. Un maigrichon, une cigarette au bec, surveillait le treuil.

— Il y a rien à voir, me dit-il. Tout le monde est parti à l'hôpital.

J'ai expliqué que c'était la voiture de ma femme.

— Vous pouvez pas la conduire.

Il a demandé à voir mon attestation d'assurance. J'ai pris le document dans mon portefeuille et le lui ai tendu.

— Il paraît que votre femme s'en est bien sortie.

— Jusqu'à présent.

— Vous avez de la veine… Ils sont avec vous ? ajouta-t-il en indiquant du pouce l'autre côté de la route.

Sur le bas-côté opposé était garée une camionnette blanche. Aucun nom de société, aucun logo n'ornait les flancs du véhicule. Sur le bas de la portière avant figuraient un numéro de série et une inscription : « Unité SSVT ».

— Non, ils ne sont pas avec moi.

— Ça fait une heure qu'ils attendent. Sans bouger.

Je ne voyais personne à l'intérieur de la camionnette aux vitres teintées. Alors que je commençais à traverser la route, j'ai entendu le léger grésillement d'une radio. Quand je suis arrivé à trois mètres de la camionnette, les feux se sont allumés, le moteur s'est mis en marche ; le véhicule a démarré sèchement et s'est éloigné à toute allure. Au moment où il passait devant moi, j'ai aperçu le conducteur. Il portait une combinaison brillante faite d'une sorte de plastique argenté et une cagoule de la même matière. J'ai cru distinguer autour de son cou un drôle d'appareil ressemblant à un masque à gaz, mais d'une matière argentée. En suivant des yeux le véhicule qui s'éloignait, j'ai remarqué sur le pare-chocs arrière deux autocollants verts portant un grand X. C'était le logo de Xymos. Mais mon attention a surtout été attirée par la plaque minéralogique : la camionnette était immatriculée dans le Nevada.

Elle venait de l'unité de fabrication implantée dans le désert.

Intrigué, je me suis dit que le moment était venu d'aller voir ce qui se passait dans cette usine.

J'ai appelé Tim Bergman sur mon portable pour dire qu'après réflexion, j'avais décidé d'accepter le poste de consultant.

— Génial ! s'écria-t-il. Don sera très heureux.

— Je m'en réjouis. Je commence quand ?

DESERT

Sixième jour

7 h 12

Avec les vibrations de l'hélicoptère, j'ai dû sommeiller quelques minutes. Je me suis réveillé en bâillant et j'ai entendu des voix dans mon casque. Plusieurs hommes parlant entre eux.

— Alors ? demanda une grosse voix, quel est exactement le problème ?

— Apparemment, l'unité de fabrication a rejeté des substances dans la nature. C'était un accident. Plusieurs animaux morts ont été découverts dans le désert, à proximité de l'usine.

La voix était réfléchie, méthodique.

— Qui les a trouvés ? grogna la grosse voix.

— Deux écologistes trop curieux. Ils n'ont pas tenu compte des panneaux interdisant l'accès au site. Ils se sont plaints à la direction et demandent à visiter l'usine.

— Ce que nous ne pouvons autoriser.

— Non, bien sûr !

— Comment allons-nous régler ce problème ? demanda une voix craintive.

— Je suggère, répondit la voix méthodique, de minimiser la contamination et de fournir des éléments indiquant qu'aucune conséquence fâcheuse n'est à redouter.

— Pas d'accord pour cette stratégie, déclara la grosse voix. Il vaut mieux nier catégoriquement qu'il y ait eu des rejets. D'ailleurs, qu'est-ce qui le prouve ?

— Les animaux morts. Un coyote, deux ou trois rongeurs, quelques oiseaux peut-être.

— Quoi de plus normal que de trouver des animaux morts dans la nature ? Vous vous souvenez de l'affaire des vaches éventrées ? On a cru que c'était l'œuvre d'extraterrestres débarquant de leurs vaisseaux, puis on s'est rendu compte que les animaux mouraient de mort naturelle et que leur ventre éclatait sous l'effet des gaz accumulés dans les carcasses en décomposition. Ça vous rappelle quelque chose ?

— Vaguement.

— Je ne suis pas sûr, glissa la voix craintive, qu'il nous sera possible de nier...

— Et comment, qu'on va nier !

— Il n'y a pas des photographies ? Je crois que les écolos ont pris des photos.

— Et alors ? Tout le monde s'en tamponne ! Que montreront ces photos : un coyote mort ? Personne ne va pousser des hauts cris pour un coyote mort. Faites-moi confiance... Pilote ? Où sommes-nous ?

J'ai ouvert les yeux. J'étais à l'avant de l'hélicoptère, à côté du pilote. L'appareil se dirigeait vers l'est, dans la lumière aveuglante des premiers rayons du soleil. Le terrain que nous survolions était plat, parsemé de quelques pieds de cactus, de bouquets de genévriers et, de loin en loin, d'un arbre de Josué aux formes torturées.

Le pilote suivait la rangée de pylônes supportant les lignes à haute tension, semblables à des soldats d'acier aux bras écartés avançant à la file indienne dans le désert. Dans la lumière oblique du soleil, les pylônes projetaient sur le sol des ombres étirées.

Un homme massif, en costume-cravate, assis à l'arrière de l'appareil, s'est penché vers le pilote.

— Il y en a encore pour longtemps ?

— Nous venons d'entrer dans le Nevada. Nous y serons dans dix minutes.

Le passager s'est rassis en poussant un grognement. Nous nous étions présentés avant le décollage, mais son nom m'échappait. J'ai tourné discrètement la tête vers les trois hommes en costume-cravate. Des consultants en relations publiques, engagés par Xymos. Leur apparence correspondait aux voix que j'avais entendues. Il y avait un petit maigre, nerveux, qui se tortillait les mains. Un autre, légèrement dégarni, un porte-documents sur les genoux. Et celui qui s'était adressé au pilote, plus âgé, bourru, à l'évidence leur chef.

— Quelle idée d'avoir construit cette usine au Nevada !

— La réglementation est plus souple, les contrôles moins rigoureux. Aujourd'hui, la Californie ne voit pas d'un bon œil les nouvelles industries. Il aurait fallu attendre un an rien que pour l'étude d'impact et, après ça, il aurait été bien plus difficile d'obtenir le permis de construire. Voilà pourquoi ils sont venus ici.

— Quel endroit de merde, grommela la grosse voix en regardant par la vitre l'étendue désertique. De toute façon, je me contrefous de ce qui se passe ; ce ne sera pas un problème. Et vous, poursuivit-il en s'adressant à moi, vous faites quoi ?

— Des programmes informatiques.

— Vous avez signé un accord de non-divulgation ?

Il voulait savoir si les conditions de mon engagement m'empêcheraient de parler de ce que je venais d'entendre.

— Oui.

— Vous allez travailler dans l'usine ?

— Comme consultant.

— Consultant, il n'y a que ça de vrai, poursuivit-il en hochant la tête, comme s'il avait trouvé un allié. Pas de responsabilité, on ne doit rien à personne. On se contente de donner son avis en sachant qu'ils n'en tiendront pas compte.

La voix du pilote grésilla dans mon casque.

— Unité de fabrication moléculaire Xymos droit devant, annonça-t-il. Vous apercevez l'usine.

A une distance de trente kilomètres, j'ai distingué un groupe isolé de bâtiments bas qui se découpaient sur l'horizon. Les trois spécialistes des relations publiques se sont penchés du même mouvement.

— C'est ça ? interrogea la grosse voix. Il n'y a que ça ?

— C'est plus grand que ça n'en a l'air à cette distance, répondit le pilote.

Quand l'hélicoptère s'est rapproché, j'ai vu que les bâtiments imbriqués les uns dans les autres étaient des blocs de béton nu, simplement blanchis à la chaux. Les trois passagers de l'arrière étaient si contents qu'ils ont failli applaudir.

— Magnifique !

— On dirait un hôpital !

— Superbe architecture…

— Cela rendra bien en photo.

— Pourquoi ? demandai-je.

— Il n'y a aucune saillie, répondit l'homme au porte-documents. Pas d'antennes, rien de pointu, rien qui dépasse. Les gens ont peur des pointes et des antennes : des études l'ont démontré. Mais des bâtiments lisses, carrés comme ceux-là et *blancs* — la couleur idéale, associée à la virginité, l'hôpital, la guérison, la pureté —, des bâtiments comme ceux-là ne suscitent aucune inquiétude.

— Les écolos vont être baisés, déclara la grosse voix

avec satisfaction. Ils font bien de la recherche médicale ici ?

— Pas exactement…

— Ils en feront après m'avoir écouté, faites-moi confiance. La recherche médicale, voilà la manière de présenter les choses.

Tandis que l'hélico survolait le complexe, le pilote indiquait les différents bâtiments.

— Le premier, c'est l'alimentation électrique. Un passage mène à ce bâtiment bas, la résidence. A côté, des labos ou je ne sais quoi. Le grand bâtiment carré à trois étages et sans fenêtres, c'est l'unité principale de fabrication. J'ai cru comprendre que c'est une carcasse de béton, qu'il y a un autre bâtiment à l'intérieur. Là-bas, sur la droite, ce hangar bas sert de réserve et d'abri à voitures. Les véhicules doivent rester à l'ombre sinon le tableau de bord se gondole et, quand on pose la main sur le volant, on se fait une brûlure du premier degré.

— Il y a des chambres ? demandai-je.

— Oui, répondit le pilote. C'est obligé. Le motel le plus proche se trouve à deux cent cinquante kilomètres, dans les faubourgs de Reno.

— Ils sont combien à vivre ici ? s'enquit la grosse voix.

— Il y a de quoi coucher douze personnes, expliqua le pilote, mais il y en a en général entre cinq et huit. Il ne faut pas beaucoup de monde pour faire tourner l'usine. Tout est automatisé, d'après ce qu'on m'a dit.

— Qu'est-ce qu'on vous a dit d'autre ?

— Pas grand-chose. Ici, c'est bouche cousue ! Je ne suis même pas entré dans l'usine.

— Parfait, fit la grosse voix. Faisons en sorte que ça ne change pas.

Le pilote actionna le manche ; l'appareil vira à droite et commença à descendre.

J'ai ouvert la porte en plexiglas du cockpit pour sortir. J'ai eu aussitôt l'impression d'entrer dans un four : une bouffée d'air brûlant m'a suffoqué.

— Ce n'est rien ! cria le pilote pour couvrir le vrombissement des pales. Nous sommes presque en hiver ! Il ne fait pas plus de 40 °C !

— Quelle chance !

Je me suis retourné pour prendre mon nécessaire de voyage et mon ordinateur portable que j'avais glissés sous le siège du passager craintif.

— Il faut que j'aille pisser un coup, déclara l'homme à la grosse voix en détachant sa ceinture de sécurité.

— Dave…, objecta l'homme au porte-documents d'une voix où perçait l'inquiétude.

— Ça va, j'en ai pour une minute !

— Dave…, reprit l'homme au porte-documents avec un regard gêné dans ma direction. On nous a dit de *ne pas descendre de l'hélicoptère*, poursuivit-il en baissant la voix. Tu t'en souviens ?

— Je ne peux pas attendre une heure… Et puis, qu'est-ce que ça changera ? Il y a que dalle à des milliers de kilomètres à la ronde !

— Mais, Dave…

— Lâche-moi la grappe, je vais pisser !

Il s'est soulevé pesamment de son siège.

Je n'ai pas entendu la suite de leur conversation ; j'avais retiré mon casque. Pendant que Dave descendait, j'ai pris mes affaires et je me suis éloigné de l'appareil en me courbant pour passer sous les pales. Je me suis arrêté au bord de l'aire d'atterrissage ; elle s'achevait brusquement le long d'un chemin de terre qui serpentait entre les bouquets d'oponces et menait au bâtiment d'alimentation électrique, une construction trapue, toute blanche, distante d'une cinquantaine de mètres. Personne n'était là pour m'accueillir ; en fait, je n'apercevais âme qui vive.

En me retournant, j'ai vu Dave se rajuster et remonter dans l'hélico. Le pilote a fermé la porte et m'a fait un signe de la main quand l'appareil a décollé. Je lui ai répondu avant de me baisser pour me protéger du sable tourbillonnant soulevé par l'hélice. L'appareil a fait un tour, puis il a mis le cap à l'ouest ; le bruit du rotor s'est estompé.

Le silence du désert n'était troublé que par le bourdonnement des lignes à haute tension passant à quelques centaines de mètres. Le vent faisait bouffer ma chemise et battre le bas des jambes de mon pantalon. J'ai commencé à tourner en rond en me demandant ce que je devais faire. Et en repensant à la mise en garde de l'homme au porte-documents : *On nous a dit de ne pas descendre de l'hélicoptère, tu t'en souviens ?*

— Hé ! vous, là-bas !

Je me suis retourné. Une porte s'était entrouverte dans le bâtiment de l'alimentation électrique ; une tête dépassait.

— Vous êtes Jack Forman ?

— C'est moi.

— Qu'est-ce que vous attendez ? Une carte d'invitation ? Venez donc par ici !

Et il a claqué la porte.

Voilà l'accueil qu'on m'a réservé à l'unité de fabrication de Xymos. J'ai repris mes bagages et suivi le chemin de terre menant au bâtiment blanc.

Les choses ne se passent jamais comme on l'imagine.

Je suis entré dans une petite pièce fermée sur trois côtés par des murs faits d'un matériau lisse voisin du Formica. Il a fallu un moment à mon regard pour s'habituer à la pénombre. J'ai vu que le quatrième mur, en face de moi, était entièrement constitué de verre ; derrière, il y avait un espace également fermé par une paroi de verre. Ces deux parois étaient munies de bras articulés en acier, terminés par des plaques métalliques. L'ensemble évoquait la salle des coffres d'une banque.

Derrière la seconde paroi de verre se tenait un homme solidement charpenté, en chemise et pantalon bleus, le logo de Xymos sur la poitrine. Il devait être le responsable de la maintenance de l'usine ; il m'a fait des signes.

— C'est un sas. L'ouverture est automatique... Avancez.

J'ai fait un pas en avant ; la première paroi de verre s'est ouverte avec un chuintement. Une lumière rouge s'est allumée. A l'intérieur du sas, sur le sol, au plafond et sur les deux murs, il y avait des grilles. J'ai hésité à avancer.

— Ça ressemble à un toasteur, hein ? lança l'homme en bleu avec un sourire qui découvrit une bouche édentée. Ne vous inquiétez pas, poursuivit-il, ça va juste vous décoiffer. Approchez, approchez !

Je suis entré dans la petite pièce vitrée et j'ai posé mon sac.

— Non, non, reprenez votre sac !

Dès que je l'ai soulevé, la paroi de verre a commencé à se refermer, les bras en acier se sont dépliés, un son mat a suivi la fermeture hermétique des portes. J'ai ressenti un léger bourdonnement d'oreilles pendant la mise en pression du sas.

— Il vaudrait peut-être mieux fermer les yeux, suggéra l'homme en bleu.

J'ai fermé les yeux ; une vapeur glaciale jaillissant de tous côtés m'a aussitôt frappé le visage et le corps. Mes vêtements étaient trempés. J'ai perçu une odeur âcre, rappelant celle de l'acétone ou d'un dissolvant. J'ai frissonné : c'était vraiment froid.

Le premier souffle d'air chaud est venu du plafond, accompagné d'un grondement qui a rapidement atteint la violence d'un ouragan. Je me suis arc-bouté pour résister. Mes vêtements battaient et se plaquaient sur mon corps. Le souffle s'est renforcé, menaçant d'arracher mon sac, puis il s'est arrêté et un nouveau souffle est monté du sol. Il y avait de quoi être désorienté, mais cela n'a pas duré. Les pompes à vide se sont mises en marche avec un sifflement, j'ai ressenti une légère douleur dans les oreilles quand la pression a baissé, comme dans un avion au moment de la descente. Puis le silence est revenu.

— C'est fini, lança une voix. Avancez.

J'ai ouvert les yeux. Le liquide qu'on avait vaporisé sur moi s'était évaporé, mes vêtements étaient secs. La paroi de verre s'est ouverte ; je suis sorti du sas.

— Tout va bien ? demanda l'homme en bleu en me considérant d'un air interrogateur.

— Oui, je crois.

— Pas de démangeaisons ?

— Non…

— Bien. Nous avons eu quelques cas d'allergie au produit, mais nous sommes obligés de faire ça. Pour les salles blanches.

J'ai acquiescé de la tête. C'était à l'évidence une procédure destinée à éliminer la poussière et autres polluants. Le liquide vaporisé, hautement volatil, s'évaporait à la température ambiante en entraînant les microparticules présentes sur le corps et les vêtements. L'air pulsé et le vide complétaient le nettoyage.

— Je m'appelle Vince Reynolds, poursuivit-il sans me tendre la main. Appelez-moi Vince. Vous, c'est Jack ?

J'ai confirmé d'une inclination de tête.

— On vous attend, Jack, ne perdons pas de temps. Nous devons prendre des précautions : nous avons ici un champ magnétique très puissant, plus de 33 teslas, alors…

Il a tendu vers moi une boîte en carton.

— Vous devriez me donner votre montre.

J'ai posé la montre dans le carton.

— Et votre ceinture.

J'ai enlevé ma ceinture, qui a rejoint la montre.

— Des bijoux ? Bracelet, collier, piercing ? Insignes décoratifs ou médailles ?

— Non.

— Vous n'avez pas de métal dans le corps ? Vieilles blessures, balles, éclats d'obus. Pas de broche pour fixer un os fracturé, pas de prothèse de la hanche ni de la rotule ? Pas de valvule ni de cartilage artificiels, pas de pompes vasculaires ni d'implants ?

J'ai répondu que je n'avais rien de tout ça.

— Vous êtes encore jeune, c'est vrai, affirma l'homme en bleu. Et dans votre sac ?

Il m'a fait vider le sac sur une table pour fourrager dans son contenu. Il y avait pas mal de métal : la boucle d'une autre ceinture, un coupe-ongles, une bombe de mousse à raser, un rasoir et des lames, un canif, les rivets de mon jean…

Il a pris le canif et la ceinture, mais a laissé le reste.

— Vous pouvez tout remettre dans le sac. Voici ce que je propose : votre sac va jusqu'à la résidence, mais pas plus loin. D'accord ? Il y a une alarme à la porte du bâtiment ; ne la déclenchez pas en essayant de faire passer des objets métalliques. Une procédure de sécurité coupe automatiquement les aimants, il faut au moins deux minutes pour les remettre en service. Cela embête les techniciens, vous comprenez, surtout s'ils travaillent à la fabrication. Ça fiche leur travail en l'air.

J'ai dit que j'essaierais de m'en souvenir.

— Le reste de vos affaires ne quitte pas cette pièce, poursuivit l'homme en bleu en indiquant le mur derrière moi.

J'ai vu, en me retournant, une douzaine de petits coffres munis d'un clavier électronique.

— Formez votre combinaison et fermez le coffre, reprit Vince en se détournant pour ne pas voir ce que je faisais.

— Je n'aurai pas besoin d'une montre ?

— Nous vous en donnerons une.

— Et ma ceinture ?

— Nous vous en donnerons une.

— Mon ordinateur portable ?

— Il reste dans le coffre. A moins que vous ne préfériez bousiller votre disque dur avec le champ magnétique.

J'ai placé l'ordinateur avec le reste de mes affaires et refermé la porte. Je me sentais étrangement dépouillé, comme quelqu'un qui entre en prison.

— Vous ne voulez pas mes lacets, tant que vous y êtes ? lançai-je en manière de plaisanterie.

— Non, gardez-les. Vous pourrez vous étrangler avec, si besoin est.

— Pourquoi dites-vous ça ?

— Je n'en sais rien, répondit Vince avec un petit haussement d'épaules. Mais les gens qui bossent ici, croyez-moi, ils sont complètement cinglés. Ils fabriquent des petits machins minuscules et invisibles, ils déplacent des molécules de je ne sais quoi et ils assemblent tout ça. Un boulot de précision, crispant, qui les rend dingues. Tous complètement dérangés... Venez par ici.

Nous avons franchi un autre sas ; cette fois, il n'y avait pas de projection de vapeur.

Nous sommes entrés dans la centrale électrique. A la lumière bleue des lampes à halogène, j'ai vu d'énormes tubes métalliques hauts de trois mètres et de gros isolateurs en céramique, larges comme la cuisse. Tout bourdonnait autour de nous ; je percevais distinctement les vibrations du sol. Un peu partout des panneaux montrant un éclair rouge portaient l'inscription : DANGER ! COURANT ELECTRIQUE MORTEL !

— Vous utilisez de grandes quantités d'électricité, observai-je.

— De quoi alimenter une petite ville, affirma Vince. Il faut prendre ces avertissements au sérieux, ajouta-t-il en montrant un panneau. Nous avons eu des problèmes il y a quelque temps.

— Vraiment ?

— Il y avait un nid de rats dans le bâtiment. Ces saletés de bestioles venaient cramer ici. Littéralement. Je déteste l'odeur du poil de rat grillé, pas vous ?

— C'est une expérience que je n'ai jamais eu l'occasion de faire.

— Ça sent ce que vous pensez.

— Je vois… Comment les rats entraient-ils ?

— Par la cuvette des toilettes… Vous ne le saviez pas ? demanda-t-il en voyant mon air étonné. Les rats font toujours ça : il leur suffit de nager sous l'eau sur une courte distance. Imaginez la surprise, poursuivit-il avec un petit rire, s'il y en a un qui débouche quand vous êtes sur le siège ! L'entrepreneur n'a pas creusé assez profondément, pour la fosse. En tout cas, les rats entraient. Il y a eu quelques accidents de ce genre depuis mon arrivée.

— Ah bon ? Quels accidents ?

— Ils ont recherché la perfection dans la construction de ces bâtiments, répondit Vince. Ils travaillent sur l'infiniment petit, voyez-vous. Mais la perfection n'est pas de ce monde, Jack. Elle ne l'a jamais été et ne le sera jamais.

— Quels accidents ? insistai-je.

Nous étions arrivés à la dernière porte, munie d'un clavier. Vince a enfoncé plusieurs touches ; la porte s'est ouverte avec un déclic.

— Le code est le même pour toutes les portes, expliqua-t-il. Zéro-six, zéro-quatre, zéro-deux.

Vince a poussé la porte et nous nous sommes engagés

dans le passage couvert reliant la centrale électrique aux autres bâtiments. La chaleur y était étouffante malgré un climatiseur qui tournait à plein régime.

— Encore l'entrepreneur, expliqua Vince. Il n'a jamais réussi à régler l'aération. Nous avons fait revenir les ouvriers cinq fois pour arranger ça mais on crève toujours de chaud dans ce couloir.

Au bout se trouvait une autre porte. Vince m'a fait composer le code : la porte s'est ouverte.

Je suis arrivé devant un autre sas : une épaisse paroi de verre et une autre deux mètres plus loin. Derrière le second panneau vitré se tenait Ricky Morse, en jean et T-shirt, qui me faisait de grands signes en souriant.

— Je prends le relais, Vince, annonça la voix de Ricky à l'interphone.

— Pas de problème, fit Vince en agitant la main.

— Tu t'es occupé du réglage de la pression ?

— Je l'ai fait il y a une heure. Pourquoi ?

— Je ne suis pas sûr que ça marche, dans le labo.

— Je vais vérifier, lança Vince. Il y a peut-être une autre fuite quelque part.

Il m'a donné une tape sur l'épaule et a levé le pouce.

— Je vous souhaite bonne chance, fit-il avant de repartir par où nous étions arrivés.

— Je suis content de te voir, reprit Ricky. Tu connais le code ?

J'ai répondu oui. Il a indiqué un clavier ; j'ai enfoncé les six touches. La paroi de verre a coulissé. Je suis entré dans un espace exigu, large d'un mètre vingt, avec des grilles métalliques sur les deux murs, le sol et le plafond. Un souffle puissant est monté du sol, faisant gonfler les jambes de mon pantalon et battre mes vêtements. Juste après, d'autres souffles ont suivi, provenant des deux murs, et encore un du plafond, dirigé sur mes épaules et mes cheveux. Puis le vide. La paroi de

157

verre devant laquelle je me tenais s'est ouverte ; j'ai lissé mes cheveux et je suis sorti.

— Désolé de te faire subir cette épreuve, lança Ricky en me secouant la main, mais cela nous évite d'avoir à porter une combinaison.

J'ai été frappé par la vigueur qui se dégageait de lui ; mon regard s'est fixé sur les muscles saillants de ses avant-bras.

— Tu as l'air en pleine forme, Ricky. Tu fais de la muscu ?

— Oh, pas vraiment !

— Et pas un pouce de graisse, ajoutai-je en lui tapant sur l'épaule.

— La tension du boulot, fit-il en souriant. Est-ce que Vince t'a fichu la trouille ?

— On ne peut pas dire ça…

— Il est un peu bizarre, poursuivit Ricky. Il a passé sa petite enfance dans le désert, seul avec sa mère. Elle est morte quand il avait cinq ans ; son corps était en état de décomposition avancée quand on l'a trouvé. Pauvre gamin, il n'avait pas su quoi faire. J'imagine qu'il y a de quoi devenir bizarre, conclut Ricky avec un petit haussement d'épaules. En tout cas, je suis content que tu sois là, Jack ; j'avais peur que tu ne viennes pas.

Malgré la vigueur qui émanait de lui, Ricky me paraissait maintenant nerveux, tendu. Il m'a conduit d'un pas vif vers un petit couloir.

— Alors, comment va Julia ?

— Elle a un bras cassé et a reçu un choc violent sur la tête. Elle est en observation à l'hôpital, mais tout devrait bien se passer.

— Tant mieux.

Il s'est mis à hocher vivement la tête en m'entraînant dans un autre couloir.

— Qui s'occupe des enfants ? reprit-il.

J'ai expliqué que ma sœur était à la maison.

— Alors, tu peux rester ici ? Deux ou trois jours ?

— Sans doute. Si vous avez besoin de moi aussi longtemps.

En général, un consultant en programmation logicielle ne passe pas beaucoup de temps sur le site. Un jour, parfois deux, jamais plus.

— Julia t'a-t-elle… euh… expliqué ce que nous faisons ici ? demanda Ricky en lançant un regard pardessus son épaule.

— Pas vraiment, non.

— Mais tu savais qu'elle y passait le plus clair de son temps ?

— Ça, oui.

— Ces dernières semaines, elle est venue presque tous les jours en hélicoptère. Elle a même dormi deux nuits ici.

— J'ignorais qu'elle s'intéressait tellement à la fabrication.

Ricky a marqué une hésitation.

— Tu comprends, Jack… C'est un domaine entièrement nouveau… Elle ne t'a vraiment rien dit ? insistat-il, l'air perplexe.

— Non, je t'assure. Pourquoi ?

Il n'a pas répondu.

Il a ouvert la porte au bout du couloir et m'a fait signe de passer.

— Voici le module résidentiel, où tout le monde dort et prend ses repas.

L'atmosphère était fraîche après l'étuve du couloir. Les murs étaient recouverts du même matériau rappelant le Formica. J'entendais le bruit sourd et continu des aérateurs. Une rangée de portes donnait sur le couloir ; l'une d'elles portait mon nom écrit au marqueur sur un morceau d'adhésif.

— Tu es chez toi, Jack, fit Ricky en ouvrant la porte.

La chambre était monacale : un petit lit, un bureau juste assez large pour un moniteur et un clavier d'ordinateur. Au-dessus du lit, une étagère recevait les livres et les vêtements. Tout le mobilier était revêtu d'un stratifié blanc parfaitement lisse ; pas un creux, pas une aspérité pour retenir la moindre particule de poussière. Il n'y avait pas de fenêtre dans la pièce mais un écran à cristaux liquides montrait une vue du désert.

Une montre en plastique et une ceinture à boucle en plastique étaient posées sur le lit. Je les ai prises.

— Laisse tes affaires ici, fit Ricky. Je vais te faire visiter.

Du même pas rapide, il m'a entraîné dans un salon de dimensions moyennes, meublé d'un canapé et de sièges disposés autour d'une table basse. Tout était revêtu du même matériau stratifié ; un mur portait un tableau d'affichage.

— A droite, il y a la cuisine et le salon, pour se détendre : télévision, jeux vidéo, et cetera.

Nous sommes entrés dans la petite cuisine où deux personnes, un homme et une femme, mangeaient un sandwich debout.

— Je n'ai pas à faire les présentations, glissa Ricky en souriant.

Je les connaissais bien tous les deux : ils avaient fait partie de mon équipe chez MediaTronics.

Brune, mince, typée et sarcastique, Rosie Castro portait un short flottant et un T-shirt épousant sa poitrine plantureuse, barré d'une inscription : « Tentant, non ? » A Harvard, Rosie était une spécialiste de Shakespeare ; du jour au lendemain, cet esprit indépendant et rebelle avait décidé de changer. « Shakespeare est mort et enterré. Il pourrit depuis des siècles. Il n'y a rien de nouveau à dire. A quoi bon continuer ? » Rosie avait été mutée au MIT, l'Institut de technologie du Massachusetts où, sous la houlette de Robert Kim, elle avait commencé à travailler sur la programmation en langage naturel. Elle n'avait pas tardé à y exceller. A l'époque, les programmes en langage naturel commençaient à inclure le traitement distribué. Il apparaît que les gens évaluent simultanément une phrase de plusieurs manières différentes, au moment où elle est prononcée ; ils n'attendent pas qu'elle soit terminée pour imaginer la fin. Un cas de figure idéal pour le traitement distribué qui aborde simultanément un problème sous plusieurs angles.

— Je vois que tu portes toujours ces trucs-là, Rosie.

Ses tenues vestimentaires avaient été un sujet de discorde chez MediaTronics.

— Eh oui ! C'est pour que les hommes ne m'oublient pas !

— On ne les regarde même pas.

L'homme qui venait de glisser ce commentaire s'appelait David Brooks. Raide, compassé, ordonné jusqu'à l'obsession, il était presque chauve à vingt-huit ans.

— D'ailleurs, ils ne sont pas si terribles que ça, ajouta-t-il en clignant des yeux derrière les verres épais de ses lunettes.

Rosie lui a tiré la langue.

David était ingénieur ; de l'ingénieur, il avait le franc-parler et le manque de tact. Bourré de contradictions, il était méticuleux et propret dans son travail, mais il se couvrait de boue le week-end sur une moto tout-terrain. Il m'a serré la main avec ardeur.

— Je suis très heureux que tu sois là, Jack.

— Il va falloir m'expliquer pourquoi vous êtes tous si contents de me voir.

— Eh bien, parce que tu en sais plus que nous sur les algorithmes multi-agents…

— Je vais d'abord lui faire visiter les lieux, coupa Ricky. Ensuite, nous parlerons.

— Pourquoi ? lança Rosie. Tu veux lui faire la surprise ?

— Drôle de surprise, ajouta David.

— La question n'est pas là, riposta Ricky en les foudroyant du regard. Je tiens à ce que Jack sache de quoi il retourne. Je veux qu'il comprenne ce que nous faisons ici.

— Combien de temps crois-tu que cela prendra ? demanda David en regardant sa montre. Je pense que nous avons…

— *J'ai dit que j'allais lui faire visiter les lieux !*

Il y avait de la hargne dans la voix de Ricky. Jamais je ne l'avais vu perdre son sang-froid ; pour les autres, apparemment, ce n'était pas la première fois.

— Bon, d'accord…

— C'est toi le patron, Ricky.

— Tout juste ! lança Ricky, visiblement furieux. A ce propos, je vous signale que votre pause est terminée depuis dix minutes. Allez, au boulot ! Où sont les autres ? poursuivit-il en jetant un coup d'œil dans le salon.

— Ils règlent les détecteurs du périmètre vidéosurveillé.

— Quoi ? Ils sont *dehors* ?

— Non, dans la salle de maintenance. Bobby pense qu'il y a un problème d'étalonnage des détecteurs.

— Génial ! Il en a parlé à Vince ?

— Non, c'est un problème de logiciel. Bobby a dit qu'il s'en occupait.

A ce moment précis, mon portable a sonné. Surpris, je l'ai sorti de ma poche.

— Les portables fonctionnent ?

— Eh oui, répondit Ricky, nous captons, ici.

Puis il s'est retourné vers David et Rosie.

J'ai fait quelques pas dans le couloir pour prendre connaissance de mes messages. Il n'y en avait qu'un, de l'hôpital, au sujet de Julia. « Sauf erreur, vous êtes le mari de Mme Forman. Auriez-vous l'obligeance de nous contacter aussi rapidement que possible... » Suivaient un numéro de poste et le nom d'un médecin, le docteur Rana. J'ai rappelé immédiatement ; le standard m'a passé le service des soins intensifs.

J'ai demandé à parler au docteur Rana. Il a pris la communication.

— Jack Forman à l'appareil. Le mari de Julia Forman.

— Ah, monsieur Forman ! fit une voix chaude, mélodieuse. Merci de rappeler si vite. J'ai cru comprendre que vous avez accompagné votre femme à l'hôpital cette nuit. Dans ce cas, vous êtes au courant de la gravité de ses blessures, ou plutôt, devrais-je dire, de ses blessures potentielles. Nous considérons qu'elle doit subir des examens approfondis pour nous assurer qu'elle ne souffre pas d'une fracture cervicale ni d'un hématome sous-dural. D'une fracture du bassin non plus.

— Oui, c'est ce qu'on m'a dit hier. Il y a un problème ?

— En effet. Votre femme refuse nos soins.

— Ah bon ?

— Hier soir, elle nous a autorisés à faire des radiographies et à réduire les fractures de son poignet. Nous lui avons expliqué que ce que nous voyons à la lecture d'une radiographie est limité et qu'il était important qu'elle passe une IRM, mais elle refuse.

— Pourquoi ?

— Elle dit que ce n'est pas nécessaire.

— Bien sûr que si.

— Absolument, monsieur Forman. Je ne voudrais pas vous alarmer, mais le risque, en cas de fracture du bassin, est une hémorragie abdominale pouvant entraîner la mort. Cela peut se produire très vite et...

— Que voulez-vous que je fasse ?

— Il serait bien que vous lui parliez.

— Bien sûr. Passez-la-moi.

— Elle vient malheureusement de quitter sa chambre pour passer d'autres radios. Y a-t-il un numéro où nous pouvons vous joindre ? Votre portable ? Parfait. Encore une chose, monsieur Forman : nous n'avons pas pu obtenir de votre épouse ses antécédents psychiatriques...

— Pourquoi ?

— Elle refuse d'en parler. Je pense à la drogue, à des antécédents de troubles du comportement, ce genre de choses. Pouvez-vous nous éclairer là-dessus ?

— Je vais essayer...

— Je ne voudrais pas vous alarmer mais Mme Forman a une conduite quelque peu irrationnelle. A la limite du délire par moments.

— Elle a subi beaucoup de stress ces derniers temps.

— Cela contribue certainement à son état psychique, fit le médecin d'un ton apaisant. Et il y a ce traumatisme crânien pour lequel il nous faudra pratiquer des examens complémentaires. Je ne vous cache pas que le psychiatre incline à penser que votre femme souffre de troubles de la personnalité, qu'elle est sous l'empire de la drogue, ou les deux.

— Je vois...

— Ces questions se posent naturellement dans le contexte d'un accident de la circulation où un seul véhicule est en cause...

Il voulait dire que cet accident pouvait être une tentative de suicide. Cela me paraissait peu probable.

— A ma connaissance, ma femme n'a jamais pris de drogues, mais son comportement m'inquiète depuis, disons, quelques semaines.

Ricky s'est approché ; il montrait des signes d'impatience.

— C'est au sujet de Julia, glissai-je en posant la main sur le téléphone.

Il a hoché la tête, puis il a regardé sa montre en haussant les sourcils. J'ai trouvé curieux qu'il me brusque pendant que je parlais à un médecin de l'état de santé de Julia, qui était ma femme mais aussi son supérieur direct.

Le médecin a continué quelques minutes ; j'ai répondu de mon mieux à ses questions, mais je ne savais pas grand-chose qui pût lui être utile. Il a dit qu'il demanderait à Julia d'appeler à son retour. J'ai dit que j'attendais son appel et j'ai coupé la communication.

— Une bonne chose de faite, déclara Ricky. Désolé de te bousculer, Jack, mais… tu comprends, j'ai beaucoup à te montrer.

— Le temps est-il un problème ?

— Je ne sais pas. Peut-être.

J'ai voulu demander ce que ça signifiait, mais il m'entraînait déjà dans le couloir d'un pas vif. Nous avons quitté la résidence ; derrière une porte vitrée, nous nous sommes engagés dans un autre passage.

Suspendu au-dessus du sol, celui-ci était hermétiquement fermé par des vitres. Le verre avait de petites perforations où aboutissaient des tuyaux d'aspiration. Je commençais à m'habituer au bourdonnement continu des appareils d'aération.

A mi-chemin se trouvait un nouveau sas. Nous avons franchi les parois vitrées l'une après l'autre ; elles s'ouvraient à notre approche et se refermaient derrière nous. J'avais l'impression de plus en plus nette de me trouver à l'intérieur d'une prison, d'avoir devant moi une succession de grilles verrouillées, de m'enfoncer dans des profondeurs inconnues.

Tout était high-tech et parois de verre étincelantes, mais ce lieu était bel et bien une prison.

Sixième jour

8 h 12

Nous sommes entrés dans une grande salle ; un panneau portait l'inscription MAINTENANCE. Les murs et le plafond étaient tapissés du revêtement que je voyais partout. De grandes caisses à la surface stratifiée étaient empilées sur le sol. Sur la droite, une rangée de gros récipients à panse renflée, en acier inoxydable, entourés de tuyaux et de valves, s'élevait jusqu'à la hauteur du premier étage. Cela ressemblait étrangement à une brasserie et je m'apprêtais à interroger Ricky quand je l'ai entendu lancer d'une voix forte :

— Ah ! Vous êtes là !

Devant un tableau de distribution, sous un moniteur, se tenaient trois autres membres de mon ancienne équipe. J'ai eu l'impression qu'à notre vue, ils prenaient un air vaguement fautif, comme des enfants pris sur le fait. Bobby Lembeck était leur chef, bien entendu. A trente-cinq ans, Bobby supervisait l'écriture des codes, mais il était encore capable de faire le travail lui-même quand bon lui semblait. Le baladeur dont il ne se séparait jamais accroché à sa ceinture, il portait comme d'habitude un jean délavé et un T-shirt.

166

Et puis il y avait Mae Chang, toujours belle et gracieuse, l'antithèse de Rosie Castro. Mae avait été biologiste de terrain dans le Sichuan, où elle étudiait les singes dorés à nez camus, avant de se tourner, à l'approche de la trentaine, vers la programmation. Son expérience sur le terrain autant que son inclination naturelle faisaient de Mae un être silencieux. Elle parlait très peu, se déplaçait sans bruit, n'élevait jamais la voix mais sortait victorieuse de toutes les discussions. Comme on le voit souvent chez les biologistes de terrain, elle avait une étonnante facilité à se fondre dans le paysage, à passer inaperçue, à devenir presque invisible.

Pour finir, Charley Davenport, grognon, peu soigné, déjà alourdi de mauvaise graisse à trente ans. Lent, pesant, il donnait l'impression d'avoir dormi tout habillé, ce qui, au vrai, lui arrivait souvent après une séance-marathon de programmation. Charley avait travaillé avec John Holland à Chicago et Doyne Farmer à Los Alamos. C'était un spécialiste des algorithmes génétiques, ces programmes imitant la sélection naturelle pour affiner les réponses. Mais sa personnalité était exaspérante : il fredonnait, il reniflait, il parlait tout seul, il lâchait avec abandon des vents bruyants. S'il n'avait été si doué, jamais les autres ne l'auraient supporté.

— Il faut vraiment être trois pour faire ça ? demanda Ricky quand les retrouvailles furent terminées.

— Oui, chef, répondit Bobby, il faut être trois. C'est compliqué.

— Pourquoi ? Et ne m'appelle pas chef !

— A vos ordres, chef.

— Allez, reprends le boulot…

— J'ai commencé à vérifier le fonctionnement des détecteurs après l'incident de ce matin ; je pense qu'ils sont mal étalonnés. Comme personne ne doit sortir, la question est de savoir si nous interprétons mal les données qu'ils transmettent ou bien si les appareils sont défectueux ou encore mal réglés. Mae connaît ce matériel — elle l'a utilisé en Chine. Je suis en train de faire la révision des codes. Charley est là parce qu'il ne veut pas partir et nous laisser travailler en paix.

— Tu ne crois pas que j'ai mieux à faire ? s'écria Charley. Mais c'est moi qui ai écrit l'algorithme contrôlant ces détecteurs et il faut optimiser le code. J'attends qu'ils aient fini de glandouiller ; après, je m'occuperai de l'optimisation. Ils ne sont pas foutus de la faire, ajouta-t-il en lançant à Bobby un regard qui en disait long.

— Bobby peut, glissa Mae.

— Peut-être, si on lui donne six mois !

— Les enfants, les enfants ! lança Ricky. Pas de scène devant notre invité.

J'ai esquissé un sourire. Je n'avais pas vraiment écouté ce qu'ils disaient. J'observais. J'avais devant moi trois de mes meilleurs programmeurs ; à l'époque où nous travaillions ensemble, ils étaient sûrs d'eux jusqu'à l'arrogance. Mais, là, j'étais frappé par la nervosité générale. Tout le monde était à cran, tendu, irascible. En repensant aux autres, je me suis dit que Rosie et David, eux aussi, étaient à cran.

Charley s'est mis à fredonner à sa manière exaspérante.

— Non, pas ça ! s'écria Bobby Lembeck. Voulez-vous lui dire de la fermer !

— Nous avons déjà parlé de ça, Charley, intervint Ricky.

Charley a continué.

— Charley…

Il s'est tu en poussant un long soupir théâtral.

— Merci ! fit Bobby.

Charley a levé les yeux au plafond.

— Bon, déclara Ricky. Terminez cela rapidement et regagnez votre station de travail.

— D'accord.

— Je veux que tout le monde soit à sa place dans les meilleurs délais.

— D'accord, répéta Bobby.

— Je suis sérieux. Tout le monde en place.

— D'accord, Ricky, d'accord ! Maintenant, tais-toi et laisse-nous travailler !

Nous avons quitté les autres et j'ai suivi Ricky dans une petite pièce attenante.

— Tu sais, Ricky, je les trouve très différents de ce qu'ils étaient quand ils travaillaient avec moi.

— Je sais. Tout le monde est un peu nerveux en ce moment.

— Pour quelle raison ?

— A cause de ce qui se passe.

— Que se passe-t-il donc ?

Il s'est arrêté devant une petite cabine, au fond de la pièce.

— Julia n'a pas pu t'en parler, expliqua-t-il en glissant une carte magnétique dans la porte. C'était classé secret.

— Quoi ? L'imagerie médicale est classée secrète ?

La porte s'est ouverte, nous sommes entrés. Elle s'est refermée automatiquement. Le petit local contenait une table, deux chaises, un écran et un clavier d'ordinateur. Ricky s'est assis et a commencé à pianoter sur le clavier.

— Le projet d'imagerie médicale est venu après coup, expliqua-t-il. Ce n'était qu'une application commerciale secondaire d'une technologie qui en est déjà à la phase du développement.

— Tiens ! Peux-tu être plus précis ?

— Matériel militaire.

— Xymos fabrique du matériel militaire ?

— Oui, sous contrat. Il y a deux ans, reprit-il après un

silence, le secrétariat d'Etat à la Défense, tirant les leçons de l'expérience bosniaque, a décidé de développer la création de robots qui survoleraient le champ de bataille et transmettraient des images en temps réel. Le Pentagone avait compris qu'il y aurait dans les guerres à venir une utilisation de plus en plus pointue de ces caméras volantes. Elles pouvaient servir à localiser l'emplacement de troupes ennemies, même cachées dans une forêt ou abritées dans des bâtiments, à contrôler des tirs de missiles à guidage laser, à repérer la position de troupes amies et ainsi de suite. Les commandants au sol disposeraient de toutes sortes d'images : visible, infrarouge, ultraviolet, à leur choix. L'imagerie en temps réel était supposée devenir un outil des plus efficaces en temps de guerre.

— Très bien…

— Mais, à l'évidence, poursuivit Ricky, ces robots-caméras étaient vulnérables : on pouvait les abattre comme des pigeons d'argile. Le Pentagone voulait une caméra qu'on ne puisse atteindre. Ils avaient pensé à quelque chose de la taille d'une libellule, une cible trop petite pour être visée. Mais il y avait des problèmes d'autonomie énergétique et, avec un objectif de cette taille, de résolution. Il fallait un objectif plus gros.

— Et vous avez pensé à un essaim de nanocomposants.

— Exact, fit Ricky en indiquant l'écran où des points noirs tournoyaient en groupe comme un vol d'oiseaux. Un nuage de composants permet de munir la caméra d'un objectif de la taille que l'on souhaite. Il ne peut pas être abattu ; un projectile ne ferait que transpercer le nuage. Sans compter qu'il est possible de disperser l'essaim à la manière d'une volée d'oiseaux quand retentit une détonation ; la caméra devient ainsi invisible jusqu'à ce que le nuage se reforme. Cela semblait être la solution idéale. Le Pentagone nous a proposé un financement de la DARPA sur trois ans.

— Et alors ?

— Nous avons entrepris de fabriquer la caméra, mais il est très vite devenu évident que nous avions un problème d'intelligence distribuée.

Je connaissais bien ce problème. Les nanoparticules composant le nuage devaient être pourvues d'une intelligence rudimentaire afin que des interactions se produisent entre elles pour former un vol tourbillonnant. Une telle activité coordonnée peut donner l'impression d'un comportement intelligent, mais, en fait, elle a lieu même lorsque les individus constituant le groupe sont assez stupides. Les oiseaux et les poissons en sont capables, et il ne s'agit pas des animaux les plus intelligents de la planète.

En observant un vol d'oiseaux ou un banc de poissons, on suppose le plus souvent qu'il y a un chef et que les autres individus le suivent. La raison en est que les êtres humains, comme la plupart des mammifères sociaux, ont un chef lorsqu'ils sont en groupe.

Mais les oiseaux et les poissons n'ont pas de chef ; leurs groupes ne sont pas organisés de cette manière. L'étude minutieuse de leurs comportements collectifs — par exemple l'analyse image par image d'une cassette vidéo — montre qu'il n'y a pas de chef. Les oiseaux et les poissons réagissent à quelques stimuli simples qui produisent des mouvements coordonnés. Mais il n'y a pas de contrôle hiérarchique ni centralisé.

Les individus ne sont pas programmés génétiquement pour des comportements collectifs. Rien, dans son cerveau, ne dit à l'oiseau : « Quand il se passe telle ou telle chose, il faut se rassembler. » Les comportements collectifs résultent de la mise en application de règles bien plus simples, du type : « Il faut rester près des oiseaux les plus proches mais ne pas les heurter. »

Le comportement collectif né du respect de quelques règles individuelles simples a été nommé comportement émergent. A savoir : comportement qui se produit à l'échelle d'un groupe sans avoir été programmé chez les individus qui le composent. On peut trouver ce comportement émergent dans n'importe quelle population, y compris une population informatique. Une population de robots. Un nanoessaim.

— Ton problème a été l'apparition d'un comportement émergent dans l'essaim ?

— Exactement, répondit Ricky.

— Il était imprévisible ?

— C'est le moins que l'on puisse dire.

Depuis quelques années, le concept de comportement collectif émergent avait provoqué une mini-révolution dans l'informatique. Cela signifiait pour les programmeurs qu'il était possible d'établir des règles comportementales pour chaque agent, mais pas pour l'ensemble des agents agissant collectivement.

Les agents individuels, qu'il s'agisse de modules de programmation, de processeurs ou, dans le cas présent, de microrobots, peuvent être programmés pour collaborer ou rivaliser, selon les circonstances. On peut leur donner une tâche à accomplir. On peut leur fixer un but et leur demander de tout faire pour l'atteindre ou bien de rester disponibles pour aider d'autres agents. Mais le résultat de ces interactions ne peut être programmé ; il arrive de lui-même, avec des conclusions souvent surprenantes.

Cela avait quelque chose de très excitant. Pour la première fois, des programmes pouvaient donner des résultats qui n'étaient aucunement prévus par le programmeur. Ces programmes se comportaient plus comme des êtres vivants que comme des automates. Il y avait de quoi être excité, certes, mais aussi frustré.

Car le comportement émergent du programme était déroutant. Parfois, des agents en concurrence se battaient jusqu'à ce qu'ils ne puissent plus se déplacer et le programme n'accomplissait rien. D'autres fois, les rapports entre les agents prenaient une telle importance qu'ils perdaient de vue l'objectif fixé et faisaient autre chose à la place. Dans ce sens, le programme était digne d'un enfant — imprévisible et facilement distrait. Pour reprendre les termes d'un programmeur : « Essayer de programmer l'intelligence distribuée est comme demander à un enfant de cinq ans d'aller dans sa chambre et de se changer. Il le fera peut-être, mais il est tout aussi vraisemblable qu'il fera autre chose et ne reviendra pas tout de suite. »

Comme ces programmes se comportaient d'une manière qui paraissait vivante, les informaticiens ont commencé à établir des analogies avec le comportement de véritables êtres vivants. Plus exactement, ils ont commencé à transposer le comportement d'êtres vivants pour avoir prise sur les résultats de leurs programmes.

Certains ont donc étudié l'organisation des fourmis, l'architecture des termitières ou la danse des abeilles afin de rédiger des programmes destinés à contrôler le planning d'atterrissage des avions ou l'acheminement de colis. Le plus souvent, ces programmes fonctionnaient à la perfection mais il arrivait qu'ils déraillent, en particulier si les circonstances changeaient radicalement. Ils perdaient alors de vue leurs objectifs.

C'est ainsi que j'avais entrepris, cinq ans auparavant, de prendre comme modèle la relation prédateur-proie pour éviter que soient perdus de vue les objectifs. Un prédateur affamé ne se laisse pas distraire. Les circonstances peuvent le contraindre à improviser une nouvelle stratégie et à multiplier les tentatives avant de réussir, mais il ne perd pas de vue son objectif.

J'étais donc devenu un spécialiste de la relation prédateur-proie. Je connaissais les tactiques de chasse des hyènes et des chiens sauvages d'Afrique, le comportement des lionnes à l'affût et celui des colonnes de fourmis attaquant un ennemi. Mon équipe avait étudié les publications des biologistes de terrain et nous avions fait la synthèse de nos observations dans un module de programmation baptisé Predprey qui pouvait être utilisé pour contrôler n'importe quel système d'agents et donner un objectif à son comportement. Pour faire en sorte que le programme cherche à atteindre son but.

Devant l'écran sur lequel les agents tournoyaient avec une parfaite coordination, j'ai posé la question à Ricky.

— Vous avez utilisé Predprey pour programmer les agents ?

— Exact. Nous nous sommes servis de ce modèle.

— Le comportement me paraît satisfaisant, glissai-je en suivant les évolutions synchronisées des agents sur l'écran. Quel est le problème ?

— Nous ne savons pas exactement.

— Ce qui veut dire ?

— Ce qui veut dire que nous savons qu'il y a un problème, mais que nous ne sommes pas sûrs de sa nature. S'il vient de la programmation ou d'autre chose.

— Autre chose ? fis-je, perplexe. Quelle autre chose ? Je ne saisis pas, Ricky. Ce n'est qu'un groupe de microrobots ; on peut lui faire faire ce qu'on veut. Si la programmation n'est pas satisfaisante, on la modifie. Dis-moi ce qui m'échappe.

Ricky m'a lancé un regard gêné ; il a repoussé sa chaise et s'est levé.

— Je vais te montrer comment nous fabriquons ces

agents, déclara-t-il. Cela te permettra de mieux comprendre la situation.

Après avoir vu la démonstration de Julia, j'étais profondément curieux de découvrir la suite. Nombre de gens dont je respectais le jugement estimaient que la fabrication moléculaire était impossible. Un des principaux obstacles théoriques était le temps nécessaire à la fabrication complète d'une molécule. Pour fonctionner, la nanochaîne de montage devrait avoir un rendement infiniment plus élevé que tout ce que l'homme avait jamais conçu. En gros, toutes les chaînes de montage vont à la même vitesse : elles ajoutent une pièce par seconde. Une automobile, par exemple, composée de plusieurs milliers de pièces, est construite en quelques heures. Il faut ainsi plusieurs mois pour construire un avion commercial, avec ses six millions de pièces.

Mais une molécule complète était composée de 10^{25} pièces. Soit 10 000 000 000 000 000 000 000 000 de pièces. Un nombre si grand que le cerveau humain était incapable de le concevoir. Les calculs montraient que, même si l'on avait été en mesure d'assembler à la cadence d'un *million* de pièces à la seconde, le temps nécessaire pour achever une seule molécule serait encore de trois mille billions d'années, plus longtemps que l'âge connu de l'Univers. Un vrai problème, qui portait le nom de problème du temps de fabrication.

— Si vous faites de la fabrication industrielle…

— Nous en faisons, coupa Ricky.

— Vous devez avoir résolu le problème du temps de fabrication.

— En effet.

— Comment ?

— Attends un peu.

La plupart des scientifiques estimaient que la résolution du problème passerait par une fabrication faite à partir de sous-unités, de fragments moléculaires composés de plusieurs milliards d'atomes, ce qui réduirait à deux ans le temps d'assemblage. Ensuite, en ayant recours à un auto-assemblage partiel, il serait possible d'achever l'opération en quelques heures, peut-être même en une seule. En dehors de tout perfectionnement, le vrai défi théorique à relever consistait à produire des quantités suffisantes pour arriver à la commercialisation. L'objectif n'était pas de fabriquer une unique molécule en une heure, mais plusieurs kilogrammes de molécules en une heure.

Jamais personne n'avait pu même imaginer le moyen d'y parvenir.

Nous avons traversé un ensemble de laboratoires ; l'un d'eux ressemblait à un labo de microbiologie ou de génétique. J'y ai vu Mae en train de travailler. J'ai demandé à Ricky à quoi servait un labo de microbiologie dans cette unité de fabrication, mais il a éludé ma question. Il était impatient, il était pressé ; je l'ai vu regarder sa montre. Nous sommes arrivés devant un dernier sas. La porte vitrée portait une inscription au pochoir : MICROFABRICATION.

— Un seul à la fois, lança Ricky en me faisait signe de passer le premier. On ne peut pas faire plus.

Je suis entré. Les parois vitrées se sont refermées avec leur chuintement caractéristique. Des souffles d'air se sont succédé, venant du sol, des murs, du plafond. Je commençais à m'y habituer. La seconde paroi vitrée s'est ouverte. Je me suis trouvé dans un petit couloir donnant dans une vaste salle. L'éclairage était blanc, cru, si fort que j'avais l'impression d'être aveuglé.

Ricky m'a rejoint. Il a parlé pendant que nous avancions dans le couloir, mais je n'ai gardé aucun souvenir de ses paroles. Les yeux écarquillés, je suis entré dans l'unité principale de fabrication, un énorme espace sans fenêtres, une sorte de hangar géant, haut de trois étages. A l'intérieur de ce hangar se dressait une structure d'un aspect immensément compliqué, qui semblait suspendue en l'air et brillait de mille feux comme un joyau.

Sixième jour

9 h 12

Au début, il m'a été difficile de comprendre ce que j'avais devant les yeux. On eût dit une énorme pieuvre luisante se dressant au-dessus de moi ; des bras à facettes, étincelants, partaient dans toutes les directions et projetaient des reflets irisés sur les murs. Mais cette pieuvre avait des bras sur plusieurs niveaux. La première rangée était basse, à trente centimètres au-dessus du sol, et la deuxième se trouvait à la hauteur de ma poitrine. Les deux rangées supérieures se trouvaient bien plus haut, au-dessus de ma tête. Et tous ces bras brillaient de mille feux.

Ebloui, j'ai plissé les yeux et les détails ont commencé à m'apparaître. La pieuvre était contenue dans une structure modulaire irrégulière, sur trois niveaux, entièrement faite de cubes de verre. Sols, parois, plafonds, escaliers, tout n'était que cubes de verre. Ils semblaient disposés au petit bonheur, comme si quelqu'un avait fait tomber au centre de l'espace un tas géant de morceaux de sucre transparents. Partant de cet amas de cubes, les bras de la pieuvre se projetaient dans toutes les directions. L'ensemble était soutenu par un réseau de poutrelles anodisées, cachées à la vue par les scintillements de la lumière, de sorte que la pieuvre semblait suspendue dans le vide.

— Une architecture fractale, expliqua Ricky en souriant. Joli, non ?

J'ai hoché lentement la tête. Je percevais maintenant d'autres détails. Ce que j'avais pris pour une pieuvre était en réalité une structure arborescente. Sur une conduite centrale de section carrée se dressant verticalement au centre de la salle, se ramifiaient d'autres conduits de dimensions plus modestes, sur lesquels d'autres se greffaient encore. Les plus petits avaient l'épaisseur d'un crayon. Toutes les surfaces miroitaient.

— Pourquoi est-ce si brillant ?

— Le verre est couvert d'un revêtement. A l'échelle moléculaire, il est plein de trous, comme du gruyère. Et, comme le revêtement est un liquide, les atomes le traversent.

Au milieu de cette forêt étincelante, David et Rosie se déplaçaient en prenant des notes, en réglant des valves, en consultant leur ordinateur portatif. J'ai compris que je me trouvais devant une gigantesque chaîne d'assemblage parallèle. Des fragments de molécules étaient introduits dans les tuyaux les plus fins, ainsi que des atomes. Ils se déplaçaient jusqu'au tuyau suivant, où d'autres atomes étaient ajoutés. De cette manière, les molécules se dirigeaient progressivement vers le centre de la structure, jusqu'à ce que l'assemblage soit achevé et qu'elles se déversent dans le conduit central.

— Eh oui, confirma Ricky. Exactement comme une chaîne d'assemblage automobile mais à l'échelle moléculaire. Les molécules sont introduites par les extrémités et remontent jusqu'au centre. Nous introduisons de-ci, de-là une séquence de protéine ou un groupe de méthyle, comme on monte des portières ou des roues sur une voiture. Au bout de la chaîne, nous obtenons une nouvelle structure moléculaire faite sur mesure et conforme à nos spécifications.

— Pourquoi tous ces bras différents ?

— Pour fabriquer des molécules différentes.

A plusieurs endroits, les bras de la pieuvre passaient à travers un tunnel d'acier renforcé par un boulonnage. Çà et là, un cube était revêtu d'un isolant matelassé à la surface argentée. Des cuves d'azote liquide se trouvaient à proximité : des températures extrêmement basses étaient produites dans cette zone.

— Ce sont nos salles cryogéniques, expliqua Ricky. Nous ne descendons pas au-delà de –70 °C. Viens, je vais te montrer.

Il m'a entraîné sur des passerelles de verre qui se faufilaient au milieu des bras. De loin en loin, quelques marches nous permettaient d'enjamber les bras les plus bas.

Ricky ne cessait de me fournir des détails techniques. Quand nous avons atteint un des cubes revêtus d'un isolant, il a ouvert une lourde porte donnant sur une petite pièce, puis une seconde. On eût dit deux chambres frigorifiques accolées. Les portes étaient percées de petites vitres. Quand nous sommes entrés, tout était à température ambiante.

— On peut avoir deux températures différentes et choisir celle que l'on veut, expliqua Ricky. Mais, en général, c'est automatisé.

En ressortant, il a regardé sa montre.

— Nous sommes en retard pour un rendez-vous ?

— Quoi ?… Non, non, pas du tout.

Nous sommes arrivés devant deux cubes entièrement faits de métal ; de gros câbles électriques se glissaient à l'intérieur.

— Les salles des aimants ?

— Exact, fit Ricky. Nos aimants pulsés fournissent

un champ magnétique de 33 T, à peu près un million de fois le champ terrestre.

Il a poussé avec un grognement la porte blindée donnant dans la première salle. J'ai vu un gros objet en forme de beignet, d'un peu moins de deux mètres de diamètre, percé en son centre d'un petit trou de deux ou trois centimètres. Le beignet était enfermé dans une enveloppe isolante en plastique parcourue de tuyaux : une rangée d'énormes boulons renforçait l'enveloppe isolante.

— Il en faut du liquide de refroidissement, tu peux me croire. Et une énorme puissance électrique : 15 kilovolts. Le temps de charge des condensateurs est d'une minute et nous ne pouvons l'utiliser qu'en régime pulsé. S'il fonctionnait en continu, le champ magnétique qu'il fournit le ferait exploser.

Ricky a indiqué un gros bouton-poussoir à la base de l'aimant ; à peu près à la hauteur du genou.

— Une sécurité, fit-il. On ne sait jamais. Quand on a les mains prises, on l'actionne avec le genou.

— Vous utilisez donc de puissants champs magnétiques pour faire une partie de l'assemblage…

Mais Ricky m'avait déjà tourné le dos et se dirigeait vers la porte. J'ai remarqué qu'il regardait encore sa montre.

— Ricky…

— J'ai encore des choses à te montrer. Nous avons presque fini.

— Tout cela est très impressionnant, Ricky, mais votre chaîne d'assemblage fonctionne en grande partie à température ambiante. Pas de vide, pas de froid, pas de champ magnétique.

— Exact. Pas de conditions particulières.

— Comment est-ce possible ?

— Les assembleurs n'en ont pas besoin.

— Les assembleurs ? Es-tu en train de me dire que vous avez des assembleurs moléculaires sur cette chaîne ?

— Oui, bien sûr…

— Des assembleurs qui effectuent la fabrication ?

— Evidemment. Je croyais que tu avais compris.

— Non, Ricky, je n'avais pas compris cela du tout. Et je n'aime pas qu'on me mente.

— Je ne mens pas, protesta-t-il en prenant un air offensé.

J'étais sûr du contraire.

Une des premières choses que les scientifiques ont apprises sur la fabrication moléculaire, c'est qu'elle est extraordinairement difficile à réaliser. En 1990, des chercheurs d'IBM ont déplacé des atomes de xénon sur une surface de nickel jusqu'à ce qu'ils réussissent à former le logo de la marque. Long de deux milliardièmes de centimètre, il ne pouvait être vu qu'au microscope à effet tunnel. Mais l'effet était saisissant et l'image a fait le tour du monde. IBM a laissé croire qu'il s'agissait d'une porte qui s'ouvrait sur la fabrication moléculaire. En réalité, c'était un tour de force plus qu'autre chose.

Déplacer chaque atome pour lui faire prendre une place particulière était une opération lente, minutieuse et coûteuse. Il avait fallu aux chercheurs d'IBM une journée entière pour déplacer leurs trente-cinq atomes. Personne ne croyait sérieusement qu'on créerait de cette manière une nouvelle technologie. On supposait que les nano-ingénieurs trouveraient plutôt le moyen de construire des « assembleurs », c'est-à-dire des machines moléculaires capables de produire des molécules déterminées, de la même manière qu'une machine-outil produit des roulements à billes. La nouvelle technologie reposerait donc sur des machines moléculaires fabriquant des produits moléculaires.

Aussi séduisant que fût le concept, les problèmes pratiques étaient décourageants. Les assembleurs étant d'une conception infiniment plus compliquée que les molécules qu'ils fabriquaient, toutes les tentatives s'étaient soldées par un échec. Aucun laboratoire au monde, à ma connaissance, n'y était parvenu. Et Ricky affirmait avec détachement que Xymos avait réussi à fabriquer des assembleurs qui produisaient des molécules.

Je n'y croyais pas.

J'avais travaillé toute ma vie dans les technologies et j'avais du flair pour déterminer ce qui était possible ou non. Un tel bond de géant était inconcevable. Les technologies constituaient une forme de la connaissance ; comme toute connaissance, elles tâtonnaient, elles mûrissaient, elles évoluaient. Croire le contraire revenait à croire qu'il suffisait de construire une fusée dans son jardin pour s'envoler jusqu'à la lune.

Les nanotechnologies en étaient encore au stade du jardin.

— Alors, Ricky, comment faites-vous réellement ?

— Les détails techniques ne sont pas très importants, Jack.

— Qu'est-ce que tu racontes ? Bien sûr qu'ils sont importants.

— Jack, fit-il en me gratifiant de son sourire charmeur. Crois-tu vraiment que je te mens ?

— Et comment !

J'ai levé la tête vers la pieuvre aux bras tentaculaires. Entouré de verre, je voyais mon reflet sur d'innombrables surfaces. C'était troublant, déconcertant. Pour rassembler mes esprits, j'ai baissé les yeux. Nous avions utilisé pour nous déplacer des passerelles de verre. Certaines parties du sol étaient en verre, elles aussi. Je me suis dirigé vers la plus proche. A travers le verre, j'ai distingué des tubulures qui couraient au-dessous du niveau du sol. Mon attention a été attirée par un ensemble de tuyaux sortant du sol et s'élevant à la verticale pour se raccorder sur les plus petits tubes.

J'ai supposé qu'il s'agissait de la matière première : le mélange de substances organiques qui était transformé sur la chaîne d'assemblage en molécules finies. J'ai suivi des yeux les tuyaux jusqu'à l'endroit où ils débouchaient de la salle voisine. Le raccordement était en verre : j'apercevais le ventre arrondi des grosses bouilloires en acier que j'avais remarquées un peu plus tôt. Les cuves que j'avais prises pour une microbrasserie. Cela ressemblait assurément à une petite brasserie, avec son appareillage pour contrôler la fermentation et les cultures microbiennes.

J'ai compris d'un seul coup de quoi il s'agissait.

— Salopard ! m'écriai-je.

Ricky m'a adressé un grand sourire, puis il a haussé les épaules.

— Eh oui !… Et ça marche !

Les bouilloires étaient bien des cuves contenant des cultures microbiennes. Mais Ricky ne fabriquait pas de la bière : il fabriquait des microbes. Et la raison me paraissait évidente. Incapable de construire de véritables nanoassembleurs, Xymos utilisait des bactéries pour produire des molécules. Il s'agissait de génie génétique et non de nanotechnologies.

— Pas exactement, protesta Ricky quand je lui ai dit à quoi je pensais. Mais j'avoue que nous utilisons une technologie hybride. Ce n'est pas vraiment une surprise, hein ?

Il avait raison. Depuis au moins dix ans, les observateurs prédisaient que le génie génétique, la programmation informatique et les nanotechnologies finiraient par ne faire plus qu'un. Ces disciplines touchaient à des activités voisines et étroitement liées. Il n'y avait pas une grande différence entre se servir d'un ordinateur pour décoder une partie d'un génome bactérien et se servir d'un ordinateur pour injecter de nouveaux gènes dans cette même bactérie afin de fabriquer de nouvelles protéines. Pas plus qu'il n'y avait une grande différence entre créer une nouvelle bactérie destinée à produire, par exemple, des molécules d'insuline ou créer un assembleur micromécanique destiné à produire de nouvelles molécules. Tout se passait à l'échelle moléculaire et c'était le même défi consistant à imposer des projets humains à des systèmes extrêmement complexes.

On pouvait se représenter une molécule sous la forme d'un groupe d'atomes réunis comme des blocs de Lego, mais cette image était trompeuse. Contrairement aux pièces du jeu de Lego, les atomes ne pouvaient être assemblés dans la disposition que l'on souhaitait. Un atome était soumis à de puissantes forces magnétiques et chimiques, avec des résultats souvent indésirables. L'atome pouvait être chassé de son emplacement. Il pouvait rester en place mais en prenant une mauvaise orientation. Il pouvait même provoquer la désorganisation de toute la molécule.

La fabrication moléculaire était en conséquence un exercice incertain mais possible, consistant à déplacer des atomes et des groupes d'atomes pour créer des structures équivalentes qui fonctionneraient de la manière désirée. Il ne fallait pas perdre de vue que, malgré la difficulté de l'entreprise, il existait déjà des unités de fabrication capables de produire des molécules en grande quantité.

— Malheureusement, expliqua Ricky, la fabrication moléculaire a ses limites. Nous récoltons le substrat — la matière première —, puis nous utilisons des processus de fabrication conçus par les nanotechnologies. On peut dire que nous faisons un peu des deux.

— Qu'est-ce que vous cultivez ? demandai-je en montrant les cuves.

— Thêta-d 5972.

— C'est-à-dire ?

— Une souche de coliformes que l'on trouve un peu partout dans la nature et même dans la flore intestinale.

— N'est-il venu à l'esprit de personne, objectai-je, que ce n'était peut-être pas une bonne idée d'utiliser des cellules capables de vivre à l'intérieur du corps humain ?

— En toute franchise, répondit Ricky, nous n'avons pas pris cela en considération. Il nous fallait une cellule bien connue, qui avait déjà fait l'objet de nombreuses études ; nous avons choisi quelque chose qui est couramment utilisé.

— Je vois…

— En tout état de cause, je ne crois pas que ce soit un problème, poursuivit Ricky. La bactérie ne se développera pas dans le ventre de l'homme. Elle est optimisée de manière à accepter toutes sortes de substances nutritives, afin que sa culture en laboratoire soit aussi peu coûteuse que possible. Je crois même qu'elle peut se nourrir d'ordures.

— C'est donc comme ça que vous obtenez vos molécules ? Les bactéries les fabriquent pour vous.

— En effet, acquiesça Ricky, c'est comme ça que nous obtenons les molécules *primaires*. Nous en récoltons vingt-sept. L'idéal est un environnement relativement chaud, car les atomes sont plus actifs et se combinent rapidement.

— Voilà pourquoi il fait si chaud ici ?

— Oui. L'efficacité est maximale à 61 °C ; voilà pourquoi nous nous sommes installés ici. Cela nous permet d'obtenir les combinaisons les plus rapides. Mais les molécules s'assemblent à des températures bien plus basses : des combinaisons de molécules se réalisent jusqu'à 3 °C.

— Vous n'avez pas besoin d'autres conditions particulières ? Vide, pression, champ magnétique ?

— Non, Jack, répondit Ricky. Nous maintenons ces conditions dans le but d'accélérer l'assemblage mais elles ne sont pas strictement nécessaires. Tout fonctionne à la perfection : les molécules s'assemblent aisément.

— Ces molécules primaires se combinent donc pour former l'assembleur ?

— Qui assemble à son tour d'autres molécules de façon à former les agents des futurs essaims. Oui, Jack.

Créer des assembleurs avec des bactéries était une solution astucieuse, mais Ricky était en train de m'expliquer que les composants s'assemblaient presque automatiquement, sans autre exigence qu'une température élevée. A quoi servait donc cette construction de verre ?

— A augmenter le rendement, répondit-il. Nous pouvons utiliser simultanément neuf assembleurs dans les différents bras.

— Où les assembleurs fabriquent-ils les molécules finales ?

— Toujours dans cette structure. Mais il a d'abord fallu résoudre un problème. Tout fonctionnait parfaitement dès le début mais le rendement était extrêmement limité. Nous ne récoltions qu'un demi-gramme de molécules finies à l'heure. A ce rythme, il fallait plusieurs jours pour fabriquer une caméra. Nous n'arrivions pas à trouver l'origine du problème. La dernière étape de l'assemblage se fait en phase gazeuse, dans les bras. Nous avons découvert que les assembleurs moléculaires, étant lourds, avaient tendance à se déposer au fond. Les bactéries formaient une couche au-dessus d'eux et libéraient des molécules plus légères qui flottaient encore plus haut. Les assembleurs avaient donc très peu de contact avec les molécules qu'ils étaient censés assembler. Nous avons essayé, tout d'abord sans résultat, de mélanger différentes techniques.

— Alors, qu'avez-vous fait ?

— Nous avons fini par modifier le modèle des assembleurs pour leur donner une base lipotrope leur permettant de se fixer sur la surface des bactéries. Cela a permis aux assembleurs d'avoir un meilleur contact avec les molécules et le rendement a aussitôt été multiplié par cinq.

— Et maintenant vos assembleurs restent sur les bactéries ?

— Exact. Ils se fixent sur l'extérieur de la membrane.

Ricky s'est arrêté devant une station de travail ; il a appuyé sur quelques touches pour faire apparaître sur l'écran l'image d'un assembleur. Il ressemblait à un petit moulin d'enfant, avec un ensemble de bras partant en spirale dans toutes les directions et un nœud dense d'atomes au centre.

— C'est fractal, expliqua-t-il. Les motifs sont donc similaires, quelle que soit l'échelle d'observation. Je te montre la configuration de l'assembleur sur la bactérie, ajouta-t-il en tapant sur le clavier.

L'écran a affiché l'image de l'assembleur fixé à un objet beaucoup plus gros, de forme oblongue, ressemblant à un sous-marin.

— C'est la bactérie Thêta-d, annonça Ricky. Avec l'assembleur fixé sur sa surface.

J'ai vu plusieurs autres assembleurs se fixer sur la bactérie.

— Et ces assembleurs fabriquent les caméras ?

— Exact.

Ricky a tapoté sur son clavier ; une nouvelle image est apparue.

— Voici notre micromachine finale, la caméra, reprit-il. Tu as vu la version médicale, voici celle du Pentagone, bien plus grande et destinée à voler. Tu as devant les yeux un hélicoptère moléculaire.

— Où est l'hélice ?

— Il n'y en a pas. L'appareil utilise ces petites saillies arrondies que tu vois là, placées obliquement. Ce sont des moteurs. L'appareil se déplace en utilisant la viscosité de l'air.

— La *quoi* ?

— La viscosité de l'air, répéta Ricky en souriant. C'est une nanomachine, n'oublie pas. Un monde nouveau s'offre à nous, Jack.

Aussi novateur que soit le projet, Ricky était lié par le cahier des charges imposé par le Pentagone, or le produit ne donnait pas satisfaction. Ils avaient certes réussi à fabriquer une caméra invulnérable aux tirs ennemis et qui transmettait de bonnes images — Ricky affirmait qu'elle fonctionnait parfaitement pendant les essais en salle —, mais, en plein air, la brise la plus légère dispersait le nuage de particules dont elle était formée.

Les ingénieurs de Xymos s'efforçaient, sans succès jusqu'à présent, d'apporter des modifications visant à accroître la mobilité des agents. Le secrétariat à la Défense, constatant que les contraintes techniques n'étaient pas respectées, avait décidé de se retirer du projet. Le contrat Xymos avait été dénoncé ; dans six semaines, le robinet des subventions serait fermé.

— Voilà pourquoi Julia cherchait désespérément des investisseurs.

— Exact. Pour ne rien te cacher, c'est toute la société qui risque de couler avant Noël.

— A moins que vous ne réussissiez à apporter des

modifications permettant aux agents de fonctionner dans le vent.

— C'est ça, oui…

— Je suis programmeur, Ricky. Je ne peux rien faire pour la mobilité de tes agents. C'est un problème de conception moléculaire, du ressort des ingénieurs. Ce n'est pas mon domaine.

— Je sais, je sais.

Il s'est interrompu, le front plissé.

— En fait, reprit-il, nous pensons que le code de programmation peut participer à la solution.

— Le code ? Participer à la solution de quoi ?

— Je vais être franc, Jack, répondit Ricky, nous avons commis une erreur. Mais ce n'est pas notre faute, je le jure. C'est l'entrepreneur. Viens, ajouta-t-il en se redressant. Je vais te montrer.

Marchant à grands pas, il m'a entraîné vers l'autre côté du bâtiment, jusqu'à une cage d'ascenseur ménagée dans le mur. La cabine était jaune, petite et sans porte, ce qui m'a rendu nerveux. J'ai tourné la tête.

— Tu as le vertige ? demanda Ricky.

— Oui.

— C'est mieux que de monter à pied, poursuivit-il en indiquant sur le côté une échelle de fer fixée au mur, qui s'élevait jusqu'au plafond. Quand l'ascenseur est en panne, il faut grimper à l'échelle.

— Pas question, déclarai-je en frissonnant.

L'ascenseur nous a transportés à une hauteur de trois étages. Sous le plafond, au milieu d'un enchevêtrement de tuyaux et de conduites, un réseau de passerelles à claire-voie permettait au personnel de circuler. Je détestais les vides entre les supports des passerelles ; je pouvais voir jusqu'en bas, tout en bas. J'ai essayé de ne pas regarder. Il fallait sans cesse baisser la tête pour éviter les tuyaux. Ricky s'est retourné vers moi, criant pour se faire entendre dans le vacarme ambiant.

— Tout est là, lança-t-il en indiquant différentes directions. Ici, les appareils de ventilation ! Là-bas, les cuves pour les extincteurs automatiques d'incendie ! A côté, l'équipement électrique. Nous sommes au cœur de l'installation !

Ricky s'est remis en marche sur la passerelle et s'est arrêté devant un gros conduit d'aération de près d'un mètre de diamètre, débouchant sur le mur extérieur.

— C'est le conduit numéro trois, expliqua-t-il en s'approchant de mon oreille. L'un des quatre gros conduits par lesquels l'air est rejeté au-dehors. Tu vois les fentes le long du conduit et les boîtiers carrés placés dans ces fentes ? Ce sont des cartouches de filtres. Il y a des microfiltres disposés en couches successives afin d'éviter toute contamination extérieure par les rejets de l'usine.

— Je les vois…

— Tu les vois aujourd'hui, coupa Ricky. L'entrepreneur avait malheureusement oublié d'installer les filtres dans ce conduit. En fait, il n'avait même pas pratiqué les fentes, de sorte que les inspecteurs n'ont pas remarqué qu'il manquait quelque chose. Ils ont signé le certificat de conformité et nous nous sommes mis au travail. Et nous avons rejeté de l'air non filtré dans la nature.

— Pendant combien de temps ?

Ricky s'est mordillé la lèvre avant de répondre.

— Trois semaines.

— A pleine capacité de production ?

Ricky a hoché la tête.

— Nous estimons avoir rejeté environ vingt-cinq kilos de polluants.

— Quelles sortes de polluants ?

— Un peu de tout. Nous ne savons pas exactement.

— Vous avez donc rejeté des coliformes, des assembleurs, des molécules finies, tout ça ?

— Exact. Mais nous ignorons dans quelles proportions.

— C'est important ?

— Peut-être… Certainement.

Ricky montrait des signes de nervosité de plus en plus marqués. Il se mordait la lèvre inférieure, se grattait la tête, détournait les yeux. Je ne comprenais pas. Dans les annales de la pollution industrielle, vingt-cinq kilos de polluants représentaient une quantité insignifiante. Vingt-cinq kilos logeaient facilement dans un sac de sport. A moins d'être hautement toxique ou radioactive, ce qui n'était pas le cas, une quantité si minime ne comptait pour ainsi dire pas.

— Où est le problème, Ricky ? Ces particules ont été disséminées par le vent sur des centaines de kilomètres de désert. Elles seront détruites par le soleil et les rayons cosmiques. Elles se décomposeront. En quelques heures, quelques jours au plus, elles auront disparu. Oui ou non ?

— En fait, Jack, soupira Ricky, ce n'est pas exactement…

A ce moment-là, l'alarme s'est déclenchée.

C'était un signal discret, un tintement clair et prolongé mais Ricky a sursauté. Il s'est élancé bruyamment sur la passerelle métallique en direction d'une station informatique fixée au mur. Dans un angle du moniteur, une fenêtre clignotante affichait un message en rouge : PV-90 EFFRACTION.

— Qu'est-ce que ça signifie, Ricky ?

— Quelque chose a déclenché l'alarme dans le périmètre vidéosurveillé, répondit-il en prenant sa radio. Vince ? Enferme-nous !

Un grésillement de radio.

— Tout est fermé, Ricky.

— Augmente la pression.

— Elle est à 2,2 kilos… Tu veux encore plus ?

— Non, ça ira. Avons-nous un contact visuel ?

— Pas encore.

— Merde !

Ricky a remis la radio à sa ceinture et commencé à taper à toute allure sur le clavier. L'écran s'est subdivisé en une demi-douzaine d'images transmises par les caméras de sécurité disposées autour du site de fabrication. Certaines, placées sur les toits, montraient des étendues de désert, d'autres des images au sol. Toutes tournaient lentement.

Je ne voyais rien d'autre que le désert à la végétation rase, parsemé de bouquets de cactus.

— Une fausse alerte ? demandai-je.

— J'aimerais tellement, répondit Ricky.

— Je ne vois rien.

— Dans une minute, nous l'aurons trouvé.

— Trouvé quoi ?

— *Ça.*

Il a tendu le doigt vers l'écran en se mordillant la lèvre.

Ce que j'ai vu avait l'aspect d'un petit nuage tourbillonnant de particules noires. Cela ressemblait à un de ces petits tourbillons de poussière agités par les mouvements de l'air échauffé au contact du sol brûlant du désert. Avec cette différence que le nuage que je voyais était noir et qu'il présentait une forme particulière — étranglée vers le milieu, ce qui lui donnait l'aspect des anciennes bouteilles de Coca-Cola. Mais il ne conservait pas cette forme ; son apparence ne cessait de changer, de se transformer.

— Qu'est-ce que c'est que ça, Ricky ?

— J'espérais que tu pourrais me le dire.

— Cela ressemble à un essaim d'agents. C'est l'essaim de ta caméra ?

— Non, autre chose…

— Comment le sais-tu ?

— Nous ne parvenons pas à le contrôler. Il ne répond pas à nos signaux radio.

— Vous avez essayé ?

— Oui. Nous essayons d'établir le contact depuis près de deux semaines. Il produit un champ électrique que nous sommes capables de mesurer mais sur lequel nous n'avons aucun moyen d'agir.

— Vous avez donc un essaim en liberté ?

— Oui.

— Qui agit de manière autonome ?

— Exact.

— Et cela dure depuis…

— Des jours et des jours. Une dizaine.

— Dix jours ? Comment est-ce possible, Ricky ? Ton essaim est un assemblage de microrobots. Pourquoi ne sont-ils pas morts ? Pourquoi ne sont-ils pas à court d'énergie ? Et pourquoi précisément n'êtes-vous pas en mesure de les contrôler ? S'ils ont la capacité de former un essaim, il existe en eux une interaction de nature électrique. Vous devriez être en mesure de prendre le contrôle de l'essaim, au moins de le désorganiser.

— Tout ce que tu dis est vrai, approuva Ricky. Mais nous avons tout essayé, sans succès.

Il gardait les yeux rivés sur l'écran.

— Cet essaim est devenu indépendant, voilà tout, ajouta-t-il.

— Tu m'as donc fait venir pour…

— Pour nous aider à récupérer cette saleté d'essaim.

Sixième jour

9 h 32

Ce problème, à mon sens, n'avait jamais été envisagé par personne. Depuis toutes les années que je m'occupais de programmation d'agents, l'objectif avait toujours été de faire en sorte qu'il se crée entre eux des interactions engendrant des résultats utiles. Il ne nous était jamais venu à l'esprit qu'il pût y avoir un problème plus général de contrôle ou que se pose la question de l'indépendance d'un essaim. C'était tout simplement inconcevable. Les agents étaient trop petits pour disposer d'une autonomie énergétique ; leur énergie ne pouvait provenir que d'une source extérieure, un champ électrique ou de micro-ondes. Il suffisait de couper l'alimentation et les agents mouraient. L'essaim n'était pas plus difficile à contrôler qu'un appareil électrique : quand on débranche un mixeur, il ne fonctionne plus.

Mais Ricky affirmait que ce nuage avait une autonomie énergétique depuis plusieurs jours. Cela ne tenait pas debout.

— D'où provient l'énergie de l'essaim ?

— Nous avons doté les agents d'une plaquette piézo-électrique qui leur permet de s'alimenter en courant à

195

partir des photons. C'est juste un système de secours mais ils semblent capables de se débrouiller avec.

— Les agents fonctionnent donc à l'énergie solaire ?

— Exact.

— Qui a eu cette idée ?

— Le Pentagone l'a demandé.

— Et vous avez intégré un condensateur ?

— C'est ça. Ils peuvent accumuler de l'énergie pour trois heures.

— Très bien.

Nous commencions à avancer.

— Sachant qu'ils disposent d'une autonomie d'énergie de trois heures, que se passe-t-il la nuit ?

— J'imagine, répondit Ricky, que leur énergie est épuisée après trois heures d'obscurité.

— Et le nuage se disperse ?

— Oui.

— Toutes les particules tombent par terre ?

— Probablement.

— N'est-il pas possible, à ce moment-là, d'en reprendre le contrôle ?

— Ce serait possible, répondit Ricky, si nous savions où trouver l'essaim. Nous partons à sa recherche toutes les nuits, mais nous avons toujours fait chou blanc.

— Avez-vous intégré des marqueurs ?

— Bien sûr. Chaque agent a un module fluorescent intégré. Il émet une lumière bleu-vert sous les ultraviolets.

— Vous parcourez donc le désert la nuit à la recherche d'une lumière bleu-vert ?

— C'est ça, Jack. Mais nous n'avons encore rien trouvé.

Cela ne m'étonnait pas vraiment. Si le nuage tombait sans se disperser, il devait former sur le sol un amas d'une quinzaine de centimètres de diamètre. Et le désert était vaste. Pas étonnant qu'ils soient revenus bredouilles de leurs expéditions nocturnes.

En y réfléchissant, je me suis posé une autre question. Quand le nuage tombait par terre, que les agents se trouvaient privés d'énergie, l'essaim était dépourvu d'organisation. Il aurait dû être éparpillé par le vent — comme des particules de poussière — et ne plus être capable de se reformer. A l'évidence, il n'en était rien. Les agents ne s'éparpillaient pas, le nuage revenait jour après jour. Comment était-ce possible ?

— Nous croyons sans en être sûrs, reprit Ricky, qu'il se cache, la nuit.

— Qu'il se cache ?

— Exactement. Nous croyons qu'il va se réfugier dans un endroit protégé, une saillie rocheuse, un trou dans le sol, quelque chose de ce genre.

— Tu crois que cet essaim, fis-je en indiquant le nuage qui se rapprochait en tourbillonnant, est capable de se cacher ?

— Je crois qu'il est capable de s'adapter, affirma Ricky. Pour ne rien te cacher, Jack, je sais qu'il l'est. En tout état de cause, ajouta-t-il en soupirant, il n'y a pas qu'un seul essaim.

— Il y en a plusieurs ?

— Au moins trois. Peut-être plus, maintenant.

J'ai eu un blanc, le sentiment fugitif de m'enfoncer dans une sorte de brouillard cotonneux. J'avais l'esprit vide, j'étais incapable de penser.

— Qu'est-ce que tu as dit ?

— J'ai dit qu'il se reproduit, Jack. Cette saloperie d'essaim se reproduit.

La caméra présentait maintenant une vue du sol du nuage qui s'approchait. En regardant plus attentivement, j'ai constaté que ce n'était pas le mouvement tournant, en hélice, d'un tourbillon de poussière, mais un mouvement sinueux, les particules décrivant une courbe dans un sens, puis dans l'autre.

Il n'y avait pas à s'y tromper, elles étaient en train d'essaimer.

Essaimer est le terme employé pour certains insectes sociaux comme les abeilles, qui quittent leur ruche pour aller s'établir ailleurs. Le groupe d'abeilles s'envole dans une direction puis dans une autre, en serpentant comme une coulée noire. L'essaim peut s'arrêter une heure, parfois une nuit, et se suspendre aux branches d'un arbre avant de poursuivre sa route. L'essaimage se termine quand les abeilles ont trouvé un emplacement pour établir la nouvelle ruche.

Depuis quelques années, les programmeurs avaient pris comme modèle le comportement de ces insectes. Les algorithmes d'intelligence en essaim étaient devenus un outil d'importance. Pour les programmeurs, un essaim représentait une population d'agents virtuels agissant collectivement pour résoudre un problème par le biais de l'intelligence distribuée. Ce modèle d'organisation collective était si communément utilisé pour conduire des agents à travailler ensemble que les spécialistes organisaient des conférences entièrement consacrées à l'intelligence en essaim. Par la suite, c'était devenu une solution par défaut : quand on n'avait rien de plus inventif à coder, on programmait un essaim d'agents.

Mais l'essaim que j'observais ne se déplaçait pas de la manière habituelle. Les ondulations semblaient n'être qu'une partie de son mouvement. Il y avait également une pulsation, une expansion et une contraction qui évoquaient une respiration. Par intermittence, l'essaim semblait aussi s'élever en perdant de sa densité avant de redescendre en retrouvant sa compacité. Ces changements s'effectuaient continuellement, à une cadence régulière, ou plutôt selon un ensemble de cadences qui se superposaient.

— Merde ! lâcha Ricky. Je ne vois pas les autres…
Et je sais qu'il n'est pas seul !

Il a repris sa radio.

— Vince ? Tu en vois d'autres ?

— Non, Ricky.

— Où sont les autres ? Quelqu'un voit quelque
chose ?

Des grésillements de radio se firent entendre.

— Il est seul, Ricky, affirma Bobby Lembeck.

— Ce n'est pas possible !

— Nous n'avons rien d'autre à l'écran, Ricky, glissa
Mae Chang.

— Un seul essaim, Ricky.

C'était la voix de David Brooks.

— Il ne peut pas être seul !

Ricky serrait si fort sa radio qu'il avait les articula-
tions exsangues.

— Vince ! reprit-il. Fais monter la pression à 3 kilos !

— Tu es sûr ?

— Vas-y.

— D'accord, si tu crois vraiment que…

— Pas de commentaires ! Fais ce que je dis !

Ricky lui demandait d'augmenter la pression à l'intérieur du bâtiment jusqu'à 0,5 kg/cm^2. Il fallait, dans une
unité de fabrication de ce genre, maintenir une pression
positive afin d'empêcher les particules de poussière de
pénétrer par des interstices et de les repousser au-
dehors. Une pression si élevée n'était pas nécessaire
pour repousser des particules passives.

Mais les particules en question n'étaient pas passives.

En observant les ondulations de l'essaim, j'ai remarqué que la lumière du soleil produisait par endroits des
reflets irisés, chatoyants. Puis les couleurs s'estom-
paient, le nuage redevenait noir. Ce devait être le soleil
qui jouait sur les plaquettes piézoélectriques. L'effet

général démontrait que les micro-agents étaient extrêmement mobiles : l'essaim ne prenait en effet jamais ces reflets irisés dans sa totalité, seulement par portions ou par bandes.

— Je croyais que le Pentagone vous lâchait parce que vous n'arriviez pas à contrôler l'essaim dans le vent.

— C'est vrai.

— Mais vous avez dû avoir du vent fort ces derniers jours.

— Naturellement. Il se lève en général en fin d'après-midi. Hier, il a soufflé à près de vingt kilomètres à l'heure.

— Pourquoi l'essaim n'a-t-il pas été dispersé ?

— Il a compris ce qu'il fallait faire, répondit Ricky d'un ton lugubre. Il s'est adapté.

— Comment ?

— Ne le perds pas des yeux, tu vas voir ce qui se passe. Quand il y a une rafale de vent, l'essaim se laisse tomber au sol et reste aussi bas que possible ; quand le vent cesse de souffler, il remonte.

— Un comportement émergent ?

— Exact. Personne ne l'a programmé.

Il s'est mordu la lèvre. Je me suis demandé s'il mentait encore.

— Tu es donc en train de me dire qu'il a appris…

— C'est ça, oui !

— Comment a-t-il pu apprendre ? Les agents n'ont pas de mémoire.

— Euh… ce serait trop long à expliquer, marmonna Ricky.

— Ils ont une mémoire ?

— Oui, ils ont une mémoire. Limitée. Nous l'avons intégrée… Quelqu'un entend quelque chose ? demanda-t-il à la radio.

Les réponses sont arrivées, accompagnées de grésillements.

— Pas encore.

— Rien.

— Aucun son ?

— Non.

— Il émet des sons ? demandai-je.

— Nous n'en sommes pas sûrs, répondit Ricky, mais nous en avons parfois l'impression. Nous avons essayé de les enregistrer…

Il s'est mis à pianoter sur le clavier en déplaçant les images sur le moniteur, en les agrandissant l'une après l'autre.

— Je n'aime pas ça, reprit-il en secouant la tête. Il ne peut pas être seul… Je veux savoir où sont les autres.

— Comment sais-tu qu'il y en a d'autres ?

— Il y en a toujours plusieurs.

Il gardait les yeux rivés sur le moniteur en se mordillant nerveusement la lèvre.

— Je me demande ce qu'il nous prépare…

Nous n'avons pas eu longtemps à attendre. Le nuage noir, qui n'était plus qu'à quelques mètres du bâtiment, s'est brusquement divisé en deux, puis en trois. Il y avait maintenant trois essaims qui tourbillonnaient côte à côte.

— Le salaud ! lâcha Ricky. Il cachait les deux autres ! Nous avons les trois à l'écran, poursuivit-il en prenant sa radio. Et ils sont tout près.

Ils étaient même trop près pour rester dans le champ des caméras au sol. Ricky a affiché les images des caméras du toit. J'ai vu trois nuages noirs se déplaçant le long du mur du bâtiment. Leur comportement indiquait qu'ils poursuivaient un but.

— Qu'est-ce qu'ils cherchent à faire ? demandai-je.

— A entrer, répondit Ricky.

— Pourquoi ?

— Il faudrait le leur demander. Hier, l'un d'eux…

Soudain, jaillissant d'un bouquet de cactus, un lapin a filé comme une flèche. D'un seul mouvement, les trois essaims se sont immédiatement lancés à sa poursuite.

Ricky est revenu aux images des caméras au sol. Les trois nuages convergeaient sur l'animal terrifié, une tache blanchâtre filant sur l'écran. Les trois essaims se rapprochaient de lui à une vitesse étonnante. Leur comportement était évident : ils chassaient.

L'espace d'un moment, j'ai éprouvé un sentiment de fierté irrationnelle : Predprey fonctionnait à la perfection ! Ces essaims auraient pu être des lionnes poursuivant une gazelle ! Ils ont pris un virage serré et se sont déployés, coupant des deux côtés la route du lapin ; les mouvements des trois nuages étaient manifestement coordonnés. Ils se rapprochaient de leur proie.

Un des essaims a brusquement fondu sur l'animal et l'a enveloppé ; les deux autres se sont aussitôt joints à lui. Le nuage de particules était si dense que j'avais du mal à distinguer le corps du lapin. Il était apparemment sur le dos : je voyais ses pattes arrière battre convulsivement l'air, au-dessus du nuage noir.

— Ils sont en train de le tuer…

— Oui, fit Ricky. C'est ça.

— Je croyais que cet essaim était une caméra.

— Euh, oui…

— Comment font-ils pour le tuer ?

— Nous ne savons pas, Jack, mais c'est rapide.

Cette réponse m'a intrigué.

— Tu as donc déjà assisté à ça ?

Ricky a hésité en se mordillant la lèvre. Il a gardé les yeux fixés sur l'écran sans répondre.

— Tu as déjà vu ça, Ricky ?

— Oui, répondit-il en poussant un long soupir. La première fois, c'était hier : ils ont tué un serpent à sonnette.

Ils ont tué un serpent à sonnette. J'ai pensé à la conversation des passagers de l'hélicoptère, qui parlaient d'animaux morts. Je me suis demandé si Ricky me disait tout.

Le lapin ne se débattait plus. Une patte encore agitée de mouvements convulsifs a fini par s'immobiliser. Le nuage a tourné autour de l'animal en rasant le sol. Cela a duré près d'une minute.

— Qu'est-ce qu'ils font maintenant ?

— Je ne sais pas exactement, répondit Ricky. Ils ont fait ça aussi la dernière fois.

— On dirait presque qu'ils sont en train de le manger.

— Je sais, soupira Ricky.

C'était parfaitement absurde. Predprey n'était qu'une analogie biologique. En observant l'essaim palpitant, l'idée m'est venue que ce comportement pouvait en fait représenter une faille de programmation. Je ne me souvenais plus précisément des règles établies pour les agents quand ils avaient atteint leur but. Naturellement de vrais prédateurs dévoreraient leur proie, mais il n'y avait pas de comportement analogue pour ces microrobots. Peut-être le nuage tournait-il en rond parce qu'il était en pleine confusion ? Dans ce cas, il n'allait pas tarder à se remettre en mouvement.

En général, quand un programme d'intelligence distribuée se plantait, le phénomène était temporaire. Tôt ou tard, les interactions avec l'environnement pousseraient assez d'agents à agir pour inciter tous les autres à agir aussi. Et le programme se remettrait en marche.

Ce comportement s'apparentait à ce qui se passait dans un amphithéâtre à la fin d'un cours magistral. Les étudiants s'attardaient un moment, s'étiraient, discutaient avec leurs voisins, saluaient des amis, rassemblaient leurs affaires. Seuls quelques-uns s'en allaient sans attendre et le gros de la foule ne s'occupait pas d'eux. Mais à partir d'un certain pourcentage d'étudiants en mouvement, l'ensemble suivait. Comme une sorte de changement d'orientation.

Si j'étais dans le vrai, j'allais assister à quelque chose de similaire dans le comportement de l'essaim. Les tourbillons allaient perdre leur apparence coordonnée, des volutes de particules éparses allaient s'élever. Ce n'est qu'à ce moment-là que le gros du nuage se mettrait en mouvement.

J'ai jeté un coup d'œil à l'horloge, dans l'angle du moniteur.

— Combien de temps ?

— A peu près deux minutes.

Ce n'était pas particulièrement long pour un plantage. Pendant la période d'élaboration de Predprey, nous faisions des simulations informatiques du comportement coordonné des agents. Nous relancions toujours le programme après un arrêt, puis, finalement, nous avons décidé d'attendre pour savoir s'il restait planté de façon permanente. Nous avons ainsi constaté qu'il pouvait rester bloqué pendant douze heures avant de repartir brusquement. Ce comportement intéressait les spécialistes des neurosciences qui…

— Ils repartent, annonça Ricky.

En regardant l'écran, j'ai vu les essaims commencer à s'écarter du corps du lapin et j'ai aussitôt constaté que ma théorie était erronée. Il n'y avait pas d'éléments épars, pas de volutes de particules. Les trois nuages se sont élevés ensemble, avec cohésion. Leur comportement semblait parfaitement coordonné et maîtrisé. Les essaims ont tourbillonné séparément un petit moment, puis ils se sont fondus en un seul nuage de particules. La lumière du soleil produisait des irisations ; le lapin couché sur le côté ne bougeait pas.

L'essaim s'est éloigné brusquement, filant dans le

désert. Sa taille a diminué peu à peu sur l'horizon, puis il a disparu.

— Qu'est-ce que tu en penses ? demanda Ricky en observant mes réactions.

— Un nanoessaim de robots vous a échappé. Un imbécile l'a doté d'une autonomie énergétique.

— Crois-tu que nous pourrons le récupérer ?

— Non. D'après ce que j'ai vu, vous n'avez pas la moindre chance.

Ricky a soupiré en secouant lentement la tête.

— Mais vous pouvez certainement vous en débarrasser. Vous pouvez le tuer.

— Tu crois ?

— Absolument.

Son visage s'est éclairé.

— Tu crois vraiment ?

— Oui.

Je le pensais sincèrement. J'étais convaincu que Ricky s'exagérait la gravité de la situation. Il ne l'avait pas considérée dans tous ses détails ni n'avait fait tout ce qu'il était possible de faire.

J'étais sûr de pouvoir détruire l'essaim en peu de temps. Je pensais en avoir fini avec lui le lendemain à l'aube, au plus tard. Cela montrait bien à quel point je sous-estimais mon adversaire.

Sixième jour

10 h 11

Rétrospectivement, je me rends compte que j'avais quand même raison sur un point : il était de la plus haute importance de savoir comment le lapin était mort. J'en connais aujourd'hui la raison ; je sais aussi pourquoi il a été attaqué. Mais, ce jour-là, à l'usine, je n'avais pas la moindre idée de ce qui s'était passé. Et jamais je n'aurais pu deviner la vérité.

Aucun d'entre nous, à ce moment, n'aurait pu le faire.

Pas même Ricky.

Pas même Julia.

Dix minutes après le départ des essaims, nous étions réunis dans la réserve. Tout le groupe s'y était rassemblé, nerveux, inquiet. Ils m'observaient pendant que j'accrochais une radio à ma ceinture et plaçais un casque sur ma tête. Le casque comportait une caméra vidéo fixée près de mon oreille gauche. Il a fallu un moment pour faire fonctionner correctement la caméra.

— Tu veux vraiment y aller ? demanda Ricky.

— Oui. Je veux savoir de quoi le lapin est mort. Qui m'accompagne ?

Je me suis tourné vers les autres : personne n'a fait un geste. Les mains dans les poches, Bobby Lembeck fixait le sol. David Brooks a cillé avant de détourner les yeux. Ricky inspectait ses ongles. J'ai croisé le regard de Rosie Castro.

— Pas question, Jack, lança-t-elle en secouant la tête.

— Pourquoi, Rosie ?

— Tu l'as vu toi-même. Ils chassent.

— Tu crois ?

— Il n'y a pas l'ombre d'un doute.

— Et moi qui croyais t'avoir bien formée, Rosie. Comment ces essaims pourraient-ils chasser ?

— Nous avons tous vu ce qui s'est passé, répliqua-t-elle d'un air têtu, le menton en avant. Trois essaims qui chassent avec des mouvements coordonnés.

— Mais comment ? insistai-je.

Elle m'a lancé un regard perplexe.

— Quel est le sens de ta question ? Il n'y a pas de mystère : les agents sont en mesure de communiquer. Chacun d'eux peut produire un signal électromagnétique.

— Exact. Un signal de quelle intensité ? Il ne peut pas être très fort, Rosie. Un agent fait cinq centièmes de l'épaisseur d'un cheveu humain. Le signal qu'il produit ne peut pas être puissant.

— C'est vrai…

— Et le rayonnement électromagnétique diminue en fonction du carré du rayon, d'accord ?

Les lycéens apprenaient cela en cours de physique. Quand on s'éloignait de la source électromagnétique, l'intensité diminuait rapidement, très rapidement…

Cela signifiait que les agents composant l'essaim ne pouvaient communiquer qu'avec leurs voisins immédiats, pas avec d'autres essaims distants de plusieurs dizaines de mètres.

Le front de Rosie s'est plissé ; la perplexité se peignait sur tous les visages. Ils échangeaient des regards gênés.

— Alors, Jack, demanda David Brooks en toussotant, qu'est-ce que nous avons vu ?

— C'est une illusion visuelle, répondis-je d'une voix ferme. Vous avez vu trois essaims agissant indépendamment et vous avez cru qu'il s'agissait de mouvements coordonnés. Il n'en est rien. Et je suis certain que vous croyez bien d'autres choses qui ne sont pas vraies non plus.

Il y avait, à propos de ces essaims, beaucoup de choses que je ne comprenais pas. Et beaucoup que je ne croyais pas. Je ne pouvais croire, par exemple, que les essaims se reproduisaient ; Ricky et les autres devaient être profondément troublés pour que cette idée leur soit venue à l'esprit. Les vingt-cinq kilos de substances rejetés dans la nature suffisaient largement à expliquer l'existence des trois essaims que j'avais vus... et sans doute de dizaines d'autres. J'estimais le poids de chaque essaim à trois livres de nanoparticules. A peu près le poids d'un gros essaim d'abeilles.

Le fait que ces essaims montrent de la décision dans leur comportement n'avait rien de troublant : c'était le résultat voulu de leur programmation. Je ne croyais pas non plus qu'ils avaient une activité coordonnée. Ce n'était pas possible, tout simplement : les champs électromagnétiques étaient trop faibles.

Je ne partageais pas plus l'avis de Ricky sur les capacités adaptatives qu'il leur attribuait. J'avais assisté à trop de démonstrations de robots accomplissant une tâche donnée — collaborant, par exemple, pour pousser une boîte autour d'une pièce — pour ne pas savoir que ce que certains observateurs interprétaient comme un comportement intelligent n'en était pas un ; en réalité, les robots étaient stupides, dotés d'une programmation minimale et collaboraient par accident. Leur comportement paraissait souvent plus intelligent qu'il ne l'était réellement.

Pour finir, je ne croyais pas que les essaims étaient véritablement dangereux. Je ne pensais pas qu'un nuage de trois livres de nanoparticules pût représenter une menace sérieuse pour quoi que ce fût, même un lapin. Je n'étais même pas sûr qu'il avait été tué. Si ma mémoire était bonne, les lapins étaient des animaux nerveux, susceptibles de mourir de frayeur. Il était également possible que les particules se soient accumulées dans le nez et la bouche, obstruant les voies respiratoires et étouffant l'animal. Dans ce cas, la mort était accidentelle, pas intentionnelle. Je préférais cette interprétation.

Bref, je pensais que Ricky et les autres avaient systématiquement mal interprété ce qu'ils voyaient ; ils s'étaient fait peur.

Toutefois, je devais reconnaître que plusieurs questions encore sans réponse me laissaient perplexe.

La première, celle qui venait immédiatement à l'esprit, était de savoir pourquoi l'essaim avait échappé à leur contrôle. L'essaim-caméra avait été conçu pour être contrôlé par un transmetteur dirigé vers lui, mais l'essaim en liberté semblait ne pas tenir compte des ordres radio qu'on lui donnait et je ne comprenais pas pourquoi. J'avais dans l'idée qu'il s'agissait d'une erreur de fabrication ; les particules avaient dû être mal réalisées.

Ensuite venait la question de la longévité de l'essaim. Les particules, extrêmement petites, étaient soumises à l'action du rayonnement cosmique, à une dégradation photochimique, à la déshydratation de leur chaîne protéique ainsi qu'à d'autres facteurs liés à l'environnement. Dans le rude climat du désert, les essaims auraient dû se dessécher et mourir de « vieillesse » depuis bien longtemps. Il n'en était rien. Pourquoi ?

Troisièmement, se posait le problème du but apparent de l'essaim. A en croire Ricky, les essaims revenaient sans cesse vers le bâtiment principal ; à son avis, ils essayaient de pénétrer à l'intérieur. Cela ne semblait pas constituer un but raisonnable ; je voulais jeter un coup d'œil au programme pour en découvrir la raison ; je flairais un bug dans le code.

Dernier point : je voulais savoir pourquoi les essaims s'étaient lancés à la poursuite du lapin. Predprey ne programmait pas les agents pour en faire des prédateurs au sens propre du terme. Il utilisait seulement un modèle destiné à fixer un but aux agents. Pour une raison qui m'échappait, cela avait changé et les essaims semblaient véritablement chasser.

Probablement un autre bug dans le code.

Pour moi, toutes ces incertitudes se résumaient à une seule question : comment le lapin était-il mort ? Je ne croyais pas qu'il avait été tué ; sa mort devait être accidentelle.

Mais nous devions nous en assurer.

J'ai appliqué les écouteurs du casque sur mes oreilles et mis les lunettes de soleil ; la caméra vidéo était près de mon œil gauche. J'ai pris un sac en plastique pour recueillir le corps du lapin.

— Quelqu'un m'accompagne ? lançai-je à la cantonade.

Un silence gêné.

— A quoi sert ce sac ? demanda Ricky.

— A rapporter le lapin.

— Pas question, mon vieux ! Si tu veux sortir, c'est ton affaire, mais tu ne rapportes pas le lapin !

— Tu plaisantes ?

— Absolument pas, Jack. Ce lapin est *sale*. Il n'entrera pas.

— Bon, d'accord. Nous le laisserons dans le labo de Mae et…

— J'ai dit non, Jack. Je regrette. Cet animal ne franchira pas le premier sas.

Je me suis tourné vers les autres ; ils marquaient leur accord avec des hochements de tête.

— Très bien. Je l'examinerai donc dehors.

— Tu vas vraiment sortir ?

— Pourquoi pas ?

Je les ai regardés attentivement, l'un après l'autre.

— Je vais vous dire le fond ma pensée : je trouve que vous vous affolez facilement. Ce nuage n'est pas dangereux. Je sors. As-tu une trousse de dissection ou quelque chose de ce genre ? ajoutai-je en m'adressant à Mae.

— Je t'accompagne, annonça-t-elle posément.

— D'accord. Je te remercie.

J'étais étonné que Mae soit la première à se rallier à mon point de vue, mais une biologiste de terrain était probablement la mieux placée pour évaluer un danger du monde réel. En tout cas, sa décision a détendu l'atmosphère : les autres se sont visiblement décontractés. Mae est partie chercher les instruments de dissection et du matériel de labo. Un téléphone a sonné, Vince a répondu.

— Vous connaissez le docteur Ellen Forman ? demanda-t-il en se tournant vers moi.

— Oui.

— Elle est en ligne, poursuivit Vince en me tendant l'appareil.

J'ai senti la nervosité me gagner. Il était 11 heures du matin, l'heure où Amanda se reposait ; elle devait être au lit. Puis je me suis souvenu que j'avais promis à ma sœur d'appeler à 11 heures pour voir si tout se passait bien.

— Ellen ? C'est moi. Tout va bien ?

— Oui, oui, ça va…

J'ai entendu un long soupir.

— Ça va, reprit-elle, mais je me demande comment tu fais.

— Tu es fatiguée ?

— Jamais je n'ai été aussi fatiguée de ma vie.

— Tu les as emmenés à l'école ? Tout s'est bien passé ?

— Oui, soupira-t-elle. Dans la voiture Eric a frappé Nicole dans le dos et elle lui a donné un coup de poing sur l'oreille.

— Il faut intervenir, Ellen, quand ils commencent à se battre comme ça.

— C'est nouveau pour moi, tu sais, fit-elle d'un ton las.

— Et la petite ? Elle a toujours ses rougeurs ?

— Ça va mieux. J'utilise la pommade.

— Ses mouvements sont normaux ?

— Elle a une bonne coordination pour son âge. Y a-t-il un problème particulier dont tu veux me parler ?

— Non, non.

Je me suis détourné et j'ai poursuivi à voix basse.

— J'aimerais quand même savoir si elle fait caca normalement…

J'ai entendu Charley Davenport ricaner dans mon dos.

— Abondamment, répondit Ellen. Elle se repose. Nous avons fait une promenade dans le parc ; elle a failli s'endormir en route. Sinon, tout va bien à la maison. Ah ! la veilleuse du chauffe-eau s'est éteinte, mais quel-qu'un va venir arranger ça.

— Très bien… Ecoute, Ellen, je suis occupé…

— J'oubliais, Jack ! Julia a téléphoné de l'hôpital il y a quelques minutes. Elle voulait te parler.

— Ah bon ?

— Quand je lui ai dit que tu étais parti dans le Nevada, elle a été contrariée.

— C'est vrai ?

— Elle a dit que tu ne comprenais pas, que tu allais encore aggraver la situation. Quelque chose comme ça. Tu ferais bien de l'appeler ; elle avait l'air très énervée.

— D'accord, je lui donnerai un coup de fil.

— Comment ça se passe là-bas ? Tu rentres ce soir ?

— Pas ce soir, Ellen, demain dans la matinée. Il faut que j'y aille maintenant...

— Téléphone aux enfants à l'heure du dîner, si tu peux. Cela leur fera plaisir. La tante Ellen est sympa mais cela ne vaut pas leur père. Tu comprends ?

— D'accord. Vous vous mettez à table à 6 heures ?

— A peu près.

J'ai raccroché après lui avoir promis de faire mon possible pour appeler.

Je me suis arrêté avec Mae devant la double paroi vitrée du sas d'entrée. Derrière les deux panneaux de verre, je voyais la porte coupe-feu en acier qui donnait sur l'extérieur. Ricky se tenait près de nous. Renfrogné, nerveux, il nous regardait faire les derniers préparatifs.

— Tu es sûr que c'est nécessaire ? D'aller dehors ?

— Indispensable.

— Pourquoi n'attendez-vous pas la tombée de la nuit ?

— Le lapin ne sera plus là. D'ici là, des coyotes ou des faucons auront emporté le corps.

— Je n'en suis pas sûr, objecta Ricky. Nous n'avons pas vu de coyotes par ici depuis un bon moment.

— Peu importe ! lançai-je avec agacement en allumant la radio de mon casque. Si nous n'avions pas

213

perdu tout ce temps à discutailler, nous serions déjà partis et revenus. Salut, Ricky.

J'ai franchi la paroi vitrée du sas. Après le souffle et le bruit devenus familiers de l'air pulsé, l'autre paroi s'est ouverte. Je me suis dirigé vers la porte coupe-feu. En regardant par-dessus mon épaule, j'ai vu Mae entrer dans le sas.

J'ai entrouvert la pesante porte en acier : un rayon de lumière crue, aveuglante, s'est étiré sur le sol. J'ai senti un souffle d'air brûlant sur mon visage et entendu la voix de Ricky à l'interphone.

— Bonne chance.

J'ai respiré un grand coup, j'ai poussé la porte et je suis sorti.

Il n'y avait pas un souffle de vent, la chaleur était étouffante. Seul le pépiement d'un oiseau troublait le silence du désert. Je suis resté près de la porte, les yeux plissés pour me protéger de l'éclat aveuglant du soleil. Un frisson m'a parcouru ; j'ai pris une longue inspiration.

J'avais acquis la conviction que les essaims n'étaient pas dangereux, mais maintenant que je me trouvais dehors, mes conclusions théoriques perdaient de leur force. La tension de Ricky avait dû déteindre sur moi ; je me sentais extrêmement nerveux. Le corps du lapin, à une cinquantaine de mètres de la porte, paraissait beaucoup plus loin que je ne l'avais imaginé. Tout autour s'étendait le désert, aride et dénudé. J'ai scruté l'horizon miroitant, à la recherche de formes noires : rien.

J'ai entendu la porte coupe-feu s'ouvrir derrière moi et la voix de Mae.

— Je suis prête, Jack.

— Alors, allons-y.

Nous nous sommes mis en route. Le sable crissait

sous nos pieds. J'ai senti presque aussitôt mon cœur battre plus fort et mon corps se couvrir de sueur. Je me suis forcé à respirer lentement et profondément, à rester calme. Le soleil me brûlait le visage. Je savais que j'avais laissé Ricky instiller la peur en moi mais je ne pouvais rien y faire. Je ne cessais de lever la tête vers l'horizon.

— Ça va ? demandai-je à Mae qui me suivait de près.

— Je serai contente quand ce sera terminé.

Nous traversions une étendue jaune d'oponces, qui montaient jusqu'à nos genoux ; le soleil faisait briller les épines sur les tiges aplaties. De loin en loin, la colonne d'un cactus se dressait comme un grand pouce vert hérissé.

Des petits oiseaux sautillaient sans bruit au pied des cactus. Ils s'envolaient à notre approche, minuscules points noirs virevoltant dans l'azur du ciel, et se posaient cent mètres plus loin.

Nous nous sommes approchés du lapin ; un nuage noir bourdonnait autour de l'animal. J'ai eu un moment d'hésitation.

— Des mouches, déclara Mae.

Elle m'a dépassé et s'est agenouillée près du corps de l'animal sans s'occuper des mouches. Elle a pris une paire de gants en caoutchouc et m'en a tendu une autre. Elle a ensuite étalé sur le sol une feuille de plastique carrée et placé une pierre à chaque angle, puis elle a soulevé le lapin et l'a déposé au centre de la feuille. Après avoir ouvert une petite trousse de dissection contenant des instruments en acier qui étincelaient au soleil — pince, scalpel, ciseaux de différentes sortes —, elle a posé une seringue et aligné sur le plastique plusieurs tubes à prélèvement fermés par un embout en caoutchouc. Ses gestes étaient rapides et précis. A l'évidence, ce n'était pas la première fois qu'elle faisait cela.

Je me suis accroupi près d'elle. Le corps du lapin ne

dégageait pas d'odeur ; de l'extérieur, je ne voyais pas ce qui avait provoqué la mort. L'œil fixe et rose paraissait sain.

— Bobby ? fit Mae. Tu enregistres ?

J'ai entendu dans mon casque la voix de Bobby Lembeck.

— Baisse ta caméra.

Mae a réglé la caméra fixée sur ses lunettes de soleil.

— Un peu plus… Encore un peu… Voilà. Ça suffit.

Mae a tourné entre ses mains le corps du lapin pour l'inspecter sous tous les angles.

— Un examen superficiel n'indique rien d'anormal chez l'animal, commença-t-elle rapidement. Aucun signe de malformation ni de maladie congénitale, la fourrure est épaisse et d'aspect sain. Les cavités nasales semblent partiellement ou entièrement obstruées. Présence de matières fécales à l'anus mais je suppose qu'il s'agit d'une évacuation normale au moment de la mort.

Elle a retourné l'animal sur le dos pour écarter les pattes avant.

— J'ai besoin de toi, Jack.

Elle voulait que je tienne les pattes. Le corps était chaud, pas encore rigide.

A l'aide du scalpel, Mae a pratiqué une incision dans le ventre. Les chairs se sont ouvertes, du sang a coulé. J'ai vu la cage thoracique et les intestins rosâtres. Mae continuait de parler en incisant ; elle décrivait la couleur et la texture des tissus.

— Tiens ça, dit-elle.

J'ai déplacé une main pour écarter les viscères glissants. D'un seul coup de scalpel, elle a ouvert l'estomac. Un liquide verdâtre en est sorti ainsi qu'une substance pâteuse ressemblant à des fibres non digérées. La paroi intérieure de l'estomac avait un aspect rugueux, mais Mae a affirmé que c'était normal. Elle a passé un doigt expert le long de la paroi et s'est immobilisée.

— Ah, ah ! regarde !

— Quoi ?

— Là.

A différents endroits, l'estomac était rouge et saignait légèrement comme s'il était à vif. J'ai distingué des taches noires sur les endroits sanguinolents.

— Ce n'est pas normal, fit Mae. C'est pathologique.

Elle a pris une loupe et s'est penchée sur l'animal. Puis elle a recommencé à dicter.

— J'observe sur la paroi de l'estomac des zones sombres de quatre à huit millimètres de diamètre, que je suppose être des amas de nanoparticules. Ces amas sont accompagnés d'un léger saignement de la paroi.

— Il y a des nanoparticules dans l'estomac ? Comment sont-elles arrivées là ? Le lapin les a mangées ? Avalées involontairement ?

— J'en doute. A mon avis, elles sont entrées toutes seules.

— Tu veux dire qu'elles se sont glissées dans…

— Dans l'œsophage, oui… Du moins, c'est ce que je pense.

— Mais, pourquoi ?

— Ça, je ne sais pas.

Mae n'avait pas interrompu la dissection. A l'aide de ciseaux, elle a découpé le sternum et ouvert la cage thoracique.

— Tiens ça.

J'ai mis une main à la place de ses doigts pour maintenir les côtes ouvertes ; de l'autre, je tenais les pattes arrière. Mae travaillait entre mes deux mains.

— Les poumons sont rose vif, fermes au toucher, d'aspect normal.

Elle a découpé un lobe, a continué à tailler dans les tissus jusqu'à ce que l'arbre bronchique soit dégagé. Elle l'a ouvert d'un coup de scalpel : l'intérieur était noir.

— L'examen des bronches montre une infestation

massive par des nanoparticules, consécutive à une inhalation d'éléments de l'essaim. Tu as l'image, Bobby ?

— J'ai tout… La résolution est bonne.

— Je remonte l'arbre bronchique vers la gorge, poursuivit Mae en continuant à découper.

Elle a dégagé le nez en incisant la joue et a ouvert la bouche. Je n'ai pu m'empêcher de détourner la tête pendant qu'elle continuait à dicter posément.

— J'observe une infiltration massive des fosses nasales et du pharynx, suggérant une obstruction partielle ou totale des conduits aérifères, ce qui peut être une indication de la cause de la mort.

— Quoi ? fis-je en me retournant.

La tête du lapin n'était plus reconnaissable ; elle avait dégagé la mâchoire et se penchait maintenant sur la gorge.

— Jette un coup d'œil, fit-elle. Il semble y avoir un amas de particules assez dense pour boucher le pharynx et une réaction qui pourrait être de nature allergique…

— Dites-moi, coupa la voix de Ricky dans mon casque, est-ce que vous comptez rester longtemps dehors ?

— Aussi longtemps qu'il le faudra, répondis-je. Parle-moi de cette réaction allergique, Mae.

— Regarde les tissus de cette région, tu vois comme ils sont gonflés et comme ils sont devenus gris. Cela donne à penser…

— Vous rendez-vous compte, insista Ricky, que vous êtes déjà sortis depuis quatre minutes ?

— Nous ne restons ici que parce que nous ne pouvons rapporter le lapin à l'intérieur, répliquai-je.

— Exact, vous ne pouvez pas.

Mae écoutait notre conversation en secouant la tête.

— Ricky, tu ne nous rends pas service, glissa-t-elle.

— Cesse de remuer la tête, Mae, protesta Bobby. Tu fais bouger la caméra…

— Toutes mes excuses.

Mais je l'ai vue lever la tête, comme si elle regardait vers l'horizon. Ce faisant, elle a débouché un tube à prélèvement pour y glisser une lamelle de la paroi de l'estomac du lapin. Elle a mis le tube dans sa poche avant de baisser de nouveau la tête ; en regardant la vidéo, personne ne pouvait se douter de rien.

— Nous allons faire des prélèvements sanguins, annonça-t-elle.

— Vous ne rapportez rien d'autre que du sang, fit Ricky.

— Oui, Ricky. Nous avons compris.

Mae a pris la seringue pour prélever dans une artère un peu de sang qu'elle a introduit dans une pipette. Elle a enlevé l'aiguille d'une seule main, l'a remplacée par une neuve et a fait un autre prélèvement dans une veine. Ses gestes étaient sûrs et rapides.

— On dirait que tu as fait ça toute ta vie.

— Ce n'est rien. Au Sichuan, il nous arrivait souvent de travailler en pleine tempête de neige. On ne voyait rien, nous avions les mains gelées et le corps des animaux morts était si dur que l'aiguille de la seringue ne pénétrait pas… Maintenant, poursuivit-elle en mettant les tubes de sang de côté, il nous reste à préparer quelques cultures et ce sera terminé…

Elle a cherché quelque chose dans sa trousse.

— Zut !

— Qu'est-ce qu'il y a ?

— Les écouvillons ne sont pas là.

— Tu les avais ?

— Oui, j'en suis sûre.

— Ricky, vois-tu les écouvillons quelque part ?

— Ils sont là, devant le sas.

— Veux-tu nous les apporter ?

— Ben voyons ! lança-t-il avec un rire grinçant. Pas

question pour moi de mettre un pied dehors en plein jour. Si vous les voulez, vous venez les chercher !

— Tu veux y aller ? demanda Mae.

Je tenais l'animal ouvert ; je ne voulais pas changer la position de mes mains.

— Non, vas-y. J'attends ici.

— D'accord, fit-elle en se levant. Essaie de tenir les mouches à distance ; nous n'avons pas besoin d'une contamination supplémentaire. Je reviens tout de suite.

Elle est partie d'une foulée légère en direction de la porte coupe-feu. Le bruit de ses pas s'est estompé, j'ai entendu le claquement métallique de la porte qui se refermait. Puis le silence. Attirées par le corps fendu en deux, les mouches revenaient en force ; elles bourdonnaient autour de ma tête, essayaient de se poser sur les viscères à nu. J'ai lâché les pattes arrière du lapin pour chasser les insectes d'un revers de main. Je concentrais mon attention sur les mouches pour éviter de penser que je me trouvais seul à découvert.

Je fouillais l'horizon du regard sans rien voir. En chassant les mouches, il arrivait que ma main frôle la fourrure du lapin. C'est ainsi que j'ai remarqué que, sous les poils, la peau était d'un rouge vif.

Un rouge vif... exactement comme un coup de soleil. Un frisson m'a parcouru.

— Bobby ?

Des grésillements dans mon casque.

— Oui, Jack.

— Tu vois le lapin ?

— Oui, Jack.

— Tu vois comme la peau est rouge. Tu l'as à l'image ?

— Attends une seconde.

J'ai perçu un ronronnement près de ma tempe. Bobby réglait la caméra à distance ; il était en train de zoomer. Le ronronnement a cessé.

— Tu vois ce dont je parle ? Avec ma caméra ?

Pas de réponse.

— Bobby ?

J'ai cru entendre des murmures, des chuchotements. Peut-être des parasites.

— Bobby, tu me reçois ?

Silence. Une respiration.

— Jack ? fit la voix de David Brooks. Tu ferais mieux de rentrer.

— Mae n'est pas revenue. Où est-elle ?

— A l'intérieur.

— Je vais l'attendre. Elle veut faire des cultures…

— Non, Jack. Reviens tout de suite.

J'ai lâché le lapin et je me suis relevé en regardant autour de moi.

— Je ne vois rien.

— Ils sont de l'autre côté du bâtiment, Jack.

Sa voix était calme mais elle m'a fait froid dans le dos.

— C'est vrai ?

— Reviens tout de suite, Jack.

Je me suis penché pour ramasser les prélèvements de Mae et la trousse de dissection posée près du corps du lapin. Le cuir noir de la trousse avait chauffé au soleil.

— Jack ?

— Une minute…

— Jack ! Arrête de déconner !

Je me suis mis en route vers la porte ; le sol crissait sous mes pieds. Je ne voyais toujours rien.

Mais j'entendais.

C'était un son particulier, comme une sorte de raclement sourd. J'ai cru au début qu'il s'agissait d'un bruit de machine, mais il montait et descendait, palpitant à la manière du battement d'un cœur. D'autres pulsations se superposaient, ainsi qu'un genre de chuintement, créant une impression d'étrangeté saisissante, surnaturelle, qui ne ressemblait à rien de ce que je connaissais.

En y repensant, je me dis aujourd'hui que, plus que tout le reste, ce son si particulier m'a véritablement fait peur.

— Où sont-ils ? demandai-je en pressant le pas.

— Ils arrivent.

— Où ?

— Il faut courir, Jack !

— Quoi ?

— *Cours !*

Je ne voyais toujours rien mais le son s'intensifiait. Je me suis mis à trottiner. La fréquence du son était si basse que je percevais une vibration dans mon corps. Mais je l'entendais aussi, un battement sourd et inégal.

— Cours, Jack !

Je me suis mis à courir.

Le premier essaim tourbillonnant et miroitant a tourné l'angle du bâtiment ; il produisait les vibrations que j'avais perçues. Il s'est rapproché en longeant le mur. Il atteindrait la porte bien avant moi.

En me retournant, j'ai vu un deuxième essaim déboucher de l'autre côté de la construction ; il se dirigeait aussi vers moi.

Des grésillements dans mon casque. La voix de David Brooks.

— Tu n'y arriveras pas, Jack.

— Je vois bien.

Le premier essaim avait déjà atteint la porte coupe-feu et s'était arrêté, me bloquant le passage. Je me suis immobilisé, hésitant sur ce qu'il fallait faire. En baissant les yeux, j'ai vu un morceau de bois, un bâton long d'un bon mètre. Je l'ai ramassé et j'ai commencé à l'agiter.

L'essaim a frémi sans s'écarter de la porte.

L'autre continuait de se rapprocher.

Il fallait tenter une manœuvre de diversion. Je connaissais parfaitement le code de Predprey ; je savais que les essaims étaient programmés pour poursuivre des cibles en mouvement si elles semblaient chercher à s'enfuir. Qu'est-ce qui pouvait faire une bonne cible ?

J'ai pris mon élan pour lancer en l'air la trousse de dissection dans la direction du deuxième essaim. Elle est retombée sur le côté, a roulé sur le sol.

Le deuxième essaim a aussitôt filé vers la trousse.

Au même moment, le premier essaim, s'écartant de la porte, s'est élancé vers le leurre. Comme un chien courant après une balle. Je l'ai suivi des yeux en jubilant : ce n'était, tout compte fait, qu'un essaim programmé. *Un jeu d'enfant.* Je me suis élancé vers la porte.

C'était une erreur. La vivacité de mon déplacement a fait réagir l'essaim ; il s'est arrêté instantanément et a fait demi-tour vers la porte pour me bloquer le passage. Il est resté en place, palpitant, jetant des éclats irisés comme une lame étincelant au soleil.

Pour me bloquer le passage.

Il m'a fallu un moment pour comprendre la signification de cette réaction. Mon mouvement n'avait pas poussé l'essaim à se lancer à ma poursuite. Il s'était arrangé pour me couper la route : il avait anticipé mon déplacement.

Ce n'était pas dans le code. L'essaim inventait un nouveau comportement adapté à la situation. Au lieu de me poursuivre, il était revenu en arrière pour me prendre au piège.

Il était allé au-delà de la programmation, bien au-delà. Je ne voyais pas comment c'était possible ; je me suis dit que c'était sans doute dû aux effets d'un quelconque renforcement. Cependant, les particules ayant très peu de mémoire, l'intelligence de l'essaim était nécessairement limitée. Il ne devait pas être difficile de se montrer plus malin que lui.

J'ai fait une feinte vers la gauche puis vers la droite. Le nuage de particules a accompagné mes mouvements, mais juste un moment. Il est reparti vers la porte, au ras du sol, comme s'il connaissait mon objectif et savait qu'il suffisait de m'attendre devant.

C'était un comportement bien trop intelligent ; il devait y avoir eu un supplément de programmation dont on ne m'avait pas parlé.

— Qu'est-ce que vous avez fabriqué avec ces particules ? demandai-je à la radio.

— Il ne te laissera pas passer, Jack, déclara David Brooks.

Cela n'a fait que m'irriter.

— Tu crois ? Nous allons voir !

J'avais une idée précise de ce qu'il convenait de faire. Au ras du sol, l'essaim était vulnérable ; les particules qui le constituaient n'étaient pas plus grosses que des grains de poussière. Si je dispersais l'essaim — si je le déstructurais —, les particules seraient obligées de se réorganiser à la manière d'un groupe d'oiseaux reprenant sa formation de vol. Il leur faudrait certainement quelques secondes, ce qui devrait me laisser le temps d'atteindre la porte.

Mais comment disperser l'essaim ? J'ai agité le bâton que je tenais à la main, je l'ai fait siffler dans l'air ; cela ne suffisait manifestement pas. Il me fallait quelque chose de plus plat, avec une surface plus large, comme une pagaie ou une palme… quelque chose qui provoque une véritable agitation de l'air.

Mon cerveau fonctionnait à toute vitesse. Il fallait que je trouve quelque chose.

Quelque chose.

Derrière moi, le deuxième essaim se rapprochait. Il avançait en faisant des zigzags, de manière à m'interdire toute possibilité de l'éviter en le contournant. Je l'observais avec une sorte de fascination horrifiée : cela non plus n'avait jamais été codé dans le programme. Il s'agissait d'un comportement émergent organisé dont le but n'était que trop clair. L'essaim me traquait.

La vibration s'intensifiait à mesure que le nuage de particules se rapprochait.

Il fallait trouver un moyen de le disperser.

J'ai commencé à tourner sur moi-même en regardant dans toutes les directions : je ne voyais rien qui pût m'être utile. Le genévrier le plus proche était hors d'atteinte, les oponces trop frêles. Bien sûr qu'il n'y avait rien dans cette saleté de désert ! J'ai scruté l'extérieur du bâtiment dans l'espoir que quelqu'un eût laissé traîner un instrument, un râteau ou autre chose…

Rien.

Rien du tout. J'étais là, en plein désert, avec ma chemise sur le dos et personne ne pouvait m'aider à …

Mais oui !

Des grésillements dans mon casque.

— Ecoute, Jack…

Après cela, je n'ai plus rien entendu. En faisant passer la chemise par-dessus ma tête, j'ai arraché le casque qui est tombé. J'ai décrit de grands moulinets avec la chemise et, hurlant comme un possédé, j'ai foncé sur l'essaim qui gardait la porte.

L'essaim produisait une vibration sourde. Il s'est légèrement aplati à mon approche et je me suis trouvé au milieu des particules, plongé dans une étrange pénombre, un peu comme une tempête de poussière. Je ne voyais rien. Je cherchais la porte à tâtons, les particules me piquaient les yeux, mais j'ai continué à faire tournoyer frénétiquement ma chemise. La pénombre se dissipait à mesure que je dispersais le nuage, projetant les particules dans toutes les directions. Ma vision devenait plus nette, je respirais encore normalement mais j'avais la gorge sèche et irritée. Je sentais des milliers de piqûres d'épingle sur tout mon corps, mais elles n'étaient pas vraiment douloureuses.

J'ai vu la porte, juste devant moi ; le bouton était sur ma gauche. J'ai continué à faire tournoyer ma chemise. Soudain, l'essaim a semblé s'éparpiller, comme s'il avait voulu se mettre hors d'atteinte de l'agitation de l'air. J'en ai profité pour ouvrir la porte et me glisser à l'intérieur.

J'ai cligné des yeux dans l'obscurité. Je ne voyais presque rien. Je me suis dit que mes yeux allaient s'adapter à la pénombre après la lumière aveuglante du soleil ; j'ai attendu un moment, mais ma vision ne s'améliorait pas. Elle semblait même empirer. Je distinguais à peine les parois vitrées du sas. Je sentais encore les piqûres d'épingle. Ma gorge était sèche, ma respiration haletante ; j'ai commencé à tousser. Ma vision allait en s'affaiblissant et la tête me tournait.

Ricky et Mae m'observaient de l'autre côté du sas. J'ai entendu Ricky crier.

— Allez, Jack ! Dépêche-toi !

Les yeux me brûlaient. La tête me tournait tellement que j'ai dû m'appuyer contre le mur pour ne pas tomber. J'avais de la peine à déglutir et à respirer. J'attendais que la porte vitrée s'ouvre mais elle restait fermée. Je regardais stupidement devant moi.

— Il faut que tu t'avances devant la porte ! Debout !

J'avais l'impression que tout se déroulait au ralenti. Mes forces m'avaient abandonné ; je me sentais faible, tremblant. Les piqûres devenaient plus douloureuses, la pièce plus sombre. Je ne me sentais pas capable de tenir debout tout seul.

— Debout, Jack !

J'ai réussi à m'écarter du mur et à faire quelques pas

titubants en direction du sas. La porte vitrée s'est ouverte avec un chuintement.

— Vas-y, Jack ! Continue !

Des points noirs dansaient devant mes yeux et j'avais mal à l'estomac. Je suis entré en chancelant dans le sas ; j'ai heurté la vitre au passage. Ma respiration devenait plus difficile à chaque seconde : j'étais en train de suffoquer.

A l'extérieur, la vibration sourde avait repris. Je me suis retourné lentement.

La paroi vitrée s'est fermée.

J'ai baissé les yeux pour regarder mon corps, mais je ne distinguais pas grand-chose. La peau paraissait noire ; j'étais couvert de poussière. Ma chemise aussi était noire de poussière. Le liquide vaporisé me piquait. J'ai fermé les yeux. Les jets d'air pulsé se sont mis bruyamment en marche. J'ai vu la poussière s'envoler de ma chemise. Ma vision devenait plus nette, mais j'avais encore de la peine à respirer. La chemise m'a échappé et s'est plaquée contre la grille sur laquelle je me tenais. En me penchant pour la ramasser, j'ai senti tout mon corps trembler. Je ne percevais plus que le grondement des appareils.

Pris d'une nausée soudaine, j'ai senti mes genoux se dérober sous moi. Je me suis retenu au mur.

Je voyais Mae et Ricky derrière l'autre paroi vitrée. Ils semblaient déjà loin et j'avais l'impression qu'ils s'éloignaient de plus en plus. Bientôt ils ont été trop loin, hors de ma portée. J'ai fermé les yeux et je me suis affaissé. Le grondement des appareils s'est estompé pour laisser place à un silence profond.

Sixième jour

11 h 12

— Ne bouge pas.

J'ai senti quelque chose de glacial circuler en moi. Je n'ai pu retenir un frisson.

— Ne bouge pas, Jack. Il n'y en a pas pour longtemps.

Un liquide froid courait dans mes veines. J'ai ouvert les yeux : il y avait une lampe juste au-dessus de ma tête, une lumière aveuglante, tirant sur le vert, qui m'a fait grimacer. J'avais mal partout, comme si on m'avait roué de coups. J'étais étendu sur le dos, sur la paillasse noire du labo de Mae. En plissant les yeux, je l'ai vue à côté de moi, penchée sur mon bras gauche, surveillant la perfusion.

— Qu'est-ce qui s'est passé ?

— S'il te plaît, Jack, ne bouge pas. Je n'ai jamais fait cela que sur des animaux de laboratoire.

— C'est rassurant.

J'ai soulevé la tête pour regarder ce qu'elle faisait. J'ai ressenti une douleur lancinante dans mes tempes ; j'ai reposé la tête en gémissant.

— Ça fait mal ? demanda Mae.

— Terriblement.

— Ça ne m'étonne pas. J'en suis à trois injections.

— De quoi ?

— Tu as eu un choc anaphylactique, Jack. Une réaction allergique ; ta gorge était presque entièrement bouchée.

— Une réaction allergique ?

— Grave.

— Provoquée par l'essaim ?

Elle a marqué une hésitation avant de répondre.

— Bien sûr.

— Des nanoparticules peuvent provoquer une grave réaction allergique ?

— Certainement...

— Mais tu ne le crois pas.

— En effet. Je crois que les nanoparticules sont inertes. Je dirais que tu as réagi à une toxine coliforme.

— Une toxine coliforme...

Des élancements répétés me trouaient le crâne. Je respirais lentement en essayant de comprendre ce qu'elle disait. Mon cerveau fonctionnait au ralenti... Une toxine coliforme.

— Absolument.

— Une toxine de Thêta-d ? C'est bien ce que tu dis ?

— Absolument. Une toxine protéolytique, selon toute probabilité.

— D'où viendrait cette toxine ?

— De l'essaim, répondit Mae.

Cela ne tenait pas debout. A en croire Ricky, les bactéries Thêta-d n'étaient utilisées que pour la fabrication des assembleurs.

— Mais ces bactéries ne devraient pas être présentes dans l'essaim, objectai-je.

— Je ne sais pas, Jack. Je crois que c'est possible.

Pourquoi était-elle si hésitante ? Cela ne lui ressemblait pas. D'habitude, Mae était précise, tranchante.

— Eh bien, quelqu'un doit savoir à quoi s'en tenir.

229

L'essaim a été programmé : ces bactéries sont dans le programme ou non ?

Je l'ai entendue soupirer, comme si, décidément, je ne comprenais pas.

Qu'est-ce que je n'avais pas compris ?

— As-tu récupéré les particules du sas ? As-tu gardé ce qui venait du sas ?

— Non. Toutes les particules du sas ont été incinérées.

— Pas très malin…

— Cela fait partie du système, Jack. Par mesure de sécurité… Impossible de faire autrement.

— Bon, bon.

A mon tour de soupirer. Nous ne disposions donc pas d'échantillons de particules de l'essaim pour les étudier.

J'ai essayé de me mettre sur mon séant mais Mae a posé délicatement une main sur ma poitrine pour me retenir.

— Va doucement, Jack.

Elle avait raison. En position assise, la douleur lancinante qui me perforait le crâne était encore pire. J'ai fait passer mes jambes sur le bord de la table.

— Combien de temps suis-je resté sans connaissance ?

— Douze minutes.

— J'ai l'impression d'avoir été passé à tabac.

A chaque inspiration, les côtes me faisaient grimacer de douleur.

— Tu avais beaucoup de mal à respirer.

— Ce n'est pas fini.

Je me suis mouché. J'ai vu dans le Kleenex une substance noire mêlée à un peu de sang et de poussière du désert. J'ai dû m'y reprendre à quatre ou cinq fois pour dégager mon nez.

J'ai fait une boule du mouchoir en papier et je m'apprêtais à le jeter quand Mae a tendu la main.

— Laisse. Je le prends.

— Non, ça va…

— Donne-le-moi, Jack.

Elle a pris le Kleenex, l'a glissé dans une pochette en plastique qu'elle a soigneusement refermée. Il m'a fallu un moment pour me rendre compte à quel point mon cerveau fonctionnait mal. Le mouchoir en papier contenait évidemment les particules que je voulais étudier. J'ai fermé les yeux et pris une longue inspiration en attendant que les élancements de mon crâne se calment un peu. Quand j'ai rouvert les yeux, l'éclat de la lumière m'a paru moins violent, presque normal.

— Au fait, glissa Mae, Julia vient d'appeler. Elle a dit que tu ne pouvais pas la rappeler ; elle a encore des examens. Mais elle voulait te parler.

— Bon…

J'ai regardé Mae placer la pochette contenant le Kleenex dans un bocal dont elle a vissé le couvercle à fond.

— Si ces bactéries sont présentes dans l'essaim, nous pouvons le savoir tout de suite en examinant le mouchoir. Qu'en penses-tu, Mae ?

— Je ne peux pas le faire maintenant. J'ai des soucis avec une des cuves de fermentation et j'aurai besoin du microscope.

— Quels soucis ?

— Je ne sais pas encore. Mais la production est en baisse dans une cuve. Rien de grave, sans doute, cela arrive tout le temps. Le processus de fabrication est extrêmement délicat, Jack. Tout maintenir en état de marche, c'est comme jongler avec une centaine de balles en même temps. Je n'ai pas une minute à moi.

J'ai acquiescé de la tête. Mais je commençais à penser que la véritable raison pour laquelle elle ne voulait pas examiner le mouchoir en papier était qu'elle savait déjà que l'essaim contenait les bactéries. Elle estimait sans doute qu'il ne lui appartenait pas de me l'annoncer.

— Il faut que quelqu'un m'explique ce qui se passe ici, Mae. Pas Ricky, quelqu'un qui me dise la vérité.

— En effet, fit-elle. Je crois que c'est une excellente idée.

C'est ainsi que je me suis trouvé dans une petite pièce, devant une station de travail, à côté de David Brooks, l'ingénieur responsable de projet. En parlant, David ne cessait de rajuster ses vêtements : il lissait sa cravate, tripotait ses manchettes, caressait son col, tirait sur les plis de son pantalon. Puis il croisait les jambes, remontait la chaussette du pied posé sur la cheville et recommençait l'opération en inversant la position de ses jambes. Il passait la main sur ses épaules, enlevait d'une chiquenaude des grains de poussière imaginaires. Tout cela était évidemment inconscient et aurait pu m'agacer, surtout avec la migraine qui me taraudait. Mais je ne remarquais même pas les tics de David ; chaque nouvelle information qu'il me fournissait suffisait à accroître mon mal de tête.

Contrairement à Ricky, David avait un esprit bien organisé ; il m'a tout raconté, depuis le commencement. Xymos avait signé un contrat pour fabriquer un essaim de microrobots utilisé comme une caméra aérienne. Tout s'était bien passé, en laboratoire, les particules fonctionnaient correctement. Mais, à l'extérieur, elles manquaient de mobilité dans le vent. Au cours des essais en plein air, l'essaim avait été dispersé par les rafales de vent. Cela remontait à six semaines.

— Vous avez fait d'autres essais après cet échec ? demandai-je.

— Beaucoup, répondit David. Pendant les quatre semaines qui ont suivi.

— Aucun n'a réussi ?

— Aucun.

— Les premiers essaims ont donc disparu, emportés par le vent ?

— Exactement.

— Ce qui signifie que les essaims en liberté que nous avons vus n'ont rien à voir avec ceux de vos essais.

— Exact…

— Ils sont le résultat d'une contamination.

— De quoi parles-tu ? fit David en clignant rapidement des yeux.

— Je parle des vingt-cinq kilos de produits rejetés dans la nature à cause d'un filtre qui n'avait pas été posé…

— Qui a dit qu'il y avait vingt-cinq kilos ?

— Ricky.

— Oh ! non, Jack ! Nous avons rejeté ces produits pendant des jours et des jours. Il doit y avoir eu cinq ou six cents kilos de polluants : bactéries, molécules, assembleurs.

Cette fois encore, Ricky avait minimisé la gravité de la situation. Mais je ne comprenais pas pourquoi il se donnait tant de mal pour maquiller la vérité. Il ne s'agissait tout compte fait que d'une erreur et, à l'en croire, elle était imputable à l'entrepreneur.

— Quand avez-vous vu le premier de ces essaims en liberté ?

— Il y a quinze jours, répondit David en lissant sa cravate.

Il a expliqué que, la première fois qu'ils l'avaient vu, l'essaim était tellement désorganisé qu'ils l'avaient pris pour un nuage d'insectes, des moucherons ou quelque chose de ce genre.

— Il est resté visible un moment, a tourné en tous sens autour du laboratoire, puis il a disparu. Nous ne pensions pas qu'il reviendrait.

Deux jours plus tard, ils avaient revu un essaim, déjà mieux organisé.

— Il avait un élément distinctif du comportement en essaim, poursuivit David, ce déplacement en tourbillon que tu as vu.

— Que s'est-il passé ?

— L'essaim a tourné autour des bâtiments, comme la fois précédente. Il disparaissait, puis il revenait. Nous avons essayé d'en prendre le contrôle en utilisant la radio, mais nous n'avons pas réussi. Une semaine plus tard, nous avons constaté qu'aucune des voitures ne démarrait. Je suis allé jeter un coup d'œil, poursuivit-il après un silence, et j'ai découvert que les ordinateurs de bord étaient hors service. Aujourd'hui, toutes les automobiles sont équipées de microprocesseurs qui contrôlent tout, de l'injection électronique à l'autoradio, en passant par la fermeture des portières.

— Et les ordinateurs ne fonctionnaient pas ?

— C'est ça. Plus précisément, les processeurs étaient en bon état, mais les puces mémoire étaient corrodées, totalement désagrégées.

Cela m'a rappelé quelque chose et j'en ai frémi.

— As-tu une idée de ce qui s'est passé ?

— Bien sûr. Il n'y avait pas de mystère : l'érosion présentait la signature caractéristique des assembleurs gamma. Tu es au courant ? Non ? Neuf assembleurs différents jouent un rôle dans la fabrication ; chacun d'eux a une fonction particulière. Les assembleurs gamma décomposent le carbone en couches de silicate. Ils agissent à l'échelle du nanomètre… Ils découpent des lamelles de substrat de carbone.

— Ces assembleurs ont donc détruit les puces mémoire des voitures ?

— C'est ça. C'est ça, mais…

David hésitait. Son attitude indiquait que je passais à

côté de l'essentiel. Il tirait sur ses poignets de chemise, tripotait son col.

— Il faut savoir, Jack, que ces assembleurs peuvent agir à température ambiante et que la chaleur du désert leur est particulièrement propice. Plus il fait chaud, plus ils travaillent efficacement.

Je n'ai pas compris tout de suite où il voulait en venir. Pourquoi me parlait-il de température ambiante et de chaleur du désert ? Quel rapport avec les puces mémoire des voitures ? Et puis, d'un seul coup, cela a fait tilt.

— Nom de Dieu !

— Comme tu dis, fit David en hochant lentement la tête.

Je savais qu'un mélange de composants avait été rejeté dans la nature. David voulait me faire comprendre que ces composants, conçus pour s'auto-assembler dans la structure de fabrication, feraient la même chose dans un autre environnement. L'assemblage pouvait s'effectuer de façon autonome dans le désert. A l'évidence, c'est ce qui s'était passé.

J'ai repris point par point pour être sûr que j'avais bien compris.

— L'assemblage commence avec les bactéries. Elles ont été conçues pour absorber n'importe quoi, y compris des détritus ; elles trouveront donc de quoi subsister dans le désert.

— Exact.

— Cela signifie que les bactéries se multiplient, qu'elles commencent à produire des molécules qui se combinent pour former des assembleurs. Ceux-ci achèvent le travail en fabriquant de nouveaux micro-agents.

— C'est bien ça.

— On peut donc dire que les essaims se reproduisent.

— On peut le dire.

— Et ces agents sont dotés d'une mémoire.

— Oui. En petite quantité.

— Ils n'ont pas besoin d'en avoir beaucoup ; c'est le principe même de l'intelligence distribuée. Elle est collective. Les agents ont une intelligence et, puisqu'ils ont une mémoire, ils peuvent apprendre par l'expérience.

— Exact.

— Le programme Predprey leur donne la possibilité de résoudre des problèmes. Il fournit en outre assez d'éléments aléatoires pour leur permettre d'innover.

— Absolument.

La douleur lancinante me taraudait le crâne. Toutes les implications m'apparaissaient clairement et elles n'avaient rien de réjouissant.

— En résumé, David, cet essaim se reproduit, il est autonome, il est capable d'apprentissage, il possède une intelligence collective et il est en mesure d'innover pour résoudre des problèmes.

— Exactement.

— Autrement dit, pour ce qui est des caractéristiques concrètes, il est vivant.

— En effet, acquiesça David. Du moins, il se comporte comme s'il était vivant. Il est *fonctionnellement* vivant, Jack.

— Voilà une sale nouvelle !

— Comme tu dis.

— J'aimerais savoir, repris-je, pourquoi cet essaim n'a pas été détruit depuis le début.

David n'a pas répondu. L'air gêné, il a lissé sa cravate en silence.

— Tu te rends bien compte, insistai-je, que nous parlons d'une infection mécanique. Semblable à une infection bactérienne ou virale mais venue d'organismes mécaniques, d'un produit de l'activité humaine.

— Oui.

— Qui évolue.

— Oui.

— Qui n'est pas soumis aux rythmes biologiques de l'évolution. Qui évolue sans doute bien plus rapidement.

— Bien plus rapidement, en effet.

— A quelle vitesse, David ?

— Extrêmement vite, reconnut-il en soupirant. L'essaim sera différent cet après-midi, quand il reviendra.

— Il va revenir ?

— Il revient toujours.

— Pourquoi ?

— Il essaie d'entrer.

— Pour quelle raison ?

— Nous en sommes réduits aux conjectures, avoua David en se tortillant sur son siège.

— J'écoute.

— Peut-être une question de territoire. Tu sais que le code original de Predprey intègre la notion de territoire, une zone que les prédateurs se réservent pour chasser. Au cœur même de ce territoire, il existe une partie centrale qui, pour l'essaim, pourrait être l'intérieur de ce bâtiment.

— Tu y crois ?

— Pas vraiment, répondit David. En réalité, poursuivit-il après une hésitation, nous sommes plusieurs à penser que l'essaim revient pour chercher ta femme, Jack. Il cherche Julia.

Sixième jour

11 h 42

Voilà comment, avec ce mal de tête atroce dont je ne parvenais pas à me débarrasser, je me suis retrouvé au téléphone avec l'hôpital de San Jose.

— Julia Forman, dis-je à la standardiste en épelant le nom de ma femme.

— Elle est dans le service des soins intensifs.

— En effet.

— Je suis désolée, les appels directs ne sont pas autorisés.

— Alors, passez-moi le bureau des infirmières.

— Veuillez patienter.

J'ai attendu ; personne n'a répondu. J'ai rappelé le standard et j'ai enfin eu une infirmière qui m'a dit que Julia était dans la salle de radiographie mais qu'elle ignorait quand elle serait de retour. J'ai dit que Julia devrait être revenue. L'infirmière a déclaré en haussant le ton qu'elle se trouvait dans la chambre de Julia et qu'elle pouvait m'assurer que ma femme n'était pas dans son lit.

J'ai dit que je rappellerais et j'ai coupé la communication. Je me suis tourné vers David.

— Quel était le rôle de Julia dans tout cela ?

— Elle nous aidait, Jack.

— Je n'en doute pas. Mais de quelle manière, exactement ?

— Au début, elle a essayé d'apprivoiser l'essaim. Pour espérer en reprendre le contrôle par radio, il fallait qu'il soit tout près du bâtiment. Julia nous aidait à le garder à proximité.

— Comment cela ?

— Eh bien, elle le distrayait.

— Quoi ?

— Je ne trouve pas de meilleur mot. Il nous est très vite apparu que l'essaim était pourvu d'une intelligence rudimentaire. Julia a eu l'idée de le traiter comme un enfant. Elle est sortie avec des cubes de couleur, des jouets. Comme pour un enfant. Et l'essaim semblait réagir ; elle en était très excitée.

— L'essaim ne représentait pas un danger à ce moment-là ?

— Pas du tout. Ce n'était qu'un nuage de particules. Quoi qu'il en soit, à la fin de la première journée, elle a décidé d'aller plus loin, de lui faire passer des tests, comme un psychologue pour enfants.

— Tu veux dire comme un professeur ?

— Non. Juste des tests.

— Cet essaim a une intelligence distribuée, David. Il assimile tout. Quoi que l'on fasse, cela contribue à son apprentissage. Un test est une forme d'apprentissage. Que faisait-elle exactement ?

— Des sortes de jeux, si tu veux. Elle posait par terre trois cubes de couleur, deux bleus et un jaune, pour voir s'il choisissait le jaune. Puis elle utilisait des carrés et des triangles. Des choses de ce genre.

— Mais, David, tout le monde savait que cet essaim vivait en liberté, hors de tout contrôle. Il ne vous est pas venu à l'esprit de sortir et de le détruire ?

— Bien sûr que si. Nous voulions le faire mais Julia ne nous y a pas autorisés.

— Pourquoi ?

— Elle voulait le garder en vie.

— Personne n'a essayé de la convaincre ?

— Julia est vice-présidente de la société, Jack. Elle répétait que l'existence de cet essaim était un coup de chance, que nous étions tombés sur quelque chose d'énorme, que cela permettrait peut-être de sauver la boîte et qu'il ne fallait surtout pas le détruire. Elle était — comment dire ? — fascinée par l'essaim. Elle en était fière, comme de sa propre invention. Tout ce qu'elle voulait, c'était le « tenir en bride », pour reprendre son expression.

— Bon, d'accord… Cela remonte à combien de temps ?

— Hier, Jack, répondit David avec un petit haussement d'épaules. Elle n'est partie qu'hier après-midi, tu sais.

Il m'a fallu un moment pour me rendre compte qu'il disait vrai. Une seule journée s'était écoulée depuis le départ de Julia de l'usine. Puis il y avait eu l'accident. Dans ce court laps de temps, les essaims avaient beaucoup progressé.

— Combien y avait-il d'essaims hier ?

— Trois, mais nous n'en avons vu que deux. L'autre devait se cacher. Tu sais, poursuivit David en secouant la tête, un des essaims était devenu une sorte d'animal domestique pour Julia. Il était plus petit que les autres. Il attendait qu'elle sorte et ne s'éloignait jamais d'elle. Parfois, en la voyant sortir, il tourbillonnait autour d'elle, comme s'il était content de la voir. Et elle lui parlait, comme à un petit chien ou à un chaton.

— Elle lui parlait ? répétai-je en portant les mains à mes tempes. Ne me dis pas que les essaims ont aussi des capteurs acoustiques…

— Non, répondit David.

— Alors, parler à l'essaim était une perte de temps.

— Eh bien… Euh… nous pensons que le nuage était assez proche pour que le souffle de Julia modifie la position de certaines particules, d'une manière rythmique.

— Comme si le nuage de particules devenait une sorte de tympan géant ?

— Dans un sens, oui.

— Et c'est un essaim à apprentissage…

— Oui.

J'ai poussé un long soupir.

— Maintenant, tu vas me dire qu'il répondait ?

— Non, mais il commençait à émettre des sons étranges.

J'ai acquiescé de la tête : j'avais entendu ces sons étranges.

— Comment s'y prend-il ?

— Nous ne savons pas très bien. Bobby pense que c'est l'inverse de la déflexion auditive qui lui permet d'entendre. Les particules vibrent sur un même front pour produire une onde sonore. Un peu comme une enceinte acoustique.

Il devait s'agir de quelque chose de ce genre, même si cela semblait peu vraisemblable. Un essaim n'était en réalité qu'un nuage constitué d'infimes particules. Des particules qui n'avaient ni la masse ni l'énergie nécessaires pour produire une onde sonore.

Une idée m'est venue.

— Dis-moi, David, est-ce que, hier, Julia est sortie avec les essaims ?

— Oui, le matin. Aucun problème. Ce n'est que quelques heures plus tard, après son départ, qu'ils ont tué le serpent.

— Ils n'avaient rien tué auparavant ?

— Euh… peut-être un coyote, il y a quelques jours, mais je n'en suis pas sûr.

— Alors, le serpent n'était peut-être pas la première victime ?

— Possible…

— Et, aujourd'hui, ils ont tué le lapin.

— Oui. Ils progressent à toute vitesse.

— Ils peuvent dire merci à Julia.

J'avais la quasi-certitude que la progression accélérée des essaims était le résultat d'un apprentissage. C'était une caractéristique des systèmes distribués tout comme de l'évolution qui pouvait, si on l'envisageait sous cet angle, être considérée comme une manière d'apprentissage. Dans les deux cas, des systèmes passaient par une longue et lente période de démarrage suivie d'une accélération.

L'évolution de la vie sur notre planète est une illustration précise de ce phénomène d'accélération. L'apparition de la vie, sous la forme d'organismes unicellulaires, remonte à quatre milliards d'années. Rien ne change pendant deux milliards d'années. Puis le noyau apparaît dans la cellule. Quelques centaines de millions d'années plus tard, on passe aux organismes pluricellulaires. Encore quelques centaines de millions d'années et la diversité explose et s'accroît. Il y a deux cents millions d'années, on trouve de grands végétaux et des animaux complexes, les dinosaures. L'homme arrive sur le tard. Le premier singe se tient debout il y a quatre millions d'années et les ancêtres de l'homme peuplent la Terre deux millions d'années plus tard. Les peintures rupestres n'ont que trente-cinq mille ans.

Une accélération à couper le souffle. Si on condense l'histoire de la vie sur la Terre en vingt-quatre heures, les organismes multicellulaires n'apparaissent qu'au bout de douze heures, les dinosaures pendant la dernière heure, les premiers hommes à quarante secondes de la fin et l'homme moderne dans la dernière seconde.

Il a fallu aux cellules primitives deux milliards d'années pour incorporer un noyau, le premier pas vers la complexité, mais il n'en a fallu que deux cents millions — le dixième de ce temps — pour arriver aux animaux pluricellulaires. Et quatre millions d'années seulement pour passer du singe, avec son petit cerveau et ses outils rudimentaires, à l'homme moderne et au génie génétique. Voilà ce qu'on appelle une accélération. Le même schéma se retrouve dans le comportement des systèmes d'agents. Il faut longtemps aux agents pour faire le « travail préparatoire », mais, lorsque c'est terminé, les progrès peuvent être rapides. Il ne leur est pas possible de se dispenser de cette maturation préliminaire, pas plus qu'à un être humain de se dispenser de l'enfance.

De la même manière, il est impossible d'éviter l'accélération qui suit. Elle fait en quelque sorte partie intégrante du système.

L'enseignement rendait la progression encore plus rapide. J'étais certain que le travail de Julia avait constitué un facteur déterminant dans le comportement de l'essaim. Cette interaction avait introduit la pression d'une forme de sélection chez un organisme dont le comportement émergent ne pouvait aucunement être prévu. Une décision particulièrement stupide de la part de Julia.

L'essaim qui se développait déjà rapidement allait évoluer encore plus vite. Comme il s'agissait d'un organisme artificiel, l'évolution ne se réalisait pas à l'échelle biologique. Elle se comptait en heures.

D'heure en heure, la destruction des essaims deviendrait plus difficile.

— Bien, dis-je à David. Si les essaims doivent revenir, autant nous préparer à les accueillir.

Quand je me suis levé, un élancement m'a fait grimacer. Je me suis dirigé vers la porte.

— Qu'as-tu l'intention de faire ? demanda David.

— A ton avis ? Il faut nous débarrasser une fois pour toutes de ces saletés, les faire disparaître de la surface de la Terre. Et il n'y a pas une minute à perdre.

— Ça me va, fit David avec un embarras visible. Mais je ne crois pas que cela plaise à Ricky.

— Pourquoi ?

— Je ne crois pas, c'est tout, répondit-il avec un geste évasif.

J'ai attendu des explications.

David se tortillait sur sa chaise, de plus en plus mal à l'aise.

— Le problème, c'est que… euh… Julia et lui sont d'accord là-dessus.

— Ils sont d'accord ?

— Oui. Ils marchent la main dans la main… Au sujet des essaims.

— Qu'essaies-tu de me faire comprendre, David ?

— Rien. Rien d'autre que ce que j'ai dit. Ils sont d'accord pour garder les essaims en vie. Je crois que Ricky va s'y opposer, c'est tout.

Il fallait que je revoie Mae. Je l'ai trouvée dans son labo, penchée sur un écran d'ordinateur, les yeux rivés sur des images de bactéries blanches sur le fond rouge sombre d'un milieu de culture.

— Ecoute, Mae, je viens de parler à David et il faut que… Tu as un problème ?

Elle ne détachait pas les yeux de l'écran.

— J'ai l'impression, fit-elle. Un problème avec les matières premières.

— Quel genre de problème ?

— Les dernières bactéries Thêta-d ne se développent pas normalement.

Elle a indiqué une image dans l'angle supérieur du moniteur, montrant des bactéries de couleur blanche et de forme circulaire.

— Voici une culture normale de coliformes, expliqua-t-elle. Ils sont censés avoir cet aspect. Mais là …

Elle a fait apparaître une autre image au centre de l'écran. Les bactéries de forme arrondie présentaient des bords irréguliers, mités, déchiquetés.

— Ce n'est pas normal, déclara Mae en secouant la tête. Je redoute une contamination bactériophage.

— Un virus ?

Un phage est un virus qui infecte les bactéries et les détruit.

— Oui, un virus. Les coliformes sont sensibles à un grand nombre de phages. Le T4 est le plus répandu mais nos bactéries Thêta-d ont été conçues pour être résistantes au T4. Je suppose donc que c'est un nouveau phage qui provoque cela.

— Un nouveau phage ? Tu veux dire une évolution récente ?

— Oui. Probablement un virus mutant provenant d'une souche existante, qui réussit à vaincre la résistance programmée. Un coup dur pour la fabrication. Si nous avons des bactéries infectées, il faudra arrêter la production. Sinon, nous allons répandre ce virus.

— Franchement, l'arrêt de la production pourrait être une bonne idée.

— Je serai sans doute obligée de le demander… Je vais essayer de l'isoler, mais il a l'air coriace. Je ne pourrai peut-être pas m'en débarrasser sans nettoyer à fond. Repartir de zéro, avec de nouvelles bactéries. Ricky ne va pas être content.

— Tu lui en as parlé ?

— Pas encore. Je ne pense pas qu'il ait envie d'une mauvaise nouvelle supplémentaire. Et puis…

Elle s'est interrompue, comme si elle estimait préférable de se taire.

— Et puis quoi ?

— Ricky a beaucoup investi dans la société, expliqua-t-elle en se tournant pour me faire face. Bobby l'a entendu l'autre jour parler au téléphone de ses stock-options. Il ne cachait pas son inquiétude. Je pense que, pour lui, Xymos représente la dernière chance de toucher le jackpot. Il travaille dans cette boîte depuis cinq ans ; si les travaux n'aboutissent pas, il sera trop âgé pour recommencer ailleurs. Il a une femme et un bébé : il ne peut pas se permettre d'attendre encore cinq ans pour voir si la prochaine boîte fera un malheur. Il travaille d'arrache-pied, il fait tout ce qu'il peut pour que nous réussissions. Il passe ses nuits à bosser, à calculer ; il ne dort jamais plus de trois ou quatre heures. Sincèrement, je me demande si cela ne nuit pas à son jugement.

— J'imagine. La pression doit être terrible.

— Le manque de sommeil est tel qu'il est sujet à d'incroyables sautes d'humeur. On ne sait jamais ce qu'il va faire ni comment il va réagir. J'ai parfois l'impression qu'il n'a aucune envie de se débarrasser des essaims. A moins qu'il n'ait peur.

— Peut-être.

— En tout cas, il a des sautes d'humeur… A ta place, quand tu iras t'attaquer aux essaims, je serais prudent. C'est ce que tu vas faire, n'est-ce pas ? Tu vas essayer de les détruire ?

— Oui, c'est ce que je vais faire.

Sixième jour

13 h 12

Tout le monde était réuni dans le salon, entre les jeux vidéo et les billards électriques. Personne ne jouait. Ils m'observaient d'un air inquiet tandis que j'expliquais ce que nous avions à faire. Le plan était simple : l'ennemi lui-même nous dictait l'attitude à prendre, mais je glissais sur cette vérité gênante.

Nous étions donc en présence d'un essaim qui avait pris le large et sur lequel nous n'avions aucun moyen de contrôle. Cet essaim se montrait capable d'une organisation autonome.

— Dans le cas de figure où nous sommes, nous savons que l'essaim est en mesure de se reformer après avoir été endommagé ou désagrégé. C'est ce qui s'est passé tout à l'heure. L'essaim doit donc être détruit totalement. Pour ce faire, il faut soumettre les particules à l'action de la chaleur, du froid, d'un acide ou de champs magnétiques puissants. D'après ce que j'ai vu du comportement de l'essaim, je dirais que notre meilleure chance de le détruire est de nuit, quand il perd de l'énergie et se pose à terre.

— Je t'ai déjà dit, Jack, objecta Ricky, que nous n'avons pas pu le trouver...

— Exact, coupai-je. Vous ne l'avez pas trouvé parce que vous ne l'avez pas marqué. Le désert est vaste, comme on peut le constater. Si vous voulez trouver la cachette de l'essaim, il faut le marquer avec quelque chose d'assez fort pour nous permettre de suivre sa piste.

— Le marquer avec quoi ?

— J'allais poser la question. De quels marqueurs disposons-nous ?

Tout le monde m'a regardé avec perplexité.

— Allons, réfléchissez !... Nous sommes dans une entreprise industrielle ; il doit y avoir ici quelque chose qui nous permette de marquer durablement les particules. Une substance fluorescente, une phéromone à la signature chimique caractéristique, quelque chose de radioactif... Non ?

Encore des regards perplexes. Des moues dubitatives.

— Eh bien, suggéra Mae, nous avons des radio-isotopes.

— Parfait ! Nous avançons.

— Nous nous en servons pour rechercher des fuites dans le système. L'hélicoptère en livre une fois par semaine.

— Que vous livre-t-il ?

— Du sélénium-72, du rhénium-186. Parfois du xénon-133. Je ne sais pas exactement ce que nous avons en ce moment.

— Parle-moi de leur période radioactive. Leur demi-vie.

Certains isotopes perdent très rapidement leur radioactivité, en quelques heures, voire quelques minutes. Dans ce cas, ils ne me seraient d'aucune utilité.

— Leur demi-vie est de l'ordre d'une semaine,

expliqua Mae. Huit jours pour le sélénium, quatre pour le rhénium, cinq pour le xénon… un peu plus de cinq.

— Très bien. N'importe lequel devrait faire l'affaire. Il nous suffit, après avoir marqué l'essaim, que la radio-activité dure une nuit.

— Nous plaçons en général les isotopes dans une base de glucose liquide ; on peut pulvériser le liquide.

— Cela devrait marcher. Où sont les isotopes ?

— Dans la réserve, répondit Mae.

— Qui se trouve où ?

— A l'extérieur. A côté de l'abri à voitures.

— Très bien. Allons les chercher.

— Bon Dieu ! s'écria Ricky en levant les mains. Tu es tombé sur la tête ? Tu as failli mourir ce matin, Jack… Tu ne vas pas ressortir !

— Il n'y a pas d'autre solution.

— Bien sûr que si. Attendons la tombée de la nuit.

— Non, répliquai-je. Si nous attendons, nous ne pourrons effectuer le marquage que demain. Ce qui signifie que nous ne pourrons suivre leur trace et les détruire avant demain soir. Cela ferait trente-six heures d'attente pour affronter un organisme qui évolue à la vitesse grand V. Nous ne pouvons courir ce risque.

— Tu parles de risque ? lança Ricky. Si tu sors maintenant, tu ne reviendras pas vivant. Il faut être cinglé pour envisager ça !

Charley Davenport, assis devant un moniteur, s'est tourné vers moi.

— Jack n'est pas cinglé, déclara-t-il en souriant. Et je l'accompagne.

Sur ce, il s'est mis à fredonner *Born to Be Wild*.

— J'y vais aussi, fit Mae. Je sais où sont stockés les isotopes.

— Ce n'est pas nécessaire, Mae. Tu peux m'expliquer où…

— Non, j'y vais.

— Il va falloir bricoler un pulvérisateur, glissa David Brooks en retroussant ses manches avec soin. Sans doute commandé à distance… C'est le rayon de Rosie.

— D'accord, fit Rosie Castro en regardant David. Je vous accompagne.

— Tout le monde y va ?

Ricky nous regardait l'un après l'autre en secouant la tête d'un air incrédule.

— C'est extrêmement risqué, reprit-il. Extrêmement !

Personne n'a rien dit ; nous nous sommes contentés de le dévisager en silence. Charley fredonnait toujours.

— Tu vas la fermer ! s'écria Ricky. Je crains, Jack, poursuivit-il en se tournant vers moi, de ne pas pouvoir vous autoriser à …

— Tu n'as pas le choix, coupai-je.

— C'est moi qui décide ici !

— Plus maintenant.

Je sentais la colère monter. J'avais envie de lui dire qu'il avait tout foutu en l'air en laissant un essaim vivre et évoluer en liberté, mais je ne savais combien de décisions étaient imputables à Julia. Ricky frisait l'obséquiosité avec ses supérieurs ; il s'empressait auprès d'eux comme un enfant qui cherche à faire plaisir à ses parents. Il usait de son charme ; c'était ce qui lui avait permis de faire son chemin. C'était aussi sa plus grande faiblesse.

— Ce n'est pas possible, Jack, reprit-il avec un air têtu. Si vous sortez, vous ne reviendrez pas vivants.

— Bien sûr que si, Ricky, lança Charley Davenport. Viens voir, ajouta-t-il en indiquant son moniteur.

L'écran montrait une vue du désert. Le soleil dardait ses rayons sur les cactus ; au loin, un genévrier rabougri se détachait sur le fond lumineux du ciel. Il m'a fallu un moment pour comprendre ce que Charley voulait dire. Puis j'ai vu le sable se déplacer au ras du sol et j'ai remarqué que le chétif genévrier était penché.

— Eh oui ! reprit Charley. Le vent souffle dehors. Et quand le vent souffle, il n'y a pas d'essaims. Ils sont obligés de rester au ras du sol.

Il s'est levé pour se diriger vers le couloir menant à la centrale électrique.

— Pas de temps à perdre, lança-t-il au passage. En route !

Tout le monde lui a emboîté le pas ; je fermais la marche. A mon grand étonnement, Ricky m'a bloqué le passage.

— Désolé, Jack. Je ne voulais pas t'embarrasser devant les autres, mais je ne peux pas te laisser faire ça.

— Tu préfères que quelqu'un d'autre s'en charge ?

— Comment cela ?

— Regarde les choses en face, Ricky. La situation est catastrophique ; si nous ne parvenons pas à en reprendre immédiatement le contrôle, il faudra demander de l'aide.

— De l'aide ? Que veux-tu dire ?

— Avertir le Pentagone, faire appel à l'armée. Il faut trouver quelqu'un qui nous débarrasse de ces essaims.

— Jack ! Ce n'est pas possible !

— Nous n'avons pas le choix.

— La société coulerait ! Nous ne trouverions plus de financement !

— Cela ne me dérangerait pas le moins du monde.

J'étais furieux de ce qui s'était passé dans cette usine. Un enchaînement de mauvaises décisions, d'erreurs, de ratages s'étendant sur des semaines et des mois. J'avais l'impression que, chez Xymos, la règle était la solution à court terme, le rafistolage, la précipitation. Personne ne semblait se préoccuper des conséquences à long terme.

— Ecoute, Ricky, vous avez un essaim en liberté et il

est apparemment capable de tuer. Vous ne pouvez plus vous permettre de poursuivre ces petits jeux.

— Mais, Julia…

— Julia n'est pas là.

— Elle a dit que…

— Je me fous de ce qu'elle a dit, Ricky.

— La société ne peut pas…

— J'emmerde la société !

Je l'ai pris par les épaules et je l'ai secoué un bon coup.

— Tu n'as donc pas compris ? *C'est toi qui ne veux pas sortir : tu as peur de l'essaim.* Nous devons le détruire. Et si nous n'y arrivons pas bientôt, il faudra demander de l'aide.

— Non.

— Si, Ricky.

— Nous verrons bien ! lança-t-il d'un ton rageur.

Il s'est raidi, ses yeux ont lancé des éclairs. Il a saisi le col de ma chemise ; je l'ai regardé dans les yeux, sans bouger. Ses prunelles étincelaient. Il a fini par me lâcher. Il m'a tapoté l'épaule, a passé la main sur mon col.

— Mais qu'est-ce qui me prend, Jack ? soupira-t-il en me gratifiant de son sourire de surfeur. Pardonne-moi, je suis sous pression. Tu as raison, tu as entièrement raison : merde à la société ! Il faut le faire maintenant, il faut détruire cet essaim sans tarder.

— Oui, il faut le faire.

— Tu trouves que je me conduis bizarrement, n'est-ce pas, reprit-il après un silence. C'est ce que pense Mary, en tout cas : elle me l'a dit l'autre jour. C'est vrai, Jack ?

— Eh bien…

— Dis-moi ce que tu penses.

— Tu es à cran… Tu dors assez ?

— Pas beaucoup. Deux à trois heures par nuit.

— Tu devrais peut-être prendre un somnifère.

— J'ai essayé, ça ne marche pas… La pression, Jack. Je suis ici depuis une semaine. Cet endroit est stressant.

— J'imagine.

— Bon, fit-il en tournant la tête, comme s'il ressentait une gêne soudaine. Nous restons en contact radio. Je vais vous accompagner pas à pas… Je te suis infiniment reconnaissant, Jack, d'avoir mis bon ordre à la situation et fait entendre la voix de la raison. Je te demande seulement… d'être prudent dehors.

— Compte sur moi.

Ricky s'est écarté. Je suis sorti pour rattraper les autres.

Mae m'attendait dans le couloir où la ventilation fonctionnait à plein régime.

— Tu n'es pas obligée de venir, Mae. Tu peux m'expliquer par radio comment manipuler les isotopes.

— Ce ne sont pas les isotopes qui me préoccupent, fit-elle d'une voix assez basse pour être couverte par le grondement des appareils. C'est le lapin.

Je n'étais pas sûr d'avoir bien entendu.

— Le quoi ?

— Le lapin. Il faut que je fasse de nouveaux examens.

— Pourquoi ?

— Tu te souviens de l'échantillon que j'ai prélevé dans son estomac ? Je l'ai étudié au microscope il y a quelques minutes, avant de vous rejoindre.

— Et alors ?

— Je crains que nous n'ayons de sérieux problèmes, Jack.

Sixième jour

14 h 52

J'ai été le premier à sortir dans la lumière aveuglante qui faisait plisser les yeux. Il était près de 3 heures, mais le soleil tapait comme en plein midi. Un vent brûlant faisait battre mon pantalon et ma chemise. J'ai approché le micro de ma bouche.

— Bobby, tu me reçois ?

— Je te reçois, Jack.

— Tu as une image ?

— Oui.

Charley Davenport a débouché dans la lumière avec un grand rire.

— Tu sais quoi, Ricky ? Tu es vraiment une tête de nœud !

— Ne gaspille pas ta salive, Charley, répliqua Ricky. Tu sais que je n'aime pas les compliments. Fais ce que tu as à faire.

Au tour de Mae de franchir la porte ; elle avait un petit sac à dos passé sur une épaule.

— Pour les isotopes, fit-elle en montrant le sac.

— C'est lourd ?

— Les récipients, oui.

David Brooks est sorti, Rosie sur ses talons. Elle a fait la grimace en posant le pied sur le sable brûlant.

— Quelle fournaise !

— C'est en général l'impression qu'on a dans un désert, glissa Charley.

— Ne te fous pas de moi, Charley.

— Je ne me permettrais pas, affirma-t-il en lâchant un rot.

Je scrutais l'horizon du regard mais je ne voyais rien. Les voitures étaient garées sous un abri, à une cinquantaine de mètres ; au fond se trouvait un bâtiment blanc percé d'étroites fenêtres. C'était la réserve.

Nous nous sommes mis en marche vers la construction.

— Le local est climatisé ? demanda Rosie.

— Oui, répondit Mae, mais il y fait très chaud. L'isolation n'est pas bonne.

— Les fermetures sont hermétiques ?

— Pas vraiment, Jack.

— Ça veut dire non, ricana Charley. Donne-nous la force du vent, Bobby.

— Trente-deux kilomètres à l'heure. Un bon vent.

— Combien de temps va-t-il souffler ? Jusqu'à la tombée de la nuit ?

— Sans doute. Disons trois heures.

— Cela nous laisse de la marge, observai-je.

J'ai remarqué que David Brooks ne disait rien. Il avançait d'un pas lent vers l'abri à voitures, toujours suivi de près par Rosie Castro.

— Rien n'est jamais sûr, nous allons peut-être tous y passer, reprit Charley en accompagnant ses paroles d'un ricanement horripilant.

— Tu ne peux pas la fermer une minute, Charley ? lança la voix de Ricky.

— Viens me dire ça en face, si tu es un homme ! riposta Charley. Mais tu ne veux pas sortir, hein ? Serais-tu un dégonflé ?

— Restons concentrés, Charley.

— Je suis concentré, Jack. Très concentré.

Le vent soulevait les grains de sable qui formaient des amas mouvants de poussière juste au-dessus de la surface du sol. Mae marchait à mes côtés.

— Je veux aller voir le lapin, déclara-t-elle brusquement. Continuez, si vous voulez.

Elle est partie vers la droite, en direction du corps du lapin ; je lui ai emboîté le pas. Les autres ont fait demi-tour et nous ont suivis. Ils donnaient l'impression de vouloir rester groupés.

— Pourquoi veux-tu voir cet animal, Mae ? demanda Charley.

— J'ai quelque chose à vérifier, répondit-elle en mettant une paire de gants.

Des grésillements dans mon casque.

— Quelqu'un aurait-il l'obligeance de m'expliquer ce qui se passe ? demanda Ricky.

— Nous allons voir le lapin, répondit Charley.

— Pour quoi faire ?

— Mae tient à le voir.

— Elle l'a déjà vu. Vous savez que vous êtes vulnérables en restant à découvert. A votre place, je ne traînerais pas en route.

— Nous n'avons pas l'intention de traîner, Ricky.

J'apercevais au loin le corps du petit animal partiellement masqué par le sable en mouvement. Quelques instants plus tard, nous étions rassemblés autour du lapin que le vent avait tourné sur le côté. Mae s'est accroupie, l'a replacé sur le dos et a écarté les deux parties du corps.

— Pouah ! lâcha Rosie.

J'ai constaté avec étonnement que la chair à nu n'était

plus lisse et rose. Elle était devenue rugueuse et donnait l'impression à certains endroits d'avoir été raclée. Et elle était recouverte d'une pellicule d'un blanc laiteux.

— On dirait qu'il a été trempé dans un acide, observa Charley.

— En effet, fit Mae, la mine sombre.

J'ai regardé ma montre : il ne s'était écoulé que trois heures.

— Qu'est-ce qui est arrivé ?

Une loupe à la main, Mae s'est penchée sur l'animal, déplaçant rapidement la lentille de verre pour observer différentes parties du corps.

— Il a été partiellement mangé, déclara-t-elle en se redressant.

— Mangé ? Par quoi ?

— Des bactéries.

— Attends un peu, protesta Charley. Tu crois que cela a été provoqué par les Thêta-d ? Tu crois que les coliformes sont en train de le manger ?

— Nous le saurons bientôt, répondit Mae en prenant dans un étui plusieurs tubes de verre contenant des écouvillons.

— Il est mort depuis si peu de temps.

— Assez longtemps, répliqua Mae. Et la chaleur accélère l'action des bactéries.

Elle a passé les écouvillons sur la chair de l'animal, puis les a enfermés dans leur tube de verre.

— Les Thêta-d doivent se multiplier très rapidement…

— C'est ce que font les bactéries quand on leur donne une bonne substance nutritive. Elles sont dans une phase de croissance où elles doublent leur nombre toutes les deux ou trois minutes. Je pense que c'est ce qui se passe ici.

— Si tu dis vrai, cela implique que l'essaim…

— Je ne sais pas ce que cela implique, Jack, coupa-t-elle vivement.

En me regardant dans les yeux, elle a fait un signe de tête presque imperceptible dont la signification était claire : *pas maintenant*.

Les autres ne l'entendaient pas de cette oreille.

— Mae, Mae, Mae…, reprit Charley Davenport. Es-tu en train de nous dire que les essaims ont tué le lapin afin de nourrir des bactéries ? Afin de produire plus de coliformes ? Et de fabriquer de nouveaux nanoessaims ?

— Je n'ai pas dit ça, répondit Mae d'une voix calme, presque rassurante.

— Mais tu le penses, insista Charley. Tu penses que les essaims utilisent des tissus de mammifère dans le but de s'autofabriquer, autrement dit, de se reproduire…

— Oui, Charley, c'est ce que je pense.

Mae s'est levée après avoir rangé ses tampons.

— J'ai prélevé des tissus. Nous les mettrons en culture sur agarose et nous verrons bien ce que nous trouverons.

— Je parie que si nous revenons dans une heure, reprit Charley, la pellicule blanche aura disparu et nous verrons du noir apparaître sur tout le corps : de nouvelles nanoparticules. A la longue, elles seront assez nombreuses pour former un nouvel essaim.

— C'est ce que je pense aussi, acquiesça Mae.

— C'est pour cette raison qu'il n'y a plus d'animaux dans les parages ? demanda David Brooks.

— Oui, répondit Mae en écartant une mèche de son visage. Et cela dure depuis un certain temps.

Il y a eu un moment de silence. Nous nous tenions autour du lapin mort, la tête rentrée dans les épaules pour nous protéger du vent. Le corps de l'animal était consommé si rapidement que j'avais presque l'impression que cela se passait devant mes yeux.

— Nous avons intérêt à nous débarrasser de ces saletés d'essaims, lâcha Charley.

Nous avons repris la direction de l'abri à voitures.

Personne ne parlait.

Il n'y avait rien à dire.

Quelques petits oiseaux qui sautillaient autour des cactus se sont envolés à notre approche pour voleter devant nous en poussant des cris.

— Il n'y a plus d'animaux, glissai-je à Mae, mais les oiseaux sont toujours là.

— On dirait.

Après avoir décrit des cercles en l'air, les oiseaux se sont posés à moins d'une centaine de mètres.

— Peut-être sont-ils trop petits pour que les essaims s'intéressent à eux, suggéra Mae. Pas assez de chair sur les os.

— Peut-être.

Je me disais qu'il pouvait y avoir une autre explication, mais, pour en être sûr, il fallait que je vérifie le code.

Passant de la lumière aveuglante du désert à l'ombre de l'abri en tôle ondulée, j'ai longé la rangée de voitures pour me diriger vers la réserve. La porte était couverte de panneaux : radioactivité, danger biologique, micro-ondes, explosifs, radiations laser.

— Tu comprends pourquoi nous stockons ces saloperies à l'extérieur, fit Charley dans mon dos.

En m'arrêtant devant la porte, j'ai entendu la voix de Vince dans mon casque.

— Un appel pour toi, Jack. Je te le passe.

Mon portable a sonné ; ce devait être Julia.

— Allô !

— Papa ?

C'était Eric. Il avait le ton emphatique qu'il prenait lorsqu'il était contrarié.

— Oui, Eric, soupirai-je.

— Quand reviens-tu ?

— Je ne sais pas exactement.

— Tu seras à la maison pour le dîner ?

— Je crains que ce ne soit pas possible. Pourquoi ? Il y a un problème ?

— J'en ai par-dessus la tête de cette petite garce !

— Dis-moi ce qui s'est passé, Eric.

— Et tante Ellen qui prend toujours son parti... Ce n'est pas juste !

— Je suis occupé en ce moment, Eric. Je te demande seulement de...

— Pourquoi ? Qu'est-ce que tu fais ?

— Dis-moi ce qui ne va pas, c'est tout.

— Ça ne fait rien, poursuivit-il d'un ton maussade. De toute façon, si tu ne rentres pas pour dîner... Où es-tu, d'ailleurs ? Dans le désert ?

— Oui. Comment sais-tu ça, toi ?

— J'ai parlé à maman. Tante Ellen nous a emmenés à l'hôpital pour la voir. Je ne voulais pas y aller ; elle m'a obligé.

— Ah ! ah !... Et comment va ta mère ?

— Elle va sortir de l'hôpital.

— Elle a terminé les examens ?

— Les médecins voulaient la garder, expliqua Eric, mais elle veut sortir. Elle a un bras dans le plâtre, c'est tout. Elle dit que, sinon, ça va bien... Papa ? Pourquoi est-ce que je suis toujours obligé de faire ce que dit tante Ellen ? C'est pas juste !

— Passe-moi Ellen.

— Elle n'est pas là. Elle est partie acheter une robe à Nicole pour sa pièce.

— Qui est à la maison avec toi ?

— Maria.

— Bon... Tu as fait tes devoirs ?

— Pas encore.

— Allez, fiston, au boulot. Je veux que tu aies fini tes devoirs avant le dîner.

Je m'étonnais toujours d'entendre les mêmes phrases sortir machinalement de la bouche des parents.

Planté devant la porte de la réserve, je regardais les panneaux ; il y en avait plusieurs que je n'avais jamais vus. L'un d'eux se présentait comme un losange formé de quatre carrés de couleur différente, portant chacun un chiffre. Mae a ouvert la porte et est entrée la première.

— Papa ? reprit Eric en se mettant à pleurnicher. Quand est-ce que tu rentres ?

— Je ne sais pas, Eric. Demain, j'espère.

— D'accord… Promis ?

— Promis.

Il a reniflé, puis je l'ai entendu s'essuyer le nez sur sa chemise. Je lui ai dit qu'il pouvait me rappeler s'il en avait envie. Il avait l'air calmé ; il m'a dit au revoir avant de raccrocher.

Je suis entré à mon tour dans la réserve.

L'intérieur de la construction était divisé en deux vastes espaces aux murs garnis de rayonnages ; le centre de chaque local était occupé par un ensemble d'étagères. Les murs et le sol étaient cimentés. Il y avait une autre porte dans le deuxième local et une ouverture roulante en tôle ondulée pour les livraisons. La lumière ardente du soleil entrait par les fenêtres au châssis de bois. Malgré le vacarme des climatiseurs, comme l'avait dit Mae, il faisait très chaud. En entrant, j'ai regardé les joints de la porte : de simples bourrelets. La construction, en effet, ne fermait pas hermétiquement.

J'ai longé les étagères remplies de boîtes de pièces détachées pour le matériel de fabrication et les laboratoires. Dans le second local, étaient stockés des articles de première nécessité : produits d'entretien, papier hygiénique, savons, boîtes de céréales. Il contenait deux réfrigérateurs remplis de nourriture.

— Où sont les isotopes ? demandai-je à Mae.

— Là-bas.

Elle est passée derrière les étagères et s'est arrêtée devant un couvercle en acier encastré dans le sol. La plaque métallique, de près d'un mètre de diamètre, ressemblait au couvercle d'une poubelle avec cette différence qu'une diode électroluminescente et un clavier en occupaient le centre. Mae s'est agenouillée et a composé prestement un code.

Le couvercle s'est soulevé en crissant.

Une échelle descendait dans un petit local circulaire aux parois en acier. Les isotopes étaient conservés dans des récipients métalliques de différentes tailles dont Mae connaissait apparemment le contenu.

— Nous avons du sélénium-72. Ça te va ?

— Absolument.

Elle a commencé à descendre l'échelle.

— Tu vas arrêter de déconner ! s'écria David Brooks en s'écartant de Charley Davenport qui l'aspergeait d'eau en faisant semblant de vérifier le bon fonctionnement d'un vaporisateur de Windex, un nettoyant ménager.

— Passe-moi ce machin, reprit David en lui arrachant le flacon des mains.

— Je pense que ça pourrait marcher, affirma benoîtement Charley, mais il nous faudrait une commande à distance.

— Que dites-vous de ça ? lança Rosie dans l'autre pièce en brandissant un cylindre luisant d'où pendaient des fils électriques. Ce n'est pas une bobine solénoïde ?

— Si, répondit David, mais je doute qu'elle puisse exercer une force suffisante pour actionner le vaporisateur. Il nous faut quelque chose de plus gros.

— N'oubliez pas la commande à distance, reprit

Charley. A moins que vous ne vouliez pulvériser cette saleté à la main.

Mae est remontée en portant un lourd tube métallique. Elle s'est dirigée vers l'évier pour prendre une bouteille contenant un liquide jaune paille. Elle a mis de gros gants de caoutchouc et a commencé à mélanger l'isotope avec le liquide. Un compteur Geiger cliquetait sur l'évier.

— Vous n'avez rien oublié ? fit la voix de Ricky dans mon casque. Même si vous trouvez une commande à distance, comment allez-vous faire pour attirer l'essaim ? Je ne pense pas qu'il va s'approcher tout seul et attendre gentiment de se faire asperger.

— Nous trouverons quelque chose pour l'attirer, affirmai-je.

— Par exemple ?

— Les essaims ont été attirés par le lapin.

— Nous n'avons pas de lapin.

— Sais-tu, Ricky, glissa Charley Davenport, que tu es un être profondément négatif ?

— Je reste dans le domaine des faits.

— Merci de ta participation.

Charley, tout comme Mae, avait constaté que Ricky traînait les pieds, comme s'il avait voulu garder les essaims en vie. Cela n'avait aucun sens mais pourtant, c'était ce que son comportement semblait indiquer.

J'aurais aimé dire quelques mots à Charley au sujet de Ricky, mais, avec les liaisons radio, tout le monde entendait tout. L'inconvénient des moyens de communication modernes : plus rien n'est personnel.

— Alors, les gars, fit la voix de Bobby Lembeck. Ça avance ?

— On y est presque. Pourquoi ?

— Le vent est en train de tomber.

— A combien souffle-t-il ? demandai-je.

— Vingt-sept kilomètres à l'heure. Il était à trente-deux.

— C'est encore assez fort. Ça ira, Bobby.

— Je sais. Je voulais juste vous prévenir.

— La « thermite », c'est quoi ? demanda Rosie.

Elle tenait à la main un plateau en plastique rempli de tubes métalliques gros comme le pouce.

— Fais attention avec ça ! s'écria David. Cela doit être là depuis la construction de l'usine. Je crois qu'ils s'en sont servis pour faire des soudures.

— Dis-moi ce que c'est.

— Un mélange d'aluminium et d'oxyde ferrique qui produit de hautes températures et brûle avec un tel éclat qu'on ne peut garder les yeux ouverts. La thermite est utilisée pour souder des pièces d'acier.

— Combien en as-tu ? demandai-je à Rosie. Nous pourrons peut-être nous en servir cette nuit.

— Il y a quatre boîtes, répondit-elle en prenant un tube. Comment les allume-t-on ?

— Fais attention, Rosie, intervint David. C'est un emballage de magnésium ; il s'enflamme à proximité d'une source de chaleur.

— Même une allumette ?

— Essaie, si tu veux perdre une main. Il vaut mieux utiliser des fusées, avec un détonateur.

— Je vais voir ce que je trouve, fit Rosie en repartant au fond de la pièce.

Le compteur Geiger continuait de cliqueter. Après avoir rebouché le tube d'isotope, Mae versait le liquide jaune paille dans le vaporisateur.

— Votre attention, s'il vous plaît, lança la voix de Bobby Lembeck dans mon casque. Je décèle un peu d'instabilité : le vent devient variable, à vingt-deux kilomètres à l'heure.

— C'est bon, Bobby, nous n'avons pas besoin de suivre cela dans le détail.

— Je constate un peu d'instabilité, c'est tout.

— Pour l'instant, ça va, Bobby.

Mae en avait encore pour quelques minutes. Je me suis dirigé vers une station de travail et j'ai mis l'ordinateur en marche. L'écran s'est allumé, un menu est apparu.

— Ricky, demandai-je, est-il possible d'afficher le code de l'essaim sur ce moniteur ?

— Le code de l'essaim ? répéta-t-il d'un ton alarmé. Que veux-tu faire avec ce code ?

— Je veux voir ce que *vous* avez fait.

— Pourquoi ?

— Bon Dieu, Ricky, réponds-moi ! Je peux l'afficher ou pas ?

— Oui, bien sûr. Toutes les corrections du code sont dans le répertoire « **/code** ». Il y a un mot de passe.

J'ai commencé à taper sur le clavier. J'ai trouvé le répertoire, mais je n'ai pas pu l'ouvrir.

— Le mot de passe ?

— C'est l-a-n-g-t-o-n, tout en minuscules.

— Bien.

J'ai saisi le mot de passe qui m'a donné accès au répertoire ; une liste de modifications de programme s'est affichée, avec la taille et la date des fichiers. Ils étaient gros, ce qui signifiait qu'ils traitaient d'autres aspects du fonctionnement des essaims mais pas les particules elles-mêmes dont le code était très court : quelques lignes, huit ou dix kilo-octets, pas plus.

— Ricky ?

— Oui, Jack.

— Où est le code des particules ?

— Tu ne l'as pas ?

— Arrête de déconner, Ricky !

— Je ne suis pas responsable de l'archivage…

— Ce sont des fichiers de travail, pas des fichiers d'archives. Dis-moi où est ce code, Ricky.

— Il doit y avoir un sous-répertoire « **/C-D-N** », répondit-il après un silence. C'est là que tu le trouveras.

J'ai fait défiler la liste des fichiers.

— Je l'ai.

J'ai trouvé dans le sous-répertoire une liste de fichiers, tous de petite taille. Les premières dates de modification remontaient à six semaines ; il n'y avait rien de nouveau depuis quinze jours.

— Ricky... Vous n'avez pas touché au code depuis deux semaines ?

— A peu près.

J'ai cliqué sur le document le plus récent.

— Vous avez des résumés ?

Quand l'équipe travaillait avec moi, je leur demandais d'écrire des résumés du programme en langage naturel. C'était plus rapide que de chercher à l'intérieur du code lui-même. Et le fait d'avoir à écrire un résumé permettait souvent de résoudre des problèmes de logique.

— Tu devrais trouver ça, fit Ricky.

J'ai vu apparaître sur l'écran :

```
/*Initialize*/
For j=1 to L x V do
Sj = 0 /*set initial demand to 0/
End For
For i = 1 to z do
    For j = 1 to L x V do
    dij = (state (x,y,z)) /*agent threshold param*/
    Ø ij = (intent (Cj,Hj)) /*agent intention fill*/
    Response = 0 /* begin agent response*/
    Zone = z(i) /* initial zone unlearned by agent*/
    Sweep = 1 /* activate agent travel*/
    End For
End For
/*Main*/
For kl =1 to RVd do
    For tm = 1 to nv do
        For d = 1 to j do /* tracking surrounds*/
```

J'ai parcouru l'écran pour voir ce qu'ils avaient changé. Puis j'ai fait défiler le texte jusqu'à ce que j'arrive au code, où j'ai cherché l'implémentation. Mais le code qui m'intéressait n'était pas là. Tout ce qui avait trait au comportement des particules était inclus dans un fichier objet intitulé « compstat–do ».

J'ai demandé à Ricky ce qu'était « compstat–do » et où je pouvais le trouver.

— Il devrait être là.

— Il n'y est pas.

— Je ne sais pas. Peut-être est-il compilé.

— Ça ne m'avance à rien.

Il n'était pas possible de lire un code compilé.

— Ricky, je veux absolument voir ce module. Quel est le problème ?

— Il n'y a pas de problème. Il faut que je le cherche, c'est tout.

— Bon, d'accord.

— Je m'en occuperai à ton retour.

Je me suis tourné vers Mae.

— As-tu étudié le code ?

Elle a fait non de la tête. L'expression de son visage semblait indiquer que cela ne se ferait jamais, que Ricky continuerait à trouver des faux-fuyants. Je ne comprenais pas pourquoi. J'étais venu les conseiller sur le code à leur demande ; j'apportais mon expertise.

Dans la salle voisine, Rosie et David fouillaient les étagères à la recherche de relais radio. Sans succès.

— Bingo ! s'écria Charley Davenport en lâchant un pet majestueux.

— Charley, je t'en prie ! protesta Rosie.

— Il ne faut pas se retenir. Ça rend malade.

— C'est toi qui me rends malade, répliqua Rosie.

— Excuse-moi, poursuivit Charley en levant un petit objet en métal luisant. Je suppose que tu ne veux pas de mon compresseur commandé à distance.

— Quoi ? fit Rosie en se retournant.

— C'est une blague ? demanda David tout en se dirigeant vers Charley pour observer l'objet en question. Oui, cela devrait faire l'affaire.

— Si vous ne le bousillez pas, répliqua Charley.

Ils sont allés donner l'appareil à Mae qui, avec ses gros gants de caoutchouc, continuait de verser le liquide couleur paille au-dessus de l'évier.

— Laissez-moi terminer, fit-elle.

— Est-ce que je vais briller dans l'obscurité ? demanda Charley en souriant.

— Seulement tes pets, glissa Rosie.

— Ils brillent déjà, poursuivit Charley. Surtout quand on les allume.

— Ça suffit, Charley !

— Ce n'est que du méthane, tu sais… Un pet brûle en produisant une flamme d'un bleu vif.

Et il éclata d'un rire gras.

— Je suis contente que tu te trouves drôle, fit Rosie. Tu es bien le seul.

— Aïe aïe aïe ! s'écria Charley en portant la main à sa poitrine. Je meurs, je meurs…

— Ne nous donne pas de faux espoirs.

Des grésillements dans mon casque, suivis de la voix de Bobby Lembeck.

— Attention, le vent vient de tomber à onze kilomètres à l'heure.

— D'accord, Bobby. On se prépare à partir, lançai-je aux autres.

— On attend que Mae ait terminé, fit David, puis on fixera le compresseur.

— On fera ça au labo.

— Je voulais m'assurer que…

— Au labo, coupai-je. Allez, en route.

Je me suis avancé vers la fenêtre. Le vent faisait

encore frémir les feuilles des genévriers mais le sable ne volait plus au-dessus du sol.

— Jack, fit Ricky d'une voix forte, ramène tout le monde.

— Nous sommes prêts à partir.

— Nous ne partirons pas, protesta David Brooks, avant d'être sûrs que…

— Je pense qu'il vaut mieux y aller, coupa Mae. Fini ou pas.

— A quoi ça servira ? insista David.

— Cessez de discuter ! ordonnai-je. On y va !

— Sept kilomètres à l'heure, annonça Bobby Lembeck. Il continue à tomber.

— Allez, en route ! m'écriai-je en les poussant vers la porte.

— *Non !*

C'était la voix de Ricky.

— Quoi ?

— Vous ne pouvez pas sortir maintenant.

— Pourquoi ?

— Trop tard. Ils sont là.

Sixième jour

15 h 12

Tout le monde s'est précipité à la fenêtre. Nous nous sommes cogné la tête en essayant de regarder dans toutes les directions. Autant que je pouvais en juger, il n'y avait rien à l'horizon.

— Où sont les essaims ? demandai-je à Ricky.

— Ils arrivent par le sud. Nous les avons sur les moniteurs.

— Combien ? demanda Charley.

— Quatre.

— Quatre !

— Oui, quatre.

Le bâtiment principal se trouvait au sud ; il n'y avait pas de fenêtres de ce côté-là de l'abri.

— On ne voit rien, fit David. Ils arrivent vite ?

— Très vite.

— Avons-nous le temps de revenir en courant ?

— Je ne pense pas.

— Il ne pense pas ! s'écria David.

Avant que j'aie pu dire un mot, il s'est précipité vers le fond de la réserve. Il a ouvert la porte, a fait deux pas dehors. Nous avons vu sa silhouette se découper dans le rectangle de lumière et se tourner vers le sud en mettant sa main en visière. Tout le monde a crié en même temps.

— David !

— Qu'est-ce que tu fous ?

— Referme cette porte, abruti !

— J'essaie de voir si…

— Rentre !

— Quel imbécile !

Mais David est resté sur le pas de la porte, la main au-dessus des yeux.

— Je ne vois rien, annonça-t-il. Et je n'entends rien non plus. Nous pouvons peut-être tenter le coup… Non, trop tard !

Il a pivoté sur lui-même, a trébuché sur le seuil et s'est étalé de tout son long. Il s'est relevé précipitamment pour claquer la porte et s'est agrippé à la poignée.

— Où sont-ils ?

— Ils arrivent… ils arrivent, fit-il d'une voix hachée. Seigneur ! ils arrivent !

Il s'est cramponné des deux mains à la poignée de la porte.

— Ils arrivent, marmonna-t-il. Ils arrivent…

— Il ne manquait plus que ça ! s'exclama Charley. Il a pété les plombs !

Je me suis avancé vers David et je l'ai pris par l'épaule.

— Calme-toi, David, fis-je doucement. Respire à fond.

— Il faut… il faut les empêcher… les empêcher…

Il avait le front couvert de sueur et tous les muscles contractés. Son épaule tremblait sous ma main : il était en proie à une peur panique.

— Essaie de respirer profondément, David.

— Il faut… il faut… il faut que je…

— Respire, David, respire.

J'ai pris une longue inspiration, pour lui montrer.

— Ah ! ça fait du bien ! A toi maintenant. Respire à fond.

Il hochait fébrilement la tête. Il a respiré un petit coup, puis les halètements ont repris.

— C'est bien, David. Encore une fois.

Il a réessayé. Le rythme de sa respiration a légèrement ralenti ; il a cessé de trembler.

— Voilà, David, c'est bien…

— J'ai toujours su que ce type était malade, fit Charley dans mon dos. Regarde ça, il faut lui parler comme à un putain de bébé.

Je lui ai lancé un regard noir pour le faire taire.

— Eh alors ! poursuivit-il en haussant les épaules. J'ai raison, non ?

— Tu ne nous aides pas, Charley, glissa Mae.

— Rien à foutre.

— Ferme-la, Charley, s'il te plaît ! protesta Rosie.

— C'est bien, David, repris-je en veillant à parler d'une voix calme. Respire, voilà … Maintenant, lâche cette poignée.

Il a secoué la tête en signe de refus, mais le doute semblait s'être installé dans son esprit. Il a cligné des yeux à plusieurs reprises, comme s'il reprenait contact avec la réalité.

— Lâche cette poignée, David, répétai-je d'une voix douce. Ça ne sert à rien.

Il a fini par la lâcher et s'est assis par terre. La tête dans les mains, il s'est mis à pleurer.

— Bon Dieu ! s'écria Charley. Il se met à chialer maintenant !

— La ferme, Charley !

Rosie est allée chercher une bouteille d'eau dans le réfrigérateur. Elle l'a tendue à David qui a bu, ruisselant de larmes. Puis elle l'a aidé à se relever et m'a fait comprendre d'un signe de tête qu'elle prenait le relais.

Je suis allé rejoindre les autres, qui étaient rassemblés devant l'ordinateur. Sur l'écran, les lignes de code avaient été remplacées par une vue de la façade nord du bâtiment principal. Quatre essaims aux reflets argentés se déplaçaient sur toute la longueur du mur.

— Que font-ils ?

— Ils essaient d'entrer, répondit Mae.

— Mais pourquoi ?

— Nous ne savons pas.

Nous les avons observés un moment en silence. Cette fois encore, j'étais frappé par leur détermination. Ils m'évoquaient des ours essayant de pénétrer dans une caravane pour s'emparer d'un pot de miel. Ils s'arrêtaient devant chaque porte, chaque fenêtre, tournaient autour, prenaient le temps de suivre les joints de haut en bas avant de passer à l'ouverture suivante.

— Ils essaient toujours à toutes les portes, comme cela ?

— Oui. Pourquoi ?

— On dirait qu'ils ne se souviennent pas qu'elles sont hermétiquement fermées.

— Exact, confirma Charley. Ils ne s'en souviennent pas.

— Ils n'ont pas assez de mémoire ?

— Soit ils n'ont pas assez de mémoire, soit c'est une nouvelle génération.

— Tu veux dire que ce ne sont pas les mêmes essaims qu'à midi ?

— En effet.

J'ai regardé ma montre.

— Il y aurait une nouvelle génération toutes les trois heures ?

— Je n'en sais rien, répondit Charley. Nous n'avons pas trouvé l'endroit où ils se reproduisent ; ce n'est qu'une supposition.

La possibilité que de nouvelles générations apparaissent avec cette fréquence donnait à penser que le mécanisme évolutionniste intégré dans le code avait, lui aussi, une progression rapide. En règle générale, les algorithmes génétiques — qui modélisent la reproduction pour trouver des solutions — couvrent entre cinq cents et cinq mille générations pour arriver à une optimisation. Si les essaims se reproduisaient toutes les trois heures, cela signifiait qu'ils en étaient à une centaine de générations en deux semaines. Et que leur comportement était bien plus évolué.

— Ils restent à proximité du bâtiment principal, déclara Mae sans quitter l'écran des yeux. Ils ne semblent pas savoir que nous sommes là.

— Comment le sauraient-ils ?

— Ils ne peuvent pas le savoir, expliqua Charley. Leur principal système sensoriel est la vision. Même s'ils ont développé des sensations auditives au fil des générations, leurs perceptions sont essentiellement visuelles. Ce qu'ils ne voient pas n'existe pas pour eux.

David s'est approché, suivi de Rosie.

— J'espère que vous ne m'en voulez pas, fit-il.

— Pas de problème.

— N'en parlons plus, David.

— Je ne sais pas ce qui m'est arrivé. C'était plus fort que moi…

— Ne t'inquiète pas, David, fit Charley. Nous comprenons. Tu es psychotique et tu as craqué. Pas de problème, mon vieux.

Pendant que David se mouchait, Rosie a passé le bras autour de ses épaules en regardant l'écran.

— Qu'est-ce qu'ils font ? demanda-t-elle.

— Ils ne semblent pas savoir que nous sommes là.

— Très bien…

— Espérons que cela va durer.

— Et si ça ne dure pas ? interrogea Rosie.

Je m'étais posé la question.

— Il nous faudra compter sur les failles de Predprey. Exploiter les faiblesses du programme.

— A savoir ?

— Nous restons groupés.

— Oui, c'est ça, ricana Charley. Nous restons groupés… et nous faisons nos prières !

— Je parle sérieusement, répliquai-je.

Depuis trois décennies, les scientifiques étudiaient les relations prédateur-proie, du lion à la hyène en passant par la fourmi. On avait maintenant une meilleure compréhension de la manière dont la proie se défend. Si le zèbre ou le caribou vivent en troupeau, ce n'est pas parce qu'ils sont des animaux sociaux mais parce que se regrouper est une défense contre les prédateurs. Le rassemblement permet une vigilance accrue. D'autre part, le prédateur est dérouté par un troupeau qui s'enfuit dans toutes les directions ; il lui arrive même de s'arrêter net. Quand il a devant lui trop de proies en mouvement, souvent, il n'en poursuit aucune.

Il en va de même pour les vols d'oiseaux et les bancs de poissons : le prédateur a du mal à choisir un individu dans un groupe dont les mouvements sont coordonnés. Il est porté à attaquer un animal qui se distingue de ses congénères. C'est une des raisons pour lesquelles il attaque si souvent les plus petits — moins parce qu'ils représentent une proie facile que parce qu'ils paraissent différents. De la même manière, le prédateur tuera plus de mâles que de femelles, car les mâles non dominants restent à la périphérie du groupe, où ils sont en évidence.

Il y a trente ans, Hans Kruuk, qui étudiait les hyènes dans le parc national du Serengeti, a démontré qu'un animal sur lequel on appliquait de la peinture avait toutes les chances d'être tué au cours de l'attaque suivante. Selon la loi de la différence.

Le message était simple : rester ensemble, ne pas se distinguer.

C'était notre meilleur atout.

J'espérais pourtant que nous n'en arriverions pas là.

Les essaims ont disparu de l'écran : ils étaient partis de l'autre côté du bâtiment abritant le laboratoire. L'attente était angoissante. Ils ont fini par réapparaître et ont recommencé à longer la construction, essayant l'une après l'autre toutes les ouvertures.

Tout le monde gardait les yeux rivés sur le moniteur. David transpirait à grosses gouttes et ne cessait de s'essuyer le front avec sa chemise.

— Combien de temps vont-ils faire ça ? demanda-t-il.

— Aussi longtemps qu'ils en auront envie, répondit Charley.

— Au moins jusqu'à ce que le vent se lève de nouveau, ajouta Mae. Et je n'ai pas l'impression que ce soit pour tout de suite.

— Je ne comprends pas comment vous faites pour supporter ça, reprit David.

Il était livide. De la sueur coulant de son front avait taché les verres de ses lunettes. Il avait la tête de quelqu'un qui va tourner de l'œil. Je lui ai proposé de s'asseoir.

— Ce serait peut-être aussi bien.

— Vas-y, David.

Rosie l'a pris par le bras pour le conduire au fond de la pièce, puis elle l'a aidé à s'asseoir devant l'évier. Il a pris ses genoux entre ses bras et a baissé la tête. Rosie a fait couler de l'eau froide sur une serviette en papier qu'elle a placée sur la nuque de David. Elle avait des gestes empreints de douceur.

— Pauvre taré, soupira Charley en secouant la tête. On avait bien besoin de ça.

— Tu ne nous aides pas, Charley, glissa Mae.

— Et alors ? Nous sommes coincés comme des rats dans cette saleté d'abri qui n'est même pas hermétique. On ne peut rien faire, on ne peut aller nulle part et ce taré qui craque…

— Tout ce que tu dis est vrai, fit posément Mae. Mais tu ne fais rien pour arranger les choses.

Charley lui a lancé un regard noir et s'est mis à fredonner un air de *The Twilight Zone*.

— Regarde, Charley.

J'observais les essaims dont le comportement venait de changer. Ils ne se déplaçaient plus le long du bâtiment mais faisaient maintenant des zigzags en s'écartant du mur puis en revenant vers la construction. Tous les essaims faisaient la même chose, dans une sorte de danse fluide.

Cela n'a pas échappé à Mae.

— Un comportement nouveau…

— Oui, approuvai-je. Comme leur stratégie ne donnait rien, ils essaient autre chose.

— Les voilà bien avancés, glissa Charley. Ils peuvent zigzaguer tant qu'ils veulent, ça ne leur ouvrira pas les portes.

Pour ma part, j'étais fasciné par ce comportement émergent. Les zigzags allaient en s'allongeant, les essaims s'éloignaient de plus en plus du bâtiment. Leur stratégie se modifiait insensiblement : elle évoluait sous nos yeux.

— Stupéfiant, murmurai-je.

— Saletés de particules, marmonna Charley.

Un des essaims était maintenant tout près du corps du lapin. Il s'est approché à quelques mètres de l'animal, puis il est reparti vers le bâtiment principal. Une idée m'a traversé l'esprit.

— Les essaims voient-ils bien ?

Des grésillements dans mon casque, suivis de la voix de Ricky.

— Ils ont une vision fabuleuse ; ils ont été conçus pour cela. Une résolution fantastique, meilleure que pour n'importe quel humain.

— Comment se forment les images ?

Ce n'était, somme toute, qu'un ensemble de particules. Comme pour les bâtonnets et les cônes de la rétine, un traitement était nécessaire pour former une image à partir des impressions lumineuses. Comment ce processus s'accomplissait-il ?

Ricky a toussoté dans mon casque.

— Euh… on ne sait pas très bien.

— C'est apparu dans les dernières générations, déclara Charley.

— Tu veux dire qu'ils ont développé leur propre vision ?

— C'est ça.

— Et on ne sait pas comment ils font ?

— Non. On sait juste qu'ils le font.

Nous avons suivi des yeux l'essaim qui s'éloignait obliquement du mur, s'approchait du lapin et repartait vers le laboratoire. Les autres, plus loin, faisaient la même chose. Ils filaient à toute allure en direction du désert et revenaient vers le bâtiment.

— Pourquoi cette question ? demanda Ricky.

— Parce que.

— Tu crois qu'ils vont trouver le lapin ?

— Ce n'est pas le lapin qui m'intéresse. D'ailleurs, on dirait qu'ils ne s'en occupent pas.

— Alors, quoi ?

— Aïe ! souffla Mae.

— Merde ! lâcha Charley avec un long soupir.

Nous observions toujours l'essaim le plus proche, celui qui était parti vers le désert et se trouvait à une dizaine de mètres du lapin. Au lieu de revenir vers le laboratoire comme il le faisait précédemment, il s'était arrêté, formant une colonne aux reflets argentés dont le seul mouvement était un déplacement vertical.

— Pourquoi fait-il ça ? demandai-je. Pourquoi est-ce qu'il monte et descend ?

— Peut-être pour la formation d'une image ? Pour la mise au point ?

— Non. Ce que je voudrais savoir, c'est pourquoi il s'est arrêté.

— Une panne logicielle ?

— J'en doute.

— Alors ?

— Je crois qu'il voit quelque chose.

— Quoi ? fit Charley.

Je redoutais de connaître la réponse. L'essaim représentait une caméra à très haute résolution associée à un réseau d'intelligence distribuée. Ces réseaux étaient particulièrement efficaces pour mettre en évidence un agencement d'éléments épars. Voilà pourquoi ils étaient utilisés dans des systèmes de sécurité pour reconnaître des visages ou bien en archéologie pour assembler des fragments de poteries. Ils avaient la capacité, bien plus que l'œil humain, de combiner différents éléments.

Je l'ai expliqué à Charley.

— Il n'y a rien à voir dans ce désert que du sable et des épines de cactus, objecta-t-il.

— Et des traces de pas, glissa Mae.

— Quoi ? Tu parles de nos pas ? Quand nous sommes venus ici ? Qu'est-ce que tu racontes, Mae ? Le vent a fait voler le sable pendant au moins un quart d'heure : il n'y a plus de traces.

Nous avons observé l'essaim, avec son mouvement de montée et de descente, à la manière d'une respiration. Le nuage de particules, presque entièrement noir, ne jetait plus que de loin en loin un éclat argenté. Il était au même endroit depuis dix ou quinze secondes. Les autres continuaient de se déplacer en zigzag, mais celui-là ne bougeait pas.

— Tu crois vraiment qu'il voit quelque chose ? interrogea Charley en se mordillant la lèvre.

— Je n'en sais rien. Peut-être.

D'un seul coup, l'essaim s'est élevé pour se remettre en mouvement. Il ne venait pas dans notre direction. Il est parti en diagonale, vers la porte du bâtiment où il s'est arrêté ; il s'est mis à tournoyer sur place.

— Qu'est-ce que c'est que ça ? s'écria Charley.

J'avais compris. Mae aussi.

— Il a suivi nos traces, expliqua-t-elle. En sens inverse.

L'essaim venait de suivre le chemin que nous avions parcouru entre la porte et le lapin. La question était de savoir ce qu'il allait faire ensuite.

Cinq minutes se sont écoulées dans une grande tension. L'essaim a rebroussé chemin pour s'arrêter à la hauteur du lapin. Il a tourné un moment autour du corps de l'animal, décrivant lentement des demi-cercles. Puis il est reparti vers son point de départ. Après être resté quelques instants devant la porte, il a filé derechef vers le lapin.

L'essaim a répété trois fois de suite le même aller et retour. Après avoir poursuivi un moment leurs déplacements en zigzag autour du bâtiment, les autres avaient disparu. Nous avons continué de suivre sur l'écran l'essaim restant, qui venait de repartir vers le lapin.

— Il tourne en rond, observa Charley. Il fait sans arrêt la même chose.

— Tant mieux pour nous.

J'attendais de voir si l'essaim allait modifier son comportement, ce qu'il n'avait pas fait jusqu'à présent. S'il avait très peu de mémoire, il pouvait être comme un malade atteint d'Alzheimer, incapable de se souvenir que ce qu'il faisait, il l'avait déjà fait.

L'essaim s'était remis à tourner autour du lapin en décrivant des demi-cercles.

— Tu vois, fit Charley, il recommence.

J'attendais.

Je n'avais pas pu prendre connaissance de tous les changements apportés à Predprey, à cause du module manquant, mais le programme d'origine possédait un élément de randomisation, précisément pour gérer des situations de ce genre. Quand Predprey ne parvenait pas à atteindre son but et que rien de particulier dans l'environnement ne déclenchait une nouvelle action, son comportement était modifié de manière aléatoire. C'était une solution couramment employée. Les psychologues, par exemple, croient aujourd'hui qu'il convient, pour innover, de laisser une part au hasard dans le comportement. On ne peut être créatif sans s'engager dans de nouvelles directions et ces directions...

— Regardez, fit Mae.

Le comportement de l'essaim venait de changer.

Il tournait maintenant autour du lapin en décrivant des cercles plus larges. Presque aussitôt, il est tombé sur d'autres traces. Il s'est arrêté un moment, puis a brusquement pris de la hauteur pour filer droit sur nous. Il suivait exactement le trajet que nous avions emprunté pour atteindre l'abri à voitures.

— Cette fois, souffla Charley, je crois que nous sommes foutus.

Mae et Charley se sont précipités au fond de la pièce pour regarder par la fenêtre. David et Rosie se sont levés pour coller le nez à la vitre de l'évier.

— Non, non ! m'écriai-je. Ecartez-vous des fenêtres !

— Pourquoi ?

— N'oubliez pas que c'est une caméra ! Ecartez-vous tout de suite des fenêtres !

Il n'y avait pas véritablement d'endroit où se cacher.

Rosie et David se sont glissés à quatre pattes sous l'évier. Charley s'est fait une place à côté d'eux, sans tenir compte de leurs protestations. Dans l'ombre d'un angle de la pièce, Mae s'est dissimulée entre deux étagères qui ne se touchaient pas tout à fait. On ne pouvait la voir que par la fenêtre ouest, et difficilement.

La radio a grésillé : c'était Ricky.

— Attention ! un essaim se dirige vers vous. Un autre… non, deux autres le rejoignent.

— Tais-toi, Ricky.

— Comment ?

— Plus de contact radio.

— Pourquoi ?

— Silence radio, Ricky !

Je me suis laissé tomber à genoux derrière un carton rempli de provisions. Il n'était pas assez gros pour me cacher entièrement — mes pieds dépassaient —, mais, pas plus que Mae, on ne me voyait facilement. De l'extérieur, il aurait fallu regarder obliquement par la fenêtre nord pour m'apercevoir. En tout état de cause, je n'avais pas de meilleure cachette.

Accroupi derrière le carton, je distinguais les trois autres serrés sous l'évier. Pour voir Mae, il a fallu que je sorte la tête sur le côté du carton. Elle paraissait calme, sereine. J'ai ramené la tête en arrière et j'ai attendu.

Je n'entendais rien d'autre que le bourdonnement du climatiseur.

Dix ou quinze secondes se sont écoulées. Le soleil entrait à flots par la fenêtre nord, celle de l'évier. La lumière formait un rectangle blanc sur le sol, à ma gauche.

Des grésillements dans mon casque.

— Pourquoi pas de contact radio ?

— Va-t-il la fermer ? marmonna Charley.

Je lui ai fait signe de se taire.

282

— Les particules n'ont-elles pas des capacités auditives, Ricky ?

— Si, peut-être un peu, mais…

— Alors, silence !

— Mais…

J'ai coupé la radio et fait signe aux autres de m'imiter. Charley a dit quelque chose en formant silencieusement les mots avec les lèvres. J'ai cru comprendre :
« Ce con veut notre mort. »

Mais je n'en étais pas sûr.

L'attente a continué.

Il ne devait pas s'être écoulé plus de deux ou trois
minutes mais cela semblait interminable. Je commençais à avoir mal aux genoux sur le sol cimenté. J'ai
changé de position, précautionneusement, pour être
plus à l'aise ; j'avais la conviction que le premier
essaim était tout près. Il n'était pas encore apparu aux
fenêtres et je me demandais pourquoi il lui fallait tout
ce temps. Peut-être, en suivant notre piste, s'était-il
arrêté pour inspecter les voitures. J'aurais bien aimé
savoir comment réagissait une intelligence en essaim
devant une automobile : cela devait être déroutant pour
un objectif à haute résolution Les véhicules étant inani-
més, peut-être l'essaim ne leur accordait-il aucune
attention, les assimilant à de gros rochers de couleur
vive.

Ce qui n'expliquait pas pourquoi il lui fallait si longtemps.

J'avais de plus en plus mal aux genoux. J'ai encore
changé de position, prenant appui sur les mains et soulevant les genoux dans l'attitude du sprinter au départ
d'une course, ce qui m'a apporté un moment de répit.
J'avais l'esprit tellement occupé par l'inconfort dans
lequel j'étais que je n'ai pas remarqué tout de suite que
le rectangle d'un blanc éclatant dessiné sur le sol par la

lumière du soleil devenait plus foncé au centre, que cet assombrissement s'étendait vers les bords. En quelques instants, le rectangle de lumière avait viré au gris.

L'essaim était là.

Je n'en étais pas certain, mais j'avais l'impression de percevoir un raclement sourd qui se superposait au bourdonnement de la climatisation. De mon poste d'observation, j'ai vu la fenêtre de l'évier s'assombrir avec l'afflux de noires particules tourbillonnantes. Comme si, dehors, une tempête de poussière venait de se lever. A l'intérieur de la réserve, il faisait sombre. Etonnamment sombre.

Sous l'évier, David Brooks a commencé à émettre un long gémissement ; Charley a plaqué la main sur sa bouche. L'évier les empêchait de voir la fenêtre mais ils regardaient tous en l'air.

L'essaim s'est éloigné de la vitre, aussi vite qu'il s'y était collé : le soleil a de nouveau inondé la pièce.

Personne n'a fait un geste.

Tout le monde attendait.

Quelques instants plus tard, la fenêtre ouest s'est assombrie à son tour. Je me demandais pourquoi l'essaim n'entrait pas. La fermeture n'était pas hermétique : les nanoparticules pouvaient aisément s'insinuer par les interstices. Mais elles n'essayaient même pas, semblait-il.

Peut-être s'agissait-il d'un cas de figure où l'apprentissage en réseau nous était favorable. Les essaims avaient peut-être retenu de leur expérience autour des murs du laboratoire que portes et fenêtres étaient impénétrables. Peut-être était-ce pour cette raison qu'ils n'essayaient pas d'entrer.

Cette lueur d'espoir m'a aidé à supporter la douleur causée par mes genoux.

La fenêtre ouest était encore noire quand celle de

l'évier a recommencé à s'assombrir. Deux essaims regardaient en même temps. Ricky avait dit qu'ils étaient trois à se diriger vers la réserve. Je me suis demandé où était le troisième ; il n'a pas fallu longtemps pour le découvrir.

Tel un brouillard noir et silencieux, les premières nanoparticules ont commencé à se glisser dans la pièce en passant sous la porte. D'autres sont entrées par le tour du châssis. A l'intérieur, elles semblaient tourner sur elles-mêmes, mais je savais qu'il ne leur faudrait pas longtemps pour s'organiser. A la fenêtre nord, j'en ai vu d'autres qui s'insinuaient dans les interstices. D'autres encore qui arrivaient par les conduits de la climatisation.

Inutile d'attendre plus longtemps. Je me suis mis debout pour sortir de ma cachette et j'ai crié aux autres de venir me rejoindre.

— Mettez-vous sur deux rangs !

Charley a saisi au passage le flacon de Windex et s'est mis en rang en grommelant.

— Tu crois qu'on a une chance de s'en sortir ? lança-t-il.

— C'est maintenant ou jamais… Restez groupés et suivez-moi ! Allons-y !

Si nous n'avions été si terrifiés, nous nous serions sans doute sentis ridicules d'aller et venir dans la pièce en groupe serré tout en essayant de coordonner nos mouvements, un peu à la manière d'un vol d'oiseaux. Mon cœur battait à tout rompre ; j'avais dans les oreilles un bourdonnement continu et de la peine à voir où je mettais les pieds. Je savais que nos gestes étaient gauches, mais nous avons fait de rapides progrès. Chaque fois que nous arrivions devant un mur, nous pivotions sur nous-mêmes pour refaire le chemin en sens inverse tout en veillant à rester groupés. Je me suis mis à balancer les bras d'avant en arrière et à taper des mains à chaque pas. Les autres m'ont imité : c'était bon pour la coordination. Chacun luttait contre sa propre terreur.

Pendant tout ce temps, nous voyions des nanoparticules pénétrer dans la pièce par les interstices de toutes les ouvertures. Cela a semblé durer longtemps mais, en réalité, il n'avait pas dû s'écouler plus d'une quarantaine de secondes. Bientôt, une sorte de brume indifférenciée a empli la pièce. Je sentais des piqûres d'épingle sur tout mon corps ; les autres devaient les sentir aussi. David a laissé échapper un cri plaintif, mais Rosie, qui restait tout près de lui, l'encourageait et l'exhortait à tenir bon.

Soudain, avec une vitesse stupéfiante, la brume s'est dissipée et les particules se sont rassemblées pour former juste devant nous deux colonnes très nettes qui ondoyaient en montant et descendant.

A cette distance, il émanait des essaims une indiscutable impression de menace, voire de malveillance. Le raclement qu'ils émettaient était parfaitement audible et, de loin en loin, je percevais une sorte de chuintement agressif rappelant le sifflement d'un serpent.

Ils n'ont pas attaqué. Comme je l'avais espéré, les failles du programme jouaient en notre faveur : face à un groupe de proies aux mouvements coordonnés, les prédateurs étaient dans une impasse. Ils ne savaient que faire.

Du moins dans l'immédiat.

J'ai entendu la voix de Charley à moitié couverte par nos claquements de mains.

— C'est pas croyable… ces conneries que tu nous fais faire… ça marche !

— Peut-être pas… pour longtemps.

Je me demandais avec angoisse combien de temps David parviendrait à contenir sa peur. Les essaims m'inquiétaient autant : combien de temps allaient-ils rester immobiles avant d'adopter un nouveau comportement ?

— Je propose… de nous diriger vers… la porte de derrière… et de foutre le camp d'ici.

Après avoir fait demi-tour devant un mur, j'ai légèrement obliqué vers la pièce du fond. Sans cesser de frapper dans nos mains, nous nous sommes éloignés des essaims. Leur bourdonnement s'est intensifié ; ils nous ont suivis.

— Qu'est-ce qu'on fera… quand on sera dehors ? demanda David d'une voix plaintive.

Il avait du mal à synchroniser ses mouvements avec les nôtres et trébuchait. Il transpirait à grosses gouttes et battait rapidement des paupières.

— Nous continuons… en restant groupés… vers la porte du labo… et nous entrons. Veux-tu essayer ?

— C'est tellement loin, gémit-il. Je ne sais pas si…

Il a encore fait un faux pas et failli perdre l'équilibre. Il ne tapait plus dans ses mains avec nous. Sa terreur était palpable, je percevais son envie irrépressible de prendre ses jambes à son cou.

— Reste avec nous, David… Si tu pars tout seul… tu n'y arriveras jamais. Tu m'écoutes ?

— Je ne sais pas, Jack, gémit-il. Je ne sais pas si je pourrai…

Encore un faux pas de David, qui a bousculé Rosie. Elle a perdu l'équilibre, Charley l'a retenue et l'a aidée à se remettre sur pieds. Mais la confusion s'était établie dans notre groupe, maintenant privé de coordination.

Les essaims ont immédiatement viré au noir intense ; ils se sont resserrés et enroulés sur eux-mêmes, comme s'ils s'apprêtaient à frapper.

J'ai entendu Charley souffler : « Oh ! merde ! » et j'ai cru, un moment, qu'il avait raison, que tout était perdu.

Mais nous avons retrouvé notre rythme et les essaims se sont aussitôt étirés, retrouvant leur forme normale. La couleur noire a perdu de son intensité, la palpitation régulière a repris. Ils nous ont suivis dans l'autre pièce. Ils n'attaquaient toujours pas. Nous n'étions plus qu'à cinq ou six mètres de la porte, celle par laquelle nous étions entrés. Je me suis senti un peu plus optimiste et je me suis dit, pour la première fois, que nous avions une chance de réussir.

En une seconde, tout a basculé.

David Brooks se ruait vers la porte.

Nous étions presque arrivés au centre de la pièce et nous nous apprêtions à contourner les étagères quand il s'est précipité entre les deux essaims, vers la sortie.

Ils se sont immédiatement lancés à sa poursuite.

Rosie hurlait à David de revenir mais il restait sourd. Les essaims le suivaient à une vitesse incroyable. David avait presque atteint la porte — il tendait la main vers la poignée — quand un des essaims est descendu en piqué pour s'étaler juste devant lui.

Quand David a voulu poser le pied, la surface noire s'est dérobée sous lui ; son pied a glissé, comme sur de la glace. Il est tombé sur le ciment en poussant un hurlement de douleur et a aussitôt essayé de se relever. Mais il ne parvenait pas à se mettre debout : il glissait, retombait, glissait, retombait. Les verres de ses lunettes ont volé en éclats, la monture lui a entaillé le nez. Les lèvres couvertes d'une couche noire, il commençait à respirer avec difficulté.

Rosie s'époumonait encore quand le second essaim a fondu sur David. Le noir s'est étendu sur son visage, sur ses yeux, dans ses cheveux. Il s'agitait frénétiquement en poussant des gémissements à fendre l'âme, comme un animal. Progressant lentement, à quatre pattes, il a réussi à saisir la poignée de la porte et à se dresser sur les genoux. Avec l'énergie du désespoir, il l'a tournée et a eu le temps, avant de retomber, de pousser le battant du pied.

Un flot de lumière et de chaleur a envahi la pièce. Le troisième essaim, qui attendait dehors, est entré comme un tourbillon.

— Faites quelque chose ! s'écria Rosie.

Je l'ai agrippée par le bras quand elle s'est précipitée vers David.

— Il faut l'aider ! hurla-t-elle en se débattant. Il faut l'aider !

— On ne peut rien faire.

— Il faut l'aider !

— Rosie !... *On ne peut rien faire !*

Noir de la tête aux pieds, David se roulait par terre. Le troisième essaim l'avait enveloppé ; on ne distinguait pas grand-chose derrière le rideau mouvant de particules. J'ai cru voir un trou sombre à la place de la bouche de David, des globes oculaires entièrement noirs ; il devait être aveugle. Sa respiration était courte, saccadée. L'essaim s'engouffrait dans sa bouche avec l'impétuosité d'un torrent.

Le corps secoué de spasmes, il avait une main crispée sur sa gorge. Ses pieds battaient convulsivement le sol : j'étais sûr qu'il vivait ses derniers instants.

— Allons-y, Jack, fit Charley. Il faut foutre le camp d'ici.

— Vous ne pouvez pas l'abandonner ! hurla Rosie. Vous ne pouvez pas faire ça !

David glissait dans l'ouverture de la porte, son corps s'avançait dans la lumière. Ses mouvements avaient moins de vigueur ; sa bouche, qui remuait encore, ne laissait échapper que des sons étranglés.

Rosie continuait de se débattre.

Charley l'a agrippée par l'épaule.

— Bon Dieu ! Rosie...

— Va te faire foutre !

Elle s'est arrachée à son étreinte et m'a écrasé le

pied. Profitant de ma surprise, elle s'est dégagée et s'est élancée vers la porte en criant : « David ! David ! »

La main de David, noire comme celle d'un mineur, s'est tendue vers elle ; elle l'a saisi par le poignet. Et dans le même instant, glissant sur le sol noir comme David avant elle, Rosie est tombée la tête la première. Elle a répété son nom plusieurs fois, puis elle s'est mise à tousser et une ligne noire est apparue sur ses lèvres.

— Foutons le camp ! souffla Charley. Je ne veux pas voir ça !

J'étais incapable de bouger, incapable de faire un pas en avant. Je me suis tourné vers Mae : des larmes coulaient sur ses joues.

— Allons-y, fit-elle.

Rosie continuait de prononcer le nom de David en serrant son corps contre sa poitrine, mais il ne semblait plus bouger.

— Ce n'est pas ta faute, affirma Charley en se penchant vers moi.

J'ai incliné lentement la tête : je savais qu'il disait vrai.

— Tu n'y es pour rien, Jack, poursuivit Charley. Tu es arrivé ce matin.

Il a rétabli la liaison radio dans mon casque.

— En route, Jack.

Et nous sommes sortis.

Sixième jour

16 h 12

Sous le toit de tôle ondulée, la chaleur était étouffante. La rangée de voitures s'étirait devant nous. J'entendais le ronronnement du moteur d'une caméra vidéo, près du toit. Ricky a dû nous voir apparaître sur les écrans ; j'ai perçu des grésillements dans mon casque.

— Qu'est-ce qui s'est passé ?

— Rien de bon, répondis-je.

Au-delà de l'ombre de l'abri, le soleil était encore haut dans le ciel.

— Où sont les autres ? reprit Ricky. Tout le monde est sain et sauf ?

— Non. Pas tout le monde.

— Dis-moi ce qui…

— Pas maintenant.

Nous étions encore hébétés et nous n'avions qu'une idée en tête : nous mettre à l'abri.

Le bâtiment abritant le laboratoire se trouvait sur notre droite, à une petite centaine de mètres. Nous pouvions atteindre la porte en trente à quarante secondes. Nous nous sommes élancés au pas de course. Ricky continuait de parler mais personne ne lui répondait. Nous pensions tous à la même chose : encore une demi-minute jusqu'à la porte et nous serions en sécurité.

Nous avions oublié le quatrième essaim.

— Oh ! merde ! lâcha soudain Charley.

Le quatrième essaim venait de déboucher à l'angle du laboratoire et se dirigeait droit sur nous. Nous nous sommes arrêtés, pris de court.

— Que faisons-nous ? demanda Mae. Nous restons groupés ?

— Non, répondis-je. Nous ne sommes que trois.

Pas assez nombreux pour jeter le trouble dans l'esprit d'un prédateur. Mais aucune autre stratégie ne me venait à l'idée. Je me suis remémoré toutes les études que j'avais lues sur les rapports prédateur-proie. Elles s'accordaient sur un point. Que l'on modélise des fourmis guerrières ou des lions du Serengeti, elles démontraient que les prédateurs tuent toutes les proies jusqu'à ce qu'il n'en reste plus une seule debout — à moins que les proies ne trouvent un refuge. Dans la réalité, ce refuge pouvait être un nid dans un arbre, une retraite souterraine ou un creux dans le lit d'une rivière. Si les proies avaient un refuge, elles survivaient ; sans refuge, aucune n'en réchappait.

— Cette fois, fit Charley, je crois que nous sommes baisés.

Il fallait trouver un refuge ; l'essaim fondait sur nous. J'avais l'impression de sentir les piqûres d'épingle sur ma peau et d'avoir le goût de cendre dans ma bouche. Nous devions trouver un abri avant que l'essaim soit là. J'ai fait un tour complet sur moi-même en regardant dans toutes les directions. Rien ne s'offrait à mon regard, sauf…

— Les voitures sont fermées ?

— Non, répondit la voix de Ricky dans mon casque. Elles devraient être ouvertes.

Nous avons fait demi-tour et filé ventre à terre vers l'abri.

Le premier véhicule était une Ford bleue. J'ai ouvert la portière du conducteur pendant que Mae montait de l'autre côté. L'essaim était sur nos talons ; j'ai entendu son bourdonnement avant de claquer la portière. Charley, le flacon de Windex à la main, essayait d'ouvrir la portière arrière, mais elle était verrouillée. Mae s'est retournée pour lever le loquet, mais Charley s'était déjà précipité vers la voiture suivante, un Land Cruiser. Il est monté et il a claqué la portière.

— Quelle chaleur ! s'écria-t-il aussitôt.

— Comme tu dis.

A l'intérieur des voitures, on avait l'impression d'être dans un four ; nous étions déjà, Mae et moi, couverts de sueur.

L'essaim a foncé sur notre voiture et commencé à tourner autour du pare-brise en montant et descendant.

— Où êtes-vous ? lança la voix affolée de Ricky. Répondez !

— Nous sommes dans les voitures.

— Quelles voitures ?

— Qu'est-ce que ça peut foutre ? s'écria Charley. Nous sommes dans deux des voitures, Ricky !

Le nuage de particules s'est éloigné de notre véhicule pour filer vers le Toyota. Nous l'avons observé pendant qu'il passait d'une portière à l'autre pour essayer d'entrer. Charley m'a souri à travers sa vitre.

— C'est pas comme la réserve… Les portières ferment hermétiquement. Alors, ils l'ont dans le dos !

— Et la ventilation ? objectai-je.

— J'ai fermé les volets.

— Mais ce n'est pas hermétique.

— Non, fit Charley. Mais il faudrait qu'ils passent d'abord sous le capot pour pénétrer dans l'habitacle. Ou bien par le coffre. Je suis prêt à parier que ces foutues particules n'auront pas assez d'imagination !

Dans notre voiture, après s'être assurée que tous les volets d'aération du tableau de bord étaient bien fermés, Mae a ouvert la boîte à gants. Elle a jeté un coup d'œil à l'intérieur, a refermé le compartiment.

— Tu as trouvé des clefs ?

Elle a fait non de la tête.

— Vous avez encore de la compagnie, annonça Ricky.

En tournant la tête, j'ai vu deux nouveaux essaims déboucher à l'angle de la réserve. Ils ont aussitôt commencé à tourner au-dessus de notre voiture, un à l'avant, l'autre à l'arrière. J'avais l'impression d'être au beau milieu d'une tempête de poussière. J'ai regardé Mae : immobile, le visage impassible, elle observait la scène.

Après avoir tourné autour de la voiture, les deux nouveaux nuages de particules se sont arrêtés à l'avant. L'un s'est placé derrière la vitre de la portière de Mae. L'autre, qui avait pris position sur le capot, allait et venait entre Mae et moi. De temps en temps, il se jetait sur le pare-brise et se dispersait sur la vitre. Puis il se reformait, reculait sur le capot et lançait un nouvel assaut.

— Ils voudraient bien entrer, les petits saligauds ! fit la voix de Charley dans mon casque. Je l'avais dit : ils n'y arrivent pas.

Je n'en étais pas aussi sûr. J'avais remarqué qu'avant chaque assaut, l'essaim reculait plus loin sur le capot, pour prendre plus d'élan. Il allait bientôt arriver à la hauteur de la calandre. S'il commençait à inspecter la garniture métallique, il pourrait trouver un accès aux conduits de ventilation. Et ce serait la fin.

Mae fouillait dans le vide-poche, entre les deux sièges. Elle y a trouvé un ruban adhésif et une boîte de pochettes en plastique.

— Nous pouvons essayer d'obturer les volets de ventilation…

— Ça ne servira à rien, répondis-je. Les nanoparticules sont assez petites pour traverser une membrane.

— Elles passeraient à travers le plastique ?

— Ou autour, en s'insinuant par tous les interstices. On ne pourra pas faire quelque chose d'assez hermétique pour les empêcher de passer.

— Alors, on attend, les bras croisés ?

— En gros, oui.

— Et en espérant qu'elles ne trouvent pas le passage ?

— C'est ça.

— Le vent reprend de la force, annonça Bobby Lembeck. Dix kilomètres à l'heure.

Le ton se voulait encourageant mais, avec dix kilomètres à l'heure, on était loin du compte. De l'autre côté du pare-brise, les essaims ne semblaient aucunement dérangés.

— Jack ? fit la voix de Charley. J'ai perdu de vue mes petites bêtes. Tu ne les vois pas ?

Je me suis tourné vers l'autre voiture : le troisième essaim était descendu au niveau du moyeu de la roue avant. Il tourbillonnait, entrait et sortait par les trous des enjoliveurs.

— Il inspecte les enjoliveurs, Charley.

— Ah !

Il paraissait chagriné, avec juste raison. Si l'essaim se mettait à explorer la voiture dans tous les recoins, il pouvait trouver un moyen d'entrer.

— La question qu'il faut se poser, reprit Charley, est sans doute de savoir dans quelle mesure il est capable de s'organiser.

— Sans doute, répondis-je.

— Quelqu'un peut m'expliquer ? glissa Mae.

Un essaim n'a pas de chef, pas d'intelligence centralisée : son intelligence est la somme de chacune des particules. Les particules s'organisent pour former un essaim et les résultats sont imprévisibles. On ne sait jamais ce qu'elles vont faire. L'essaim peut rester inefficace, comme c'était le cas, ou bien trouver la solution par hasard. Il peut aussi commencer à la chercher d'une manière organisée.

Ce qui ne s'était pas encore produit.

Mes vêtements étaient lourds, trempés de sueur. De grosses gouttes coulaient de mon nez et de mon menton ; je me suis essuyé le front du dos de la main. J'ai regardé Mae : elle transpirait aussi.

— Jack ? fit la voix de Ricky.

— Oui.

— Julia a appelé il y a quelques minutes. Elle est sortie de l'hôpital et…

— Pas maintenant, Ricky.

— Elle sera là dans la soirée.

— Nous verrons cela plus tard, Ricky.

— Je voulais juste te mettre au courant.

— Putain ! s'écria Charley. Il ne se taira pas, cet enfoiré ! Nous sommes occupés !

— Le vent est monté à quinze kilomètres à l'heure… Pardon, treize.

— Le suspense est insoutenable, grogna Charley. Où est mon essaim, Jack ?

— Sous la voiture. Je ne vois pas ce qu'il fait… Attends… Il est passé à l'arrière, Charley. On dirait qu'il inspecte les feux arrière.

— Un vrai fana de voiture ! Tant qu'il se contente de regarder…

J'avais tourné la tête pour observer l'essaim de Charley. Mae m'a donné un petit coup de coude.

— Jack ! Regarde !

L'essaim, qui avait pris position devant sa vitre, s'était transformé. Presque entièrement argenté, il chatoyait mais demeurait stable. Sur cette surface miroitante, j'ai vu le reflet de la tête et des épaules de Mae. L'image n'était pas parfaite, les contours des yeux et de la bouche se brouillaient mais les traits, dans leur ensemble, étaient fidèles.

— C'est un miroir…, hasardai-je.

— Non, répondit Mae, ce n'est pas un miroir.

Elle a tourné la tête vers moi ; sur la surface argentée, son image n'a pas changé. Le visage continuait de regarder à l'intérieur de la voiture. Au bout d'un moment, l'image a commencé à trembler et s'est décomposée, puis elle s'est reformée pour montrer l'arrière de la tête de Mae.

— Qu'est-ce que c'est que ça ?

— J'ai mon idée sur la question, mais…

L'essaim du capot faisait la même chose, mais sa surface miroitante nous montrait tous les deux, Mae et moi, côte à côte dans la voiture, les traits pleins de frayeur. L'image, là encore, était légèrement brouillée. J'ai compris que l'essaim n'était pas un miroir au sens propre du terme, mais qu'il produisait une image grâce à la position précise de chacune des particules. En conséquence…

— Ça ne s'arrange pas, marmonna Charley.

— J'ai vu. Ils sont en train d'innover.

— A ton avis, c'est dans le programme ?

— Sans doute. La faculté d'imitation, j'imagine.

Mae ouvrait de grands yeux : elle ne comprenait pas.

— Certaines stratégies sont préétablies pour permettre à l'essaim d'atteindre ses objectifs, sur le modèle de ce que font les vrais prédateurs. Une de ces stratégies consiste à s'embusquer pour attendre le gibier : c'est l'affût. Une autre à parcourir un espace jusqu'à ce qu'il tombe sur une proie. Une troisième à se camoufler en prenant l'aspect du milieu environnant. Une autre encore à reproduire le comportement de la proie, à l'imiter…

— Tu crois que c'est une imitation ?

— Une forme d'imitation, oui.

— Il essaie de prendre une apparence semblable à la nôtre ?

— Oui.

— C'est un comportement émergent ? Une évolution spontanée ?

— Oui.

— Ça ne s'arrange pas, reprit Charley d'un ton funèbre. Vraiment pas.

J'ai senti la colère sourdre en moi. L'effet de miroir que je venais de voir signifiait que je ne connaissais pas la véritable structure des nanoparticules. On m'avait dit qu'il y avait un effet piézoélectrique qui réfléchissait la lumière ; rien d'étonnant donc à ce que les essaims jettent en pleine lumière des reflets argentés. Cela n'exigeait pas des particules une orientation d'une grande précision. Un miroitement de ce genre pouvait n'être qu'un effet aléatoire, comme une grande voie de circulation engorgée où le trafic retrouve sa fluidité. L'engorgement est dû au changement de la vitesse d'un ou deux automobilistes, mais l'effet se répercute sur toute la longueur de l'autoroute. Un tel effet fortuit se propagerait comme une onde d'une extrémité à l'autre de l'essaim. Nous l'avions déjà vu.

Mais ce comportement imitatif était totalement différent. Les essaims étaient en mesure de produire des images en couleurs et de les maintenir avec une bonne stabilité. Une telle complexité n'était pas à la portée des simples nanoparticules qu'on m'avait montrées ; je ne croyais pas qu'il fût possible de produire un spectre entier à partir de reflets argentés. Il était théoriquement possible qu'ils fussent assez précisément orientés pour produire des couleurs prismatiques, mais cela eût nécessité une extrême précision de mouvement.

Il était plus logique d'imaginer que les particules possédaient une autre méthode pour créer des couleurs. Cela impliquait qu'on ne m'avait pas dit la vérité sur les particules ; encore un mensonge de Ricky. D'où ma colère.

J'étais déjà arrivé à la conclusion qu'il y avait quelque chose d'anormal dans le comportement de Ricky. Je sais aujourd'hui que le problème ne venait pas de lui, mais de moi. Après la débâcle de la réserve, je n'avais toujours pas compris que les essaims évoluaient si vite que nous étions incapables de suivre leur rythme. J'aurais dû me rendre compte de la situation quand ils avaient employé une nouvelle stratégie : rendre le sol glissant pour déséquilibrer leur proie et la transporter. Chez les fourmis, cela portait le nom de transport collectif. Ce phénomène était bien connu mais, pour un essaim, il s'agissait d'un comportement sans précédent. J'avais été trop horrifié sur le moment pour en reconnaître la véritable signification. Il ne servait à rien d'en vouloir à Ricky. Dans la chaleur d'étuve de la voiture, en proie à la peur et à la fatigue, je n'avais plus les idées claires.

— Jack.

Mae m'a tapoté l'épaule en montrant la voiture de Charley.

Elle avait le visage défait.

L'essaim que j'avais vu tourner autour des feux arrière de l'autre véhicule s'était transformé en un ruban noir qui partait de très haut pour disparaître dans le joint entre le plastique rouge et la carrosserie.

— Charley... Je crois qu'il a trouvé un passage.

— Oui, je vois. Bordel de merde !

Charley était en train de passer à l'arrière. Des particules commençaient à emplir l'habitacle, formant un voile gris qui allait en s'assombrissant. Charley a toussé. Je ne voyais pas ce qu'il faisait ; il était au-dessous de la vitre. Il a toussé plus fort.

— Charley ?

Pas de réponse. Je l'ai entendu jurer entre ses dents.

— Tu ferais mieux de sortir, Charley.

— Petites saloperies de merde !

Puis il y a eu un bruit bizarre que je n'ai pas reconnu. Je me suis tourné vers Mae ; elle pressait son casque sur ses oreilles. C'était une sorte de grincement cadencé. Elle m'a lancé un regard interrogateur.

— Charley ?

— Je suis en train de... vaporiser du produit sur ces saletés de particules. On va voir comment elles réagissent quand on les mouille.

— Tu vaporises l'isotope ? demanda Mae.

Il n'a pas répondu. Quelques secondes plus tard, nous l'avons vu réapparaître derrière la vitre, la bouteille de Windex à la main, vaporisant à tout-va. Le liquide coulait en longues traînées sur le verre. L'habitacle devenait de plus en plus sombre ; nous n'avons bientôt plus rien distingué. Une main est sortie du noir, s'est appuyée contre la vitre et a disparu. Charley toussait en continu. Une toux sèche.

— Sors de là, Charley !

— Merde !... A quoi bon ?

— Le vent est monté à dix-huit kilomètres à l'heure, annonça Bobby Lembeck. Tente ta chance, Charley.

Le vent n'était pas encore assez fort mais c'était mieux que rien.

— Charley ? Tu m'entends ?

— Oui, d'accord... Je cherche... Je ne trouve pas cette putain de poignée. Je ne sens rien... Où est cette foutue poignée...

Il s'est interrompu, secoué par une violente quinte de toux.

J'ai entendu dans mon casque plusieurs voix parlant rapidement.

— Il est dans le Toyota, dit Ricky. Où est la poignée de la portière dans le Toyota ?

— Je ne sais pas, fit Bobby Lembeck. Ce n'est pas ma voiture.

— A qui est-elle ? C'est la tienne, Vince ?

— Non. C'est celle du type qui porte des lunettes.

— Qui ?

— L'ingénieur. Celui qui cligne toujours des yeux.

— David Brooks ?

— C'est ça.

— Vous m'entendez ? reprit la voix de Ricky. Nous pensons que c'est la voiture de David.

— Ça ne nous sert pas à …

Je n'ai pas achevé ma phrase. Mae montrait quelque chose dans son dos. Entre le siège et la lunette arrière des particules s'insinuaient dans l'habitacle comme une fumée noire.

En baissant les yeux, j'ai vu une couverture sur le plancher. Mae l'a vue en même temps ; elle s'est jetée entre les deux sièges, me donnant au passage un coup de pied dans la tête. Elle a pris la couverture, a commencé à l'enfoncer pour essayer de colmater la fente. Le coup de pied de Mae a fait tomber mon casque qui est resté accroché au volant quand je me suis retourné pour passer derrière. J'avais de la peine à changer de position dans l'habitacle étroit ; j'ai entendu une voix ténue filtrer des écouteurs.

— Allez ! fit Mae. Allez !

J'étais bien plus grand qu'elle ; il n'y avait pas assez de place pour moi. Je me suis penché par-dessus le siège du conducteur pour l'aider.

J'ai vaguement perçu le bruit de l'ouverture d'une portière du Toyota et j'ai vu le pied de Charley sortir du noir de l'habitacle. Il allait tenter sa chance à l'extérieur. Je me suis dit que nous devrions peut-être faire pareil ; la couverture ne pourrait que nous faire gagner un peu de temps. Les particules s'infiltraient à travers l'étoffe ; l'habitacle continuait à se remplir, devenait de plus en plus sombre. Je sentais des piqûres d'épingle sur toute ma peau.

— Il faut sortir, Mae.

Elle n'a rien dit mais a continué d'enfoncer la couverture dans les interstices. Elle devait savoir que nous n'avions aucune chance si nous sortions. Les essaims s'élanceraient à notre poursuite, nous couperaient la route et nous feraient perdre l'équilibre. Quand nous serions par terre, ils nous suffoqueraient. Comme les autres.

L'air était de plus en plus chargé de particules ; j'ai commencé à tousser. Dans la pénombre de l'habitacle, j'entendais toujours un filet de voix qui sortait des écouteurs ; je n'aurais su dire d'où il venait. Mae avait perdu son casque, elle aussi. J'ai cru le voir sur le siège avant, mais le brouillard noir était trop épais. Les yeux me piquaient, je toussais sans arrêt. Mae toussait aussi. Je ne savais pas ce qu'elle faisait ; je ne discernais qu'une forme à l'arrière.

J'ai fermé les yeux pour essayer de résister à la douleur. Ma gorge se serrait, ma toux était sèche, la tête commençait à me tourner. Je savais que nous n'en avions plus que pour une minute, au plus. Je me suis tourné vers Mae mais je ne l'ai pas vue. J'ai agité la main dans l'espoir de dissiper le nuage de particules, sans effet. J'ai fait la même chose devant le pare-brise ; le brouillard noir s'est légèrement éclairci.

J'ai perçu au loin le bâtiment du laboratoire. Le soleil brillait, tout semblait normal. J'enrageais de voir que tout paraissait si normal, si paisible alors que nous étions en train de suffoquer. Je ne savais pas ce qui était arrivé à Charley : je ne le voyais plus. En réalité — j'ai agité de nouveau la main, avec fébrilité — tout ce que je voyais, c'était…

Des tourbillons de sable.

Du sable entraîné par le vent.

Le vent s'était levé.

— Mae ! lançai-je en toussant. Ouvre la portière !

Je ne savais pas si elle m'avait entendu ; elle toussait sans discontinuer. Je me suis tourné vers la portière du conducteur en cherchant la poignée à tâtons. Je ne voyais plus rien, mes idées se brouillaient. J'ai senti sous ma main un morceau de métal brûlant ; je l'ai abaissé d'un coup sec.

La portière s'est ouverte. Une bouffée d'air torride s'est engouffrée dans l'habitacle, faisant tourbillonner le brouillard noir. Le vent était bien là.

— Mae ?

Elle avait une quinte de toux interminable. Peut-être était-elle incapable de bouger. Je me suis jeté vers l'autre portière, heurtant au passage le levier de vitesses. Le brouillard était moins dense. J'ai actionné la poignée et poussé la portière, mais le vent l'a refermée. Je l'ai repoussée, la tenant ouverte d'une main.

Un souffle de vent a traversé l'habitacle.

A l'avant, le nuage noir s'est dissipé en quelques secondes, mais l'arrière était encore sombre. Je suis sorti en me traînant du côté du passager et j'ai ouvert la portière arrière. Mae m'a tendu les bras ; je l'ai tirée hors de la voiture. Nous toussions tous les deux à nous arracher les poumons. Ses jambes se dérobaient sous elle. J'ai passé son bras par-dessus mon épaule pour la soutenir et nous nous sommes mis en route sur le sol brûlant.

Je ne sais toujours pas aujourd'hui comment j'ai fait pour arriver jusqu'au laboratoire. Les essaims avaient disparu, le vent soufflait avec force. Mae était comme un poids mort, le corps inerte, les pieds traînant sur le sable. J'étais vidé. Des quintes de toux me pliaient en deux, me forçaient à m'arrêter. Je respirais avec difficulté et la tête me tournait. Le soleil éblouissant était teinté de vert et des points noirs dansaient devant mes yeux. La toux de Mae devenait plus faible, sa respiration plus courte. Je me demandais si elle arriverait vivante à la porte. J'avançais pesamment, posant lentement un pied devant l'autre.

D'un seul coup, la porte s'est trouvée devant moi. Je l'ai ouverte et j'ai porté Mae dans l'entrée. De l'autre côté du sas, Ricky et Bobby Lembeck attendaient. Ils nous encourageaient de la voix et du geste, mais je n'entendais rien ; mon casque était resté dans la voiture.

La paroi vitrée s'est ouverte ; j'ai aidé Mae à entrer. Elle a réussi à tenir sur ses jambes malgré une quinte de toux qui la courbait en deux. J'ai vu l'air pulsé commencer à la nettoyer. Je me suis adossé au mur, hors d'haleine, pris de vertiges.

Je me suis dit que j'étais déjà passé par là. En regardant ma montre, j'ai vu que cinq heures seulement s'étaient écoulées depuis que j'avais frôlé la mort pour la première fois. Je me suis penché en posant les mains sur mes genoux. Le regard vide, fixé sur le sol, j'ai attendu que le sas se libère. En relevant la tête, j'ai vu Ricky et Bobby qui hurlaient en montrant leurs oreilles.

Ils ne voyaient donc pas que je n'avais plus mon casque ?

— Où est Charley ?

Ils ont répondu mais je n'entendais rien.

— Où est Charley ? Il s'en est sorti ?

Un sifflement strident m'a fait tressaillir. La voix de Ricky m'est parvenue par l'interphone.

— … pas grand-chose à faire.

— Il est là ? Il s'en est sorti ?

— Non.

— Où est-il ?

— Dans la voiture. Il n'a pas pu en descendre… Tu n'as pas vu ?

— J'avais autre chose à faire. Alors, il est resté là-bas ?

— Oui.

— Il est mort ?

— Non, non, il est toujours en vie.

— Qu'est-ce que tu dis ? m'écriai-je, le souffle court.

— On ne voit pas très bien sur le moniteur vidéo, mais on dirait qu'il est vivant...

— Qu'attendez-vous pour aller le chercher ?

— On ne peut pas, répondit Ricky d'une voix calme. Il faut s'occuper de Mae.

— Il y a bien quelqu'un qui peut y aller !

— Personne n'est disponible.

— Je ne peux pas retourner là-bas. Je ne suis pas en état.

— Naturellement, fit Ricky en prenant un ton léni-fiant de croque-mort. Tout cela doit être très dur pour toi, Jack, tout ce qui s'est passé depuis...

— Dis-moi simplement qui va le chercher !

— Pour dire les choses de façon brutale, je ne pense pas que ce soit utile. Il a eu une violente convulsion. Je crois qu'il n'y a plus rien à faire.

— Personne n'y va ? insistai-je.

— A quoi bon, Jack ?

Bobby était en train d'aider Mae à sortir du sas. Immobile, Ricky me regardait à travers la paroi de verre.

— A ton tour, Jack. Avance.

Je n'ai pas bougé ; je suis resté adossé au mur.

— Il faut envoyer quelqu'un le chercher.

— Pas maintenant. Le vent n'est pas stable, Jack, il peut tomber d'un instant à l'autre.

— Mais Charley est vivant !

— Pas pour longtemps.

— Il faut que quelqu'un y aille.

— Tu sais aussi bien que moi ce que nous avons à affronter, Jack.

C'était maintenant la voix posée d'un esprit logique, la voix de la raison.

— Nous avons eu de lourdes pertes, poursuivit Ricky. On ne peut pas mettre d'autres vies en danger. Le temps que quelqu'un aille porter secours à Charley, il sera mort. Peut-être l'est-il déjà. Entre dans le sas, Jack.

J'ai fait un rapide bilan de la situation. Avec la difficulté que j'avais à respirer et ma profonde fatigue, je ne pouvais pas repartir tout de suite. Pas dans l'état où j'étais.

Je suis entré dans le sas.

Avec un grondement, l'air pulsé a aplati mes cheveux, plaqué mes vêtements sur mon corps et fait disparaître les particules noires. Ma vision s'est améliorée presque instantanément, ma respiration est devenue plus facile. En tendant la main pour l'offrir au souffle montant du sol, je l'ai vue passer du noir au gris clair, puis la peau a repris sa coloration normale.

Quand le souffle est venu des murs, j'ai respiré profondément. Les piqûres d'épingle n'étaient plus aussi douloureuses. Soit je les sentais moins, soit ma peau était nettoyée. Mes idées redevenaient plus claires. J'ai respiré un grand coup : je ne me sentais pas encore bien, mais cela allait mieux.

La paroi vitrée s'est ouverte, Ricky m'a tendu les bras.

— Dieu soit loué, tu es sain et sauf !

Je n'ai pas répondu. J'ai pivoté sur moi-même et je suis reparti d'où je venais.

— Jack…

La porte du sas s'est refermée derrière moi.

— Je ne veux pas le laisser là-bas.

— Comment vas-tu faire ? Tu ne pourras pas le porter, il est trop lourd. Comment vas-tu t'y prendre ?

— Je n'en sais rien, Ricky, mais je ne veux pas l'abandonner.

Et je suis ressorti.

Je faisais bien sûr exactement ce que Ricky voulait, ce qu'il attendait de ma part mais, sur le moment, je ne m'en suis pas rendu compte. Même si on m'avait mis en garde, je n'aurais pas attribué à Ricky un tel degré de perversité. Je lisais à livre ouvert dans son esprit mais, cette fois, il m'a eu.

Sixième jour

16 h 22

Le vent soufflait. Aucun signe des essaims ; le trajet jusqu'à l'abri à voitures a eu lieu sans encombre. Comme je n'avais pas de casque, j'ai échappé aux commentaires de Ricky.

La portière arrière du Toyota était ouverte. J'ai trouvé Charley étendu sur le dos, inerte. Il m'a fallu un moment pour m'assurer qu'il respirait encore, quoique faiblement. Non sans difficulté, j'ai réussi à le mettre en position assise. Il fixait sur moi un regard vitreux ; il avait les lèvres bleues et le teint crayeux. Pendant qu'une larme coulait sur sa joue, j'ai vu ses lèvres remuer.

— N'essaie pas de parler. Garde tes forces.

Après l'avoir tiré au bord du siège, j'ai fait pivoter ses jambes pour le placer face à la portière ouverte. Charley mesurait près d'un mètre quatre-vingt-cinq et pesait dix bons kilos de plus que moi : je savais que je ne serais pas capable de le porter jusqu'au bâtiment. Mais, derrière la banquette, j'avais vu les gros pneus d'une moto tout-terrain qui pouvait faire l'affaire.

— Charley ? Tu m'entends ?

308

Un hochement de tête presque imperceptible.

— Peux-tu te lever ?

Rien. Aucune réaction. Il ne me regardait pas ; ses yeux restaient fixés dans le vide.

— Charley ? Tu crois que tu peux te lever ?

Il a remué la tête et s'est redressé pour se laisser glisser sur le sol. Il a oscillé un moment sur ses pieds avant de s'affaisser contre moi en s'agrippant à mes bras. Mes jambes ont fléchi sous son poids.

— Ne t'inquiète pas, Charley…

Je l'ai poussé doucement vers la voiture pour le faire asseoir sur le marchepied.

— Reste là, tu veux ?

Quand je l'ai lâché, il n'a pas bougé. Il est resté assis, le regard hébété.

— Je reviens tout de suite.

J'ai fait le tour du Land Cruiser pour ouvrir le coffre. Il y avait bien une moto tout-terrain : jamais je n'en avais vu une aussi propre. Après sa dernière utilisation, elle avait été soigneusement nettoyée et protégée par une housse. Cela ressemblait bien à David, toujours si méticuleux, si ordonné. J'ai sorti la moto du coffre et je l'ai appuyée contre la voiture : il n'y avait pas de clé sur le contact. Je suis allé ouvrir la portière avant. Pas un grain de sable sur les sièges ; tout était impeccablement rangé. Il y avait un carnet fixé au tableau de bord par une ventouse, un support pour le téléphone cellulaire et un casque à écouteurs sur un crochet. J'ai ouvert la boîte à gants, dont l'intérieur était aussi bien rangé que le reste. Les papiers du véhicule se trouvaient dans une enveloppe, sous une petite boîte divisée en compartiments contenant du baume pour les lèvres, des Kleenex, des pansements adhésifs. Pas de clés. Entre les deux sièges, sous un chargeur de CD, il y avait un petit espace de rangement fermé à clé : il devait s'ouvrir avec la clé de contact. En tapotant du bout des doigts, j'ai entendu un bruit métallique à l'intérieur : un peu le bruit que ferait une petite clé. La clé de contact d'une moto.

Où étaient les clés de David ? Peut-être Vince les avait-il prises à son arrivée, comme il avait pris les miennes. Dans ce cas, elles se trouvaient dans le labo et j'étais coincé. Je me suis tourné vers le bâtiment en me demandant si je devais aller chercher les clés et j'ai remarqué que le vent commençait à tomber. Il y avait encore de la poussière de sable qui se déplaçait au-dessus du sol mais elle était moins dense.

Il ne manquait plus que cela.

Il y avait urgence : j'ai décidé de ne plus m'occuper de la moto. Peut-être y avait-il dans la réserve quelque chose qui me permettrait de transporter Charley. Je suis allé vérifier. Je suis entré sur la pointe des pieds : j'entendais battre quelque chose. C'était la porte du fond qui s'ouvrait et se fermait, poussée par le vent. Le corps de Rosie gisait devant l'ouverture, tantôt baigné de lumière, tantôt plongé dans la pénombre. Sa peau était recouverte de la substance laiteuse que j'avais vue sur le lapin, mais je ne me suis pas avancé pour voir de plus près. Après avoir fouillé en hâte dans les étagères, j'ai regardé derrière des piles de cartons. Il y avait un diable fait de lattes, avec des roulettes. Inutilisable dans le sable.

Je suis reparti vers le Toyota. Je n'avais pas d'autre solution que d'essayer de porter Charley jusqu'au bâtiment ; c'était faisable s'il pouvait m'aider un peu. Peut-être se sentait-il mieux, peut-être avait-il repris des forces ?

Un regard m'a suffi : il paraissait plus faible encore.

— Bon Dieu, Charley, qu'est-ce que je vais faire de toi ?

Aucune réaction.

— Je ne peux pas te porter et David n'a pas laissé de clés dans la voiture. La chance n'est pas avec nous…

Je me suis arrêté net. Qu'aurait fait David en pareille situation ? C'était un ingénieur ; il avait dû imaginer toutes sortes de situations, même les moins probables. Ce n'était pas le genre à mendier un bout de fil de fer pour démarrer sa moto. Non, pas lui.

Il avait certainement caché une clé, peut-être dans une de ces petites boîtes aimantées qu'on cache sous le châssis. En m'allongeant sur le dos pour regarder sous la voiture, je me suis dit que David n'aurait jamais couru le risque de salir ses vêtements pour récupérer une clé. La cachette devait être à portée de main.

J'ai fait courir mes doigts sous le pare-chocs avant : rien. Même chose à l'arrière. Puis je suis passé aux deux marchepieds : toujours rien. Ni boîte magnétique ni clé. En désespoir de cause, je me suis baissé pour regarder s'il y avait sous la voiture une pièce métallique que je n'aurais pas sentie.

Mais non, il n'y avait rien. Il fallait de l'acier pour fixer une boîte magnétique et un endroit protégé des intempéries. Voilà pourquoi la plupart des gens cachent leurs clés à l'intérieur des pare-chocs.

Pas David.

Quelle autre cachette avait-il pu choisir ?

J'ai fait une nouvelle fois le tour de la voiture ; la carrosserie était lisse. J'ai passé les doigts autour de la calandre et dans l'échancrure de la plaque minéralogique arrière. Pas de clé.

Je commençais à transpirer mais ce n'était pas seulement dû à la tension ; le vent tombait de manière perceptible. Je suis reparti voir Charley, toujours assis sur le marchepied.

— Comment te sens-tu ?

Un léger haussement d'épaules pour toute réponse. J'ai enlevé son casque pour le mettre sur ma tête. D'abord des grésillements, puis deux voix qui parlaient doucement. J'ai cru reconnaître celles de Ricky et de

Bobby ; ils ne semblaient pas d'accord. J'ai approché le micro de mes lèvres.

— Hé, les gars ! Parlez-moi !

Un silence, puis la voix de Bobby, manifestement surpris.

— Jack ?

— Lui-même…

— Tu ne peux pas rester là-bas, Jack. Le vent est en train de tomber, il ne souffle plus qu'à dix-huit kilomètres à l'heure.

— D'accord.

— Il faut revenir, Jack !

— Je ne suis pas tout à fait prêt.

— A partir de douze kilomètres à l'heure, les essaims pourront se déplacer.

— D'accord…

— Comment ça, d'accord ? coupa la voix de Ricky. Tu reviens, oui ou non ?

— Je ne peux pas porter Charley.

— Tu le savais en partant.

— Ouais, ouais…

— Mais qu'est-ce que tu fous, Jack ?

J'ai entendu le ronronnement de la caméra de surveillance dans l'angle de l'abri à voitures. En regardant par-dessus le toit du Toyota, j'ai vu l'objectif pivoter pour se fixer sur moi. Le véhicule était si gros qu'il masquait en partie la caméra ; la galerie fixée sur le toit le faisait paraître encore plus haut. Je me suis distraitement demandé pourquoi David avait cette galerie, lui qui ne skiait jamais et détestait le froid. Elle devait faire partie de l'équipement de série et…

J'ai juré entre mes dents. C'était tellement évident.

Il y avait un seul endroit où je n'avais pas cherché. J'ai sauté sur le marchepied pour inspecter le toit. J'ai passé la main le long des barres et des supports métalliques boulonnés sur la carrosserie ; mes doigts se sont arrêtés sur un morceau de ruban adhésif noir fixé sur une barre. J'ai tiré : une clé en métal argenté était collée sur l'adhésif.

— Seize kilomètres à l'heure, Jack.

— Compris.

J'ai sauté par terre et je me suis assis sur le siège du conducteur. J'ai ouvert le compartiment sous le lecteur de CD : à l'intérieur, il y avait une petite clé jaune.

— Qu'est-ce que tu fous, Jack ?

Je suis repassé à l'arrière de la voiture pour glisser la clé dans le contact de la moto. Je l'ai enfourchée et j'ai démarré ; le moteur a grondé sous le toit de tôle ondulée.

— Jack ?

J'ai poussé la moto jusqu'à l'endroit où Charley était assis. Maintenant venait l'opération la plus délicate : la moto n'avait pas de béquille. Je me suis approché aussi près que possible de Charley pour le soutenir pendant qu'il montait à l'arrière tout en gardant la moto en équilibre. Par bonheur, il a semblé comprendre ce que je voulais faire. J'ai réussi à l'installer sur le siège et je lui ai demandé de s'accrocher.

— Jack ! lança Bobby Lembeck. Ils arrivent !

— Où ?

— Côté sud du bâtiment. Ils se dirigent vers toi.

— D'accord.

J'ai fait ronfler le moteur et claqué la portière du Toyota. Et j'ai attendu.

— Jack !

— Qu'est-ce qu'il fabrique ? s'écria Ricky. Il sait ce qu'il risque et il reste là sans rien faire !

Charley avait passé les bras autour de ma taille et posé la tête sur mon épaule. J'entendais sa respiration entrecoupée.

— Accroche-toi, Charley.

Il a remué la tête.

313

— Qu'est-ce que tu fabriques, Jack ? lança la voix de Ricky.

Puis, dans mon oreille, celle de Charley, à peine perceptible.

— Tu es vraiment con…

— Je sais.

J'ai attendu. Les essaims venaient de déboucher à l'angle du bâtiment : cette fois, il y en avait neuf et ils se dirigeaient droit sur nous. Ils avaient pris une formation en V.

Déjà neuf essaims. Bientôt, il y en aurait trente et puis deux cents…

— Jack ? fit la voix de Bobby. Tu les vois ?

— Oui.

Comment aurais-je pu ne pas les voir ?

Ils étaient différents, bien sûr. Plus denses, en colonnes plus épaisses, plus compactes. Ces nouveaux essaims ne pesaient plus deux kilos. Ils étaient plus près de cinq ou de dix, peut-être plus. Peut-être une quinzaine. Ils avaient un poids et de la consistance.

J'ai attendu sur place. Une partie de mon cerveau se demandait avec détachement si les essaims conserveraient leur formation quand ils fondraient sur moi. M'encercleraient-ils ? Certains d'entre eux resteraient-ils en arrière ? Comment réagiraient-ils devant la moto pétaradante ?

J'ai vu le V s'étirer jusqu'à former une ligne, puis prendre la forme d'un V inversé. Je percevais maintenant les vibrations de leur bourdonnement sourd, beaucoup plus fort, en raison du nombre d'essaims.

Les colonnes tourbillonnantes n'étaient plus qu'à vingt mètres. Puis dix. Les essaims se déplaçaient-ils plus rapidement ou était-ce l'effet de mon imagination ? J'ai attendu le dernier moment avant de mettre les gaz et de démarrer. La moto a foncé droit dans l'essaim de tête, s'est enfoncée dans le noir et en est ressortie. J'ai filé vers le bâtiment, tressautant sur le sable, sans oser regarder derrière moi. Une course effrénée qui n'a duré que quelques secondes. En arrivant devant le bâtiment, j'ai lâché la moto et j'ai passé le bras sous l'aisselle de Charley pour le soutenir jusqu'à la porte. Les essaims étaient encore à une cinquantaine de mètres. J'ai réussi à tourner la poignée et à entrouvrir la porte ; j'ai glissé un pied dans l'entrebâillement et je l'ai ouverte entièrement, ce qui m'a fait perdre l'équilibre. Entraîné par le poids de Charley, je me suis affalé sur le sol cimenté. En se refermant, la porte a heurté nos jambes qui dépassaient ; j'ai ressenti une vive douleur à la cheville. Par l'ouverture, je voyais les essaims se rapprocher. Je me suis péniblement relevé et j'ai traîné le corps inerte de Charley à l'intérieur. La porte fermait mal ; du sable avait dû se déposer sur le jambage. J'ai tiré deux ou trois fois mais j'ai fini par renoncer. Il fallait absolument entrer dans le sas ; nous ne serions en sécurité que lorsque la paroi vitrée se serait fermée derrière nous. En ahanant et en transpirant, j'ai tiré Charley à l'intérieur du sas. Je l'ai assis contre un mur afin que ses pieds ne gênent pas le fonctionnement de la paroi vitrée. Comme le sas ne pouvait accueillir qu'une seule personne à la fois, je suis ressorti. J'ai attendu la fermeture de la paroi de verre.

Il ne s'est rien passé.

J'ai cherché une commande sur le mur. Rien. Le sas était éclairé ; il ne s'agissait pas d'un problème électrique. Mais la porte ne se fermait pas.

Les essaims seraient là dans quelques instants.

Bobby et Mae sont arrivés en courant de l'autre côté. Je les voyais à travers la seconde vitre agiter les bras et faire de grands signes. Apparemment, ils me demandaient de revenir à l'intérieur du sas. Je ne comprenais pas pourquoi. J'ai approché le micro de mes lèvres.

— Je croyais qu'il fallait une seule personne à la fois.

Ils n'avaient pas de casque et ne m'entendaient pas. Ils continuaient de me faire signe d'entrer dans le sas.

J'ai levé deux doigts d'un air interrogateur.

Ils ont hoché vigoureusement la tête. Tout dans leur attitude indiquait que quelque chose m'échappait.

En baissant la tête, j'ai vu les nanoparticules commencer à s'infiltrer dans l'entrée comme une vapeur noire. Elles passaient par le pourtour de la porte coupe-feu ; il me restait au plus cinq à dix secondes.

Je suis reparti dans le sas. Bobby et Mae ont manifesté leur approbation, mais la porte ne se fermait toujours pas. Ils ont commencé à faire de grands gestes, du haut vers le bas.

— Vous voulez que je soulève Charley ?

Ils m'ont fait oui de la tête ; j'ai fait non. Charley était affaissé contre le mur et j'étais incapable de le soulever. En me retournant, j'ai vu que l'entrée continuait de se remplir de particules qui formaient un voile grisâtre. Et le voile grisâtre pénétrait dans le sas : je sentais sur ma peau les premières piqûres d'épingle.

J'ai regardé Bobby et Mae. Ils voyaient ce qui se passait, ils savaient que je n'en avais plus que pour quelques secondes mais ils continuaient à me faire signe de soulever Charley. Je me suis penché sur lui et je l'ai pris par les aisselles ; j'ai essayé de le remettre sur ses pieds, mais il n'a pas bougé.

— Aide-moi, Charley !

J'ai fait une nouvelle tentative en ahanant. Charley a poussé avec ses jambes et s'est aidé de ses bras : j'ai réussi à le décoller d'une soixantaine de centimètres du sol. Puis il est retombé contre le mur.

— Allez, Charley, encore une fois…

J'ai tiré de toutes mes forces et, cette fois, il a pu m'aider. Il s'est redressé, puis, avec un dernier effort, il s'est mis debout. J'avais toujours les mains sous ses aisselles, comme dans une sorte d'étreinte amoureuse grotesque. J'entendais dans mon oreille sa respiration sifflante.

La paroi vitrée ne se fermait toujours pas.

Tout s'obscurcissait autour de moi. J'ai tourné la tête vers Mae et Bobby qui gesticulaient frénétiquement ; ils levaient deux doigts et les agitaient dans ma direction. « Oui, nous sommes deux... » Pourquoi cette satanée porte ne se fermait-elle pas ? J'ai vu Mae se pencher et indiquer lentement ses chaussures avec ses deux index. Ses lèvres ont formé les mots : « Deux chaussures. » Et elle a montré Charley.

— Oui, d'accord, nous avons deux chaussures... Charley a deux chaussures.

Mae a secoué la tête. Elle a levé quatre doigts.

— Quatre chaussures ?

Les piqûres d'épingle irritaient ma peau et m'empêchaient de réfléchir. Je sentais une étrange confusion s'emparer de moi. Mon cerveau ne fonctionnait plus normalement : que voulait-elle dire, avec ses quatre chaussures ?

Il commençait à faire noir dans le sas ; je distinguais mal Mae et Bobby. Ils mimaient autre chose mais je ne comprenais pas. J'avais le sentiment qu'ils s'éloignaient de plus en plus, avec leurs gesticulations futiles. L'énergie me manquait, l'indifférence me gagnait.

Deux chaussures... quatre chaussures. D'un seul coup, la lumière s'est faite dans mon esprit. J'ai tourné le dos à Charley et je me suis appuyé contre lui.

— Passe les bras autour de mon cou.

Ses bras se sont refermés sur moi ; je l'ai pris par les jambes et je l'ai soulevé.

J'ai aussitôt entendu le chuintement de la porte qui se fermait.

C'était donc ça.

J'ai senti l'air pulsé arriver sur nous : l'atmosphère s'est rapidement éclaircie. En bandant mes muscles, j'ai réussi à soutenir Charley jusqu'à ce que la seconde paroi vitrée s'ouvre devant nous. Mae et Bobby se sont précipités dans le sas.

Mes jambes se sont brusquement dérobées sous moi et Charley m'a écrasé de tout son poids. Je crois que c'est Bobby qui l'a tiré par les pieds, mais je n'en suis pas sûr. A partir de cet instant, mes souvenirs sont brouillés.

NID

Sixième jour

18 h 18

Je me suis réveillé dans mon lit du module résidentiel. Le bruit de la ventilation était si fort que j'avais l'impression d'être dans un aéroport. Les yeux larmoyants, je me suis dirigé d'un pas incertain vers la porte : elle était fermée à clé.

J'ai tambouriné contre la porte, j'ai crié : pas de réponse. Je suis reparti vers le bureau pour mettre l'ordinateur en marche. Un menu s'est affiché. J'ai pianoté à la recherche d'une communication intérieure ; j'ai dû trouver quelque chose, car une fenêtre s'est ouverte et le visage de Ricky est apparu, le sourire aux lèvres.

— A la bonne heure, tu es réveillé ! Comment te sens-tu ?

— Ouvre cette porte !

— Ta porte est fermée ?

— Ouvre cette porte !

— C'était une mesure de protection, dans ton intérêt.

— Ouvre la porte, Ricky.

— C'est fait, Jack. Elle est ouverte.

Je suis reparti vers la porte ; elle s'est ouverte aussitôt. J'ai étudié la serrure : il y avait un verrouillage supplémentaire, un mécanisme de fermeture commandé à distance.

— Tu as peut-être envie de prendre une douche, reprit Ricky.

— Oui. Pourquoi la ventilation est-elle si bruyante ?

— Nous l'avons mise à fond dans ta chambre, expliqua-t-il. Pour le cas où il serait resté des particules.

J'ai fouillé dans mon sac pour prendre des vêtements propres.

— Où est la douche ?

— Tu as besoin d'aide ?

— Non, je n'ai pas besoin d'aide. Dis-moi simplement où est la douche.

— Tu as l'air fâché.

— Va te faire foutre, Ricky.

La douche m'a fait du bien. Je suis resté une vingtaine de minutes sous le jet brûlant, laissant l'eau couler sur mon corps endolori. J'étais tout contusionné — sur la poitrine, sur une cuisse — mais je n'avais aucun souvenir de la manière dont je m'étais fait ces bleus. En sortant de la douche, j'ai trouvé Ricky assis sur un banc.

— Je suis très embêté, Jack.

— Comment va Charley ?

— Pas trop mal. Il dort.

— Tu as verrouillé sa porte aussi ?

— Je sais que tu es passé par de dures épreuves, Jack. Je veux que tu saches que nous te sommes très reconnaissants de ce que tu as fait… L'entreprise t'est reconnaissante de…

— J'emmerde l'entreprise !

— Je comprends que tu puisses être furieux, Jack.

— Arrête tes conneries, Ricky. Personne ne m'a aidé : ni toi, ni aucun de ceux qui sont ici.

— C'est certainement l'impression que tu dois avoir.

— Il ne s'agit pas d'une impression, Ricky. Personne ne m'a aidé, c'est tout !

— Jack, je t'en prie ! J'essaie de te dire que je suis navré de tout ce qui s'est passé. Je m'en veux affreusement. S'il était possible de revenir en arrière et d'agir différemment, crois-moi, je le ferais.

— Justement, Ricky, répliquai-je en le regardant dans les yeux, je ne te crois pas.

— J'espère que cela changera, fit-il avec un petit sourire charmeur.

— Certainement pas.

— Tu sais que j'ai toujours donné du prix à notre amitié, Jack. Elle a toujours été pour moi d'une importance capitale.

Je l'ai regardé sans rien dire ; il ne m'avait pas écouté. Il avait un air niais, du genre : « souriez et tout ira bien ». Je me suis demandé s'il était défoncé tellement son comportement était bizarre.

— A propos, reprit-il, changeant de sujet, j'ai une bonne nouvelle. Julia va bientôt nous rejoindre ; elle devrait arriver dans la soirée.

— Ah bon ? Pourquoi vient-elle ?

— Certainement parce qu'elle est préoccupée par ces essaims…

— Vraiment ? Ces essaims auraient pu être neutralisés il y a plusieurs semaines, quand les modèles d'évolution sont apparus. Mais vous n'avez rien fait.

— Euh… Le problème est qu'à ce moment-là personne ne comprenait vraiment…

— Je crois que si.

— Je t'assure que non.

Il voulait donner l'impression d'être injustement accusé et de s'en froisser. Mais j'en avais assez de cette comédie.

— Dans l'hélicoptère qui m'a amené ici, il y avait un

groupe de professionnels de la communication. Qui les a informés qu'il y a un problème ici ?

— Je ne suis pas au courant.

— On leur avait dit de ne pas descendre de l'appareil. Que les abords du site étaient dangereux.

— Je n'ai pas la moindre idée de ce dont tu parles, protesta-t-il en secouant la tête.

J'ai levé les yeux au plafond et je suis sorti de la salle de bains.

— C'est vrai ! s'écria Ricky. Je te jure que je ne suis pas au courant !

Une demi-heure plus tard, comme un gage de réconciliation, Ricky m'a apporté le code manquant, celui que je lui avais demandé. Il tenait sur une seule feuille de papier.

— Toutes mes excuses, fit-il. Il m'a fallu un moment pour le retrouver. Rosie avait retiré il y a quelques jours un sous-répertoire pour travailler sur une section. Elle a dû oublier de le remettre à sa place ; voilà pourquoi tu ne l'as pas trouvé dans le répertoire principal.

— Sur quoi travaillait-elle ? demandai-je en parcourant la feuille.

— Aucune idée, répondit Ricky avec un petit haussement d'épaules. Un des autres fichiers.

```
/*Mod Compstat_do*/
Exec (move{Ø ij (Cx1, Cy1, Cz1)})/*Init*/
{dij (x1, y1, z1)}/*state*/
{dikl (x1,yl,zl) (x2,y2,z2) } /*track*/
Push {z(i)} /*store*/
React <advan> /*ref state*/
    ß1 {(dx(i, j, k)} {(place(Cj,Hj))
    ß2 {(fx,(a,q)}
Place {z(q)} /*store*/
Intent <advan> /*ref intent*/
```

```
        ßijk {(dx(i, j, k)} {(place(Cj,Hj)}
        ßx {(fx,(a,q)}
Load {z(i)} /*store*/
Exec (move{Ø ij (Cx1, Cy1, Cz1)})
Exec (pre{Ø ij (Hx1, Hy1, Hz1)})
Exec (post{Ø ij (Hx1, Hy1, Hz1)})
Push {dij (x1, y1, z1)}
        {dikl (x1,y1,z1) move (x2,y2,z2)} /*track*/
    {0,1,0,01)
```

— Ricky, ce code est à peu près le même que l'original.

— Oui, c'est bien mon avis. Il n'y a que des modifications mineures. Je ne comprends pas pourquoi tu en fais toute une histoire. A partir du moment où l'essaim a échappé à notre contrôle, le code devenait secondaire. On ne pouvait plus faire aucun changement.

— Et comment a-t-il échappé à votre contrôle ? Il n'y a pas d'algorithme d'évolution dans ce code.

— Si nous le savions, fit Ricky avec un geste d'impuissance, nous saurions tout. Et nous ne serions pas dans ce pétrin.

— On m'a fait venir ici pour chercher s'il y avait des problèmes avec le code écrit par mon équipe. On m'a dit que les agents perdaient de vue les buts à atteindre...

— Ils ont échappé au contrôle radio, que veux-tu de plus ?

— Mais le code n'a pas changé.

— Personne ne se souciait vraiment du code, Jack. Des implications du code, oui. Du comportement qui résulte du code, oui. C'est pour cela que nous voulions que tu nous aides. C'est *ton* code, Jack.

— Oui, mais c'est ton essaim.

— Assurément.

Il a haussé les épaules avec cet air d'autodérision qu'il aimait prendre et il m'a planté là. J'ai gardé un moment les yeux fixés sur la feuille que je tenais à la main, puis je me suis demandé pourquoi il m'avait remis cette version imprimée. Cela impliquait que je ne pouvais consulter le document électronique. Ricky cherchait-il à me dissimuler un autre problème ? Peut-être le code avait-il réellement été modifié et ne voulait-il pas me le montrer ? Ou bien peut-être…

Agacé, j'ai froissé la feuille et je l'ai jetée dans la corbeille. Quelle que soit la manière de régler ce problème, la solution ne se trouvait pas dans le code. C'était une certitude.

J'ai trouvé Mae dans son labo, le regard rivé sur un moniteur, le menton dans le creux de la main.

— Tu vas bien ?

— Oui, répondit-elle en souriant. Et toi ?

— Fatigué, c'est tout. Et je recommence à avoir des maux de tête.

— Moi aussi. Mais je pense qu'ils viennent de ce phage.

L'écran du moniteur montrait une image en noir et blanc d'un virus, prise au microscope électronique. Le phage ressemblait à un obus de mortier : une tête pointue, légèrement renflée, et une queue plus fine.

— C'est le nouveau virus mutant dont tu m'as parlé ?

— Oui. J'ai déjà mis hors service une cuve de fermentation. La production est descendue à soixante pour cent de la capacité maximale. J'imagine que cela n'a plus guère d'importance.

— Que fais-tu avec cette cuve ?

— Je teste des réactifs antiviraux. J'en ai ici, en nombre limité. Nous ne sommes pas vraiment équipés pour analyser les polluants. Le protocole exige seulement de mettre hors service et de nettoyer les cuves où apparaît un problème.

— Pourquoi ne l'as-tu pas fait ?

— Je le ferai probablement, plus tard. Mais comme nous sommes en présence d'un nouveau mutant, je me suis dit qu'il valait mieux essayer de trouver un antiviral. Ils en auront besoin pour la production à venir. Le virus reviendra.

— Tu veux dire qu'il réapparaîtra ? Sous une nouvelle forme ?

— Plus ou moins virulente, mais pas très différente.

J'ai acquiescé de la tête. Je connaissais ce sujet grâce à mon travail sur les algorithmes génétiques, des programmes spécifiquement conçus pour reproduire l'évolution. On imagine souvent que l'évolution est un processus qui ne s'est produit qu'une fois, à la confluence d'événements fortuits : si les plantes n'avaient pas commencé à fabriquer de l'oxygène, la vie animale n'aurait jamais connu l'évolution ; si un astéroïde n'avait pas fait disparaître les dinosaures de la surface de la planète, les mammifères n'auraient jamais pris leur succession ; si un poisson n'avait pas sauté sur la terre ferme, nous vivrions tous encore dans l'eau. Et ainsi de suite.

C'était vrai, mais il existait un autre aspect de l'évolution. Certaines formes et certains modes de vie revenaient de manière régulière. Le parasitisme, par exemple — un organisme animal ou végétal qui vit aux dépens d'un hôte —, est apparu à de nombreuses reprises d'une façon autonome, au cours de l'évolution. C'est une forme d'interaction sûre entre différents organismes, qui resurgit régulièrement.

Un phénomène similaire a lieu avec les programmes génétiques : ils vont dans le sens de solutions éprouvées.

On peut être sûr qu'un bouillon de culture sera, d'une façon ou d'une autre, contaminé par un virus. Si ce virus est mis en échec, il mutera jusqu'à ce qu'il arrive à ses fins. On peut en être aussi sûr que de trouver des fourmis dans un sucrier laissé trop longtemps sur une table.

Sachant que l'on étudie l'évolution depuis un siècle et demi, il est étonnant de constater à quel point on en sait peu sur le sujet. Les vieilles idées sur la survie du plus apte, depuis longtemps passées de mode, sont aujourd'hui tenues pour simplistes. Les savants du XIXᵉ siècle avaient une vision du monde selon laquelle l'animal le plus fort tuait le plus faible. Ils ne prenaient pas en considération le fait que le faible devient inévitablement plus fort ou bien qu'il se défend.

Les idées nouvelles mettent l'accent sur les interactions existant entre des êtres vivants soumis à une évolution permanente. D'aucuns considèrent l'évolution comme une sorte de course aux armements, dans le sens où ils y voient une escalade dans l'interaction. Une plante attaquée par un parasite produit un pesticide. Le parasite développe une résistance au pesticide. La plante produit un pesticide plus puissant et ainsi de suite.

Certains donnent le nom de coévolution à ces rapports où deux êtres vivants évoluent simultanément en se tolérant mutuellement. Ainsi, une plante attaquée par des fourmis apprend à les accepter et peut aller jusqu'à leur préparer de la nourriture à la surface de ses feuilles. En contrepartie, les fourmis protègent la plante en piquant tout animal qui essaie de manger ses feuilles. Très vite, la plante et les fourmis ont une dépendance mutuelle.

Ce modèle est fondamental, et peut-être même, dit-on, au cœur de l'évolution. Parasitisme et symbiose constituent depuis le tout début le fondement du processus de l'évolution. Lynn Margulis est devenu célèbre pour avoir démontré que la première fois que des bactéries ont fabriqué un noyau, c'est en avalant d'autres bactéries.

A l'aube du XXIᵉ siècle, il est devenu évident que la

coévolution ne se limite pas à une association isolée entre deux organismes vivants. Il existe des modèles de coévolution entre trois, dix ou un nombre indéterminé d'organismes vivants. Un champ de céréales contenant de nombreuses espèces végétales est attaqué par de nombreux parasites et différentes sortes de défenses sont mises en place. Les plantes sont en concurrence avec les mauvaises herbes, les parasites luttent entre eux et les animaux plus gros se nourrissent à la fois des plantes et des parasites. L'issue de ces interactions complexes est toujours changeante.

Elle est par nature imprévisible.

Voilà pourquoi, en fin de compte, j'en voulais tellement à Ricky.

Il aurait dû, en découvrant qu'il ne contrôlait plus les essaims, prendre conscience des dangers. C'était folie de rester les bras croisés en les laissant évoluer par eux-mêmes. Ricky était intelligent ; il connaissait les algorithmes génétiques et les données biologiques des dernières tendances de la programmation.

Il savait que l'auto-organisation de l'essaim était inévitable.

Il savait que des formes émergentes seraient imprévisibles.

Il savait que l'évolution impliquait des interactions entre un nombre indéterminé d'êtres vivants.

Il savait tout cela et il avait quand même laissé faire.

Lui ou Julia.

Je suis passé voir Charley. Il dormait dans sa chambre, étalé sur le lit. Bobby Lembeck est venu me rejoindre.

— Depuis combien de temps dort-il ?

— Trois heures. Depuis votre retour.

— Il faudrait peut-être le réveiller, s'assurer que tout va bien.

— Non, laisse-le dormir. Nous repasserons après le dîner.

— Dans combien de temps ?

— Une demi-heure, répondit Bobby en rigolant. Je fais la cuisine.

Cela m'a rappelé que j'avais promis de téléphoner à la maison à l'heure du dîner. Je suis donc reparti dans ma chambre.

Ellen a décroché.

— Allô !… Qu'est-ce que vous faites encore ?

Elle paraissait à bout de nerfs. J'entendais Amanda pleurer et Eric hurler contre sa sœur.

— Nicole, ne touche pas à ton frère ! s'écria Ellen.

— Ellen, c'est moi.

— Dieu soit loué ! Il faut que tu parles à ta fille, Jack !

— Que se passe-t-il ?

— Une seconde… Nicole, c'est ton père !

Je l'imaginais en train de tendre le combiné à Nicole. Quelques secondes se sont écoulées.

— 'jour, papa.

— Que se passe-t-il, Nicole ?

— Rien. Eric est un sale môme, c'est tout.

— Nicole, je veux savoir ce que tu as fait à ton frère.

— Papa…

Sa voix s'est réduite à un murmure. Je savais qu'elle cachait le micro du combiné dans sa main.

— Tante Ellen n'est pas très sympa…

— J'ai entendu ! lança la voix lointaine d'Ellen.

Amanda ne braillait plus ; elle avait dû la prendre dans ses bras.

— Nicole, tu es l'aînée. Je compte sur toi pour que tout se passe bien à la maison en mon absence.

— J'essaie, papa, mais c'est un petit chieur.

— C'est pas vrai, lança la voix d'Eric. Chieuse toi-même !

— Tu vois ce qu'il faut que je supporte, soupira Nicole.

Le moniteur que j'avais devant les yeux présentait des vues du désert environnant, des images prises par les caméras de surveillance. L'une d'elles montrait la moto couchée sur le côté, près de la porte coupe-feu. Une autre caméra était braquée sur la porte de la réserve, qui battait toujours. Quand elle s'ouvrait, on entrevoyait la forme du corps de Rosie. Deux d'entre nous avaient perdu la vie aujourd'hui ; j'avais failli, moi aussi, y laisser ma peau. Ma famille, qui, la veille encore, représentait ce qu'il y avait de plus important dans ma vie, me semblait distante, ses préoccupations dérisoires.

— C'est très simple, papa, poursuivit Nicole en prenant sa voix d'adulte raisonnable. Quand je suis revenue avec tante Ellen — elle m'a offert un très joli chemisier pour la pièce —, Eric est entré dans ma chambre et a fait tomber tous mes livres par terre. Je lui ai demandé de les ramasser. Il a refusé et m'a traitée de sale petite peste. Alors, je l'ai tapé — pas très fort —, j'ai pris son GI Joe et je l'ai caché. C'est tout.

— Quoi ? Tu as pris son GI Joe ?

Eric tenait à son jouet comme à la prunelle de ses yeux. Il lui parlait, dormait avec lui.

— Je le lui rendrai dès qu'il aura remis mes livres en place.

— Nicole…

— Il m'a insultée, papa.

— Rends-lui son GI Joe.

Les images des différentes caméras se succédaient sur l'écran ; chacune ne restait qu'une ou deux secondes. J'attendais le retour de l'image de la réserve. Quelque chose me tracassait : je voulais en avoir le cœur net.

— Ce que tu me demandes est humiliant.

— Nicole, tu n'es pas la mère d'Eric…

— A propos, elle est venue. Elle est restée au moins cinq secondes.

— Ta mère est passée à la maison ? Elle était là ?

— Tu ne devineras jamais… Il fallait qu'elle reparte. Un avion à prendre.

— Je vois. Nicole, il faut que tu écoutes tante Ellen…

— Je te l'ai dit, papa, elle est…

— Elle est responsable de vous en attendant mon retour. Quand elle vous dit de faire quelque chose, vous obéissez.

— Papa, je pense que ce n'est pas raisonnable.

— Peut-être, ma chérie, mais c'est comme ça.

— Mon problème, vois-tu…

— Nicole, *c'est comme ça*. Jusqu'à mon retour.

— Tu reviens quand ?

— Probablement demain.

— Très bien.

— Bon, nous sommes d'accord, Nicole ?

— Oui. J'aurai certainement fait une dépression nerveuse…

— Je te promets d'aller te voir à l'hôpital dès mon retour.

— Très drôle !

— Passe-moi Eric, s'il te plaît.

J'ai eu une petite conversation avec Eric pour qui, décidément, rien n'était juste. Je lui ai demandé de remettre en place les livres de sa sœur ; il a affirmé qu'il ne les avait pas fait tomber exprès, que c'était un accident. J'ai insisté pour qu'il les remette quand même en place. Puis j'ai échangé quelques mots avec Ellen en m'efforçant de lui insuffler un peu de courage.

Dans le courant de cette conversation, l'image de la caméra montrant la réserve est repassée sur l'écran. On y voyait la porte qui battait et l'extérieur de la construction.

Le plancher de la réserve était légèrement au-dessus du niveau du désert environnant ; quatre marches de bois y montaient. Tout paraissait normal ; je ne voyais pas ce qui avait pu me tracasser.

D'un seul coup, j'ai compris.

Le corps de David n'était pas là ; j'aurais dû le voir sur l'image. Je l'avais vu de mes yeux glisser au-delà du seuil et disparaître : il aurait dû se trouver dehors. Compte tenu de la légère déclivité, il avait pu rouler sur quelques mètres, pas plus.

Pas de corps en vue.

Peut-être m'étais-je trompé. Peut-être avait-il été emporté par des coyotes. En tout état de cause, l'image avait changé ; j'allais devoir attendre le prochain cycle. A quoi bon ? Si le corps de David avait disparu, je ne pouvais rien y faire.

Il était près de 7 heures quand nous sommes passés à table dans la petite cuisine du module résidentiel. Bobby a apporté des assiettes de raviolis à la sauce tomate. J'avais été assez longtemps un père au foyer pour reconnaître la marque des surgelés qu'il servait.

— Je crois que les raviolis Contadina sont meilleurs, glissai-je.

— Je regarde dans le congélo et je prends ce qui s'y trouve, répliqua Bobby.

J'avais plus faim que je ne l'aurais imaginé ; j'ai dévoré le contenu de mon assiette.

— Alors, fit Bobby, ce n'était pas si mauvais.

Assis à côté de Mae qui, comme à son habitude, restait silencieuse, Vince mangeait bruyamment. Au bout de la table, Ricky gardait le nez baissé sur la nourriture et évitait mon regard. Cela ne me dérangeait pas. Personne n'avait envie de parler de Rosie ni de David, mais les tabourets vides nous rappelaient leur absence.

— Alors, lança Bobby, tu vas ressortir cette nuit ?

— Oui. A quelle heure fait-il noir ?

— Le soleil devrait se coucher vers 19 h 20, répondit Bobby en allumant un moniteur sur le mur. Je vais te donner l'heure exacte.

— Nous pouvons sortir trois heures plus tard. Un peu après 22 heures.

— Tu crois pouvoir suivre la trace des essaims ?

— Cela devrait être possible. Charley en a abondamment aspergé un.

— Voilà pourquoi je brille dans la nuit ! lança Charley de la porte.

Il s'est avancé en riant, a pris place à la table. Tout le monde l'a accueilli avec chaleur ; c'était bien d'être un de plus à table. Je lui ai demandé comment il se sentait.

— Pas mal, un peu faiblard. Et j'ai un de ces putains de mal de tête.

— Je comprends. Moi aussi.

— Et moi donc, affirma Mae.

— Pire que le mal de tête que me donne Ricky, reprit Charley en tournant la tête vers le bout de la table. Et il dure plus longtemps.

Ricky a continué de manger sans relever la remarque.

— Peut-on imaginer que ces petites saletés pénètrent dans le cerveau ? poursuivit Charley. Ce sont des nano-particules. Si on les inhale, elles peuvent traverser la barrière du sang et… pénétrer dans le cerveau, non ?

Bobby a poussé devant lui une assiette de raviolis. Charley les a machinalement couverts de poivre.

— Tu ne goûtes pas d'abord ?

— Je ne veux pas te froisser mais je suis sûr qu'il faut au moins ça. C'est précisément la raison pour laquelle on redoute une pollution de l'environnement par les nano-technologies, poursuivit-il en commençant à manger. Les nanoparticules sont si petites qu'elles peuvent aller se nicher dans des endroits auxquels on ne pense pas. Les synapses entre les neurones, le cytoplasme des cellules cardiaques ou les noyaux des cellules. Elles sont assez petites pour se glisser n'importe où à l'intérieur du corps. Peut-être sommes-nous infectés, Jack.

— Ça n'a pas l'air de te préoccuper plus que ça, glissa Ricky.

— Que veux-tu que j'y fasse ? Tout ce que je peux espérer, c'est te transmettre l'infection… Pas mauvais, ces spaghettis.

— Raviolis, rectifia Bobby.

— Comme tu veux. Il manque juste un peu de poivre.

Il a pris le poivrier pour en remettre sur le reste de son assiette.

— Coucher du soleil, 19 h 27, annonça Bobby en regardant l'écran. Et ces raviolis n'ont pas besoin de poivre, ajouta-t-il en reprenant sa fourchette.

— Un peu qu'ils en ont besoin !

— J'en ai déjà mis.

— Il en faut plus.

— Eh, les gars ? fis-je. Il manque quelqu'un ?

— Je ne crois pas. Pourquoi ?

— Qui est là, dehors ? demandai-je en montrant l'écran.

Sixième jour

19 h 12

— Merde alors ! s'écria Bobby.

Il s'est levé d'un bond pour s'élancer vers la porte.
Les autres l'ont imité ; je leur ai emboîté le pas.

— Vince, enferme-nous ! ordonna Ricky, la radio
collée aux lèvres.

— C'est fait, répondit Vince. Pression cinq plus.

— Pourquoi l'alarme ne s'est-elle pas déclenchée ?

— Je n'en sais rien. Ils ont peut-être appris à déjouer
cela aussi.

J'ai suivi les autres dans la salle de maintenance où
de grands écrans muraux à cristaux liquides montraient
les images des caméras de surveillance. Des vues du
désert sous tous les angles.

Le soleil avait disparu au-dessous de l'horizon mais le
ciel était d'un orange vif nimbé de pourpre et de bleu
foncé. La silhouette d'un jeune homme aux cheveux
courts se détachait sur le fond du ciel. Vêtu d'un jean et
d'un T-shirt blanc, il avait l'apparence d'un surfer. La
lumière incertaine m'empêchait de distinguer son visage,
mais en le suivant des yeux, je me suis dit que sa
démarche avait quelque chose de familier.

— Il y a des projecteurs dehors ? demanda Charley qui avait emporté son assiette.

— Ça vient, déclara Bobby.

Quelques secondes plus tard, le jeune homme était baigné par une lumière crue. Maintenant, je le voyais avec une grande netteté.

Il m'est soudain venu à l'esprit qu'il ressemblait au jeune homme que j'avais vu la veille au soir dans la voiture de Julia, quand elle avait pris la route, juste avant son accident. Le même jeune surfer blond qui, en le regardant plus attentivement…

— Hé ! Ricky ! s'écria Bobby. Il te ressemble !

— C'est vrai, murmura Mae. C'est Ricky, avec son T-shirt.

Ricky était en train de prendre une boisson gazeuse dans le distributeur ; il s'est tourné vers l'écran.

— Qu'est-ce que vous racontez ?

— Il te ressemble, répéta Mae. Il a le même T-shirt que toi avec la même inscription.

Ricky a regardé son T-shirt, puis il s'est retourné vers l'écran.

— Ça alors ! souffla-t-il après un moment de silence.

— Tu n'es pas sorti du bâtiment, Ricky, glissai-je. Comment cela pourrait-il être toi ?

— Aucune idée, répondit-il d'un ton étrangement détaché, avec un petit haussement d'épaules.

— Je ne distingue pas bien le visage, reprit Mae. Les traits du visage…

Charley s'est approché du plus grand des écrans pour étudier plus attentivement l'image.

— La raison pour laquelle tu ne distingues pas ses traits, dit-il à Mae, est tout simplement qu'il n'en a pas.

— Comment ça ?

— C'est un problème de résolution, Charley, fit Bobby.

— Pas du tout. Il n'y a pas de traits. Fais un zoom, tu verras bien.

Bobby a zoomé sur le visage : l'image de la tête blonde s'est agrandie. Il avait de la peine à cadrer le personnage qui ne cessait de bouger, mais il est tout de suite apparu que Charley avait vu juste. Le visage était dépourvu de traits. Sous les cheveux blonds, une zone ovale de peau claire délimitait le visage qui présentait l'esquisse d'un nez et de deux arcades sourcilières ainsi qu'une légère proéminence à l'emplacement des lèvres. Mais pas de traits à proprement parler.

Comme si un sculpteur avait commencé à modeler une tête et s'était arrêté en chemin. C'était un visage inachevé. Les sourcils remuaient légèrement, un battement intermittent. Peut-être cela venait-il de l'image.

— Vous savez ce que nous avons devant les yeux, n'est-ce pas, reprit Charley d'une voix où perçait l'inquiétude. Descends, Bobby, et voyons le reste.

Bobby a fait un panoramique ; l'image s'est arrêtée sur une paire de tennis se déplaçant sur la poussière du désert. Les chaussures blanches donnaient l'impression non de toucher le sol, mais de glisser juste au-dessus. Leurs contours étaient flous : il y avait des esquisses de lacets et une tache à l'emplacement du logo de Nike. C'était une ébauche plus que de véritables chaussures.

— C'est très étrange, observa Mae.

— Pas le moins du monde, affirma Charley. L'essaim n'a pas de particules en nombre suffisant pour représenter des chaussures avec une haute résolution. Alors, il fait une approximation.

— Ou bien, suggérai-je, il fait de son mieux avec ce dont il dispose. Il doit produire toutes ces couleurs en donnant à sa surface photovoltaïque des inclinaisons différentes afin de capter la lumière. Comme ces pancartes que les spectateurs brandissent dans les stades de football pour former une image.

— Dans ce cas, déclara Charley, ce serait la marque d'un comportement très élaboré.

— Plus élaboré que ce que nous avons vu jusqu'à présent, ajoutai-je.

— Je vous en prie ! lança Ricky d'un ton agacé. A vous entendre, on dirait que cet essaim est un nouvel Einstein.

— Certainement pas, riposta Charley, puisque c'est toi qui lui sers de modèle.

— Lâche-moi la grappe, Charley !

— Je ne peux pas, Ricky. Tu es tellement con que c'est plus fort que moi.

— Si vous arrêtiez, tous les deux ? fit Bobby.

— Pourquoi l'essaim fait-il cela ? demanda Mae en se tournant vers moi. Il imite une proie ?

— En gros, c'est ça.

— Je n'aime pas être considéré comme une proie, glissa Ricky.

— Tu veux dire, poursuivit Mae, qu'il a été programmé pour imiter physiquement une proie ?

— Non. Les instructions du programme sont plus générales. Elles donnent simplement aux agents des indications pour atteindre un but ; nous voyons donc une des solutions émergentes possibles, plus perfectionnée que la version précédente. L'essaim, qui avait des difficultés à maintenir stable une image à deux dimensions, représente maintenant un individu en 3D.

J'ai lancé un coup d'œil en direction des programmeurs : ils avaient une mine défaite. Ils avaient conscience de l'importance de l'événement dont ils étaient témoins. Le passage à trois dimensions signifiait que l'essaim ne se contentait pas d'imiter notre apparence physique, mais notre attitude. Notre démarche, nos gestes. Ce qui impliquait l'existence d'un modèle interne infiniment plus perfectionné.

— Et l'essaim a décidé tout seul de faire cela ? reprit Mae.

— Oui, mais je ne suis pas sûr que « décider » soit le terme adéquat. Le comportement émergent est la somme des comportements de chaque individu. Personne ne « décide » quoi que ce soit. Il n'y a dans cet essaim ni cerveau ni organe de commande.

— Comme pour des animaux vivant en groupe, suggéra Mae. Comme dans une ruche ?

— D'une certaine manière. Ce qui est sûr, c'est qu'il n'y a pas de contrôle centralisé.

— On ne le dirait pas. On dirait un organisme parfaitement défini et décidé.

— Comme nous, glissa Charley avec un rire grinçant.

Son rire n'a eu aucun écho.

On peut, si on le désire, considérer l'être humain comme un essaim géant. Plus précisément un essaim d'essaims, dans la mesure ou chaque organe — le cœur, le foie, les reins — constitue un essaim distinct. Ce qu'il est convenu d'appeler un « corps » est en réalité la combinaison de tous ces essaims organiques.

Nous croyons que notre corps est solide ; c'est que nous ne voyons pas ce qui se passe au niveau cellulaire. Si l'on pouvait agrandir le corps humain dans des proportions considérables, nous verrions qu'il n'est littéralement rien d'autre qu'une masse tourbillonnante de cellules et d'atomes groupés en tourbillons plus petits de cellules et d'atomes.

Qu'importe ? Eh bien, il faut savoir qu'il se passe énormément de choses au niveau des organes. Le comportement humain est déterminé en de nombreux endroits du corps. Le contrôle de notre comportement n'est pas localisé dans le cerveau, il est disséminé dans tout le corps.

On pourrait donc avancer qu'une « intelligence en

essaim » gouverne aussi les êtres humains. La coordination des mouvements, contrôlée par l'essaim du cervelet, remonte rarement à la conscience. D'autres processus ont lieu dans la moelle épinière, l'estomac, l'intestin. Une grande partie de la vision s'effectue dans les globes oculaires, longtemps avant de parvenir au cerveau.

Quantité de processus cérébraux perfectionnés s'effectuent d'ailleurs au-dessous du seuil de la conscience. Une preuve évidente est la capacité d'éviter des objets. Un robot mobile consacre énormément de temps à éviter les obstacles placés dans son environnement. L'être humain aussi mais il n'en a jamais conscience, sauf quand les lumières s'éteignent. Il apprend alors dans la douleur à quel point ce processus est perfectionné.

D'aucuns avancent donc que toute la structure de la conscience, le sentiment humain de maîtrise de soi et de décision, n'est qu'illusion. Nous n'avons aucune maîtrise consciente de nous-mêmes. Nous croyons l'avoir, c'est tout.

Le fait que l'être humain se conçoive comme *moi* ne signifie pas qu'il soit dans le vrai. Autant que nous puissions en juger, l'essaim que nous avions devant les yeux se considérait d'une manière rudimentaire comme une entité. S'il n'en allait pas encore ainsi, cela n'allait pas tarder.

En observant l'homme sans visage sur le moniteur, nous avons constaté que l'image devenait instable. L'essaim avait de la peine à conserver son apparence. Des oscillations se produisaient ; à certains moments, le visage et les épaules semblaient se dissoudre, puis ils se reformaient. Un étrange spectacle.

— On dirait qu'il perd le contrôle, fit Bobby.

— Non, rectifia Charley, je pense qu'il se fatigue.

— Tu veux dire qu'il est à court d'énergie ?

341

— Probablement. Il doit en falloir beaucoup pour conserver avec précision l'inclinaison de toutes les particules.

De fait, l'essaim était en train de reprendre son apparence de nuage.

— Se dissoudre en nuage est donc pour lui une manière d'économiser l'énergie, glissai-je.

— Oui. Je suis sûr qu'il a été optimisé pour avoir le meilleur rendement possible.

— Ou il l'a appris.

La lumière baissait rapidement ; l'orange avait disparu du ciel. La définition du moniteur devenait moins bonne. L'essaim a fait demi-tour et s'est éloigné.

— Je n'en reviens pas ! déclara Charley.

J'ai suivi l'essaim des yeux jusqu'à ce qu'il disparaisse à l'horizon.

— Dans trois heures, affirmai-je, on n'en parlera plus.

Sixième jour

22 h 12

Charley était reparti se coucher après le dîner. Il dormait encore à 10 heures quand nous nous préparions, Mae et moi, à ressortir. Nous avions enfilé un gilet et un blouson : il allait faire froid. Nous avions besoin d'un troisième pour nous accompagner. Ricky a déclaré qu'il restait pour attendre Julia qui allait arriver d'une minute à l'autre. Cela me convenait : je ne voulais pas de lui. Vince avait disparu ; il regardait la télé, un pack de bières à portée de la main. Il ne restait donc que Bobby.

Il ne voulait pas venir, mais Mae l'a fait changer d'avis en piquant son amour-propre. Il restait à déterminer comment nous allions nous déplacer, sachant que la cachette de l'essaim pouvait se trouver à une certaine distance, peut-être même à plusieurs kilomètres. Sur la moto de David ne pouvaient prendre place que le conducteur et un passager. Nous avons appris que Vince avait un véhicule tout-terrain sous l'abri à voitures. Je suis allé lui demander la clé. Assis sur un canapé, il regardait : *Qui veut gagner des millions ?*

— Pas besoin, déclara-t-il.

— Comment ça ?

343

— La clé est dessus. Elle y reste toujours.

— Es-tu en train de me dire qu'il y avait là-bas un véhicule avec la clé sur le contact ?

— Oui, c'est ça.

« Pour quatre mille dollars, lança la voix du présentateur du jeu télévisé, quel est le nom du plus petit Etat d'Europe ? »

— Pourquoi personne ne m'a rien dit ?

— J'en sais rien, répondit Vince avec un haussement d'épaules. On ne m'a rien demandé.

Fou de rage, je suis parti rejoindre les autres.

— Où est Ricky ?

— Au téléphone, répondit Bobby. Il est en communication avec le grand patron.

— Calme-toi, fit Mae.

— Je suis calme. Quel téléphone ? Quel bâtiment ?

— Jack, souffla Mae en posant la main sur mon épaule pour me retenir. Il est 10 heures passées. Laisse tomber.

— Laisser tomber ? Nous avons failli tous crever !

— Nous avons quelque chose d'important à faire, Jack.

J'ai regardé son visage calme à l'expression décidée. J'ai pensé à la rapidité et à la précision de ses gestes quand elle avait éviscéré le lapin.

— Tu as raison.

— Bien, fit-elle en s'écartant. Il nous reste à trouver des sacs à dos et nous serons prêts.

Ce n'était pas sans raison que Mae finissait toujours par avoir gain de cause. J'ai pris trois sacs à dos dans le placard de rangement ; j'en ai lancé un à Bobby.

— En route !

La nuit était claire et étoilée. Nous avons marché jusqu'à la réserve dont la forme se profilait sur le fond sombre du ciel. Je poussais la moto tandis que nous avancions sans parler. C'est Bobby qui a rompu le silence.

— Il va nous falloir des torches.

— Il va nous falloir des tas de choses, reprit Mae. J'ai fait une liste.

En poussant la porte de la réserve, j'ai vu Bobby rester prudemment en arrière, dans l'ombre. J'ai cherché un interrupteur à tâtons et j'ai allumé.

Rien ne semblait avoir changé depuis notre départ. Après avoir ouvert son sac à dos, Mae a commencé à avancer le long de la rangée d'étagères.

— Alors, il nous faut… des torches… des amorces… des fusées éclairantes… de l'oxygène…

— De l'oxygène ? s'étonna Bobby.

— Si c'est une cachette souterraine, nous pouvons en avoir besoin… et il nous faut de la thermite.

— Rosie en avait. Elle l'a peut-être posée quelque part avant de… Je vais jeter un coup d'œil.

Je suis passé dans l'autre pièce. La boîte contenant la thermite était renversée, les tubes éparpillés sur le sol cimenté. Rosie avait dû lâcher le tout en s'élançant vers la porte. Je me suis demandé si elle en avait gardé dans ses mains ; je me suis tourné vers la porte pour vérifier.

Le corps de Rosie avait disparu.

— Nom de Dieu !

Bobby est arrivé au pas de course.

— Qu'est-ce qui se passe ? Il y a un problème ?

— Rosie a disparu, répondis-je en indiquant la porte.

— Comment ça, disparu ?

— Son corps était là, Bobby, et il n'y est plus.

— Comment est-ce possible ? Un animal ?

— Je ne sais pas.

Je me suis avancé vers la porte pour m'accroupir à l'endroit où se trouvait le corps de Rosie. Quand je l'avais regardé, cinq ou six heures auparavant, il était couvert d'une sécrétion laiteuse ; il en restait sur le ciment. On aurait dit une pellicule de lait séché. Du côté où reposait la tête de Rosie cette couche était lisse et régulière, mais près de la porte elle était faite de traces étirées.

— On dirait que le corps a été traîné à l'extérieur, observa Bobby.

— Oui.

Je me suis penché pour regarder de plus près, dans l'espoir de découvrir des empreintes. Un coyote seul n'aurait pu traîner le corps ; il aurait fallu toute une bande. Ils auraient laissé des traces, et je n'en voyais aucune.

Je me suis relevé pour m'avancer sur le seuil. Bobby est venu me rejoindre et nous avons scruté l'obscurité du désert.

— Tu vois quelque chose ? demanda-t-il.

— Non.

Je suis retourné voir Mae : elle avait trouvé tout ce qu'elle cherchait. Des détonateurs au magnésium. Des fusées éclairantes. Des torches à halogène. Elle avait aussi des lampes frontales munies d'un ruban de caoutchouc. Des petites jumelles, des lunettes de vision nocturne, une radio. Des bouteilles d'oxygène et des masques à gaz en plastique transparent. J'ai reconnu les masques : j'avais vu les mêmes la veille au soir sur le visage des occupants de la camionnette garée près du lieu de l'accident, mais argentés.

La veille au soir ? Etait-il possible que vingt-quatre heures seulement se soient écoulées depuis l'accident ?

J'avais l'impression que cela faisait un mois.

Mae était en train de répartir le matériel dans les trois sacs à dos. En l'observant, il m'est venu à l'esprit qu'elle était la seule à avoir l'expérience du terrain. En

346

comparaison, nous menions une vie sédentaire de théoriciens ; je me suis senti étrangement dépendant d'elle.

Bobby a soulevé un sac et poussé un grognement.

— Tu crois vraiment que nous avons besoin de tout ce matos, Mae ?

— Tu n'auras pas à le porter ; nous avons des véhicules. Et puis deux précautions valent mieux qu'une.

— Bon, d'accord, mais… cette radio ?

— On ne sait jamais.

— Qui appelleras-tu ?

— Le problème, Bobby, est que si nous avons besoin de ce matériel, nous en aurons *vraiment* besoin.

— Je veux bien, mais…

Mae a saisi le deuxième sac et l'a passé par-dessus son épaule comme s'il ne pesait rien.

— Tu disais ? fit-elle en se retournant vers Bobby.

— Laisse tomber.

J'ai pris le dernier sac ; il n'était pas si lourd. Bobby râlait parce qu'il avait peur. Certes, la bouteille d'oxygène était encombrante et avait du mal à loger dans le sac, mais Mae tenait à ce que nous en ayons une réserve.

— Une réserve ? fit nerveusement Bobby. Tu crois que leur cachette sera si vaste ?

— Je ne sais pas, répondit Mae, mais les derniers essaims que nous avons vus étaient bien plus gros.

Elle s'est dirigée vers l'évier pour prendre le compteur Geiger. En le débranchant, elle a constaté que la batterie était à plat. Il a fallu dénicher une autre batterie pour la remplacer. Pourvu que la nouvelle ne soit pas déchargée, ai-je pensé ; cela nous mettrait dans de beaux draps.

— Il faudra utiliser avec précaution les lunettes de vision nocturne, glissa Mae. Je ne sais pas dans quel état sont les batteries.

Le compteur s'est mis à cliqueter rapidement, l'indicateur de charge a émis une lumière vive.

— Charge maximale, annonça Mae. Nous avons une autonomie de quatre heures.

— C'est bon, déclarai-je. En route.

Il était 22 h 43.

L'aiguille du compteur s'est affolée quand nous sommes arrivés près du Toyota ; les cliquettements étaient si rapprochés qu'ils faisaient un bruit continu. Tenant le compteur devant elle, Mae s'est éloignée de la voiture pour s'avancer dans le désert. A l'ouest, le cliquettement diminuait, à l'est, il augmentait d'intensité. Puis il a ralenti. Quand Mae a orienté l'appareil vers le nord, le rythme a accéléré.

— Nord ! déclara-t-elle.

Je suis monté sur la moto et j'ai fait ronfler le moteur.

Bobby est sorti de l'abri sur le véhicule tout-terrain. Avec ses grosses roues arrière et son drôle de guidon, le quad avait un aspect disgracieux mais c'était probablement le véhicule le mieux adapté à un trajet de nuit dans le désert.

A l'arrière de la moto, Mae s'est penchée sur le côté pour tenir la baguette du compteur près du sol.

— C'est bon, fit-elle. Roule.

Nous nous sommes engagés dans le désert sous un ciel sans nuages.

Le pinceau lumineux du phare de la moto montait et descendait sans cesse : il faisait mouvoir les ombres et rendait difficile la vision du terrain. Le désert, qui paraissait si plat, si monotone à la lumière du jour, dévoilait maintenant des déclivités sablonneuses, des lits pierreux de cours d'eau asséchés, des arroyos profonds qui se présentaient brusquement devant nous. J'avais besoin de toute mon attention pour garder la moto sur ses deux roues, d'autant plus que Mae ne cessait de parler pour m'indiquer le chemin à suivre. « A gauche… à droite, encore à droite… non, c'est trop, à gauche. » Il nous fallait parfois décrire un cercle complet avant qu'elle soit sûre de la direction.

Si quelqu'un avait suivi nos traces en plein jour, il aurait pensé que le conducteur était complètement ivre, tellement elles faisaient des tours et des détours. Sur le sol inégal, la moto décollait, faisait des embardées. Nous étions déjà à plusieurs kilomètres du labo et l'inquiétude me gagnait. J'entendais les cliquettements du compteur : leur fréquence diminuait. Il devenait difficile de distinguer la piste de l'essaim des radiations naturelles. Je ne comprenais pas pourquoi mais c'était indiscutable. Si nous ne trouvions pas rapidement la cachette de l'essaim, nous allions perdre sa trace.

Mae était inquiète, elle aussi. Elle se penchait de plus en plus bas, la baguette dans une main, l'autre bras passé autour de ma taille. J'ai été obligé de ralentir : la trace devenait trop ténue. Nous l'avons perdue, retrouvée, perdue de nouveau. Nous faisions demi-tour, nous tournions en rond sous la voûte étoilée du ciel.

C'est ainsi que je me suis trouvé en train de décrire des cercles en essayant de ne pas me laisser gagner par le découragement. J'en ai fait trois, j'en ai fait quatre, en vain. Le compteur de Mae cliquetait par à-coups. Il nous a soudain paru évident que nous avions perdu la trace de l'essaim.

Nous étions en train de tourner en rond en plein désert.

Plus de trace de l'essaim.

J'ai eu un coup de barre. J'avais marché à l'adrénaline toute la journée mais, maintenant que l'échec était évident, une vague de fatigue déferlait sur moi. J'avais les paupières si lourdes que j'aurais pu m'endormir sur la selle de la moto.

— Ne t'en fais pas, Jack, fit Mae dans mon dos, en se redressant.

— Tu en as de bonnes ! soupirai-je. Mon plan a lamentablement échoué.

— Tout n'est peut-être pas perdu.

Bobby est venu se placer à notre hauteur.

— Hé ! Vous avez regardé derrière vous ?

— Pourquoi ?

— Jetez un coup d'œil. Vous verrez tout le chemin qu'on a fait !

J'ai regardé par-dessus mon épaule. Au sud, brillaient les lumières de l'unité de fabrication, étonnamment proches. Nous n'en étions qu'à deux ou trois kilomètres, pas plus. Nous avions dû décrire un large demi-cercle qui nous avait ramenés vers notre point de départ.

— C'est bizarre.

Mae était descendue de la moto pour se placer dans le faisceau du phare. Elle s'est penchée sur l'écran à cristaux liquides du compteur.

— Ah ! ah !

— Alors, Mae, qu'en penses-tu ? lança Bobby, plein d'espoir. Il est temps de rentrer ?

— Non, répondit Mae. Viens voir ça.

Bobby s'est approché et nous nous sommes penchés à notre tour sur l'écran. Il montrait un graphique de l'intensité des radiations qui diminuait progressivement puis chutait à la verticale.

— Qu'est-ce que ça représente ? demanda Bobby, perplexe.

— L'enregistrement de cette nuit, répondit Mae. L'appareil indique que, depuis notre départ, le rayonnement a connu une diminution arithmétique… continue, en palier, vous voyez ? Cela a duré jusqu'à la dernière minute, où nous passons à une baisse exponentielle pour retomber à zéro.

— Et alors ? fit Bobby. Qu'est-ce que ça veut dire ? Je ne pige pas.

— Moi, si.

Elle a repris sa place sur la moto.

— Je crois avoir compris ce qui s'est passé. Avance… lentement.

J'ai embrayé, la moto a commencé à rouler. A la lumière dansante du phare, j'ai distingué une légère élévation, des cactus rabougris…

— Moins vite, Jack.

J'ai ralenti. Nous roulions au pas ; j'ai étouffé un bâillement. Il n'aurait servi à rien de poser des questions à Mae : elle était trop concentrée. J'étais épuisé, près de m'avouer vaincu. Nous avons roulé jusqu'en haut de l'élévation, la surface du terrain est redevenue horizontale, puis j'ai senti que la moto commençait à descendre une pente…

— Arrête-toi !

Juste devant nous le sol semblait avoir disparu ; tout était noir.

— C'est une falaise ?

— Non, un escarpement.

J'ai fait avancer légèrement la moto. Il n'y avait plus rien devant ; nous nous sommes arrêtés juste avant le vide et j'ai réussi à me repérer. Nous nous trouvions au bord d'un à-pic de cinq mètres formant la rive d'un large cours d'eau à sec. Je voyais en contrebas des galets, quelques rochers et des bouquets de maigres végétaux s'étendant jusqu'à la berge opposée, distante d'une quarantaine de mètres. Au-delà, le désert retrouvait sa platitude.

— Je comprends, fis-je en me tournant vers Mae. L'essaim a sauté.

— Oui, il a décollé. Et nous avons perdu la piste.

— Il a dû retomber quelque part par là, ajouta Bobby en montrant le lit du cours d'eau.

— Peut-être, ce n'est pas sûr.

Je me disais qu'il nous faudrait de longues minutes pour trouver une descente, après quoi nous passerions un bon moment à errer au milieu de la végétation et des rochers avant de croiser à nouveau la trace de l'essaim. Cela pouvait prendre des heures et la réussite n'était pas certaine. Du haut de l'escarpement, nous distinguions au loin la surface du désert qui s'étirait à perte de vue.

— L'essaim s'est peut-être posé dans le lit du cours d'eau, soupirai-je, mais il a pu voler jusqu'à l'autre rive ou même cinq cents mètres plus loin.

Mae ne se laissait pas aller au découragement.

— Bobby, dit-elle, tu restes ici et tu marques l'endroit d'où il a sauté. Je descends avec Jack. Nous allons marcher d'est en ouest jusqu'à ce que nous retrouvions la trace. Nous réussirons, ce n'est qu'une question de temps.

— D'accord, fit Bobby. J'ai pigé.

J'ai acquiescé de la tête. Nous n'avions rien à perdre, mais nos chances de succès me paraissaient minces.

— Qu'est-ce que c'est que ça ? s'écria Bobby en se penchant sur le guidon de son quad.

— Quoi ?

— Un animal… J'ai vu des yeux brillants !

— Où ?

— En bas, dans ce buisson !

Il montrait un endroit au milieu du lit du cours d'eau.

J'étais perplexe. Du haut de l'escarpement, les faisceaux lumineux des deux phares éclairaient une large zone en arc de cercle, mais je ne voyais aucun animal.

— Là ! s'écria Mae.

— Où, là ?

— Il vient de passer derrière un bouquet de genévriers. Celui qui a la forme d'une pyramide, avec des branches mortes d'un côté.

— Je vois celui dont tu parles, mais…

— Il se déplace de la gauche vers la droite. Attends un peu, il va ressortir.

Au bout d'un moment, j'ai distingué deux points d'un vert étincelant. Près du sol, se déplaçant vers la droite. Puis une tache blanche en mouvement. J'ai aussitôt compris qu'il y avait quelque chose d'anormal.

Bobby aussi. Il a tourné son guidon pour diriger le faisceau lumineux du phare sur le bouquet de genévriers. Il a pris ses jumelles.

— Ce n'est pas un animal…

Nous avons encore entrevu du blanc — de la couleur de la peau — derrière le feuillage, mais fugitivement. Soudain, en voyant apparaître une autre tache blanche, je me suis rendu compte avec horreur que c'était une main humaine traînant sur le sol. Une main aux doigts rigides.

— Seigneur ! souffla Bobby, les jumelles collées aux yeux.

— Quoi ? Qu'est-ce que c'est ?

— Un corps qu'on traîne, répondit-il d'une voix étranglée. Le corps de Rosie.

Sixième jour

22 h 58

Mae toujours derrière moi, j'ai roulé au bord de l'escarpement jusqu'à ce qu'une descente en pente douce nous permette d'atteindre le lit du cours d'eau. Bobby est resté en haut pour surveiller le corps de Rosie. Quelques minutes plus tard, devant la berge opposée, je faisais demi-tour pour revenir dans l'axe de ses phares.

— Ralentis, Jack, fit Mae.

J'ai ralenti et je me suis penché sur le guidon pour essayer de voir aussi loin que possible devant la moto. D'un seul coup, le cliquettement du compteur a repris.

— C'est bon signe, murmurai-je.

Nous nous sommes arrêtés juste en face de Bobby. La lumière du phare projetait autour de nous une faible clarté évoquant celle de la lune. Je lui ai fait signe de nous rejoindre. Il a tourné son guidon et pris la direction de l'ouest. Sans le faisceau lumineux du phare, le sol est devenu plus sombre, plus mystérieux.

Et nous avons vu Rosie Castro.

Rosie était sur le dos, la tête renversée, de sorte qu'elle paraissait regarder derrière elle, directement vers moi. Elle avait les yeux écarquillés, les bras écartés, les mains ouvertes et, sur le visage, une expression implorante et terrifiée. La rigidité cadavérique avait déjà fait son œuvre et le corps raidi tressautait sur le sol inégal.

Il était traîné, mais pas par un animal.

— Je crois qu'il vaudrait mieux éteindre le phare, glissa Mae dans mon oreille.

— Je ne vois pas ce qui fait ça... On dirait qu'il y a une ombre sous le corps...

— Ce n'est pas une ombre, fit Mae. C'est l'essaim.

— Qui la traîne comme ça ?

Elle a incliné la tête.

— Eteins le phare.

J'ai fait ce qu'elle demandait. Nous sommes restés dans le noir.

— Je croyais que les essaims n'avaient pas plus de trois heures d'autonomie d'énergie.

— C'est ce que Ricky a dit.

— Il a encore menti ?

— A moins qu'ils n'aient réussi, dans la nature, à repousser cette limite.

Les implications étaient inquiétantes. Si les essaims étaient en mesure de conserver de l'énergie toute la nuit, ils pouvaient être actifs à notre arrivée dans leur cachette. J'avais espéré les trouver inertes, les particules éparpillées sur le sol. J'avais prévu, en quelque sorte, de les tuer dans leur sommeil. Mais il semblait que les essaims ne dormaient pas.

Nous sommes restés un moment silencieux dans l'obscurité, réfléchissant à la situation. Mae a enfin rompu le silence.

— N'a-t-on pas pris comme modèle pour les essaims le comportement de certains insectes ?

— Pas vraiment. Le modèle de programmation était celui de prédateurs et de proies. Mais l'essaim étant constitué d'une population de particules en interaction, on peut s'attendre qu'il se comporte dans une certaine mesure comme une population d'insectes en interaction. Pourquoi cette question ?

— Des insectes peuvent exécuter une tâche qui demande plus de temps que la durée de vie d'une génération. La construction d'un nid peut s'étendre sur plusieurs générations. Je me trompe, Jack ?

— Non, je ne crois pas…

— On peut donc imaginer qu'un essaim a transporté le corps un certain temps, puis qu'un autre a pris le relais. Il y en a peut-être déjà eu trois ou quatre. Cela leur permettrait de ne pas avoir à sortir la nuit trois heures d'affilée.

Les implications de cette théorie ne me plaisaient pas non plus.

— Cela signifierait que les essaims travaillent d'une manière coordonnée, qu'ils s'organisent.

— Cela ne fait plus aucun doute.

— Ce n'est pas possible, objectai-je. Ils ne sont pas dotés de la capacité d'échanger des signaux.

— Ce qui n'était pas possible il y a quelques générations, rectifia Mae, l'est devenu. Souviens-toi de la formation en V quand ils ont foncé sur toi ; ils agissent d'une manière coordonnée.

C'était vrai ; je n'y avais pas prêté attention sur le moment. Je me suis demandé si d'autres choses m'avaient échappé. J'ai fouillé l'obscurité du regard dans l'espoir de distinguer quelque chose.

— Où l'emmènent-ils ?

Mae a ouvert mon sac à dos pour prendre les lunettes de vision nocturne.

— Essaie ça, fit-elle.

Je m'apprêtais à l'aider à prendre les siennes mais, en un tournemain, elle a fait passer son sac par-dessus son épaule et l'a ouvert. Ses gestes étaient rapides, précis.

J'ai glissé le casque sur ma tête, serré l'attache et fait

356

descendre les verres devant mes yeux. C'étaient des lunettes GEN 4, un modèle dernier cri, qui montrait des images aux couleurs voilées. Il ne m'a pas fallu long-temps pour voir le corps de Rosie ; il s'éloignait de nous, derrière des broussailles.

— Où peuvent-ils bien l'emmener ?

Au moment même où je prononçais ces mots, j'ai levé la tête pour regarder plus haut et j'ai eu aussitôt la réponse.

De loin, cela ressemblait à une formation naturelle : un monticule de terre sombre, large de quatre à cinq mètres et haut de deux. L'érosion avait creusé de pro-fonds sillons sur sa surface, de sorte qu'il se fondait dans le paysage.

Mais ce monticule n'avait rien de naturel. Les sillons n'étaient pas dus au ravinement. Tout au contraire, j'avais devant les yeux une construction artificielle, similaire aux nids bâtis par les termites d'Afrique et d'autres insectes sociaux.

Mae a observé un moment le monticule en silence.

— Tu vas me dire que c'est le résultat d'un compor-tement organisé ? demanda-t-elle enfin. Qu'il s'agit d'un comportement émergent ?

— Oui, répondis-je. C'est exactement ce qui s'est passé.

— Cela paraît pourtant difficile à croire.

— Je sais.

Mae était une excellente biologiste, mais sa spécia-lité était les primates. Elle avait l'habitude d'étudier des populations réduites d'animaux à l'intelligence déve-loppée, ayant une hiérarchie et un chef. Un comporte-ment complexe résultait pour elle d'une intelligence complexe. Elle avait de la peine à concevoir le pouvoir d'un comportement organisé au sein d'une population très nombreuse d'animaux à l'intelligence limitée.

C'était une réaction humaine profondément enracinée. L'être humain s'attend à trouver un commandement central dans tout groupe organisé. Les Etats ont des gouvernements, les entreprises des directeurs, les écoles des chefs d'établissement, les armées des généraux. L'être humain est enclin à croire que, sans cette direction unique, l'organisation sombrera dans le chaos et que rien d'important ne sera accompli.

De ce point de vue, il est difficile de croire que des animaux extrêmement stupides, au cerveau plus petit qu'une tête d'épingle, soient capables de concevoir des projets de construction plus compliqués que n'importe quel projet humain.

Les termites d'Afrique constituent un exemple classique. Ces insectes construisent, pour faire leur nid, des monticules de terre pouvant mesurer jusqu'à trente mètres de diamètre, surmontés de flèches s'élevant à six mètres. Pour se faire une idée plus précise de cette réalisation, il faut imaginer qu'à l'échelle de l'homme, leurs monticules seraient des gratte-ciel hauts de mille six cents mètres et d'un diamètre de huit mille mètres. Comme un gratte-ciel, le nid des termites est pourvu d'une architecture interne sophistiquée, destinée à assurer une bonne ventilation. A l'intérieur de la structure, se trouvent des jardins pour cultiver la nourriture, les appartements de la reine et assez d'espace pour loger jusqu'à deux millions d'individus. Jamais deux termitières ne sont identiques ; chacune est construite de manière à tirer le meilleur parti d'un emplacement particulier.

Tout cela est accompli sans architecte, sans contre-maîtres, sans autorité centrale. Aucun plan n'est inscrit dans les gènes des insectes. Ces créations gigantesques sont le résultat de règles relativement simples qui régissent les relations entre les individus. Par exemple : « Si on sent qu'une autre termite est venue à tel endroit, on y dépose une boulette de terre. » Le résultat est pourtant plus complexe que la plupart des créations humaines.

Il nous était maintenant donné de contempler une nouvelle construction réalisée par une nouvelle espèce et, cette fois encore, il était difficile de concevoir comment cela était possible. Comment un essaim aurait-il pu construire un monticule ? Je commençais à prendre conscience que, dans ce désert, il était vain de s'interroger. Les essaims changeaient rapidement, presque de minute en minute. Il était dans la nature de l'homme de chercher à comprendre, mais cela ne servait à rien : le temps que l'on comprenne, la situation avait déjà changé.

Bobby est arrivé sur son quad. Il a éteint le phare du véhicule ; nous sommes restés dans la nuit, à la clarté des étoiles.

— Qu'allons-nous faire maintenant ? demanda-t-il.

— Suivre Rosie.

— On dirait que Rosie se dirige vers cette butte. Tu veux la suivre ?

— Oui.

A l'initiative de Mae, nous avons continué à pied. Portant nos sacs à dos, il nous a fallu plusieurs minutes pour arriver aux abords du monticule ; nous nous sommes arrêtés à une quinzaine de mètres. Une odeur pestilentielle flottait dans l'air, une odeur de putréfaction, si forte qu'elle me soulevait le cœur. Du monticule semblait aussi provenir une lueur verte.

— Vous voulez vraiment entrer là-dedans ? murmura Bobby.

— Pas tout de suite, répondit Mae.

Elle a indiqué du doigt un côté du monticule ; le corps de Rosie était en train d'en gravir le versant. Au sommet, les jambes raides se sont dressées vers le ciel, puis le corps a basculé dans l'ouverture. Mais il n'a pas disparu entièrement ; pendant quelques secondes, j'ai vu la tête de Rosie dépassant du trou et ses bras écartés, comme si elle cherchait de l'air. Puis, glissant lentement, elle s'est enfoncée.

Bobby a frissonné d'horreur.

— Allons-y, souffla Mae.

Elle s'est éloignée de son pas silencieux. Je l'ai suivie en m'efforçant de faire aussi peu de bruit que possible. Derrière moi, Bobby traînait les pieds avec force crissements et craquements. Mae s'est arrêtée et lui a lancé un regard noir.

Il a haussé les épaules comme pour dire qu'il n'y pouvait rien.

— Regarde où tu poses les pieds, souffla-t-elle.

— Je regarde.

— Non !

— C'est la nuit, je ne vois rien.

— Fais un effort !

Je n'avais pas le souvenir d'avoir vu Mae montrer de l'irritation, mais nous étions tous à cran. Et l'odeur était abominable. Mae est repartie à pas de loup ; Bobby l'a suivie en faisant autant de bruit qu'avant. Mae s'est arrêtée, la main levée, pour lui interdire d'aller plus loin.

Il a secoué vigoureusement la tête : il ne voulait manifestement pas rester seul. Elle a pris Bobby par l'épaule, a dirigé l'index vers le sol et s'est penchée vers son oreille.

— Reste là !

— Non…

— Tu veux notre mort ? poursuivit Mae à voix basse.

— Je te promets de ne pas…

Mae a fait non de la tête et a indiqué le sol pour lui demander de s'asseoir.

Bobby s'est exécuté de mauvaise grâce.

Mae s'est tournée vers moi ; j'ai fait signe que j'étais prêt. Nous nous sommes remis en route. Nous n'étions plus qu'à cinq ou six mètres du pied du monticule. L'odeur devenait insupportable. J'étais secoué de haut-le-cœur, je me retenais de vomir. Nous avons commencé à percevoir le raclement sourd produit par les essaims. Plus que le reste, ce bruit m'a donné envie de prendre mes jambes à mon cou. Mae continuait d'avancer.

Nous avons gravi le monticule pliés en deux ; arrivés au sommet, au bord de l'ouverture, nous nous sommes étendus sur la terre. Le visage de Mae était éclairé par la lueur verte provenant de l'intérieur. La puanteur ne me dérangeait plus ; je devais être trop terrifié pour en avoir conscience.

Mae a fouillé dans la poche latérale de son sac pour prendre une caméra grosse comme le pouce, munie d'une tige télescopique. Elle a posé entre nous un petit écran à cristaux liquides avant de faire glisser la caméra sur le bord de l'ouverture.

La vue de l'intérieur montrait des parois lisses, onduleuses, baignant dans une clarté verte. Il semblait n'y avoir aucun mouvement. Mae a tourné la caméra de tous les côtés. Rien d'autre que les parois vertes ; aucun signe de Rosie.

Mae m'a regardé, le doigt pointé sur ses yeux. Avais-je envie de jeter un coup d'œil ?

J'ai acquiescé de la tête.

Nous nous sommes lentement rapprochés du bord, jusqu'à ce que nous puissions voir.

Je ne m'attendais pas du tout à cela.

Le monticule ne faisait que rétrécir une ouverture existante, large d'au moins six mètres, et masquait un éboulement de terrain partant du haut et s'achevant, sur notre droite, dans une cavité béante. La lumière verte provenait de l'intérieur de cette cavité.

J'avais devant les yeux l'entrée d'une vaste caverne. D'où nous étions, nous ne pouvions en voir l'intérieur, mais le raclement sourd qui nous parvenait donnait à penser qu'il s'y déployait une activité. Mae a tiré sur la tige télescopique avant de faire lentement descendre la caméra. Il s'agissait indiscutablement d'une cavité naturelle, haute de deux mètres cinquante et large de trois. Les parois rocheuses, très claires, semblaient recouvertes de la substance laiteuse que nous avions vue sur le corps de Rosie.

Il n'était pas loin ; une main dépassait d'un angle de la paroi rocheuse, au-delà duquel nous ne voyions plus rien.

Mae m'a demandé par signes si je voulais descendre.

J'ai incliné lentement la tête. Je n'aimais pas du tout ce que je voyais, pas plus que je n'aimais l'idée de nous enfoncer dans l'inconnu, mais nous n'avions guère le choix.

Elle a indiqué Bobby du doigt pour savoir si nous devions l'emmener.

J'ai secoué la tête ; il ne nous serait d'aucune utilité.

Elle m'a fait signe qu'elle était d'accord et a commencé, sans un bruit, avec des gestes lents, à retirer son sac à dos. D'un seul coup, elle s'est immobilisée, littéralement pétrifiée, sans qu'un seul de ses muscles bouge.

J'ai regardé l'écran ; la surprise m'a figé sur place à mon tour.

Une silhouette venait de déboucher du coude de la paroi rocheuse et se tenait à l'entrée de la cavité dans une attitude vigilante.

C'était Ricky.

Il se comportait comme s'il avait entendu du bruit ou avait été alerté pour une autre raison. La caméra vidéo était encore suspendue dans l'ouverture du monticule.

Elle était toute petite ; je ne savais pas s'il pouvait la voir.

Je gardais les yeux rivés sur l'écran.

La caméra n'avait pas une bonne résolution et l'écran aurait tenu dans la paume de ma main, mais il ne faisait aucun doute que cette silhouette était celle de Ricky. Je ne comprenais pas ce qu'il faisait là ni comment il y était arrivé. Puis une autre silhouette est apparue derrière la première.

C'était aussi Ricky.

J'ai tourné la tête vers Mae qui restait immobile comme une statue. Seuls ses yeux remuaient.

J'ai regardé l'écran avec une attention accrue. Compte tenu de la résolution médiocre de l'image, les deux silhouettes paraissaient rigoureusement identiques. Mêmes vêtements, mêmes gestes, mêmes mouvements de la tête. Je ne distinguais pas bien les visages, mais j'avais l'impression qu'ils étaient plus détaillés que la fois précédente.

Ils ne semblaient pas avoir remarqué la caméra.

Ils ont levé les yeux vers le ciel, ont regardé l'éboulement de rochers, puis ils ont tourné les talons et regagné l'intérieur de la caverne.

Mae ne bougeait toujours pas ; elle était parfaitement immobile depuis près d'une minute. Maintenant que les deux silhouettes étaient reparties…

Une autre forme est apparue : c'était David Brooks. Il se déplaçait avec gaucherie et raideur, mais ses mouvements sont rapidement devenus plus fluides. J'avais l'impression de voir un marionnettiste perfectionner sa technique, animer sa figurine pour lui donner une apparence plus humaine. David s'est transformé en Ricky, puis il est redevenu David. La forme de David a fait demi-tour et a disparu.

Mae ne bougeait toujours pas. Elle a attendu deux bonnes minutes avant de remonter la caméra. Elle m'a indiqué du pouce qu'il était temps de repartir. Nous sommes descendus du monticule et nous nous sommes éloignés en silence dans la nuit étoilée.

Nous avons pris Bobby en route et parcouru une centaine de mètres vers l'ouest avant de nous arrêter. Mae a sorti de son sac à dos une feuille de papier et un marqueur. Elle a allumé sa torche électrique et commencé un croquis.

— Voici ce que nous allons trouver, expliqua-t-elle. L'entrée de la caverne, comme tu l'as vu, Jack, a cette forme. Passé le coin, la cavité descend en spirale sur une petite centaine de mètres. Elle débouche dans une vaste salle souterraine haute d'une trentaine de mètres et large de soixante. Il n'y a que cette salle, pas de sortie. Du moins je n'en ai pas vu.

— Comment cela ?

— J'y suis descendue, déclara Mae.

— Quand ?

— Il y a une quinzaine de jours, quand nous avons commencé à chercher la cachette de l'essaim. J'ai découvert cette caverne et j'y suis entrée. C'était en plein jour ; je n'ai vu aucun signe de la présence de l'essaim.

Elle a expliqué que la caverne grouillait de chauves-souris. Elles couvraient tout le plafond et s'agglutinaient en une masse rosâtre jusqu'à l'entrée.

— Beurk ! souffla Bobby. Je déteste ces bêtes-là !

— Je n'ai pas vu de chauves-souris, ce soir.

— Tu crois qu'elles ont été chassées de la caverne ?

— Mangées, probablement.

— Ecoutez, lança Bobby en prenant un air dégoûté, je ne suis qu'un programmeur ! Je ne me sens pas capable de continuer, pas capable d'entrer là-dedans.

— Si nous y allons, reprit Mae sans s'occuper de lui, il faudra faire exploser la thermite jusqu'à la salle souterraine. Je ne suis pas sûre que nous en ayons assez.

— Peut-être que non, fis-je, préoccupé par autre chose. Nous perdrons notre temps si nous ne détruisons pas tous les essaims et tous les assembleurs. Vous êtes d'accord ?

Ils ont tous deux acquiescé de la tête.

— Je ne suis pas sûr que ce soit possible, ajoutai-je. Je croyais que les essaims seraient privés d'énergie la nuit. Je croyais qu'il serait facile de les détruire au sol. Mais ils ne sont pas privés d'énergie... du moins, pas tous. Si un seul réussit à nous échapper, à sortir de la caverne, tout aura été inutile.

— Exact, approuva Bobby en hochant vigoureusement la tête. Absolument inutile.

— Il faut trouver le moyen de les prendre au piège, de les empêcher de sortir.

— Comment ça ? répliqua Bobby. Ils peuvent s'envoler quand ils veulent.

— Il y a peut-être quand même une solution, suggéra Mae en recommençant à fouiller dans son sac à dos. En attendant, il vaut mieux nous placer à une certaine distance les uns des autres.

— Pourquoi ? demanda Bobby, alarmé.

— Ne discute pas, fit Mae. Allons-y.

J'ai serré les attaches de mon sac à dos pour éviter tout bruit métallique, remonté les lunettes de vision nocturne sur mon front et je me suis mis en route. J'étais à mi-chemin du monticule quand j'ai vu une forme sombre en sortir.

Je me suis jeté par terre aussi silencieusement que possible, dans une haute et épaisse touffe d'armoise qui devait me cacher aux regards. J'ai tourné la tête mais je n'ai vu ni Mae ni Bobby ; ils s'étaient laissés tomber au sol, eux aussi. Je ne savais pas s'ils s'étaient séparés. J'ai écarté prudemment une branche pour regarder dans la direction du monticule.

Les jambes de la forme sombre se détachaient sur la lueur verte provenant du monticule ; le haut du corps se découpait en noir sur le fond étoilé du ciel. J'ai baissé mes lunettes et attendu que l'image devienne nette.

Cette fois, c'était Rosie. Elle marchait dans l'obscurité, regardait dans toutes les directions ; elle était aux aguets. Mais sa démarche n'était pas la démarche de Rosie, plutôt celle d'un homme. Au bout d'un moment, elle s'est transformée en Ricky. Et la silhouette marchait comme Ricky.

Elle s'est accroupie ; j'ai eu l'impression qu'elle regardait par-dessus les buissons d'armoise. Je me suis demandé ce qui l'avait fait sortir. Je n'ai pas eu longtemps à attendre pour le découvrir.

Derrière la forme sombre, une lumière blanche est apparue à l'horizon. Elle est rapidement devenue plus brillante et j'ai reconnu le bruit des pales d'un hélicoptère. Ce devait être Julia qui venait de Silicon Valley. Je me suis demandé ce qu'il y avait de si urgent pour qu'elle quitte l'hôpital malgré l'interdiction de la Faculté.

Le projecteur de l'appareil s'est allumé : j'ai suivi le cercle de lumière blanc-bleu qui s'approchait en suivant les inégalités du sol. La forme de Ricky l'a observé un moment, puis s'est évanouie.

L'hélicoptère est passé au-dessus de moi en vrombissant ; la lumière halogène m'a aveuglé un instant. Presque aussitôt, l'appareil a amorcé un virage serré pour faire un nouveau passage.

Qu'est-ce que cela voulait dire ?

L'hélicoptère a lentement décrit un arc de cercle, survolant le monticule sans s'arrêter avant de s'immobiliser juste au-dessus de l'endroit où je me cachais. Pris dans la lumière bleue, je me suis retourné sur le dos en faisant des signes aux occupants de l'hélicoptère. Je montrais la direction du labo en formant avec la bouche le mot : « Partez ! »

L'appareil est descendu ; j'ai cru qu'il allait se poser tout près de moi. Puis il a viré brusquement et s'est éloigné en rase-mottes vers le sud, en direction de l'aire d'atterrissage.

J'ai décidé de changer de cachette en toute hâte. Je me suis mis à genoux, puis, courbé en deux, j'ai parcouru en crabe une trentaine de mètres vers la gauche avant de me laisser tomber à plat ventre.

Quand je me suis tourné vers le monticule, j'ai vu trois formes… non, quatre en sortir. Elles se sont séparées, chacune prenant une direction différente. Elles avaient toutes l'apparence de Ricky. Je les ai regardées descendre le monticule et s'avancer dans la nuit. Mon cœur s'est mis à cogner dans ma poitrine : une des silhouettes venait dans ma direction. Je l'ai vue tourner vers la droite ; elle se dirigeait vers l'endroit où je me trouvais quelques minutes auparavant. En arrivant à ma première cachette, elle s'est arrêtée et s'est tournée successivement vers les quatre points cardinaux.

Elle n'était pas loin du tout. Cette nouvelle forme de Ricky avait maintenant un visage complet et son habillement était bien plus détaillé. Elle donnait en outre en se déplaçant l'impression d'avoir pris de la densité. Ce pouvait être une illusion, mais j'avais le sentiment que la masse de l'essaim s'était accrue, qu'il pesait maintenant vingt-cinq kilos ou plus. Peut-être le double. Dans ce cas, l'essaim aurait eu une masse suffisante pour faire vaciller un homme en le heurtant, peut-être même pour le faire tomber.

Les lunettes me permettaient de distinguer ses yeux : ils bougeaient, ils clignaient. La surface du visage avait la texture d'une peau. La chevelure semblait composée de mèches distinctes. Les lèvres remuaient, la langue allait et venait nerveusement. Ce visage ressemblait à celui de Ricky d'une manière infiniment troublante.

Quand la tête s'est tournée vers moi, j'ai eu le sentiment que Ricky me regardait.

Et la forme s'est mise à avancer droit sur moi.

J'étais pris au piège. Je n'avais pas prévu cela ; je n'avais aucune protection, aucun moyen de défense. Je pouvais me relever et prendre la fuite, bien sûr, mais pour aller où ? Il n'y avait que le désert à des kilomètres à la ronde et les essaims se lanceraient à ma poursuite. Dans une minute, je serais…

L'hélicoptère est revenu en vrombissant. La forme de Ricky a levé la tête, puis elle s'est mise à courir, volant littéralement au-dessus du sol, sans se préoccuper d'animer le bas de son corps. Je n'ai pu retenir un frisson à la vue de cette réplique humaine flottant au-dessus du désert.

Les trois autres formes de Ricky couraient elles aussi ventre à terre, comme si elles avaient le diable à leurs trousses. Etait-ce l'hélicoptère qui terrifiait les essaims ? Il semblait bien que oui ; j'ai fini par comprendre pourquoi. Même s'ils étaient devenus plus lourds, plus denses, les essaims restaient vulnérables à un violent déplacement d'air. L'appareil se trouvait à trente mètres au-dessus du sol mais il provoquait des turbulences assez puissantes pour déformer les silhouettes en mouvement, les aplatir légèrement.

Toutes les formes de Ricky ont disparu à l'intérieur du monticule.

Je me suis retourné pour chercher Mae du regard. Elle se tenait au milieu du lit du cours d'eau, en communication radio avec l'hélicoptère. Elle avait eu raison de penser que la radio lui serait utile.

— On y va ! s'écria-t-elle en s'élançant vers moi.

Du coin de l'œil, j'ai aperçu Bobby qui se dirigeait en courant vers son quad. Je n'avais pas le temps de m'occuper de lui. L'hélicoptère avait pris position au-dessus du monticule, faisant voler en tous sens de la poussière qui me piquait les yeux.

Quand Mae m'a rejoint, nous avons retiré nos lunettes de vision nocturne et pris les masques à oxygène. Elle m'a fait pivoter pour ouvrir dans mon dos la valve de la bouteille. J'ai fait pareil pour elle. Puis nous avons remis les lunettes. Cela faisait un tas de choses autour de ma tête. Mae a fixé une torche halogène à ma ceinture, une autre à la sienne, et elle s'est penchée vers moi.

— Prêt ? demanda-t-elle d'une voix forte.

— Prêt.

— Allons-y !

Nous n'avions pas le temps de réfléchir et c'était préférable. Le bruit de l'hélico m'assourdissait. Nous avons grimpé le flanc du monticule, nos vêtements plaqués sur le corps. Nous avons atteint l'ouverture, à peine visible au milieu des tourbillons de poussière. Nous ne voyions rien devant nous, rien à l'intérieur.

Mae a pris ma main et nous avons sauté.

Sixième jour

23 h 22

En tombant sur des cailloux, j'ai à moitié perdu l'équilibre et commencé à glisser vers la bouche de la caverne. Mae était juste à côté de moi mais je la voyais à peine dans la poussière soulevée par les pales de l'hélicoptère. Il n'y avait pas de Ricky en vue. Nous nous sommes arrêtés à l'entrée de la caverne ; Mae a pris les capsules de thermite et m'a tendu les amorces de magnésium. Quand elle m'a lancé un briquet en plastique, je me suis dit : « On va vraiment se servir de ce truc-là ? » Derrière le masque, son visage était déjà en partie obscurci, ses yeux cachés par les lunettes.

Mae a indiqué l'intérieur de la caverne. J'ai incliné la tête.

Elle m'a tapé sur l'épaule en montrant mes lunettes. Comme je ne comprenais pas, elle a tendu la main pour toucher quelque chose près de ma joue.

— ... entends maintenant ?

— Je t'entends.

— Bien. Allons-y.

Nous nous sommes engagés dans la caverne. La lumière verte était noyée dans l'épaisse poussière. Nous n'avions pour tout éclairage que la lampe à infrarouge fixée en haut des lunettes de vision nocturne. Toujours pas de formes humaines en vue. Nous entendions le vrombissement de l'hélicoptère mais, à mesure que nous nous enfoncions dans la caverne, le bruit s'estompait.

Le déplacement d'air décroissait aussi.

— Bobby ? fit Mae d'une voix ferme. Tu me reçois ?

— Je te reçois.

— Amène-toi ici !

— J'essaie de…

— N'essaie pas. Amène-toi, Bobby !

J'ai secoué la tête. Je connaissais assez Bobby Lembeck pour savoir qu'il ne descendrait jamais dans ce trou. Après le coude du tunnel, il n'y avait toujours rien à voir que les parois rocheuses voilées par la poussière en suspension. Elles semblaient lisses et ne pouvaient offrir de cachette. D'un seul coup, j'ai vu apparaître une réplique de Ricky qui, le visage inexpressif, marchait droit sur moi. Une autre est venue de la gauche, puis une autre encore. Avançant de front, les trois formes au visage identique se sont rapprochées.

— Leçon numéro un, fit Mae en tendant vers moi une capsule de thermite.

— Espérons qu'il n'y aura pas d'apprentissage chez les essaims.

J'ai mis le feu à l'amorce : elle a jeté des étincelles en crachotant. Mae a lancé la capsule qui est tombée quelques mètres devant les trois répliques.

— Nous avons trois secondes, fit-elle. Deux… un… *tourne-toi*.

Je me suis retourné et j'ai juste eu le temps de cacher ma tête sous mon bras avant qu'une boule d'un blanc éblouissant emplisse le tunnel. J'avais les paupières fermées, mais l'éclat était si aveuglant que j'ai vu des taches noires quand j'ai rouvert les yeux.

Mae s'était déjà remise en marche. La poussière

avait pris une teinte un peu plus sombre ; les trois formes avaient disparu.

— Ils ont pris la fuite ? demandai-je à Mae.

— Non, répondit-elle avec satisfaction. Ils ont été pulvérisés.

— Une situation nouvelle ?

C'était encourageant. Si les hypothèses du programme étaient toujours valables, les essaims seraient vulnérables quand il leur faudrait réagir à des situations véritablement nouvelles. Ils finiraient par apprendre, par mettre en œuvre des stratégies adaptées mais, dans un premier temps, ils seraient désorganisés, réagiraient d'une manière chaotique. Il y avait là une faille dans l'intelligence distribuée. Quoique puissante et flexible, elle réagissait lentement à des événements sans précédent.

— Espérons-le, fit Mae.

Nous sommes arrivés devant le trou béant dans le sol de la caverne, dont elle avait parlé. J'ai distingué avec mes lunettes une sorte de plan incliné ; quatre ou cinq silhouettes montaient vers nous et il semblait y en avoir d'autres derrière. Elles avaient toutes l'apparence de Ricky mais certaines n'étaient pas très bien formées. Celles qui se trouvaient à l'arrière-plan n'étaient rien d'autre que des nuages tourbillonnants de particules. Le bruit se faisait de plus en plus fort.

— Leçon numéro deux, annonça Mae.

Elle m'a tendu une capsule ; elle a crachoté quand je l'ai allumée. Les silhouettes ont hésité en la voyant.

J'ai juré à voix basse, mais il était déjà temps de tourner la tête, de protéger mes yeux de l'éclair éblouissant. J'ai senti dans mon dos un souffle de chaleur intense. Quand j'ai ouvert les yeux, la plupart des essaims s'étaient volatilisés, mais il en restait quelques-uns, apparemment indemnes.

Ils apprenaient.

Ils ne perdaient pas de temps.

— Leçon suivante, annonça Mae en prenant cette fois deux capsules.

Elle a fait rouler la première sur le sol et lancé la seconde plus loin. Les explosions ont eu lieu simultanément, un souffle énorme d'air brûlant est remonté vers nous. Ma chemise a pris feu ; Mae a éteint les flammes de quelques petites tapes rapides.

Quand nous avons regardé en bas, il n'y avait ni réplique ni essaim de particules en vue.

Nous nous sommes remis en marche, en nous enfonçant dans la caverne.

Nous disposions au départ de vingt-cinq capsules de thermite ; il en restait vingt et une, mais nous n'avions parcouru qu'une courte distance sur le plan incliné menant à la salle souterraine. Mae avait accéléré et il m'a fallu presser le pas pour la rattraper. Son instinct ne la trompait pas : les rares essaims que nous voyions apparaître battaient rapidement en retraite à notre approche. Nous les repoussions dans la salle souterraine.

— Bobby ? fit Mae. Où es-tu ?

J'ai perçu des grésillements dans mon casque.

— … essaie de… entrée…

— Assez perdu de temps, Bobby !

Comme nous poursuivions notre descente, les parasites ont brouillé la communication. A cette profondeur, la poussière en suspension diffusait le faisceau de rayons infrarouges. Nous voyions distinctement le sol et les parois rocheuses juste devant nous mais, au-delà, s'étendaient les ténèbres. Le sentiment de claustration était terrifiant. Pour voir ce qu'il y avait sur les côtés, il me fallait tourner la tête et balayer l'obscurité avec le faisceau lumineux. L'odeur putride est revenue, à soulever le cœur.

La pente n'était presque plus perceptible. Mae conservait son calme : quand une demi-douzaine d'essaims s'est approchée en bourdonnant, elle m'a tendu une capsule. Avant que j'aie eu le temps d'allumer le briquet, les essaims avaient pris le large.

— C'est un peu comme dompter des fauves, observa Mae.

— Jusqu'à présent.

Je ne savais pas combien de temps nous pourrions continuer ainsi. La caverne était vaste, bien plus que je ne l'avais imaginé. Je ne voyais pas comment nous pourrions nous en sortir avec nos vingt et une capsules. Si Mae était aussi inquiète, elle n'en laissait rien paraître. Cela lui ressemblait bien.

Quelque chose craquait sous nos pieds. En baissant les yeux, j'ai vu que le sol était tapissé d'une multitude de petit os jaunes et fins, semblables à ceux des oiseaux. Les squelettes des chauves-souris. Mae avait vu juste : elles avaient toutes été mangées.

Dans l'angle supérieur de l'image de mes lunettes de vision nocturne, une lumière rouge s'est mise à clignoter. Un signal, sans doute la batterie.

— Mae…

La lumière rouge a cessé de clignoter, aussi brusquement qu'elle avait commencé.

— Quoi ? Qu'est-ce qu'il y a ?

— Rien.

Nous avons enfin atteint la vaste salle souterraine… mais il n'y avait plus de salle. Du sol au plafond, tout l'espace était occupé par des sphères noires d'une soixantaine de centimètres de diamètre, hérissées de piquants ; on eût dit des oursins géants. Elles étaient rassemblées en grappes, selon une disposition ordonnée.

— Est-ce que c'est ce que je pense ? demanda posément Mae, d'un ton étrangement détaché.

— Oui, on dirait.

Si je ne me trompais, ces sphères piquantes réunies

en grappes représentaient une version organique de l'unité de fabrication bâtie en surface par Xymos.

— Voilà comment ils se reproduisent, repris-je en m'avançant.

— Je ne sais pas si nous devons entrer là-dedans…

— Il le faut, Mae. Regarde comme c'est ordonné.

— Tu crois qu'il y a un centre ?

— Peut-être.

Si ce centre existait, il fallait balancer dessus une bonne dose de thermite. J'ai continué d'avancer.

C'était une étrange sensation de se déplacer au milieu de ces sphères hérissées. Un liquide épais, une sorte de mucus, dégouttait de leurs piquants. Et leur surface était recouverte d'une gelée tremblotante qui leur donnait l'air d'être vivantes. En regardant plus attentivement, j'ai constaté qu'elles l'étaient réellement : dans l'épaisseur de la gelée, des masses de vers noirs se tortillaient.

— Bon Dieu !

— Ils étaient là avant, glissa posément Mae.

— Qui ?

— Les vers. Ils vivaient dans la couche de déjections qui recouvrait le sol de la caverne. Ils se nourrissent de matières organiques et leurs excrétions ont une haute teneur en phosphore.

— Et maintenant, ils participent à la synthèse des essaims. Cela n'a pas pris longtemps, à peine quelques jours. Bel exemple de coévolution. Les sphères doivent leur procurer de la nourriture et elles recueillent leurs excréments.

— A moins qu'elles n'en fassent leur propre nourriture, observa Mae d'un ton pince-sans-rire.

— Peut-être.

Cela n'avait rien d'inconcevable. Les fourmis élèvent des pucerons comme nous élevons des vaches. D'autres insectes cultivent des champignons pour s'en nourrir.

Nous nous sommes avancés dans la salle. Des essaims tourbillonnaient de tout côté mais à distance respectueuse. Un autre événement sans précédent pour eux : des intrus dans le nid. Ils ne savaient quelle conduite adopter. Je marchais prudemment ; le sol, par endroits, devenait très glissant. Il était recouvert d'une épaisse couche de saletés dans laquelle, de loin en loin, des filaments émettaient une lueur verte. Ils semblaient orientés vers le centre de la salle. J'avais l'impression que le sol descendait légèrement.

— Tu veux continuer ? demanda Mae.

Elle avait l'air toujours aussi calme mais j'étais sûr qu'elle ne l'était pas plus que moi. Je ne distinguais plus l'entrée de la salle, masquée par les sphères.

Nous avons su que nous avions enfin atteint le centre quand les grappes de sphères ont laissé la place à un espace dégagé. J'ai vu une version en miniature du monticule bâti à l'extérieur. Haut d'un mètre vingt, strié de filaments verts, il était parfaitement circulaire et creusé de rigoles qui rayonnaient dans toutes les directions. De la fumée s'échappait des rigoles.

Nous nous sommes approchés avec prudence.

— C'est chaud, observa Mae.

La chaleur en effet était intense, ce qui expliquait l'émission de fumée.

— Qu'est-ce qu'il peut bien y avoir là-dedans ?

En regardant le sol, j'ai remarqué que les filaments verts tombaient des sphères et descendaient vers le monticule.

— Des assembleurs.

Les sphères hérissées de piquants fournissaient des matières organiques brutes qui coulaient jusqu'au monticule central où les assembleurs produisaient les molécules. C'est là que s'effectuait l'assemblage final.

— C'est donc le cœur, fit Mae.

— Oui, en quelque sorte.

Les essaims nous entouraient, à l'abri des sphères. Apparemment, ils ne voulaient pas s'approcher du centre, mais restaient à la périphérie : ils nous attendaient.

— Combien en veux-tu ? demanda tranquillement Mae en prenant des capsules de thermite dans son sac.

— Cinq, répondis-je après avoir lancé un coup d'œil circulaire. Nous aurons besoin des autres pour sortir.

— On ne peut pas en allumer cinq en même temps...

— Ne t'inquiète pas, coupai-je en tendant la main. Passe-les-moi.

— Mais, Jack...

— Ne perdons pas de temps, Mae.

Elle m'a tendu cinq capsules que j'ai lancées, sans les allumer, à l'intérieur du monticule. Le bourdonnement des essaims s'est accentué mais ils ne se sont pas rapprochés.

Mae a tout de suite compris ce que je voulais faire ; elle a pris d'autres capsules.

— Donne-m'en quatre, fis-je en regardant les essaims qui s'agitaient en tous sens.

Je ne savais pas combien de temps ils allaient rester derrière les sphères.

— Trois pour toi, une pour moi. Tu t'occupes des essaims.

— D'accord, fit Mae.

Elle m'a donné une capsule. J'ai allumé les trois autres qu'elle a lancées dans la direction d'où nous venions. Les essaims se sont écartés.

— Trois... deux... un !

Nous nous sommes accroupis pour nous protéger de l'aveuglante lumière blanche. J'ai entendu des craquements. En ouvrant les yeux, j'ai vu des sphères tomber, se briser. Des piquants roulaient sur le sol. Sans hésiter, j'ai allumé la capsule qui me restait et je l'ai lancée à l'intérieur du monticule.

— Cours !

Nous nous sommes précipités vers l'entrée de la salle. Les grappes de sphères se désagrégeaient devant nous. Mae bondissait par-dessus les piquants et accélérait l'allure. Je la suivais en comptant. *Trois… deux… un…*

Il y a eu une sorte de sifflement strident, puis un souffle terrifiant suivi d'une violente détonation et une douleur térébrante dans mes oreilles. L'onde de choc m'a jeté au sol. J'ai glissé dans les déjections. Les piquants pénétraient dans ma peau. Mes lunettes ont été arrachées ; plongé dans les ténèbres, je n'y voyais plus rien. Je me suis essuyé le visage et j'ai essayé de me relever ; j'ai de nouveau glissé, je suis retombé.

— Mae… Mae…

— Il y a eu une explosion, fit-elle d'une voix où perçait l'étonnement.

— Où es-tu, Mae ? Je ne vois rien.

Il faisait noir comme dans un four ; j'étais au fond d'une caverne remplie de choses piquantes et je ne voyais absolument rien. L'affolement me gagnait.

— Tout ira bien, fit Mae.

J'ai senti dans l'obscurité sa main se refermer sur mon bras : apparemment, elle me voyait.

— La torche est à ta ceinture, poursuivit-elle en guidant ma main.

J'ai cherché l'attache à tâtons. Je l'ai trouvée, sans réussir à l'ouvrir ; il y avait un fermoir de sécurité et mes doigts glissaient. J'ai perçu un vrombissement qui allait en augmentant d'intensité. J'avais les mains moites. J'ai réussi à ouvrir le fermoir et j'ai allumé la torche avec un soupir de soulagement. Mae est apparue dans le faisceau de la lampe halogène. Elle avait encore ses lunettes ; elle a détourné la tête. En promenant le rayon lumineux dans la caverne, j'ai constaté que son apparence avait été transformée par l'explosion. Nombre de sphères s'étaient brisées et des piquants jonchaient le sol. Une substance répandue par terre commençait à brûler en dégageant une fumée âcre, nauséabonde. Il faisait sombre, l'atmosphère était suffocante. J'ai fait un pas en arrière ; mon pied s'est enfoncé dans quelque chose de spongieux.

En baissant les yeux, j'ai reconnu la chemise de David Brooks. Je me tenais sur ce qui restait du torse de David, transformé en une sorte de gelée blanchâtre. J'avais le pied droit dans son abdomen. Sa cage thoracique frottait contre mon tibia, laissant une trace blanche sur mon pantalon. Je me suis retourné et j'ai vu le visage de David, livide, spectral, les tissus rongés, les traits gommés comme ceux des répliques. J'ai réprimé un haut-le-cœur accompagné d'un goût de bile.

— Viens, fit Mae en me prenant par le bras et en serrant fort. Viens, Jack !

Mon pied s'est dégagé avec un bruit de succion. J'ai essayé de frotter ma chaussure sur le sol pour me débarrasser de la substance visqueuse. Je ne réfléchissait plus ; je luttais contre la nausée et l'horreur. J'avais envie de prendre mes jambes à mon cou. Mae me parlait mais je n'entendais pas. Je n'entr'apercevais de la salle que ce que ma lampe éclairait et j'avais vaguement conscience de l'approche des essaims. Il y en avait partout, en quantité considérable, produisant un vrombissement qui emplissait tout l'espace.

— *J'ai besoin de toi, Jack.*

Une torche dans une main, Mae tenait quatre capsules dans l'autre. J'ai réussi à les allumer ; elle les a lancées dans toutes les directions. J'ai plaqué les mains sur mes yeux pour me protéger tandis que les sphères explosaient tout autour de nous. Quand j'ai regardé, les essaims avaient disparu. Quelques instants plus tard, ils étaient revenus : un d'abord, puis trois, six, dix… trop nombreux pour être comptés. Avec des bourdonnements furieux, ils convergeaient vers nous.

— Combien de capsules reste-t-il ?

— Huit, répondit Mae.

J'ai eu la certitude que nous n'y arriverions jamais ; nous étions trop loin de la surface. Je n'aurais su dire combien d'essaims vrombissaient autour de nous. Dans la lumière mouvante de ma torche halogène, j'avais l'impression qu'il y en avait une armée entière.

— Jack…

Dans la main tendue de Mae, j'ai vu trois capsules. Elle semblait ne pas perdre confiance. Je les ai allumées, elle les a lancées et s'est dirigée vers l'entrée. Je la suivais de près tout en pensant notre situation désespérée. Les explosions éparpillaient fugitivement les essaims, mais il ne leur fallait pas longtemps pour se reformer. Il y en avait trop.

— Jack !

Mae avait encore des capsules de thermite dans la main.

Je distinguais maintenant, à quelques mètres, l'entrée de la salle souterraine. Le pinceau lumineux de ma lampe halogène n'éclairait que de la poussière, la fumée âcre me faisait larmoyer, l'air devenait irrespirable.

Une nouvelle série d'explosions et nous sommes arrivés à l'entrée de la salle. Devant nous s'élevait le plan incliné qui remontait vers la surface. Je n'avais pas cru que nous pourrions aller si loin. Je ne pensais plus vraiment, tout n'était qu'une suite d'impressions.

— Combien en reste-t-il ?

Mae n'a pas répondu. J'ai perçu le grondement d'un moteur quelque part au-dessus de nous ; en levant les yeux, j'ai vu une lumière blanche trembloter au loin. Le grondement s'est amplifié : on faisait rugir le moteur. Puis j'ai vu le véhicule tout-terrain à l'arrêt, en haut du plan incliné et j'ai entendu la voix de Bobby.

— Dégagez ! hurla-t-il.

Mae s'est élancée dans la montée et je l'ai suivie tant bien que mal. J'ai vu du coin de l'œil Bobby mettre le feu à quelque chose qui a produit en s'enflammant une flamme orange, puis Mae m'a poussé contre le mur tandis que le quad dévalait la pente dans un grondement de tonnerre, un chiffon enflammé dépassant du réservoir d'essence. Un cocktail Molotov motorisé.

Dès que le véhicule nous a dépassés, Mae m'a poussé violemment dans le dos.

— Cours, Jack !

J'ai grimpé les derniers mètres au pas de course. Bobby nous attendait : il nous a hissés jusqu'en haut. Je suis tombé, mon genou a heurté le sol ; Bobby m'a aidé à me relever. Je suis reparti en courant vers l'entrée de la caverne. J'y étais presque quand un souffle brûlant nous a projetés en l'air : je me suis écrasé contre la paroi rocheuse. Sonné, je me suis remis debout. Ma torche avait disparu. J'ai entendu ou cru entendre une sorte de cri perçant monter des entrailles de la terre.

Près de moi, Mae et Bobby se relevaient. Tandis que le vrombissement de l'hélicoptère augmentait d'intensité, nous avons gravi la pente et nous nous sommes glissés dans l'ouverture du monticule avant de dégringoler le versant pour nous retrouver dans la nuit sombre et froide du désert.

La dernière image que j'ai gardée est celle de Mae agitant frénétiquement les bras pour demander au pilote de l'hélicoptère de ne pas rester là …

Puis la caverne a explosé.

Le sol s'est soulevé sous mes pieds et j'ai basculé en avant. Au moment où je heurtais le sol, j'ai senti dans mes oreilles une douleur terrible provoquée par l'onde de choc. La terre grondait. Une énorme boule de feu d'un orange flamboyant frangé de noir a jailli de l'ouverture de la caverne et s'est élevée dans le ciel en tourbillonnant. Un souffle brûlant m'a balayé, puis tout s'est tu autour de moi et j'ai sombré dans les ténèbres.

Je ne saurais dire combien de temps je suis resté étendu sous la voûte étoilée du ciel. J'ai dû perdre connaissance. Quand j'ai repris mes esprits, Bobby me hissait à l'arrière de l'hélicoptère. Mae était déjà dans l'appareil ; elle s'est penchée pour boucler ma ceinture de sécurité. L'inquiétude se peignait sur leur visage. Je me suis demandé si j'étais blessé, mais je ne ressentais aucune douleur. La porte de l'appareil s'est refermée avec un bruit métallique et Bobby a pris place à côté du pilote.

Mission accomplie. Nous avions réussi.

Je n'arrivais pas à croire que c'était terminé.

L'hélicoptère s'est élevé et j'ai vu briller au loin les lumières du labo.

PROIES

Septième jour

0 h 12

— Jack !

Julia s'est précipitée vers moi dans le couloir. A la lumière crue du plafonnier, son visage émacié avait des traits d'une étonnante délicatesse. Elle était décidément plus belle que dans mon souvenir, plus belle que jamais.

Julia avait la cheville bandée et un poignet plâtré. Elle a jeté les bras autour de mon cou et enfoui la tête dans mon épaule ; ses cheveux sentaient la lavande.

— Dieu soit loué ! Tu es sain et sauf, Jack !

— Oui, fis-je d'une voix rauque. Tout va bien.

— Je suis si heureuse… si heureuse.

Je suis resté immobile tandis qu'elle me serrait de toutes ses forces. Puis j'ai refermé les bras sur elle. Je ne savais comment réagir : elle était vibrante d'énergie alors que je me sentais épuisé, vidé.

— Tout va bien, Jack ? reprit-elle sans me lâcher.

— Oui, Julia, murmurai-je d'une voix à peine audible. Tout va bien.

— Tu as une drôle de voix, fit-elle en s'écartant pour me dévisager. Que t'est-il arrivé ?

— Ses cordes vocales ont dû être brûlées, glissa Mae.

Elle aussi avait une voix rauque et son visage était noir de suie. Une balafre lui entaillait la joue, une autre le front.

Julia m'a repris dans ses bras et a laissé courir ses doigts sur ma chemise.

— Tu es blessé, mon chéri…

— C'est ma chemise…

— Tu es sûr de ne pas être blessé, Jack ? Je crois que tu es blessé…

— Non, ça va, protestai-je en me dégageant de son étreinte.

— Tu ne peux pas savoir, poursuivit-elle, comme je te suis reconnaissante de ce que tu as fait cette nuit, Jack. De ce que vous avez fait tous les trois, rectifiat-elle en se tournant vers les autres. Toi, Mae, et toi, Bobby. Je regrette de ne pas avoir été là pour vous aider ; je sais que tout cela est arrivé par ma faute. Nous vous sommes très reconnaissants. L'entreprise aussi vous est reconnaissante.

Je me suis demandé ce que l'entreprise venait faire là-dedans.

— Il fallait que quelqu'un s'en charge.

— Oui. Et vous l'avez fait avec rapidité et décision. Bravo encore, Jack.

Ricky se tenait en retrait ; sa tête montait et descendait comme celle d'un oiseau mécanique qui boit de l'eau dans un verre. En voyant ce mouvement répété de la tête, j'ai eu un sentiment d'irréalité, comme si j'étais sur une scène.

— Je crois que nous devrions boire un verre pour fêter cette victoire, déclara Julia pendant que nous marchions dans le couloir. Il doit y avoir du champagne quelque part. Il y en a, Ricky ? Oui ? Il faut arroser ça !

— Tout ce que je veux, c'est dormir.

— Allons, Jack ! Juste un verre !

C'était Julia tout craché. Elle vivait dans son monde,

sans s'occuper de l'état d'esprit de son entourage. Aucun de nous n'avait la moindre envie de boire du champagne.

— Merci quand même, fit Mae en déclinant l'invitation d'un signe de tête.

— Tu en es sûre ? Vraiment ? Ce serait sympa… Et toi, Bobby ?

— Demain, si tu veux.

— Tant pis ! Vous êtes les héros, à vous de choisir. Nous ferons donc cela demain.

Frappé par la rapidité de son débit et la vivacité de ses mouvements, j'ai pensé à la perplexité d'Ellen qui m'avait demandé si Julia se droguait. Elle donnait véritablement l'impression d'être chargée. Mais je me sentais si fatigué que c'était le dernier de mes soucis.

— J'ai annoncé la nouvelle à Harry Handler, le grand patron, reprit Julia. Il vous est très reconnaissant de ce que vous avez fait.

— Très aimable à lui, fis-je. Va-t-il en informer le Pentagone ?

— Informer le Pentagone ? De quoi ?

— De l'expérience « essaim en liberté ».

— L'affaire est réglée, Jack. Grâce à vous.

— Je n'en suis pas certain. Il est possible que quelques essaims aient réussi à s'échapper. Il peut aussi y avoir un autre nid. Pour éviter toute mauvaise surprise, je pense qu'il faudrait faire appel à l'armée.

Je ne croyais rien de tout cela mais je voulais faire venir des gens de l'extérieur. La fatigue était trop forte ; je voulais que quelqu'un d'autre prenne le relais.

— L'armée ? répéta Julia en lançant un coup d'œil fugitif en direction de Ricky. Tu as entièrement raison, Jack, poursuivit-elle d'une voix ferme. C'est une situation d'une extrême gravité. S'il existe la moindre possibilité qu'il reste quelque chose, nous devons prévenir l'armée sans tarder.

— Tout de suite.

— Je suis d'accord avec toi, Jack, tout de suite. J'y vais de ce pas.

J'ai tourné la tête vers Ricky. Il allait et venait en continuant d'agiter la tête d'une manière mécanique. Je ne comprenais pas. Qu'en était-il de l'affolement de Ricky, de sa crainte que l'expérience ne soit rendue publique ? Il semblait ne plus s'en soucier.

— Allez donc vous reposer, reprit Julia. Je vais essayer de joindre mes contacts au Pentagone.

— Je t'accompagne.

— Ce n'est pas nécessaire, Jack.

— J'y tiens.

— Tu ne me fais pas confiance ? lança-t-elle avec un petit sourire.

— La question n'est pas là. Je serai peut-être en mesure d'apporter des réponses à certaines questions.

— Très bien. Bonne idée. Excellente idée.

J'avais le sentiment que quelque chose clochait. Comme si je participais à une pièce de théâtre où chacun interprétait un rôle. Mais j'ignorais quelle pièce c'était. J'ai lancé un coup d'œil en direction de Mae : elle paraissait perplexe. Elle devait avoir la même impression que moi.

Nous avons franchi les sas pour atteindre le module résidentiel. Il y faisait un peu trop froid à mon goût et je n'ai pu retenir un long frisson. En entrant dans la cuisine, Julia s'est dirigée vers le téléphone.

— Nous allons donner ce coup de fil, Jack.

J'ai ouvert le réfrigérateur pour prendre une boisson gazeuse au gingembre. Mae a choisi un thé glacé, Bobby une bière. Nous mourions de soif. Il y avait une bouteille de champagne dans le réfrigérateur. Je l'ai touchée : elle était froide. J'ai vu six verres à côté. Julia avait tout préparé.

Elle a enfoncé la touche du haut-parleur ; nous avons

entendu la tonalité. Elle a composé un numéro, mais l'appel n'a pas abouti. La communication a été coupée.

— Je vais recommencer, fit-elle.

L'appel a de nouveau échoué.

— C'est bizarre, Ricky. Je n'arrive pas à avoir une ligne extérieure.

— Essaie encore une fois.

Je les observais en sirotant ma boisson gazeuse. Il ne faisait aucun doute que tout cela était une mise en scène à notre intention.

Julia a consciencieusement recommencé l'opération pour la troisième fois. J'aurais aimé savoir quel numéro elle composait et si elle connaissait celui du Pentagone par cœur.

— Toujours rien, fit-elle.

Ricky a saisi le combiné ; il a examiné le support avant de raccrocher.

— Ça devrait marcher, fit-il en prenant un air perplexe.

— Laisse-moi deviner, lançai-je. Il s'est passé quelque chose et on ne peut pas appeler à l'extérieur.

— Si, si, protesta Ricky.

— J'ai donné un coup de fil il y a quelques minutes, ajouta Julia. Juste avant votre retour.

— Je vais aller vérifier les lignes, reprit Ricky en s'écartant de la table.

— C'est ça ! ricanai-je. Va vérifier.

— Jack, fit Julia qui me regardait avec attention, je m'inquiète pour toi.

— Ah bon ?

— Tu es en colère.

— Je n'aime pas qu'on se foute de moi !

— Je te promets, fit-elle posément, en me regardant dans les yeux, que personne ne se fout de toi.

Mae a annoncé en se levant qu'elle allait prendre une douche ; Bobby est parti jouer à un jeu vidéo dans le salon, sa manière habituelle de se relaxer. J'ai entendu le bruit des rafales d'armes automatiques et les cris des méchants touchés à mort. Je me trouvais seul avec Julia dans la cuisine.

Elle s'est appuyée sur la table en se penchant vers moi.

— Je crois que je te dois une explication, Jack.

— Non, tu ne me dois rien.

— Une explication de ma conduite. Des décisions que j'ai prises ces derniers temps.

— Cela n'a pas d'importance.

— Pour moi, cela en a.

— Plus tard, Julia. Plus tard.

— Il faut que je t'explique maintenant. Je voulais sauver la boîte, Jack, c'est tout. La caméra était un échec et nous ne pouvions rien y faire. Le contrat allait nous filer sous le nez, la boîte allait couler. Jamais cela ne m'était arrivé, jamais une société où je travaillais n'avait fermé ; je ne voulais pas que Xymos soit la première. J'avais investi dans cette boîte, mais c'était aussi une question d'amour-propre. Je voulais sauver Xymos. Je sais que j'ai fait des erreurs de jugement : j'étais aux abois. J'assume l'entière responsabilité de ce qui s'est passé. Les autres voulaient tout arrêter, je les ai poussés à continuer. C'était... c'était une sorte de croisade. Tout cela n'a servi à rien, poursuivit-elle avec un haussement d'épaules résigné. La boîte va fermer dans quelques jours : la partie est perdue. Mais je ne veux pas te perdre aussi, ajouta-t-elle en se penchant un peu plus. Je ne veux pas perdre ma famille...

Elle a tendu la main au-dessus de la table pour la poser sur la mienne.

— Je veux me racheter, Jack, reprit-elle en baissant la voix. Je veux arranger les choses, pour nous permettre de repartir du bon pied. Toi aussi, j'espère.

— Je ne sais plus où j'en suis.

— Tu es fatigué.

— Oui. Mais je ne sais plus très bien.

— Pour nous, tu veux dire ?

— Cette conversation me prend la tête !

C'était vrai. Pourquoi se lançait-elle dans ces explications alors que j'étais épuisé, que je venais de sortir d'une épreuve qui aurait pu me coûter la vie et dont, en définitive, elle portait l'entière responsabilité. Et je ne supportais pas qu'elle qualifie d'« erreurs de jugement » ce qui, à l'évidence, était bien plus grave.

— Je veux que nous redevenions ce que nous étions, Jack.

Complètement penchée sur la table, elle a essayé de m'embrasser sur les lèvres. Je me suis écarté en détournant la tête. Elle m'a lancé un regard implorant.

— S'il te plaît, Jack…

— Ce n'est ni le lieu ni l'heure, Julia.

Un silence. Elle ne savait que dire.

— Tu manques aux enfants, reprit-elle.

— Certainement. Ils me manquent aussi.

— Moi, je ne leur manque pas…, affirma-t-elle en fondant en larmes. Ils ne m'aiment pas, moi, leur mère…

Elle m'a pris la main en sanglotant ; je me suis laissé faire. Je m'efforçais de faire le point. Je me sentais très fatigué, très mal à l'aise ; je voulais qu'elle cesse de pleurer.

— Julia…

L'interphone a grésillé ; la voix amplifiée de Ricky nous est parvenue.

— Nous avons un problème avec les télécoms. Vous devriez venir tout de suite.

La salle des télécoms consistait en un grand local situé dans un angle de la salle de maintenance. Il était fermé par une pesante porte blindée garnie dans sa partie supérieure d'un panneau de verre armé. Par cette vitre, on voyait les tableaux de distribution et des panneaux pour les télécommunications du labo. J'ai remarqué que de grandes longueurs de câbles avaient été arrachées. Mais j'ai surtout remarqué, affaissé dans un coin de la petite pièce, Charley Davenport. Il paraissait mort. Il avait la bouche grande ouverte et les yeux fixes, ouverts sur le vide. Sa peau était d'un gris rougeâtre ; un essaim noir tournoyait autour de sa tête.

— Je n'arrive pas à comprendre comment cela a pu arriver, affirma Ricky. Quand je suis allé dans sa chambre, il dormait à poings fermés...

— Quand y es-tu allé ?

— Il y a à peu près une demi-heure.

— Et l'essaim ? Comment est-il entré là-dedans ?

— Aucune idée, répondit Ricky. Il a dû l'apporter avec lui, de dehors.

— Comment aurait-il fait ? Il est passé par tous les sas.

— Je sais, mais...

— Mais quoi, Ricky ? Comment est-ce possible ?

— Peut-être... Je ne sais pas... Peut-être était-il dans sa gorge ou quelque part...

— Dans sa gorge ? Tu veux dire entre ses amygdales ? Un essaim peut tuer, tu n'as pas oublié ?

— Oui, je sais. Bien sûr que je sais... Je n'y comprends rien.

J'ai scruté son visage pour essayer de trouver une explication à son comportement. Il venait de découvrir qu'un nanoessaim tueur avait pénétré dans son labo et il ne semblait pas s'en inquiéter le moins du monde. Il prenait même la chose avec désinvolture.

Mae est arrivée en courant ; elle a saisi la situation du premier coup d'œil.

— Quelqu'un a visionné les enregistrements vidéo ?

— Impossible, répondit Ricky en montrant le local. Les commandes sont là, hors service.

— Vous ne savez pas comment il est entré là-dedans ?

— Non, mais, à l'évidence, il ne voulait pas qu'on puisse utiliser les lignes extérieures. Enfin, c'est l'impression que cela donne…

— Pourquoi Charley serait-il entré là-dedans ? insista Mae en se tournant vers moi.

J'ai secoué la tête en signe d'ignorance.

— Le local ferme hermétiquement, glissa Julia. Peut-être savait-il qu'il était infecté et voulait-il s'y enfermer ? La porte est fermée de l'intérieur.

— Ah bon ? Comment le sais-tu ?

— Euh… c'est une supposition… Ah ! reprit-elle en collant le nez à la vitre. On voit le reflet de la serrure dans une plaque chromée. Tu vois, là-bas ?

Je ne me suis pas donné la peine de vérifier, mais Mae l'a fait.

— C'est vrai, Julia, déclara-t-elle, tu as raison. Quel esprit d'observation ! Cela m'avait échappé.

Son admiration était forcée, mais Julia semblait ne pas s'en rendre compte.

Tout le monde jouait donc la comédie, maintenant. Je ne comprenais pas pourquoi, mais en observant la manière dont Mae se comportait avec Julia, j'ai constaté qu'elle agissait avec prudence. Comme si elle avait peur de ma femme, ou du moins de la heurter de front.

C'était curieux.

Et assez inquiétant.

— Y a-t-il un moyen d'ouvrir cette porte ? demandai-je à Ricky.

— Je crois : Vince doit avoir un passe. Mais on ne l'ouvre pas maintenant, Jack, pas tant que cet essaim est là.

— Alors, on ne peut pas appeler l'extérieur ? On est coincés ici ? Coupés du monde ?

— Pour la nuit, répondit Ricky. L'hélico arrivera

demain matin, comme tous les jours… Charley a fait un sacré dégât avec les tableaux de distribution, ajouta-t-il en regardant par la vitre.

— Pour quelle raison aurait-il fait ça ?

— Charley était un peu dérangé, tu sais. Un personnage haut en couleur, certes, mais enfin, ces manies de péter et de fredonner… Il était presque bon à enfermer.

— Jamais cela ne m'est venu à l'esprit.

— C'est une opinion personnelle.

Je me suis placé aux côtés de Ricky pour regarder par le panneau de verre. L'essaim bourdonnait autour de la tête de Charley ; la couche de substance laiteuse commençait à apparaître sur son corps. Le processus habituel.

— Et si on injectait de l'azote liquide pour congeler l'essaim ?

— Ce serait possible, mais j'imagine qu'on endommagerait le matériel.

— Peux-tu augmenter assez la puissance de l'aspiration pour attirer les particules ?

— Elle est à pleine puissance.

— On ne pourrait pas utiliser un extincteur ?

— Ils contiennent du halon. Ça ne marcherait pas pour les particules.

— J'en conclus donc qu'il nous est impossible de pénétrer là-dedans.

— A mon avis, oui.

— Et les téléphones cellulaires ?

— L'alimentation des antennes passe par ce local. Tous les moyens de communication dont nous disposons — portables, Internet, transmission de données à grande vitesse — passent par là.

— Charley savait que le local fermait hermétiquement, glissa Julia. Je parie qu'il s'y est enfermé pour nous protéger. C'était un acte altruiste, une marque de courage.

Elle développait sa théorie sur Charley, l'étoffait,

ajoutait des détails. C'était gênant dans la mesure où la question la plus importante restait sans réponse : comment ouvrir la porte et neutraliser l'essaim.

J'ai demandé s'il y avait une autre vitre donnant sur le local.

— Non, répondit Ricky.

— La vitre de cette porte est la seule ?

— Oui.

— Dans ce cas, nous pouvons aveugler la vitre et éteindre les lumières. Nous attendrons quelques heures, pour que l'essaim perde de l'énergie.

— Je ne sais pas, fit Ricky d'un ton dubitatif.

— Qu'est-ce que tu racontes, Ricky ? lança Julia. Je pense que c'est une merveilleuse idée ! Cela vaut le coup d'essayer ; faisons-le tout de suite.

Ricky s'est rangé à son avis sans discuter.

— D'accord, mais il faudra attendre six heures.

— Je croyais que trois suffisaient.

— Je ne veux prendre aucun risque en ouvrant cette porte. Si l'essaim s'échappe, nous sommes tous foutus.

C'est ce que nous avons décidé de faire. Nous avons fixé un tissu noir sur la vitre à l'aide d'un adhésif et placé un carton par-dessus. Puis nous avons éteint les lumières et appliqué un morceau d'adhésif sur le commutateur en position fermée. A la fin de l'opération, épuisé, j'ai regardé ma montre : il était 1 heure du matin.

— Il faut que j'aille me coucher.

— Un peu de sommeil ferait du bien à tout le monde, déclara Julia. Nous reviendrons voir demain matin.

Tout le monde a pris la direction du module résidentiel. Mae s'est discrètement portée à ma hauteur.

— Comment te sens-tu ? demanda-t-elle.

— Pas trop mal. Le dos commence à me faire souffrir.

— Tu devrais me laisser regarder.

— Pourquoi ?

— Laisse-moi donc regarder avant d'aller te coucher.

— Oh ! Jack ! s'écria Julia. Mon pauvre chéri !

— Qu'est-ce qu'il y a ?

J'étais assis, torse nu, sur la table de la cuisine ; Julia et Mae étaient penchées sur mon dos.

— Qu'est-ce qu'il y a ? répétai-je.

— Des cloques, répondit Mae.

— Des cloques ! répéta Julia. Tout ton dos est couvert de…

— Je pense que nous avons des compresses, coupa Mae en prenant la trousse à pharmacie sous l'évier.

— J'espère, fit Julia en me souriant. Tu ne peux pas savoir, Jack, comme je regrette que tu aies eu à subir tout cela.

— Ça va peut-être piquer un peu, annonça Mae.

Je savais qu'elle voulait me parler seul à seul mais l'occasion ne se présentait pas. Julia ne nous laisserait pas une minute en tête-à-tête. Depuis que j'avais engagé Mae dans mon équipe, elle en avait toujours été jalouse. Là, elle s'évertuait à l'empêcher de retenir mon attention.

Je ne me sentais pas flatté.

Les compresses m'ont apporté un peu de bien-être quand Mae les a appliquées, mais, très vite, cela a commencé à me piquer affreusement.

— Je ne sais pas quels antalgiques nous avons, fit Mae en me voyant grimacer. Tu as des brûlures du deuxième degré sur une bonne surface.

Julia s'est mise à fouiller fébrilement dans la trousse, jetant le contenu autour d'elle ; des tubes et des boîtes roulaient par terre.

— Il y a de la morphine, déclara-t-elle enfin en montrant un flacon. Cela devrait faire l'affaire, ajouta-t-elle en m'adressant un sourire radieux.

— Je ne veux pas de morphine.

Ce que je voulais, c'était qu'elle aille se coucher :

elle m'insupportait. Sa fébrilité me portait sur les nerfs. Et je voulais parler à Mae.

— Il n'y a rien d'autre, reprit Julia. Sinon de l'aspirine.

— De l'aspirine, ça ira.

— Je crains que ce ne soit pas…

— De l'aspirine, ça ira !

— Tu n'es pas obligé de me rembarrer…

— Excuse-moi. Je ne me sens pas très bien.

— J'essaie de rendre service, poursuivit Julia en s'écartant. Et si vous voulez être seuls, vous n'avez qu'à le dire.

— Non, nous ne voulons pas être seuls.

— J'essaie de rendre service, c'est tout… Voyons s'il y a autre chose.

Elle a recommencé à fouiller dans la trousse, faisant tomber par terre des boîtes de sparadrap et des flacons d'antibiotiques.

— Arrête, Julia, je t'en prie !

— Qu'est-ce que j'ai fait ? Qu'est-ce que j'ai fait de mal ?

— Arrête, c'est tout.

— J'essaie de rendre service.

— Je sais.

— Bon, fit Mae dans mon dos, c'est terminé. Cela devrait te permettre de tenir jusqu'à demain. Et maintenant, si vous n'y voyez pas d'inconvénient, je vais me coucher.

Après l'avoir remerciée, je l'ai regardée partir. Quand je me suis retourné, Julia me tendait un verre d'eau et deux comprimés d'aspirine.

— Merci.

— Je n'ai jamais aimé cette fille.

— Allons nous coucher.

— Il n'y a que des lits à une place ici.

— Je sais.

— J'aimerais dormir avec toi, Jack, susurra-t-elle en se rapprochant.

— Je suis vraiment fatigué, Julia. Nous nous verrons demain matin.

J'ai regagné ma chambre et je me suis jeté sur le lit sans me donner la peine d'enlever mes vêtements.

Je ne me souviens même pas d'avoir posé la tête sur l'oreiller.

Septième jour

4 h 42

J'ai eu un sommeil agité, entrecoupé de rêves affreux. Je rêvais que j'étais à Monterey, le jour de mon mariage avec Julia. J'étais devant le pasteur et elle venait se placer à mes côtés, dans sa robe de mariée. Quand elle a soulevé son voile, j'ai été frappé par la beauté, la jeunesse et la finesse de son visage. Elle m'a souri ; j'ai souri en essayant de dissimuler ma gêne. Plus que fin, son visage était émacié : on aurait dit un crâne.

Quand je me suis retourné vers le ministre du culte, j'ai vu que c'était Mae ; elle versait des liquides colorés dans des éprouvettes. Le visage de Julia était déformé par la colère. « Je n'ai jamais aimé cette fille », disait-elle. C'était ma faute ; j'en portais l'entière responsabilité.

Je me suis réveillé en sueur. L'oreiller était trempé. Je l'ai retourné et je me suis rendormi. Je me suis vu dormant sur le lit et j'ai remarqué que la porte de ma chambre était ouverte. De la lumière venait du couloir ; une ombre est passée. Ricky est entré dans la pièce et m'a regardé. Sa tête était éclairée par-derrière ; je ne voyais pas l'expression de son visage. « J'ai toujours eu de l'affection pour toi, Jack », murmura-t-il. Il s'est penché comme pour me murmurer quelque chose à l'oreille, mais j'ai compris, en voyant sa tête s'approcher, qu'il allait m'embrasser. Sur les lèvres, passionnément. Sa bouche était entrouverte, sa langue courait sur ses lèvres. J'étais extrêmement embarrassé ; je ne savais comment réagir. Sur ces entrefaites, Julia est entrée. « Que se passe-t-il ? » demanda-t-elle. Ricky s'est écarté précipitamment et a donné une vague explication. Julia avait l'air furieux. « Pas maintenant, imbécile ! » s'écria-t-elle. Ricky a balbutié quelque chose. « C'est totalement superflu, reprit Julia, cela se fera tout seul. *Ça ne te fera pas de mal si tu ne résistes pas.* » Sur ce, elle est sortie.

Je me suis soudain retrouvé à mon mariage, à Monterey, Julia à mes côtés, tout de blanc vêtue. Je me suis retourné vers l'assistance et j'ai vu mes trois enfants assis au premier rang, souriants, l'air heureux. En les regardant, j'ai vu une ligne noire apparaître autour de leur bouche, puis s'étendre à tout leur corps, jusqu'à ce qu'ils en soient recouverts. Ils continuaient à sourire. Horrifié, je me suis élancé vers eux mais je ne réussissais pas à enlever le voile noir. « N'oublie pas les arroseurs, papa », a déclaré posément Nicole.

Je me suis réveillé entortillé dans les draps, inondé de sueur. La porte de ma chambre était ouverte ; un rectangle de lumière provenant du couloir éclairait en partie le lit. J'ai tourné la tête vers le moniteur de la station de travail : il indiquait : 4 h 55. J'ai fermé les yeux et je suis resté étendu un moment mais je n'arrivais pas à retrouver le sommeil. J'étais mouillé de sueur, nerveux ; j'ai décidé de prendre une douche.

Juste avant 5 heures du matin, je me suis levé.

Le couloir était silencieux ; je l'ai suivi pour me rendre à la salle de bains. Les portes de toutes les chambres étaient ouvertes, ce qui m'a paru étrange, et les lumières allumées partout. J'ai vu en passant Ricky qui dormait. Comme Bobby, Julia et Vince. Le lit de Mae était vide ; celui de Charley aussi, bien sûr.

Je suis passé prendre une boisson gazeuse dans le réfrigérateur de la cuisine. J'étais assoiffé : j'avais la gorge sèche, douloureuse. Et l'estomac barbouillé. En voyant la bouteille de champagne, j'ai eu un drôle de pressentiment, comme si on avait pu la trafiquer. Je l'ai sortie pour examiner le papier de métal qui recouvrait le bouchon. Tout paraissait normal : la feuille de métal était intacte, pas de trace d'aiguille, rien.

Ce n'était qu'une bouteille de champagne. Je l'ai replacée dans le réfrigérateur.

Je commençais à me demander si je n'avais pas été injuste avec Julia. Peut-être avait-elle vraiment le sentiment d'avoir commis une erreur et voulait-elle la réparer. Peut-être voulait-elle seulement montrer sa gratitude. Oui, peut-être étais-je trop dur, trop intransigeant avec elle.

En y réfléchissant, qu'avais-je à lui reprocher ? Même si elle en avait rajouté, elle avait manifesté sa joie de me revoir. Elle assumait la responsabilité de ce qui s'était passé et faisait amende honorable. Elle avait accepté sans hésiter de téléphoner au Pentagone et de tuer l'essaim. Elle avait fait tout ce qu'elle pouvait pour me soutenir, pour montrer qu'elle était de mon côté.

Mais je ne pouvais me défendre d'une impression de malaise.

Il restait la question de Charley et de son essaim. La théorie de Ricky selon laquelle Charley aurait transporté l'essaim à l'intérieur de son corps, dans sa bouche, sous une aisselle ou ailleurs ne tenait pas debout. Quelques secondes suffisaient à un essaim pour tuer sa proie. Ce qui laissait une question : comment l'essaim avait-il pénétré dans le local des télécommunications ? S'il était venu de l'extérieur, pourquoi n'avait-il pas attaqué Julia, Ricky et Vince ?

Je pouvais me passer d'une douche.

J'ai décidé de retourner voir dans le local des télécoms. Peut-être quelque chose m'avait-il échappé ? En parlant à jet continu, Julia m'avait empêché de réfléchir. On aurait presque dit qu'elle ne voulait pas que je comprenne quelque chose...

Cela recommençait, j'étais dur avec elle.

J'ai franchi un premier sas, suivi un couloir, franchi un deuxième sas. Leurs souffleries m'étaient particulièrement pénibles dans mon état de fatigue. Je suis enfin arrivé devant la porte du local, mais je n'ai rien remarqué de nouveau.

En entendant le bruit d'un clavier, j'ai jeté un coup d'œil dans le labo de biologie. Mae était installée devant la console d'un terminal.

— Qu'est-ce que tu fais ?

— Je visionne l'enregistrement vidéo.

— Je croyais qu'on ne pouvait pas, que Charley avait arraché les câbles.

— Ricky l'a dit, mais ce n'est pas vrai.

J'ai commencé à faire le tour de la paillasse pour regarder par-dessus son épaule. Elle m'a arrêté d'un geste de la main.

— Peut-être vaudrait-il mieux que tu ne voies pas ça, Jack.

— Pourquoi ? qu'est-ce qu'il y a à voir ?

— Euh... peut-être que tu n'as pas besoin de ça maintenant... Il vaudrait mieux attendre demain.

Cela m'a évidemment incité à presser le pas ; j'étais curieux. Je me suis arrêté net. L'écran montrait l'image fixe d'un couloir vide.

— C'est tout ? C'est ça que tu ne veux pas me montrer ?

— Non, répondit-elle en faisant pivoter son siège. Il faut prendre dans l'ordre toutes les caméras de surveillance et chacune n'enregistre que dix images par minute. Il est très difficile de savoir exactement ce que…

— Montre-moi, Mae.

— Il faut que je revienne un peu en arrière…

Elle a appuyé plusieurs fois sur la touche « Retour », dans l'angle du clavier. Comme bon nombre de systèmes de contrôle, celui de Xymos s'inspirait des logiciels de navigation sur Internet. Il était possible de revenir en arrière.

Les images se sont succédé en marche arrière jusqu'à ce que Mae décide d'arrêter. Puis elle a fait défiler en accéléré les images, passant d'une caméra à la suivante. Un couloir. L'unité de fabrication. Le même lieu vu d'un autre angle. Un sas. Un autre couloir. La salle de maintenance. Un couloir. La cuisine. Le salon. L'entrée du module résidentiel. Une vue extérieure du désert éclairé par des projecteurs. Un couloir. La centrale électrique. L'extérieur au niveau du sol. Encore un couloir.

— Depuis combien de temps fais-tu ça ? demandai-je, les yeux plissés.

— A peu près une heure.

— Seigneur !

Un nouveau couloir, dans lequel marchait Ricky. La centrale électrique. L'extérieur, avec Julia qui entrait dans le champ des projecteurs. Un couloir. Julia et Ricky qui s'étreignaient. Encore un couloir…

— Arrête !

Mae a appuyé sur une touche ; elle m'a regardé sans rien dire. Une autre touche pour faire avancer lentement les images : elle s'est arrêtée sur celle qui montrait Julia et Ricky.

— Dix images, annonça-t-elle.

Les mouvements étaient flous et saccadés. Ricky et Julia s'avançaient l'un vers l'autre. Ils s'étreignaient. Il y avait manifestement entre eux une spontanéité, une intimité. Puis ils s'embrassaient passionnément.

— Et merde ! m'écriai-je en tournant la tête. Merde de merde de merde !

— Je suis désolée, Jack, fit Mae. Je ne sais pas quoi dire.

J'ai eu un étourdissement ; j'ai cru que j'allais tomber. Je me suis assis sur la paillasse en prenant soin de ne pas regarder l'écran. C'était au-dessus de mes forces. J'ai pris une longue inspiration. Mae a dit quelque chose, mais je n'ai pas entendu.

— Tu étais au courant ? demandai-je en passant la main dans mes cheveux.

— Non. Je l'ai découvert il y a quelques minutes.

— Et les autres ?

— Non. Il nous arrivait de blaguer là-dessus, d'insinuer qu'ils avaient une liaison, mais personne ne le croyait.

— Bon Dieu ! soupirai-je en passant de nouveau la main dans mes cheveux. Dis-moi la vérité, Mae. Il faut que je sache la vérité. Etais-tu au courant, oui ou non ?

— Non, Jack.

Un silence. J'ai respiré un grand coup en essayant de reprendre mes esprits.

— Le plus drôle, c'est que j'avais des soupçons depuis quelque temps. J'étais presque sûr qu'il se passait quelque chose, mais je ne savais pas avec qui… Enfin, même si je m'y attendais, cela fait un choc.

— Je m'en doute, Jack.

— Je n'aurais jamais imaginé que c'était Ricky… Il est, comment dire… un peu lèche-bottes. Et puis, il n'est pas très haut placé. Je croyais qu'elle aurait choisi quelqu'un de plus important.

La conversation que j'avais eue avec Ellen m'est revenue à l'esprit.

Es-tu sûr de bien connaître les goûts de Julia ?

C'était après que j'avais vu l'homme qui l'accompagnait dans la voiture, l'homme dont je n'avais pu distinguer les traits…

On appelle cela un déni de la réalité.

J'étais partagé entre la colère, la gêne et le désarroi, passant successivement d'un sentiment à l'autre.

Mae attendait sans parler, sans bouger ; elle demeurait parfaitement immobile.

— Veux-tu regarder la suite ? demanda-t-elle enfin.

— Ce n'est pas tout ?

— Non.

— Je ne sais pas si… Non, je ne veux rien voir de plus.

— Ce serait peut-être une bonne chose.

— Non.

— Je veux dire… Peut-être te sentirais-tu mieux après…

— Je ne pense pas. Je ne le supporterais pas.

— Ce n'est peut-être pas ce que tu crois, Jack. Du moins pas exactement ce que tu crois.

On appelle cela un déni de la réalité.

— Je ne veux plus me voiler la face, Mae. Je l'ai vu de mes yeux, je sais ce que cela signifie.

J'avais cru que Julia et moi, ce serait pour la vie. Je croyais que nous aimions nos enfants, que nous avions une famille, une maison, une vie à partager. Et Ricky venait d'avoir un nouveau bébé. Ce qui arrivait était plus que bizarre, cela n'avait aucun sens. Mais les choses ne se passent jamais comme on l'imagine.

J'ai entendu Mae taper sur son clavier. Je me suis tourné à demi pour la voir, elle, pas l'écran.

— Qu'est-ce que tu fais ?

— Je cherche Charley. Peut-être pourrai-je voir ce qui lui est arrivé.

Elle s'est remise à pianoter sur le clavier. Je me suis un peu détendu. Mae était dans le vrai : ce qui bouleversait ma vie personnelle était déjà bien avancé. Je ne pouvais rien y faire, du moins dans l'immédiat.

Je me suis installé pour regarder l'écran.

— Tu as raison, nous allons chercher Charley.

Il était déconcertant de voir défiler en boucle les images des caméras. Les gens apparaissaient et disparaissaient. J'ai vu Julia dans la cuisine. Puis je l'ai revue avec Ricky, toujours dans la cuisine. La porte du réfrigérateur ouverte, puis fermée. Vince est apparu dans l'unité de fabrication, puis il s'est volatilisé. Je l'ai revu dans un couloir.

— Toujours pas de Charley.

— Peut-être dort-il encore, fit Mae.

— Peux-tu regarder dans les chambres ?

— Oui, il y a des caméras, mais il faut que je change de cycle. Le cycle normal ne passe pas par les chambres.

— C'est vraiment compliqué à faire ?

— Je ne sais pas ; c'est le domaine de Ricky. Le système de surveillance est assez perfectionné. Ricky est le seul à le connaître sur le bout des doigts. Voyons d'abord si nous trouvons Charley dans le cycle normal.

Nous avons continué de faire défiler les images des caméras pendant une dizaine de minutes. De temps en temps, je détournais les yeux, mais cela ne semblait pas déranger Mae. Nous avons fini par le trouver dans le module résidentiel ; il marchait dans le couloir en se frottant le visage.

— Voilà, fit Mae. Nous l'avons.

— Quelle heure ?

Elle a fait un arrêt sur image pour nous permettre de voir l'heure. Il était 0 h 10.

— Moins d'une demi-heure avant notre retour, observai-je.

— Oui.

Le défilement des images a repris. Charley a disparu du couloir et nous l'avons aperçu se dirigeant vers la salle de bains. Puis nous avons vu Ricky et Julia dans la cuisine. Je me suis raidi, mais ils ne faisaient que parler. Julia a mis la bouteille de champagne dans le réfrigérateur et Ricky lui a donné des verres.

Difficile d'être sûr de ce qui s'était passé ensuite. A raison d'une image toutes les six secondes, tout paraissait brouillé, haché ; tant de choses restaient invisibles entre chaque image.

Voici ce que je crois avoir compris.

Charley est entré dans la cuisine. Il paraissait souriant, plein d'entrain. Il a indiqué les verres que Julia et Ricky se passaient en lui parlant. Il a levé la main pour les arrêter.

Il a montré le verre que Julia tenait à la main et s'apprêtait à placer dans le réfrigérateur.

Il a dit quelque chose ; Julia a secoué la tête.

Charley a semblé étonné. Il a indiqué un autre verre ; Julia a refusé. La tête rentrée dans les épaules, le menton pointé en avant, Charley a donné l'impression de se mettre en colère. Il a tapé du doigt sur la table en s'énervant.

Ricky s'est interposé. Il avait l'attitude de quelqu'un qui intervient dans une dispute et faisait des gestes apaisants pour inciter Charley à se calmer.

Charley ne se calmait pas. Il montrait l'évier dans lequel s'entassait de la vaisselle sale.

Ricky a secoué la tête ; il a posé la main sur l'épaule de Charley.

Charley s'est dégagé avec brusquerie.

Le ton est monté entre les deux hommes. Pendant ce temps, Julia plaçait tranquillement les derniers verres dans le réfrigérateur. Elle semblait indifférente à la dispute qui se déroulait ; on aurait dit qu'elle n'entendait pas. Charley essayait de passer derrière Ricky pour atteindre le réfrigérateur, mais Ricky changeait de place et lui bouchait le passage en levant les mains pour l'apaiser.

L'attitude de Ricky donnait à penser qu'il trouvait le comportement de Charley peu rationnel ; il le traitait avec les ménagements dont on use avec quelqu'un qui n'est plus maître de soi.

— Je me demande si Charley est affecté par l'essaim, fit Mae. Cela expliquerait son attitude.

— Je ne sais pas, répondis-je en regardant attentivement l'écran. Je ne vois pas d'essaim.

— C'est vrai, mais il a l'air hors de lui.

— Que leur demande-t-il de faire ?

— De remettre les verres où ils les ont pris ? De les laver ? De prendre des verres différents ? Je n'en sais rien.

— Charley se contrefichait de ce genre de chose. Il était capable de manger dans une assiette sale. Je l'ai vu faire, ajoutai-je en souriant.

Soudain, Charley a reculé de plusieurs pas. Puis il s'est immobilisé, comme s'il venait de découvrir quelque chose qui le clouait sur place. Ricky lui a dit quelque chose. Charley s'est mis à pointer l'index vers les deux autres en criant ; Ricky s'est approché de lui.

Charley continuait de reculer. Il s'est tourné vers le téléphone mural, a décroché le combiné. Ricky s'est avancé, très vite, pour raccrocher ; les contours de son corps étaient flous. Il a repoussé Charley avec une force surprenante. Charley était costaud, mais il s'est étalé de tout son long et a glissé sur un ou deux mètres.

Il s'est relevé, a hurlé quelque chose et s'est précipité hors de la cuisine. Julia et Ricky ont échangé un regard.

Julia a dit quelques mots ; Ricky s'est aussitôt élancé à la poursuite de Charley.

Julia lui a emboîté le pas.

— Où vont-ils ? demandai-je.

Une inscription a clignoté sur l'écran : MISE A JOUR HORLOGE ; des images de toutes les caméras ont recommencé à se succéder. Nous avons vu Charley courir dans un couloir, poursuivi par Ricky. Nous attendions avec impatience le cycle suivant, mais personne n'était visible.

Un autre cycle. Charley dans la salle de maintenance, composant fébrilement un numéro de téléphone. Il regardait par-dessus son épaule. Ricky est entré, Charley a raccroché. Ils se disputaient en tournant en rond.

Charley a saisi une pelle et l'a brandie devant lui. Ricky a esquivé le premier coup. Il n'a pas pu parer le suivant qui l'a touché à l'épaule et l'a projeté au sol. Charley a levé la pelle au-dessus de sa tête et l'a abaissée en visant la tête de Ricky. Le geste était brutal, l'intention visiblement criminelle. Ricky a réussi à écarter la tête au moment où la plaque de métal s'abattait sur le sol cimenté.

— Seigneur ! souffla Mae.

Ricky était en train de se relever quand Charley a vu Julia entrer. La main tendue, elle s'est avancée vers lui, l'air implorant. Le regard de Charley passait de Julia à Ricky. Puis Vince est entré à son tour. Maintenant que tous les autres étaient là, Charley semblait avoir moins envie d'en découdre. Ils se sont rapprochés, ont resserré le cercle autour de lui.

Soudain, Charley s'est précipité vers le local des télécoms et a essayé de s'y enfermer. Ricky a réagi en un éclair. Il a placé le pied dans l'ouverture, empêchant Charley de fermer la porte. Derrière la vitre, le visage de Charley était déformé par la colère. Vince est allé prêter main-forte à Ricky. Avec les deux silhouettes devant la porte, je ne pouvais pas voir ce qui se passait. Julia semblait donner des ordres. J'ai cru la voir glisser la main dans l'entrebâillement de la porte, mais je n'en étais pas certain.

Quoi qu'il en soit, la porte s'est ouverte ; Vince et Ricky sont entrés. Ce qui a suivi s'est passé rapidement, les images vidéo étaient brouillées. Apparemment, les trois hommes se battaient. Ricky a réussi à se glisser derrière Charley et à l'immobiliser tandis que Vince lui passait un bras dans le dos ; ils ont maîtrisé Charley qui a cessé de se débattre. L'image est redevenue plus nette.

— Qu'est-ce que c'est que cette histoire ? lança Mae. Ils ne nous ont pas parlé de ça.

Ricky et Vince tenaient Charley par-derrière. Il haletait, sa poitrine montait et descendait, mais il ne se défendait plus. Julia s'est approchée : elle a regardé Charley et lui a dit quelques mots.

Puis elle s'est penchée vers lui et l'a longuement embrassé sur la bouche.

Charley se débattait, s'efforçait de se dégager. Vince a pris une poignée de cheveux dans sa main pour essayer de le faire tenir tranquille pendant que Julia l'embrassait. Quand elle s'est écartée, j'ai vu un ruban noir entre sa bouche et celle de Charley. Il n'a été visible que quelques instants.

— Ça alors ! souffla Mae.

Julia s'est essuyé les lèvres, puis elle a souri.

Les genoux de Charley se sont dérobés sous lui, il s'est affaissé. Il avait l'air hébété. Un nuage noir est sorti de sa bouche pour tournoyer autour de sa tête. Vince lui a tapoté le crâne avant de sortir.

Ricky s'est avancé vers les tableaux de l'installation électrique et a arraché les fils à pleines poignées. Puis il s'est retourné vers Charley et lui a glissé quelques mots avant de sortir.

Charley s'est aussitôt relevé et a verrouillé la porte. Ricky et Julia ont éclaté de rire, comme si son geste était vain. Charley s'est de nouveau affaissé ; il a disparu du champ de la caméra.

Ricky a passé le bras autour de l'épaule de Julia et ils sont sortis ensemble.

— Eh bien, on peut dire que vous êtes matinaux !

Je me suis retourné d'un bloc.

Julia se tenait dans l'embrasure de la porte.

Septième jour

5 h 12

Elle s'est avancée en souriant.

— Tu sais, Jack, si je n'avais pas totalement confiance en toi, je penserais qu'il y a quelque chose entre vous deux.

— Ah bon ?

Je me suis légèrement écarté de Mae pendant qu'elle tapait prestement sur quelques touches. Je me sentais affreusement mal à l'aise.

— Qu'est-ce qui te ferait croire cela ?

— Vos têtes toutes proches l'une de l'autre dans une attitude de complicité. Vous paraissiez fascinés par ce que vous regardiez sur cet écran. Qu'est-ce que c'était, à propos ?

— Euh… un truc technique.

— Je peux voir ? Je m'intéresse à tout ce qui est technique. Ricky ne t'en a pas parlé ? Je suis véritablement fascinée par cette technologie : c'est un monde nouveau qui s'ouvre à nous. Le XXIᵉ siècle est là et bien là. Ne te lève pas, Mae, je vais regarder par-dessus ton épaule.

Elle avait fait le tour de la paillasse ; d'où elle se trouvait, elle pouvait voir l'écran. Elle a pris un air étonné en regardant l'image de cultures bactériennes sur un fond rouge. Des cercles blancs à l'intérieur de cercles rouges.

— Qu'est-ce que c'est ?

— Des colonies de bactéries, répondit Mae. Il y a une contamination des coliformes : j'ai été obligée de fermer une cuve. Nous essayons de trouver ce qui cloche.

— Probablement des phages, fit Julia. Tu ne crois pas ? N'est-ce pas ce qui arrive le plus souvent avec les bactéries : un virus qui les infecte ? Tout ce qui concerne la fabrication moléculaire est si délicat, soupira-t-elle. Les choses vont si facilement de travers et si souvent. Il faut toujours rester sur ses gardes. Mais vous n'allez pas me dire, poursuivit-elle en nous lançant un regard en coin, que vous avez passé tout ce temps à regarder ça.

— Si, Julia.

— Quoi ? Des images de moisissure ?

— Des bactéries.

— Oui, des bactéries. C'est ce que vous avez regardé tout ce temps, Mae ?

— Oui, Julia, fit Mae avec un petit haussement d'épaules. C'est mon boulot.

— Je ne mets absolument pas en doute ta conscience professionnelle, mais… Tu permets ?

Julia a avancé la main avec vivacité pour frapper la touche « Retour » dans l'angle du clavier. L'écran précédent montrait d'autres images de cultures bactériennes. Celui d'avant un virus vu au microscope électronique. Puis un tableau de l'évolution des cultures sur les douze dernières heures.

Julia a encore appuyé une demi-douzaine de fois sur la touche « Retour », mais il n'y avait rien d'autre à voir que des virus et des bactéries, des graphiques et des tableaux. Elle a fini par lâcher la touche.

— Tu consacres beaucoup de temps à ce travail, Mae. Est-ce si important ?

— Le virus détruit les bactéries. Si nous n'enrayons pas le processus, il faudra arrêter la production.

— Alors, Mae, continue, je t'en prie, fit Julia. Tu veux prendre un petit déjeuner ? poursuivit-elle en se tournant vers moi. Tu dois mourir de faim.

— Excellente idée.

— Viens avec moi. Nous allons le préparer ensemble.

— D'accord… A tout à l'heure, Mae. Si je peux faire quoi que ce soit pour t'aider, n'hésite pas à m'appeler.

J'ai suivi Julia dans le couloir menant à la résidence.

— Je ne sais pas pourquoi, glissa Julia chemin faisant, mais elle m'agace.

— En effet, je ne vois pas pourquoi. Elle est attentionnée, consciencieuse.

— Et très jolie.

— Julia…

— C'est pour cela que tu refuses de m'embrasser ? Parce que vous avez une aventure ?

— Julia, je t'en prie !

Elle s'est arrêtée pour me regarder dans les yeux.

— Ecoute, fis-je d'un ton apaisant, nous venons de passer une quinzaine de jours éprouvants. Je ne te cache pas que tu as été difficile à vivre.

— Certainement.

— Je ne te cache pas non plus que je t'en ai voulu.

— Avec juste raison. Je regrette de t'avoir fait subir tout cela.

Elle s'est penchée vers moi pour déposer un baiser sur ma joue.

— Cela paraît si loin maintenant, reprit-elle. Je ne veux pas qu'il y ait de tension entre nous. Que dirais-tu d'un long baiser pour sceller notre réconciliation ?

— Plus tard, peut-être. Nous avons encore beaucoup à faire.

Elle minaudait, avançait les lèvres.

— Viens, mon chéri, juste un gros bisou… Viens, tu n'en mourras pas.

— Plus tard.

Elle s'est résignée en soupirant. Nous avons suivi un moment le couloir en silence, puis elle a tourné la tête vers moi.

— Tu m'évites, Jack, déclara-t-elle d'un ton grave. Tu m'évites et je veux savoir pourquoi.

Je n'ai pas répondu. Avec un soupir, j'ai continué de marcher, comme si ce qu'elle venait de dire ne méritait pas de réponse. Au fond de moi-même, j'étais profondément inquiet.

Je ne pouvais refuser éternellement de l'embrasser ; tôt ou tard, elle comprendrait que je savais. Peut-être avait-elle déjà compris. Même lorsqu'elle prenait un ton infantile, Julia semblait plus vive, plus pénétrante qu'elle ne l'avait jamais été. J'avais l'impression que rien ne lui échappait. Il en allait de même pour Ricky : ils semblaient tous deux avoir une conscience aiguisée.

Mon inquiétude provenait de l'image vidéo : ce nuage noir qui semblait sortir de la bouche de Julia. L'avais-je vraiment vu ?

D'après mon expérience, un essaim tuait sa proie par contact direct. Implacablement. Julia semblait abriter un essaim, mais comment était-ce possible ? Possédait-elle une sorte d'immunité ? Ou bien l'essaim avait-il choisi, pour une raison ou une autre, de la laisser en vie ? Qu'en était-il de Ricky et de Vince ? Possédaient-ils, eux aussi, cette immunité ?

Une chose était évidente : Julia et Ricky ne voulaient pas que nous puissions entrer en contact avec le monde extérieur. Ils nous avaient délibérément isolés dans le désert, sachant qu'ils ne disposaient que de quelques heures avant l'arrivée de l'hélicoptère. Apparemment, cela leur suffisait. Pour quoi faire ? Nous tuer ? Simplement nous infecter ?

En suivant ce couloir aux côtés de ma femme, j'avais le sentiment d'être avec une inconnue. Quelqu'un que je ne connaissais plus, quelqu'un d'éminemment dangereux.

J'ai jeté un coup d'œil à ma montre : dans moins de deux heures, l'hélicoptère serait là.

— Tu as un rendez-vous ? lança Julia en souriant.

— Non. Je pensais qu'il était l'heure de prendre un petit déjeuner.

— Pourquoi n'es-tu pas franc avec moi, Jack ?

— Je suis franc…

— Non. Tu te demandais combien de temps il reste avant l'arrivée de l'hélicoptère.

J'ai haussé les épaules sans répondre.

— Deux heures, poursuivit Julia. Je parie que tu seras heureux de partir d'ici.

— Oui, mais je ne partirai pas avant que tout soit fait.

— Pourquoi ? Que reste-t-il à faire ?

Nous arrivions au module résidentiel. Une odeur d'œufs et de bacon m'a chatouillé les narines. Ricky a débouché à l'angle du couloir ; il m'a accueilli avec un sourire chaleureux.

— Salut, Jack. Bien dormi ?

— Ça va, merci.

— Vraiment ? Tu as l'air un peu fatigué.

— J'ai fait de mauvais rêves.

— Ah bon ? De mauvais rêves ? C'est embêtant.

— Ça arrive.

Nous sommes tous entrés dans la cuisine où Bobby préparait le petit déjeuner.

— Œufs brouillés à la ciboulette et au fromage fondu ! annonça-t-il d'un ton jovial. Et vous avez le choix des toasts !

Julia a demandé un toast au pain de froment, Ricky un muffin. J'ai dit que je ne voulais rien. En regardant Ricky, j'ai été frappé une fois de plus par sa robustesse. Sous son T-shirt, les muscles étaient gonflés, bien dessinés. Il a surpris mon regard.

— Il y a un problème ?

— Non, j'admirais ton allure d'athlète.

J'essayais d'être spirituel, mais, en vérité, je me sentais affreusement mal à l'aise dans cette cuisine, au milieu des autres. Je ne pouvais chasser de mon esprit les images de Charley et la vivacité avec laquelle ils l'avaient maîtrisé. Je n'avais pas faim. Je ne pensais qu'à une seule chose : sortir de cette pièce. Mais comment faire sans éveiller les soupçons ?

Julia s'est dirigée vers le réfrigérateur et elle a ouvert la porte. La bouteille de champagne était bien en vue.

— Etes-vous prêts à arroser votre succès maintenant ?

— Quelle bonne idée ! fit Bobby. Des bulles au petit matin…

— Pas question ! coupai-je. Il va bien falloir, Julia, que tu te décides à prendre la situation au sérieux. Nous ne sommes pas encore tirés d'affaire. Il faut faire venir l'armée et il est impossible de téléphoner. Ce n'est pas le moment de sabler le champagne.

— Quel rabat-joie ! lança Julia en faisant la moue.

— Tu es ridicule !

— Ne te fâche pas, mon chéri… Embrasse-moi, embrasse-moi !

Elle s'est penchée vers moi, les lèvres offertes. La colère semblait être mon meilleur atout.

— Enfin, Julia, m'écriai-je, si nous nous trouvons dans cette situation, c'est uniquement parce que tu n'as pas pris les choses au sérieux. Il y a eu un essaim en liberté dans le désert pendant… je ne sais pas, quinze jours ? Au lieu de l'éliminer, tu as joué avec lui. Tu as fais l'imbécile jusqu'à ce qu'il échappe à ton contrôle.

Résultat : trois morts. Il n'y a rien à arroser, Julia, c'est une tragédie. Je ne vais pas boire du champagne alors que les autres ne sont plus là.

J'ai pris la bouteille et je suis allé la fracasser contre l'évier.

— Tu as compris, cette fois ?

— Ce n'était absolument pas nécessaire, répliqua Julia, le visage impassible.

J'ai vu Ricky me regarder d'un air pensif, comme s'il pesait le pour et le contre avant de prendre une décision. Bobby continuait de faire la cuisine, le dos tourné, dans l'attitude de quelqu'un qu'une scène de ménage met mal à l'aise. Avaient-ils eu Bobby ? J'ai cru distinguer une fine ligne noire au niveau de son cou, mais je n'en étais pas sûr et je n'osais pas regarder de manière insistante.

— Pas nécessaire ! m'écriai-je d'une voix vibrante de rage. C'étaient mes amis. Ils étaient tes amis, Ricky, les tiens aussi, Bobby. Je ne veux plus entendre parler d'arroser quoi que ce soit !

J'ai pivoté sur mes talons et je me suis dirigé d'un pas décidé vers la porte. Au moment où j'allais sortir, Vince est entré.

— Tu devrais te calmer, mon vieux, fit-il. Tu vas avoir une attaque.

— Va te faire foutre !

Vince a haussé les sourcils ; je l'ai frôlé en passant.

— Personne n'est dupe, Jack ! s'écria Julia. Je sais ce que tu mijotes !

Mon cœur a fait un bond dans ma poitrine, mais j'ai continué à marcher.

— Je vois clair dans ton jeu, Jack ! Je sais que tu vas la rejoindre !

— Bien vu ! lançai-je par-dessus mon épaule.

Etait-ce réellement ce que pensait Julia ? Je n'en croyais rien. Elle cherchait seulement à m'induire en erreur, à détourner mon attention jusqu'à ce que… quoi ? Que voulaient-ils faire de moi ?

Ils étaient quatre. Nous n'étions que deux, à moins, bien sûr, qu'ils n'aient déjà eu Mae.

Elle n'était pas dans le labo de biologie. En faisant du regard le tour de la salle, j'ai vu qu'une petite porte latérale était entrouverte. Elle donnait accès au sous-sol où étaient installées les cuves de fermentation. De près, elles étaient bien plus grandes que je ne l'avais imaginé, des sphères géantes en acier inoxydable, d'un diamètre de près de deux mètres. Tout autour se trouvait un enchevêtrement de tuyaux, de valves, d'appareils de contrôle de la température. L'endroit était chaud et bruyant.

Debout près de la troisième cuve, Mae prenait des notes et fermait une valve. Il y avait un porte-éprouvettes à ses pieds. En me regardant approcher, elle a levé les yeux vers le plafond où était installée une caméra de surveillance. Elle a fait le tour de la cuve ; je l'ai suivie. Nous n'étions plus dans le champ de la caméra.

— Ils ont dormi avec la lumière, commença-t-elle.

J'ai hoché la tête. J'avais compris ce que cela signifiait.

— Ils sont tous infectés, poursuivit Mae.

— Oui.

— Et ils n'en meurent pas.

— Non, mais je ne comprends pas pourquoi.

— L'essaim a dû évoluer : leur organisme le tolère.

— Si vite ?

— L'évolution peut être rapide, répondit Mae. Tu connais les travaux d'Ewald ?

Je les connaissais. Dans le cadre de ses recherches sur le choléra, Paul Ewald avait découvert que l'agent du choléra évoluait de manière à entretenir une épidémie. Dans les villages privés d'alimentation en eau, où la population prenait l'eau dans une rigole, la bactérie était virulente. Elle produisait chez sa victime un grand abattement, des vomissements et une diarrhée à laquelle elle succombait sur place. Les selles contenaient des millions de vibrions cholériques qui se répandaient dans l'eau et infectaient d'autres habitants du village.

Mais lorsqu'il existait une alimentation en eau potable, la souche pathogène ne pouvait se reproduire. La victime mourait toujours, mais comme les selles ne se répandaient pas dans l'eau, l'infection ne se transmettait pas, l'épidémie régressait. Dans ces conditions, la maladie prenait une forme atténuée, permettant à la victime de se déplacer le temps de transmettre les agents pathogènes par simple contact, du linge infecté ou tout autre moyen.

Mae voulait dire qu'il était arrivé la même chose aux essaims. Ils avaient évolué pour prendre une forme atténuée qui pouvait être transmise d'une personne à l'autre.

— Ça fait froid dans le dos, soupirai-je.

— Oui, mais que pouvons-nous y faire ?

Elle s'est mise à pleurer en silence ; les larmes coulaient lentement sur ses joues. La voir bouleversée, elle, toujours si forte, m'a profondément troublé.

— Nous ne pouvons rien faire, Jack, reprit-elle. Ils sont quatre et ils sont plus forts que nous. Ils nous tueront comme ils ont tué Charley.

Elle a posé la tête contre ma poitrine ; j'ai passé le bras autour de son épaule. Mais je ne pouvais rien dire pour la rassurer : je savais qu'elle avait raison.

Il n'y avait aucune fuite possible.

Winston Churchill a dit un jour que, sous le feu de l'ennemi, l'esprit se concentre merveilleusement bien. Mon esprit fonctionnait à toute vitesse. J'avais commis une erreur ; il fallait la réparer, même si cette erreur était typiquement humaine.

Sachant que nous vivons à une époque où le concept

d'évolution est présent dans les domaines de la biologie, de la médecine, de l'écologie, de la psychologie, de l'économie, de l'informatique et j'en passe, il est étonnant que nous pensions si rarement en termes d'évolution. Comme si nous avions des œillères. Nous persistons à considérer le monde qui nous entoure comme une photographie alors qu'il s'agit en réalité d'un film dont les images changent d'une manière continue. Nous le savons, bien entendu, mais nous nous comportons comme si de rien n'était. Nous nions la réalité du changement. Il nous surprend toujours. Voyant leurs enfants mûrir trop vite à leur goût, les parents, pris de court, persistent à les traiter comme s'ils étaient plus jeunes qu'ils ne le sont en réalité.

J'avais été surpris, de la même manière, par le changement dans l'évolution des essaims. Il n'y avait aucune raison pour qu'ils n'évoluent pas simultanément dans deux directions. Et pourquoi pas trois, quatre ou dix ? J'aurais dû m'y attendre. J'aurais dû le prévoir. J'aurais été mieux préparé à affronter la situation dans laquelle nous nous trouvions.

J'avais commis l'erreur de considérer les essaims comme un seul et unique problème — des essaims en liberté dans le désert —, sans envisager d'autres possibilités.

On appelle cela un déni de la réalité, Jack.

J'ai commencé à me demander ce que je refusais de voir d'autre. Quand m'étais-je fourvoyé ? A côté de quoi étais-je passé ? Il fallait probablement remonter à mon premier contact avec un essaim, qui avait provoqué une réaction allergique à laquelle j'avais failli succomber. Mae avait parlé d'une réaction aux coliformes, provoquée par une toxine produite par les bactéries de l'essaim. Cette toxine était à l'évidence le résultat d'une modification des coliformes de l'essaim. La présence de phages dans la cuve n'était-elle pas une autre modification, une réponse virale aux bactéries qui…

— Ecoute, Mae…

— Quoi ?

— Il y a peut-être quelque chose à faire pour les empêcher d'agir.

Elle était sceptique ; je le voyais sur son visage. Elle s'est essuyé les yeux pour m'écouter attentivement.

— L'essaim est composé de particules et de bactéries, n'est-ce pas ?

— Oui…

— Sachant que les bactéries fournissent la matière brute permettant aux particules de se reproduire, si les bactéries meurent, l'essaim mourra aussi.

— Probablement, fit Mae, l'air perplexe. Tu penses à un antibiotique ? A leur faire prendre un antibiotique ? Une grande quantité est nécessaire pour se débarrasser d'une infection par des coliformes. Il leur faudrait prendre des médicaments pendant plusieurs jours et je ne crois pas…

— Non, je ne pense pas à un antibiotique, coupai-je. Je pense à ça, ajoutai-je en tapotant la cuve.

— Le phage ?

— Pourquoi pas ?

— Je ne sais pas si cela peut marcher. C'est possible, mais… Comment leur feras-tu prendre ? Ils ne vont pas le boire dans un verre d'eau.

— Alors, nous allons le disséminer dans l'atmosphère. Ils le respireront sans s'en rendre compte.

— Et comment veux-tu le disséminer dans l'atmosphère ?

— Facile. Ne ferme pas cette cuve ; introduis les bactéries dans le système. Je veux que la chaîne d'assemblage fabrique des virus, des quantités de virus. Ensuite, nous les libérerons dans l'air.

— Ça ne marchera pas, Jack, soupira Mae.

— Pourquoi ?

— La chaîne d'assemblage ne fabriquera pas des quantités de virus.

— Explique-moi.

— A cause de la manière dont le virus se reproduit. Tu le sais, il se fixe sur la paroi d'une cellule à l'intérieur de laquelle il s'introduit. Puis il prend le contrôle de l'ARN de la cellule et s'en sert pour fabriquer d'autres virus. La cellule n'assure plus ses fonctions métaboliques ; elle ne fait plus que produire des virus. Très vite, elle en est bourrée et elle éclate comme un ballon, libérant les virus qui vont se fixer sur de nouvelles cellules. Et le processus recommence.

— Oui, et alors ?

— Si j'introduis le phage dans la chaîne d'assemblage, le virus se reproduira rapidement... un certain temps. Il fera aussi éclater quantité de membranes de cellules qui formeront un résidu lipidique. Ce résidu encrassera les filtres intermédiaires. Au bout d'une ou deux heures, les chaînes de montage vont chauffer, le système de sécurité se déclenchera et tout sera coupé. La production s'arrêtera : plus de virus.

— Peut-on commander la coupure du système de sécurité ?

— Oui, mais je ne sais pas comment.

— Qui peut le faire ?

— Ricky. Il est le seul.

— Cela ne nous mènera nulle part, fis-je pensivement. Tu es sûre que tu n'arriverais pas à ...

— Il y a un code. Ricky est seul à le connaître.

— Bien sûr.

— De toute façon, Jack, ce serait trop dangereux. La chaîne d'assemblage a besoin pour fonctionner d'une température et d'une tension élevées. De plus, des ketones et du méthane sont produits en quantité dans les bras. Ils font l'objet d'une surveillance continue

423

afin de maintenir les niveaux au-dessous d'une certaine concentration…

Elle a haussé les épaules sans achever sa phrase.

— Tu veux dire que cela pourrait exploser ?

— Je veux dire que cela explosera à coup sûr, Jack. Quelques minutes après la fermeture du système de sécurité. Six ou huit, au plus. Et je ne te souhaite pas d'être là quand cela se produira. Il n'est donc pas possible de se servir de la chaîne d'assemblage pour produire des quantités de virus. Avec ou sans le système de sécurité, cela ne marchera pas.

Un silence pesant s'est établi.

J'ai fait du regard le tour de la salle. La cuve d'acier bombée au-dessus de ma tête. Le porte-éprouvettes garni aux pieds de Mae. Dans un angle, une serpillière, un seau et une bonbonne en plastique de quatre litres, remplie d'eau. Mon regard est revenu se poser sur Mae, effrayée, encore au bord des larmes, mais qui s'efforçait de faire bonne figure.

J'avais un plan.

— Fais-le quand même. Libère les virus dans le système.

— A quoi bon ? demanda-t-elle.

— Fais-le, Mae.

— Pourquoi, Jack ? reprit-elle. Ils sauront que nous savons. Nous n'arriverons pas à les duper ; ils sont trop intelligents. Si nous essayons ce que tu proposes, ils s'en rendront compte immédiatement et nous le feront payer.

— Probablement.

— De toute façon, cela ne marchera pas : le système ne produira pas de virus. Alors, à quoi bon, Jack ?

J'avais un plan, mais je ne le donnerais pas à Mae qui, depuis mon arrivée, avait été mon amie et une alliée précieuse. Je m'en voulais d'agir ainsi, et pourtant il me fallait détourner l'attention des autres, les lancer sur une fausse piste. J'avais besoin de Mae ; il fallait qu'elle se trompe.

— Pour détourner leur attention, je veux que tu libères le virus dans la chaîne d'assemblage. Il faut qu'ils se concentrent là-dessus, que cela devienne leur unique préoccupation. J'en profiterai pour emporter des virus dans l'espace de maintenance, sous le toit, et les verser dans le réservoir de l'extincteur automatique d'incendie.

— Tu déclencheras les diffuseurs ?

— Oui.

— Et ils seront arrosés par l'eau contenant le virus. Tout le monde sera trempé.

— Exact.

— Cela peut marcher, Jack.

— Je n'ai pas de meilleure idée. Maintenant, tu vas ouvrir la valve et nous allons remplir quelques éprouvettes de ce virus. Je voudrais aussi que tu en mettes dans la bonbonne, la grande bouteille en plastique qui est dans le coin.

Mae a eu un moment d'hésitation.

— La valve est de l'autre côté de la cuve, fit-elle. Nous n'échapperons pas à la caméra de surveillance.

— Tant pis, nous n'y pouvons rien. Tout ce que je veux, c'est gagner du temps.

— Comment dois-je m'y prendre ?

Je lui ai expliqué à voix basse ; elle a fait la grimace.

— Tu veux rire ? Jamais ils ne feront cela !

— Bien sûr que non. J'ai seulement besoin d'un peu de temps.

Nous sommes passés de l'autre côté de la cuve ; Mae a rempli les tubes à prélèvement. Le liquide, un épais bouillon marron, avait l'aspect et l'odeur de matières fécales.

— Tu es sûr de toi ? demanda-t-elle.

— Il faut le faire ; nous n'avons pas le choix.

— A toi l'honneur.

J'ai pris le tube à prélèvement qu'elle me tendait, j'ai respiré un grand coup et j'en ai avalé le contenu d'un seul trait. C'était dégoûtant ; j'ai cru que j'allais vomir. J'ai repris une longue inspiration avant de boire un peu d'eau de la bouteille.

— C'est horrible, non ? fit Mae.

— Horrible.

Elle a pris une autre éprouvette et l'a vidée en se bouchant le nez. J'ai attendu la fin de sa quinte de toux pour lui tendre la bouteille d'eau. Elle a bu et versé le reste sur le sol, puis elle a rempli la bonbonne du liquide marron.

Pour finir, Mae a tourné la poignée d'une grosse valve.

— Voilà, fit-elle, il passe dans le système.

— Parfait.

Après avoir glissé deux éprouvettes dans la poche de ma chemise, j'ai pris la grosse bouteille en plastique ; l'étiquette indiquait : « Eau de source Arrowhead ».

— A plus tard, Mae, lançai-je en me retournant.

Je me suis dit en suivant le couloir que j'avais une chance sur cent de réussir. Peut-être une sur mille.

Mais cette chance existait.

Quand Mae est entrée dans la cuisine avec ses éprouvettes remplies de liquide marron, les autres prenaient leur petit déjeuner. Julia lui a lancé un regard glacial ; Vince n'a pas levé la tête.

— Qu'est-ce que tu as dans ces tubes, Mae ? demanda Ricky.

— Des phages.

— Pour quoi faire ?

Julia a regardé de plus près.

— Cela vient d'une cuve de fermentation, expliqua Mae.

— Pas étonnant que ça pue !

— Jack vient de boire le contenu d'un tube. Il m'en a fait boire un aussi.

— Pourquoi avez-vous fait ça ? grogna Ricky. Je m'étonne que cela ne vous ai pas fait gerber !

— J'ai bien failli. Jack veut que vous en buviez tous. Bobby a éclaté de rire.

— Allons bon ? Pour quoi faire ?

— Pour être sûr qu'aucun de vous n'est infecté.

— Infecté ? répéta Ricky, le front plissé. Que veux-tu dire ?

— Jack pense que Charley logeait l'essaim à l'intérieur de son corps et qu'il en va peut-être de même pour nous tous. Ou pour certains d'entre nous. En buvant ce virus, vous tuez les bactéries qui sont en vous et vous tuez l'essaim.

— Tu parles sérieusement ? lança Bobby. Boire cette saloperie ? Pas question, Mae !

Elle s'est tournée vers Vince.

— Quelle puanteur !… Je passe mon tour.

— Ricky ? poursuivit Mae. Tu veux être le premier ?

— Pas question de boire ça, déclara Ricky. Pourquoi le ferais-je ?

— D'abord, tu aurais la certitude de ne pas être infecté. Ensuite, nous en aurions aussi la certitude.

— Tu veux dire que c'est un test ?

— C'est l'idée de Jack, répondit Mae.

L'air perplexe, Julia s'est adressée à Mae.

— Où est-il en ce moment ?

— Aucune idée. La dernière fois que je l'ai vu, c'était devant les cuves de fermentation. Je ne sais pas où il est allé.

— Bien sûr que si, riposta Julia d'un ton tranchant. Tu sais exactement où il est.

— Non, il ne m'a rien dit.

— Ce n'est pas vrai, insista Julia, il te dit tout. Vous

avez préparé cette comédie ensemble : tu es de mèche avec lui. Tu ne croyais pas vraiment que nous allions boire cette horreur ! Où est Jack, Mae ?

— Je te l'ai dit, je ne sais pas.

— Regarde sur les moniteurs, ordonna Julia à Bobby. Trouve-le !

Elle s'est levée pour faire le tour de la table.

— A nous deux, Mae, fit-elle d'une voix calme mais chargée de menace. Je veux que tu me répondes et que tu me dises la vérité.

Mae s'est écartée. Ricky et Vince ont convergé sur elle, l'acculant contre le mur.

— Dis-moi tout maintenant, Mae, reprit Julia en s'avançant lentement. Tu as intérêt à te montrer coopérative.

— Je l'ai trouvé, annonça Bobby du fond de la pièce. Il traverse la salle de fabrication avec une grosse bouteille pleine de cette saloperie.

— Dis-moi tout, Mae, murmura Julia en se penchant vers elle.

Elle était si près que leurs lèvres se touchaient presque. Mae plissait les yeux et pinçait les lèvres de toutes ses forces. Elle commençait à trembler de peur. Julia a passé la main sur ses cheveux.

— N'aie pas peur. Il n'y a rien à craindre. Dis-moi simplement ce qu'il fait avec cette bouteille.

— Je savais que ça ne marcherait pas, répondit Mae, secouée de sanglots. Je lui ai dit que vous le découvririez.

— Bien sûr, fit posément Julia. Bien sûr. Dis-moi ce qu'il veut faire.

— Il a emporté la bouteille remplie de virus et il veut la verser dans le réservoir des extincteurs automatiques d'incendie.

— Vraiment ? fit Julia. C'est très habile de sa part. Merci, ma belle.

Et elle a embrassé Mae sur la bouche. Mae s'est débattue, mais elle avait le dos contre le mur et Julia lui tenait la tête.

— Essaie de rester calme, conseilla Julia quand elle eut terminé. N'oublie pas : ça ne fait pas mal si tu ne résistes pas.

Sur ces mots, elle est sortie de la cuisine.

Septième jour

6 h 12

Tout est allé plus vite que je ne l'avais imaginé. En les entendant courir dans le couloir, j'ai précipitamment caché la bonbonne, puis j'ai continué de traverser la salle de fabrication. Ils se sont rués vers moi ; j'ai essayé de m'enfuir. Vince m'a fait un plaquage et je suis tombé la tête la première sur le sol de ciment. Ricky s'est aussitôt jeté sur moi, me coupant le souffle. Vince m'a balancé deux coups de pied dans les côtes, puis ils m'ont remis debout, face à Julia.

— Alors, Jack, fit-elle en souriant, comment te sens-tu ?

— Cela pourrait aller mieux.

— Nous venons d'avoir une conversation intéressante avec Mae, poursuivit Julia. Il ne sert donc à rien de tourner autour du pot. Où est la bouteille ? demanda-t-elle en regardant tout autour.

— Quelle bouteille ?

— A quoi bon nier l'évidence, Jack ? fit-elle en secouant tristement la tête. Où est la bouteille de phage que tu allais verser dans le système de maîtrise des incendies.

— Je n'ai pas de bouteille.

Elle s'est approchée de moi ; je sentais son haleine sur mon visage.

— Je connais cette expression, Jack. Tu as un plan, n'est-ce pas ? Maintenant, dis-moi où est la bouteille.

— Quelle bouteille ?

Ses lèvres ont effleuré les miennes. Je suis resté immobile comme une statue.

— Jack chéri, murmura-t-elle, tu sais bien qu'il ne faut pas jouer avec le feu. Je veux cette bouteille.

Je n'ai pas desserré les lèvres.

— Juste un baiser, Jack…

Elle se faisait sensuelle, aguichante.

— Laisse tomber, Julia, fit Ricky. Il n'a pas peur de toi. Il a bu le virus et il croit qu'il sera protégé.

— C'est vrai ? lança Julia en s'écartant.

— Peut-être bien, répondit Ricky. Mais je parie qu'il a quand même peur de mourir.

Avec l'aide de Vince, il m'a pris sous les aisselles pour m'entraîner vers le fond de la salle ; ils m'emmenaient vers la salle des aimants. J'ai commencé à résister.

— Tu as raison, fit Ricky. Tu sais ce qui t'attend.

Ce n'était pas prévu. Je ne m'attendais pas à ça ; je ne savais pas ce que j'allais pouvoir faire. Je me suis débattu de toutes mes forces, en me tortillant, en donnant des coups de pied, mais ils étaient tous deux d'une force incroyable. Mes efforts ne servaient à rien. Julia a ouvert la lourde porte blindée ; j'ai vu le cylindre de l'aimant, d'un diamètre de près de deux mètres.

Ils m'ont poussé à l'intérieur sans ménagement. Je me suis étalé par terre et ma tête a heurté l'acier de l'écran de protection. J'ai entendu le déclic de la porte qui se refermait.

Je me suis relevé. Les pompes du système refroidisseur se sont mises en marche avec un bruit sourd. L'interphone a grésillé.

— Tu ne t'es pas demandé pourquoi ces parois sont en acier, Jack ? fit la voix de Ricky. Un aimant pulsé est dangereux ; si on le fait fonctionner pendant une certaine durée, il explose, il est détruit par le champ magnétique qu'il crée. Nous avons un temps de charge d'une minute ; tu disposes donc d'une minute pour réfléchir.

J'étais déjà venu dans cette pièce, quand Ricky m'avait fait visiter les lieux. Je me souvenais qu'il y avait un système d'arrêt à hauteur du genou ; j'ai appuyé sur le bouton.

— Raté, Jack, fit laconiquement Ricky. J'ai inversé la commande : tu viens de mettre l'aimant en marche au lieu de le couper. Il vaut mieux le savoir.

Le grondement s'est intensifié ; la pièce a commencé à vibrer légèrement. L'atmosphère se refroidissait rapidement. J'ai vu de la vapeur sortir de ma bouche.

— Je regrette que ce ne soit pas très agréable, reprit Ricky, mais cela ne durera pas longtemps. Dès que les pulsations auront atteint la bonne cadence, la température montera rapidement. Il reste, voyons… quarante-sept secondes.

Le bruit, qui rappelait celui d'un marteau-piqueur, rapide et étouffé, devenait de plus en plus fort. Il couvrait presque la voix de Ricky.

— Tu as une famille, Jack. Ta famille a besoin de toi. Réfléchis bien au choix que tu fais.

— Passe-moi Julia.

— Non, Jack, elle ne veut pas te parler pour l'instant. Elle est très déçue, tu sais.

— Passe-la-moi.

— Tu n'écoutes pas, Jack : elle ne veut pas. Pas avant que tu aies dit où se trouve le virus.

Le bruit sourd et saccadé allait en s'intensifiant, la température montait. Je percevais les gargouillements du liquide de refroidissement dans les conduits. J'ai donné un coup de genou sur le bouton du système d'arrêt.

— Je te l'ai dit, Jack, cela ne sert qu'à mettre l'aimant en marche. Tu as du mal à m'entendre ?

— Oui ! hurlai-je à pleins poumons.

— Dommage, fit Ricky. J'en suis navré.

C'est du moins ce que j'ai compris. Le bruit saccadé semblait emplir la pièce et faire vibrer l'air ; on aurait dit une IRM géante. J'avais mal à la tête. Mon regard s'est posé sur l'aimant, sur les gros boulons maintenant les plaques, qui n'allaient pas tarder à se transformer en missiles.

— Nous ne plaisantons pas, Jack, reprit Ricky. Cela nous ferait mal au cœur de te perdre… Plus que vingt secondes.

Le temps de charge était le temps nécessaire pour charger les condensateurs de l'aimant afin de produire des impulsions électriques d'une milliseconde. Je me suis demandé combien de temps il faudrait à ces impulsions pour mettre l'aimant en pièces. Quelques secondes, au plus. Il me restait peu de temps et je ne savais que faire. Rien n'avait marché comme je l'espérais et j'avais perdu le seul atout en ma possession : ils reconnaissaient maintenant l'importance du virus. Ils n'avaient pas eu jusqu'alors conscience du danger qu'il représentait pour eux. Maintenant qu'ils avaient compris, ils exigeaient que je le leur remette. Ils n'allaient certainement pas tarder à décider de détruire la cuve de fermentation ; le virus serait éliminé, cela ne faisait aucun doute.

Et je ne pouvais rien y faire. Plus maintenant.

Je me suis demandé ce qu'il était advenu de Mae. Lui avaient-ils fait du mal ? Etait-elle encore en vie ? Je me sentais étrangement détaché, indifférent. J'étais dans une IRM géante qui faisait un bruit terrifiant. C'est ce que ma petite Amanda avait dû ressentir quand elle

s'était trouvée dans la même situation, à l'hôpital…
Mon esprit battait la campagne.

— Dix secondes, annonça Ricky. Allons, Jack, ne joue pas les héros, ce n'est pas ton genre. Dis-nous où est le virus. Six secondes… cinq… Parle, Jack !

Le bruit saccadé avait cessé. Il y a eu un grand fracas, suivi de la plainte du métal torturé. L'aimant s'était mis en marche pendant quelques millisecondes.

— Première impulsion, annonça Ricky. Ne sois pas stupide, Jack.

Le bruit retentissant a recommencé. Les impulsions étaient de plus en plus rapprochées. L'enveloppe isolante du liquide de refroidissement commençait à se fendiller : les impulsions étaient trop rapprochées.

Je n'en pouvais plus.

— D'accord, Ricky ! Je vais vous le dire !

— Vas-y, Jack ! J'attends !

— Non ! Arrête d'abord ! Et je ne le dirai qu'à Julia.

— Ce n'est pas raisonnable, Jack. Tu n'es pas en position de discuter.

— Tu veux le virus ou tu préfères que ce soit une surprise ?

D'un seul coup, le silence. Pas d'autre bruit que le gargouillement du liquide de refroidissement dans les conduits. L'aimant était chaud, mais le bruit d'IRM avait cessé.

L'IRM… J'attendais l'arrivée de Julia en réfléchissant. J'ai décidé de m'asseoir. J'ai entendu le déclic de la porte ; Julia est entrée.

— Tu n'as pas de mal, Jack ?

— Non. Mais ce n'est pas bon pour les nerfs.

— Je ne comprends pas pourquoi tu as voulu subir cela… Ce n'était vraiment pas nécessaire. A propos, j'ai une bonne nouvelle : l'hélicoptère vient d'arriver.

— C'est vrai ?

— Oui. Il est en avance aujourd'hui. Imagine comme il serait agréable de monter dans cet appareil et de rentrer à la maison. De retourner chez toi, de retrouver ta famille… Quel soulagement !

Assis, le dos au mur, j'ai levé la tête vers elle.

— Tu veux dire que je peux m'en aller ?

— Bien sûr, Jack. Rien ne t'oblige à rester ici. Donne-moi la bonbonne de virus et rentre à la maison.

Je n'en croyais pas un traître mot. J'avais devant les yeux la Julia chaleureuse, la Julia aguicheuse. Mais je ne pouvais la croire.

— Où est Mae ?

— Elle se repose.

— Tu lui as fait du mal, n'est-ce pas ?

— Non ! Non, non ! Pourquoi lui aurais-je fait du mal ? Je ne suis pas sûre que tu comprennes bien. Je ne veux faire de mal à personne, Jack. Ni à Mae ni à toi, surtout pas à toi.

— Tu devrais dire ça à Ricky.

— Je t'en prie, Jack, laissons un moment les sentiments de côté et essayons d'être logiques. Tu te fais du mal tout seul. Pourquoi n'arrives-tu pas à accepter la nouvelle situation ?

Elle m'a tendu la main. Je l'ai prise et elle m'a aidé à me relever. Elle était forte, plus qu'elle ne l'avait jamais été.

— Après tout, reprit-elle, tu fais partie intégrante de tout cela. Tu as éliminé la forme virulente.

— Afin que la forme bénigne puisse se développer…

— Exactement, Jack. Et lui permettre de créer une nouvelle synergie avec l'être humain.

— Une synergie que tu as en ce moment, par exemple.

— C'est cela.

Elle m'a adressé un sourire à donner la chair de poule.

— Qu'est-ce que c'est, exactement ? Coexistence ? Coévolution ?

— Une symbiose, répondit-elle, souriante.

— Cesse de dire des conneries, Julia. C'est une maladie.

— Tu ne peux pas dire autre chose ; tu ne sais pas encore ce que c'est. Tu n'en as pas fait l'expérience.

Elle s'est avancée pour me serrer dans ses bras ; je l'ai laissée faire.

— Tu n'as aucune idée de ce que tu vas devenir.

— Toujours la même histoire !

— Ne sois pas si obstiné. Laisse-toi aller, pour une fois. Tu as l'air fatigué, Jack.

— Oui, je suis fatigué.

Je l'étais tellement que je me sentais faible dans ses bras. J'étais sûr qu'elle s'en rendait compte.

— Alors, essaie de te détendre. Prends-moi dans tes bras.

— Je ne sais pas… Tu as peut-être raison.

— Oui.

Elle a passé la main dans mes cheveux en souriant.

— Oh, Jack !… Tu m'as tellement manqué !

— Tu m'as manqué aussi.

Je l'ai serrée contre moi. Nos deux visages étaient tout près l'un de l'autre. Elle était belle, les lèvres entrouvertes, les yeux levés vers moi. Elle était tendre, attirante. J'ai senti qu'elle se détendait.

— J'ai quelque chose à te demander, Julia. Quelque chose qui me tracasse.

— Vas-y, Jack.

— Pourquoi as-tu refusé de passer une IRM à l'hôpital ?

Son front s'est plissé, elle a écarté la tête pour me regarder.

— Comment ça ? Que veux-tu dire ?

— Es-tu comme Amanda ?

— Amanda ?

— Notre bébé… Tu te souviens d'elle. Elle a été guérie par l'IRM. Instantanément.

— Qu'est-ce que tu racontes ?

— L'essaim a-t-il des problèmes avec les champs magnétiques ?

Elle a écarquillé les yeux et a commencé à se débattre pour échapper à mon étreinte.

— Lâche-moi ! Ricky ! Ricky !

— Pardonne-moi, ma chérie.

J'ai donné un coup de genou sur le bouton de sécurité. Il y a eu un bruit retentissant quand l'aimant s'est mis en marche.

Julia a poussé un hurlement.

Elle émettait un cri aigu, prolongé, la bouche grande ouverte, le visage crispé par l'angoisse. Je la serrais de toutes mes forces. Des tressaillements ont parcouru sa peau, puis une vibration rapide s'est produite. Les traits de son visage ont donné l'impression de gonfler, d'augmenter de volume. J'ai cru lire de la terreur dans ses yeux. Le gonflement s'est poursuivi, des fissures sont apparues et se sont élargies.

Et puis, en un instant, le visage de Julia s'est littéralement désintégré sous mes yeux. La peau du visage boursouflé et de tout le corps s'est détachée d'elle en flots de particules, comme du sable s'envolant sur la crête d'une dune. Ils s'incurvaient en suivant l'arc du champ magnétique, en direction des murs de la pièce.

Dans mes bras, le corps de Julia devenait de plus en plus léger. Les particules continuaient de s'envoler avec une sorte de sifflement vers tous les coins de la pièce. Quand ce fut terminé, ce qui restait de Julia — ce que je tenais encore dans mes bras — s'était réduit à une forme livide, cadavérique, aux yeux profondément enfoncés dans les orbites. Ses lèvres minces étaient craquelées, sa peau avait pris un aspect translucide. Elle avait les cheveux ternes, cassants, et ses clavicules saillaient sur son cou osseux. Comme une cancéreuse à la dernière extrémité. Sa bouche remuait : j'ai perçu des sons articulés d'une voix faible, à peine audible. J'ai approché l'oreille de sa bouche.

— Jack, murmura-t-elle. Ça me dévore…

— Je sais.

— Fais quelque chose…, poursuivit-elle avec un filet de voix.

— Oui.

— Les enfants, Jack…

— Ne t'inquiète pas.

— Je les ai… embrassés…

J'ai fermé les yeux sans rien dire.

— Sauve mes bébés, Jack… Sauve-les…

— Promis.

En levant la tête, j'ai vu le visage et le corps de Julia étalés tout autour de la pièce. Les particules conservaient son apparence mais elles était aplaties contre les murs. Et elles bougeaient encore, en coordination avec les mouvements de ses lèvres, les battements de ses paupières. Puis je les ai vues se décoller des murs et commencer à flotter vers elle en formant une brume vaporeuse couleur chair.

— Julia ! Julia !

C'était Ricky qui criait à l'extérieur ; il a donné deux ou trois coups de pied dans la porte mais s'est bien gardé d'entrer. Je savais qu'il n'oserait pas. J'avais attendu une minute entière pour que les condensateurs soient chargés. Il ne pouvait m'empêcher de faire fonctionner l'aimant. Je pouvais le faire à ma guise, du moins jusqu'à ce qu'ils soient déchargés. Je ne savais pas combien de temps cela prendrait.

— Jack…

Julia avait les yeux tristes, implorants.

— Je ne savais pas, Jack…

— Ne t'inquiète pas.

Les particules étaient en train de recomposer son visage sous mes yeux. Julia retrouvait sa substance et sa beauté.

J'ai appuyé sur le bouton-poussoir.

Les particules se sont détachées et ont repris le chemin des murs, mais pas aussi vite que la première fois. J'ai retrouvé dans mes bras la Julia cadavérique, à l'œil cave et implorant.

J'ai fouillé dans ma poche pour prendre une éprouvette de phage.

— Je veux que tu boives ça.

— Non. non…, murmura-t-elle en s'agitant. Il est trop tard pour…

— Essaie, fis-je en approchant le tube de ses lèvres. Allez, ma chérie. Je veux que tu essaies.

— Non, je t'en prie… Ce n'est pas important…

— Julia ! hurla Ricky en tambourinant contre la porte. Julia !… Tout va bien, Julia ?

La face cadavérique s'est tournée vers la porte, la bouche a formé un mot inaudible. Les doigts squelettiques se sont agrippés à ma chemise en grattant le tissu. Elle voulait me dire quelque chose ; j'ai approché la tête.

Sa respiration était faible, entrecoupée ; je ne comprenais pas ce qu'elle disait. Puis elle a articulé distinctement.

— *Ils vont devoir te tuer maintenant.*

— Je sais.

— Ne les laisse pas faire… Les enfants…

— Ne t'inquiète pas.

Sa main décharnée a effleuré ma joue.

— Tu sais que je t'ai toujours aimé, Jack, souffla-t-elle. Je ne t'aurais jamais fait de mal.

— Je sais, Julia. Je sais.

Les particules étaient en train de se décoller du mur. Comme mues par un ressort invisible, elles revenaient vers son visage et son corps. Dans l'espoir d'avoir encore un peu de temps avec Julia, j'ai appuyé une nouvelle fois sur le bouton, mais je n'ai entendu qu'un son métallique mat.

Le condensateur était déchargé.

Toutes les particules sont revenues dans un grand froissement d'air ; Julia a retrouvé son corps charnu, sa beauté et sa force. Elle m'a repoussé avec un regard chargé de mépris.

— Je regrette que tu aies vu ça, Jack, déclara-t-elle d'une voix ferme et sonore.

— Moi aussi.

— Nous n'y pouvons rien. Ne perdons pas de temps : je veux la bouteille de virus, Jack. La bonbonne. Et je la veux tout de suite.

Dans un sens, cela me facilitait les choses ; j'avais compris que je n'avais plus affaire à Julia, que je ne devais plus m'inquiéter de ce qui pouvait lui arriver. Je n'avais plus à me préoccuper que de Mae — en admettant qu'elle soit encore vivante — et de moi-même.

Et en admettant que je puisse moi-même rester encore en vie quelques minutes.

Septième jour

7 h 12

— D'accord. Je vais aller chercher le virus.

Julia a pris un air sceptique.

— Tu as encore sur le visage cette expression…

— Non, coupai-je, c'est fini. Je t'y conduis.

— Bien. Nous allons commencer par les tubes que tu as dans ta poche.

— Quoi ? Les éprouvettes ?

J'ai plongé la main dans ma poche au moment où nous franchissions la porte ; Ricky et Vince nous attendaient.

— C'était très drôle, Jack, lança Ricky d'une voix sifflante. Tu sais que tu aurais pu la tuer. Tu aurais pu tuer ta propre femme.

— Sans blague ?

Je fouillais toujours dans ma poche, comme si les éprouvettes étaient coincées au fond. Ne sachant pas ce que je faisais, ils se sont jetés sur moi ; Ricky m'a agrippé par un bras, Vince par l'autre.

— Eh ! les gars ! Je n'y arriverai pas si vous…

— Lâchez-le, ordonna Julia en nous rejoignant.

441

— Certainement pas, répliqua Vince. Il va encore trouver quelque chose.

Je continuais à me débattre en essayant de sortir les tubes de ma poche. J'en ai pris un dans la main et je l'ai lancé par terre. Il a volé en éclats sur le ciment, faisant gicler le liquide marron.

— Bon Dieu !

Ils m'ont lâché et ont tous bondi en arrière. Puis ils ont regardé par terre, se sont penchés pour s'assurer qu'ils n'avaient pas été éclaboussés.

Profitant de cet instant d'hésitation, j'ai pris mes jambes à mon cou.

J'ai saisi au passage la bonbonne à l'endroit où je l'avais cachée et j'ai continué de traverser ventre à terre la salle de fabrication. Il fallait que j'atteigne l'ascenseur pour monter au niveau du plafond où se trouvait tout l'équipement de sécurité : la soufflerie, l'installation électrique, le réservoir des extincteurs automatiques d'incendie. Si j'arrivais à l'ascenseur, si la cabine s'élevait de deux ou trois mètres seulement, ils ne pourraient pas m'atteindre.

Et mon plan marcherait.

L'ascenseur était encore à plus de quarante mètres.

Je courais aussi vite que possible, franchissant d'un bond les bras les plus bas de la pieuvre, me courbant pour passer sous ceux qui étaient à hauteur de poitrine. J'ai jeté un coup d'œil par-dessus mon épaule, mais je n'ai vu personne dans l'enchevêtrement de la tubulure. J'entendais pourtant leurs cris et le bruit précipité de leurs pas.

— Il va au réservoir des extincteurs automatiques ! hurla Julia.

Devant moi, la cage jaune de l'ascenseur était ouverte. J'allais réussir.

A ce moment, j'ai trébuché sur un bras et je me suis

étalé par terre. La bonbonne a glissé au pied d'une poutrelle. Je me suis remis debout et j'ai ramassé la bouteille. Ils étaient sur mes talons ; je n'osais plus me retourner.

Encore un tuyau, le dernier, avant d'atteindre l'ascenseur. Quand j'ai relevé la tête, j'ai vu que Vince était devant moi. Il avait dû prendre un raccourci au milieu des bras de la pieuvre ; je m'étais fait coiffer au poteau. Il se tenait déjà dans la cage, un sourire aux lèvres. J'ai vu en me retournant que Ricky n'était qu'à quelques mètres, qu'il me rattrapait.

— Laisse tomber, Jack ! cria Julia. Ça ne sert à rien !

Elle disait vrai, cela ne servait à rien d'insister. Je ne pouvais ni éviter Vince ni distancer Ricky qui était bien trop près. J'ai sauté par-dessus un tuyau, je suis passé derrière un pilier et je me suis baissé. Quand Ricky a franchi le tuyau à son tour, je lui ai donné un grand coup de coude dans l'entrejambe. Il a basculé et s'est roulé par terre en hurlant de douleur. Je me suis avancé vers lui pour lui assener un coup de pied dans la tête. En souvenir de Charley.

Je suis reparti en courant.

Devant l'ascenseur, Vince attendait, les jambes fléchies, les poings serrés. Il était prêt à se battre. Voyant que je fonçais droit sur lui, son visage s'est éclairé d'un large sourire.

A la dernière seconde, j'ai fait un écart vers la gauche et j'ai sauté.

J'étais sur l'échelle fixée au mur.

— Arrête-le ! hurla Julia. Arrête-le !

Il n'était pas facile de gravir les échelons. J'avais le pouce coincé dans la poignée de la bonbonne qui tapait contre le dos de ma main droite à chaque mouvement. Je me suis concentré sur la douleur ; j'ai le vertige et je ne voulais pas regarder en bas. Je n'ai donc pas vu qui s'accrochait à mes jambes. J'ai donné des coups de pied sans parvenir à faire lâcher prise à celui qui me retenait.

J'ai fini par me retourner ; j'étais à trois mètres au-dessus du sol. Deux barreaux plus bas, Ricky entourait mes jambes de son bras libre, la main agrippée à ma cheville. Il a tiré violemment, mes pieds ont dérapé sur le barreau de l'échelle. J'ai commencé à glisser et j'ai ressenti une douleur cuisante aux mains. Mais j'ai tenu bon.

Un sourire flottait sur les lèvres de Ricky. J'ai essayé de lancer les jambes en arrière pour l'atteindre à la tête mais en vain : il serrait mes mollets et les tenait plaqués contre sa poitrine. Il était incroyablement fort. J'ai continué jusqu'à ce que je réussisse à dégager une de mes jambes. J'ai écrasé la main de Ricky : il a poussé un hurlement et m'a lâché pour s'accrocher à l'échelle avec l'autre main. J'ai donné un coup de pied en arrière et je l'ai touché sous le menton. Il a descendu cinq barreaux en glissant, mais a réussi à se retenir. Il est resté accroché à l'échelle, près du sol.

J'ai recommencé à grimper.

— Arrêtez-le ! hurla Julia en courant.

En entendant le grincement de l'ascenseur, j'ai vu Vince passer près de moi dans la cage. Il allait m'attendre en haut.

J'ai continué à grimper.

Quatre mètres au-dessus du sol, puis six. J'ai regardé en bas : Ricky s'était lancé à ma poursuite, mais il était loin. Je pensais qu'il ne pouvait pas me rattraper. Et puis j'ai vu Julia s'élever en tournoyant comme une feuille morte et saisir l'échelle à ma hauteur. Mais ce n'était pas Julia : c'était l'essaim. L'espace d'un instant, il a été assez désorganisé pour me permettre de voir à travers, de distinguer les particules tourbillonnantes qui composaient la forme de Julia. En regardant en bas, j'ai vu la vraie Julia, d'une pâleur mortelle, qui levait vers moi des yeux enfoncés dans un visage qui n'était plus qu'un crâne. A mes côtés, l'essaim se reformait et reprenait l'apparence compacte de Julia. La bouche a remué, j'ai entendu une voix étrange dire : « Désolé, Jack. » Puis l'essaim s'est contracté, prenant plus de densité, se réduisant à une petite Julia d'une taille d'un mètre vingt.

J'ai posé le pied sur le barreau suivant.

La petite Julia a pris de l'élan et m'a heurté violemment, me coupant le souffle ; j'ai eu l'impression d'avoir été frappé par un sac de ciment. J'ai failli lâcher l'échelle et je me suis retenu de justesse pendant que la petite Julia revenait à la charge. Je baissais la tête, j'essayais d'esquiver les chocs qui me faisaient grogner de douleur et je continuais à grimper. La masse de l'essaim était suffisante pour m'assener des coups douloureux, pas pour me faire tomber de l'échelle.

L'essaim avait dû le comprendre, lui aussi : la petite Julia s'est comprimée pour prendre la forme d'une sphère qui s'est approchée pour envelopper ma tête dans un nuage bourdonnant. J'étais complètement aveuglé, je ne voyais plus rien, comme dans une tempête de poussière. J'ai saisi à tâtons le barreau suivant, puis encore un autre. J'avais le visage et les mains criblés de piqûres d'épingle ; la douleur devenait de plus en plus vive. Apparemment, l'essaim apprenait à concentrer la douleur mais il n'avait pas encore appris à suffoquer ; il ne faisait rien pour m'empêcher de respirer.

J'ai poursuivi mon ascension dans le noir.

Puis j'ai senti que Ricky me tirait encore par les jambes. Je me suis dit que c'était la fin, que je n'allais pas pouvoir continuer.

J'étais à sept ou huit mètres de hauteur, m'agrippant désespérément à une échelle, une bonbonne remplie d'un liquide repoussant à la main. Ricky me tirait par les pieds, un essaim bourdonnant m'aveuglait et me piquait atrocement, et Vince m'attendait en haut. J'étais épuisé, je sentais mes forces m'abandonner. Mes doigts tremblaient sur les barreaux ; je n'allais pas pouvoir tenir beaucoup plus longtemps. Il me suffisait de lâcher prise : je tomberais et tout serait fini en un instant. De toute façon, la fin était proche.

J'ai refermé la main sur le barreau suivant et continué à me hisser péniblement sur l'échelle. Les épaules me brûlaient ; Ricky me tirait violemment vers le bas. Je savais qu'il allait gagner, qu'ils allaient gagner. Ils gagneraient toujours.

L'image de Julia m'est apparue, décharnée, d'une pâleur de spectre, parlant dans un murmure : « Sauve mes bébés. » J'ai pensé aux enfants qui attendaient mon retour. Je les ai vus, assis autour de la table pour le dîner. Et j'ai compris que je devais continuer coûte que coûte.

Je ne saurais dire exactement ce qui est arrivé à Ricky. Il a réussi à arracher mes jambes de l'échelle et je me suis retrouvé suspendu par les bras, décochant à tout-va de grands coups de pied. J'ai dû l'atteindre au visage et lui casser le nez.

Il m'a lâché d'un seul coup. Il y a eu le bruit sourd d'un corps rebondissant sur les barreaux qu'il essayait désespérément de saisir au passage. J'ai entendu : « Ricky ! Non ! » et le nuage de particules s'est écarté de ma tête. J'étais libre de mes mouvements. En baissant les yeux, j'ai vu l'essaim Julia à la hauteur de Ricky, qui avait réussi à arrêter sa chute à trois ou quatre mètres du sol. La bouche et le nez couverts de sang, il levait vers moi un regard étincelant de fureur. Il a voulu reprendre l'ascension, mais l'essaim Julia l'a arrêté.

— Non, Ricky ! Tu ne peux pas ! Laisse faire Vince !

Ricky s'est laissé glisser jusqu'au sol, l'essaim a repris place dans le corps livide de Julia et ils sont restés côte à côte, la tête levée pour suivre ma progression.

J'ai retourné la tête vers l'échelle pour poursuivre l'ascension.

En haut, à un mètre cinquante, Vince m'attendait.

Les pieds sur les deux barreaux supérieurs, légèrement penché, il me bloquait le passage. Je ne voyais aucun moyen de lui échapper. Après avoir repris mon souffle, j'ai levé la jambe pour prendre appui sur le barreau suivant et entouré de mon bras libre le montant de l'échelle, à la hauteur de mon visage. En sentant une bosse dans ma poche, j'ai interrompu mon mouvement.

Il me restait une éprouvette de virus.

J'ai plongé la main dans ma poche pour prendre le tube. Je l'ai montré à Vince et j'ai retiré le bouchon avec mes dents.

— Alors, Vince ? Une douche de merde, ça te tente ?

Il n'a rien dit mais j'ai vu ses yeux se plisser.

J'ai gravi un échelon de plus.

— Tu ferais mieux de me laisser passer, Vince.

J'avais le souffle si court que je ne parvenais pas à mettre dans ma voix des intonations menaçantes.

— Recule si tu ne veux pas être aspergé…

Encore un barreau. Il n'en restait plus que trois.

— A toi de choisir, Vince, repris-je en levant l'éprouvette. Je ne peux pas atteindre ton visage d'ici, mais tu en auras plein les jambes et les chaussures. Tu t'en fiches ?

Encore un barreau. Vince n'avait pas bougé d'un centimètre.

— Peut-être que tu t'en fiches. Tu aimes vivre dangereusement ?

Je me suis immobilisé. Si je gravissais un barreau de plus, il pourrait me donner un coup de pied dans la tête ; si je ne bougeais pas, il lui faudrait descendre. J'ai décidé de ne plus avancer.

— Alors, Vince ? Tu restes ou tu recules ?

Il hésitait : ses yeux allaient et venaient du tube à mon visage. Il a fini par battre en retraite.

— C'est bien, Vince.

Encore un barreau.

Il avait reculé si loin que je ne le voyais plus. Je me suis dit qu'il devait avoir prévu de foncer sur moi quand j'arriverais en haut. Je me suis apprêté à baisser la tête et à me jeter sur le côté.

Dernier barreau.

J'ai vu Vince : il n'avait rien prévu du tout. Il tremblait de tous ses membres, recroquevillé comme un animal aux abois dans le renfoncement de la passerelle. Je ne distinguais pas ses yeux mais je voyais son corps agité de soubresauts.

— J'arrive, Vince.

J'ai pris pied sur la plate-forme à claire-voie. J'étais au sommet de l'échelle, environné de machines au bruit assourdissant. Les deux réservoirs en acier du système d'extinction automatique d'incendie se trouvaient à une quinzaine de mètres. En regardant en bas, j'ai vu Julia et Ricky, la tête levée ; je me suis demandé s'ils soupçonnaient à quel point j'étais proche du but.

En me retournant vers Vince, j'ai eu le temps de le voir sortir d'un coffre une bâche en plastique transparent. Il s'est enroulé dans la bâche et a foncé sur moi en poussant un cri guttural. J'étais encore au bord de l'échelle. Je n'avais pas le temps de me déplacer. Je me suis mis de profil et arc-bouté contre un gros tuyau pour résister à l'impact.

Vince m'a heurté de plein fouet.

J'ai lâché l'éprouvette qui s'est fracassée sur le métal de la plate-forme. La bonbonne m'a échappé ; elle a roulé jusqu'au bord. Quelques centimètres de plus et elle tombait. J'ai voulu la ramasser.

Toujours protégé par la bâche, Vince s'est jeté sur moi et m'a repoussé contre le tuyau. Ma tête a heurté violemment le métal et j'ai glissé sur le liquide marron qui avait coulé. J'ai failli perdre l'équilibre et Vince m'a atteint en pleine poitrine.

Il était trop affolé pour se rendre compte que je n'étais plus en possession de mes armes ou peut-être ne voyait-il pas bien à travers le plastique. Il continuait à m'assener des coups de tout le poids de son corps ; j'ai fini par glisser et je suis tombé sur les genoux. Je me suis aussitôt dirigé à quatre pattes vers la bonbonne qui n'était qu'à trois mètres de moi. Cela a fait hésiter Vince : il a repoussé la bâche pour bondir vers la bonbonne, projetant tout son corps en avant.

Trop tard : j'avais déjà la main sur la bonbonne. Je l'ai tirée vers moi au moment où Vince atterrissait, entraînant la bâche avec lui. Son crâne a heurté violemment le bord de la passerelle ; il est resté un moment étourdi, secouant la tête.

J'ai saisi le bord de la bâche et j'ai tiré un coup sec en la soulevant.

Vince a poussé un cri avant de basculer dans le vide.

Il s'est écrasé sur le sol de ciment et n'a plus bougé. L'essaim s'est élevé du corps inerte, telle une âme se séparant de son corps, pour aller rejoindre Ricky et Julia. Ils se sont élancés tous les trois, bondissant par-dessus les bras de la pieuvre. Leur précipitation traduisait un sentiment d'urgence ; ils donnaient même l'impression d'être poussés par la peur.

C'était une bonne chose.

Je me suis relevé pour me diriger vers les réservoirs superposés. Les instructions étaient écrites au pochoir sur celui du bas. Il était facile de trouver les valves.

Après avoir ouvert l'arrivée d'air et dévissé le bouchon, j'ai attendu que l'azote sous pression s'échappe en sifflant. J'ai vidé la bonbonne de phage ; le liquide a coulé dans le réservoir en gargouillant. J'ai revissé le bouchon, fermé la valve et remis l'azote sous pression.

C'était fait.

J'ai pris une longue inspiration.

J'allais gagner, malgré tout.

Je suis entré dans la cage de l'ascenseur et je suis redescendu. Pour la première fois depuis mon réveil, je me sentais bien.

Septième jour

8 h 12

Ils étaient tous rassemblés à l'autre bout de l'atelier de fabrication : Julia, Ricky et maintenant Bobby. Vince restait à l'arrière-plan et, par moments, je voyais à travers lui : son essaim était légèrement transparent. Je me suis demandé à quel stade en étaient les autres. En tout état de cause, cela n'avait plus d'importance.

Ils se tenaient près d'une rangée de moniteurs montrant tous les paramètres du processus de fabrication : courbes de température, production, Dieu sait quoi encore. Mais ils avaient le dos tourné aux moniteurs : ils me regardaient approcher.

Je me suis avancé calmement vers eux, à pas mesurés. Je n'étais pas pressé, loin de là. J'ai dû prendre deux bonnes minutes pour traverser la salle. Ils m'observaient d'un air perplexe qui s'est mué en une expression réjouie.

— Alors, Jack, demanda enfin Julia, tu passes une bonne journée ?

— Pas mauvaise. Disons que les choses s'améliorent.

— Tu as l'air plein d'assurance.

J'ai haussé les épaules sans répondre.

451

— Tu as la situation en main ? poursuivit Julia.

J'ai gardé le silence.

— A propos, où est Mae ?

— Je ne sais pas. Pourquoi ?

— Bobby l'a cherchée partout. Il ne l'a pas trouvée.

— Pourquoi la cherchez-vous ?

— Nous avons pensé qu'il serait bien d'être tous réunis quand nous en aurons enfin terminé.

— Ah bon ? C'est ce que nous allons faire, en terminer ?

— Oui, Jack, fit-elle en inclinant lentement la tête.

Je ne pouvais courir le risque de regarder ma montre ; il me fallait estimer le temps qui s'était écoulé. A peu près trois ou quatre minutes.

— Alors, qu'as-tu l'intention de faire ?

— Tu sais, Jack, répondit Julia en se mettant à marcher de long en large, je suis très déçue de la manière dont les choses se sont passées avec toi. Sincèrement. Tu sais combien je tiens à toi et comme je voudrais qu'il ne t'arrive rien. Mais tu nous résistes, Jack, tu ne cesses de nous résister. Nous ne pouvons accepter cela.

— Je vois.

— Nous ne pouvons l'accepter, Jack.

J'ai pris dans ma poche un briquet en plastique. Si Julia et les autres ont remarqué mon geste, ils ne l'ont pas montré.

— Tu me mets dans une situation difficile, Jack, reprit Julia en continuant de faire les cent pas.

— Comment cela ?

— Tu as eu le privilège d'assister à la naissance de quelque chose de profondément nouveau. Quelque chose de nouveau et de miraculeux. Mais tu n'as montré aucune bienveillance.

— C'est vrai.

— Une naissance est douloureuse, Jack.

— La mort aussi.

— Oui, acquiesça-t-elle, la mort aussi.

Elle s'est arrêtée, m'a lancé un regard soupçonneux.

— Où est Mae ?

— Je n'en ai pas la moindre idée.

— Nous devons la trouver, Jack, poursuivit-elle d'un ton méfiant.

— Vous la trouverez, je n'en doute pas.

— Oui, nous la trouverons.

— Alors, vous n'avez pas besoin de moi. Débrouillez-vous seuls. Vous êtes l'avenir, si ma mémoire est bonne. Supérieurs, irrésistibles. Je ne suis qu'un type normal.

Julia a commencé à tourner autour de moi, m'examinant sous tous les angles. Elle semblait intriguée par mon comportement. Ou bien elle me jaugeait. J'en avais peut-être trop fait, j'étais peut-être allé trop loin. Cela me rendait nerveux.

J'ai fait tourner le briquet dans ma main.

— Tu me déçois, Jack.

— Tu l'as déjà dit.

— Oui, mais je ne suis pas encore sûre…

Comme à un signal tacite, les hommes se sont mis à tourner en rond, décrivant autour de moi des cercles concentriques. S'agissait-il d'une sorte d'examen ou cela avait-il une autre signification ?

J'ai estimé qu'il avait dû s'écouler cinq minutes.

— Viens, Jack, je veux regarder de plus près.

Julia m'a pris par l'épaule pour me conduire jusqu'à l'un des gros bras de la pieuvre ; il devait faire près de deux mètres de diamètre. Notre image se reflétait comme dans un miroir sur sa surface luisante, Julia à mes côtés, un bras passé autour de mon épaule.

— Nous formons un beau couple, tu ne trouves pas ? Quel dommage ! Nous pourrions avoir un si bel avenir.

— Euh, oui…

Au moment où j'ouvrais la bouche, un flot de particules s'est détaché de Julia, a formé une boucle en l'air avant de retomber comme une douche sur tout mon corps, pénétrant dans ma bouche. J'ai serré les lèvres de toutes mes forces, mais cela n'a servi à rien : sur la surface luisante, j'ai vu mon corps qui semblait se dissoudre pour être remplacé par celui de Julia. Comme si sa peau l'avait quittée pour venir se glisser par-dessus la mienne. J'avais maintenant devant moi deux Julia côte à côte.

— Arrête, Julia !

— Pourquoi ? lança-t-elle en riant. Je trouve cela drôle !

— Arrête !

Je reconnaissais ma voix, mais mon corps était celui de Julia.

— Tu n'aimes pas ça ? C'est amusant : tu deviens moi pour un petit moment.

— Je t'ai dit d'arrêter !

— Tu n'est vraiment pas drôle, Jack.

J'ai tiré sur l'image de Julia qui recouvrait mon visage en essayant de l'arracher comme un masque, mais c'est ma propre peau que je sentais sous mes doigts. Quand je me suis gratté la joue, j'ai vu dans le miroir des marques apparaître sur la joue de Julia. J'ai levé le bras pour toucher mes cheveux. Dans mon affolement, j'ai laissé tomber le briquet qui est tombé sur le ciment avec un bruit sec.

— Enlève-moi ça, Julia. Enlève-moi ça !

J'ai perçu une sorte de sifflement et la peau de Julia s'est détachée et a flotté un instant avant de redescendre sur elle. Mais elle a pris mon apparence : il y avait maintenant deux Jack côte à côte dans le miroir.

— C'est mieux ? fit-elle.

— Je ne sais pas ce que tu cherches à prouver.

Je me suis penché pour ramasser le briquet.

— Je ne veux rien prouver, Jack. Je veux juste te

sonder. Et sais-tu ce que j'ai trouvé ?... Tu as un secret, Jack, et tu croyais que je ne le découvrirais pas.

— Ah bon.

— Mais je l'ai découvert.

Je ne savais comment prendre ces paroles. Je ne savais même plus où j'étais et ces changements d'apparence m'avaient tellement perturbé que j'avais perdu la notion du temps.

— Le temps te préoccupe, Jack, reprit Julia. Ce n'est pas la peine de t'inquiéter, nous avons tout le temps nécessaire. Nous maîtrisons la situation. Vas-tu nous dire ton secret ? Ou nous obligeras-tu à te faire parler ?

Je voyais derrière elle la batterie de moniteurs de la station de contrôle. A chaque bout, un des écrans montrait une barre horizontale clignotant en haut de l'image ; elle portait une inscription que la distance m'empêchait de lire. Des courbes étaient en train de monter en flèche ; les lignes passaient du bleu au jaune, puis au rouge à mesure qu'elles s'élevaient.

J'ai attendu.

— Comme tu voudras, déclara Julia. Faites-le parler, ajouta-t-elle en se tournant vers les trois hommes.

Ils se sont avancés vers moi ; le moment était venu de passer à l'action. De voir si mon piège fonctionnait.

— Pas de problème.

J'ai levé mon briquet, je l'ai allumé et j'ai présenté la flamme sous la tête de l'extincteur automatique d'incendie le plus proche.

Les trois hommes se sont arrêtés net. Ils m'ont observé.

Je tenais le briquet d'une main ferme. La tête de l'extincteur est devenue noire de fumée.

Rien ne se passait.

La flamme faisait fondre la plaquette de métal placée sous la tête du diffuseur ; des écailles argentées tombaient à mes pieds. Il ne se passait toujours rien : les extincteurs ne se mettaient pas en marche.

— Merde ! soufflai-je.

— Tu auras tout essayé, fit Julia en m'observant pensivement. Bien vu, Jack, très ingénieux. Mais tu as oublié une chose.

— Quoi ?

— Il y a un système de sécurité dans l'usine. Quand nous avons vu que nous ne pouvions pas t'empêcher d'atteindre les réservoirs, Ricky a tout coupé. Plus de système de sécurité, plus d'extincteurs automatiques. Pas de chance, conclut-elle avec un petit haussement d'épaules.

J'ai éteint le briquet : je ne pouvais plus rien faire. Je suis resté planté devant Julia, me sentant un peu bête. J'ai cru percevoir une légère odeur, douceâtre, un peu écœurante, mais je n'en étais pas sûr.

— Tu as fait ce que tu as pu, observa Julia. Maintenant, ça suffit.

Elle a fait un signe de tête aux trois hommes qui se sont approchés.

— Eh, les gars ! Attendez un peu...

Aucune réaction ; leur visage demeurait impassible. Ils m'ont empoigné. Je me suis débattu et j'ai réussi à me dégager.

— Attendez !

— Ne nous complique pas la tâche, Jack.

— Va te faire voir, Ricky !

J'ai eu le temps de lui cracher au visage avant que les trois hommes me jettent au sol. J'espérais que le virus pénétrerait dans sa bouche, j'espérais gagner du temps. N'importe quoi pour gagner un peu de temps. Mais dès que j'ai été étendu par terre, ils se sont rués sur moi et ont commencé à m'étrangler. Je sentais des mains qui me serraient le cou. Bobby avait plaqué les siennes sur ma bouche et sur mes narines. J'ai essayé de le mordre ;

456

il n'a pas réagi. Il fixait sur moi un regard impénétrable. Ricky m'a souri d'un air absent. Ils étaient devenus des étrangers s'appliquant à me tuer proprement, rapidement. Je les martelais à coups de poing. Ricky a immobilisé un de mes bras avec son genou, le clouant au sol ; Bobby a fait de même avec l'autre. Je ne pouvais plus bouger. J'ai essayé de me servir de mes pieds, mais Julia s'est assise sur mes jambes. Pour les aider. Un voile est passé devant mes yeux, un voile gris et ténu.

Puis j'ai entendu un bruit sec, semblable à celui du pop-corn quand il éclate ou du verre qui se fêle.

— Qu'est-ce qui se passe ? s'écria Julia.

Les hommes m'ont lâché et se sont relevés. Ils se sont écartés. Je suis resté étendu, cherchant à reprendre ma respiration, sans essayer de me remettre debout.

— Qu'est-ce qui se passe ? répéta Julia.

Un tuyau de la pieuvre a éclaté, très haut ; une vapeur brune en a jailli. Puis un autre et un troisième. Le chuintement de la vapeur emplissait l'atelier. Elle envahissait l'espace en volutes de plus en plus sombres, de plus en plus denses.

— Qu'est-ce qui se passe ? hurla Julia d'une voix suraiguë.

— C'est la chaîne d'assemblage, répondit Ricky. Elle chauffe, elle est en train d'exploser.

— Comment ? Comment est-ce possible ?

Je me suis mis sur mon séant en toussant et je me suis relevé.

— Plus de systèmes de sécurité, vous les avez coupés. Le virus est en train de se répandre dans l'atelier.

— Pas pour longtemps, répliqua Julia. Nous allons les rétablir tout de suite.

Devant le tableau de contrôle, Ricky pianotait déjà fébrilement.

— Bien vu, Julia, fis-je d'un ton détaché.

J'ai allumé mon briquet et je l'ai levé vers la tête de l'extincteur automatique.

— Arrête, Ricky ! hurla Julia à pleins poumons. Arrête !

La main de Ricky s'est immobilisée en l'air.

— C'est foutu quoi que vous fassiez, déclarai-je posément.

— Je te hais ! rugit Julia, le visage déformé par la rage.

Son corps était déjà en train de virer au gris en prenant des tons différents, en camaïeu. Ricky aussi : il se décolorait à vue d'œil. Le virus qui emplissait l'air s'attaquait à leur essaim.

Il y a eu un crépitement d'étincelles tout en haut de la pieuvre, puis un arc électrique. Ricky l'a vu.

— Tant pis, Julia, il faut tenter le coup ! s'écria-t-il. Advienne que pourra !

Il a frappé quelques touches pour rétablir le système de sécurité. Des alarmes ont retenti. Les écrans clignotaient en rouge pour avertir d'une concentration excessive de méthane et d'autres gaz. L'écran principal indiquait : SYSTEMES DE SECURITE ACTIVES.

Les extincteurs automatiques d'incendie se sont mis en marche, les diffuseurs ont projeté une pluie de liquide brun en forme de cône.

Ils ont hurlé dès que l'eau les a touchés. Ils se contorsionnaient et commençaient déjà à rapetisser, à se ratatiner sous mes yeux. Le visage déformé, Julia m'a lancé un regard empreint d'une haine sans mélange. Mais elle était déjà en train de se dissoudre. Elle est tombée sur les genoux, puis s'est renversée sur le dos. Les autres se roulaient par terre en hurlant de douleur.

— Viens, Jack.

Quelqu'un me tirait par la manche : c'était Mae.

— Viens, répéta-t-elle. La salle est remplie de méthane. Il faut partir.

Après un moment d'hésitation, après un dernier regard à Julia, je me suis retourné et j'ai suivi Mae qui s'éloignait au pas de course.

Septième jour

9 h 11

Le pilote de l'hélicoptère a ouvert la porte de l'appareil en nous voyant courir sur l'aire d'atterrissage. Nous avons sauté à bord.

— Allez-y ! cria Mae.

— Je dois vous demander de boucler votre harnais avant le…

— Allez-vous décoller, nom de Dieu ! hurlai-je à pleins poumons.

— Je regrette. C'est le règlement et il ne serait pas prudent…

Une fumée noire a commencé à sortir par la porte du bâtiment par laquelle nous venions de sortir. Elle s'est élevée en panaches menaçants dans l'azur du ciel. Le pilote l'a vue.

— Accrochez-vous !

L'appareil a décollé et a mis le cap au nord en décrivant un large cercle pour rester à distance du bâtiment. Une fumée noire jaillissait maintenant de tous les conduits d'aération proches du toit, embrumant le ciel du désert.

— Le feu brûle les nanoparticules et les bactéries, affirma Mae. Il n'y a pas à s'inquiéter.

— Où allons-nous ? demanda le pilote.

— On rentre à la maison.

L'hélicoptère a viré vers l'ouest ; quelques minutes plus tard, l'usine disparaissait à l'horizon. Mae s'est enfoncée dans son siège en fermant les yeux.

— Je croyais que tout allait exploser, fis-je en me tournant vers elle. Mais comme ils ont rétabli le système de sécurité, cela n'explosera probablement pas.

Elle a gardé le silence. J'ai insisté.

— Pourquoi étais-tu si pressée de partir ? A propos, où étais-tu ? Ils t'ont cherchée partout.

— Dehors. Dans la réserve.

— Qu'est-ce que tu faisais là-bas ?

— Je cherchais de la thermite.

— Tu en as trouvé ?

Il n'y a pas eu de bruit. Juste un éclair de lumière jaune qui a barré fugitivement l'horizon avant de s'évanouir. On aurait pu croire qu'il ne s'était rien passé. Mais l'hélicoptère a roulé et tangué quand l'onde de choc est passée.

— Nom de Dieu ! s'écria le pilote. Qu'est-ce que c'était que ça ?

— Un accident industriel, répondis-je. Tout à fait regrettable.

— Il faut que je le signale, poursuivit-il en prenant sa radio.

— Oui. C'est préférable.

Au bout d'un moment, j'ai vu apparaître au loin la ligne verte de la végétation et les contreforts onduleux des sierras qui marquaient la limite de la Californie.

Septième jour

23 h 57

Il est tard.

Presque minuit ; la maison est silencieuse. Je ne sais pas comment tout cela va finir. Les enfants sont affreusement malades : ils n'arrêtent pas de vomir depuis que je leur ai fait prendre le virus. J'entends les haut-le-cœur de mon fils et de ma fille, chacun dans une salle de bains. J'y suis allé il y a quelques minutes, voir ce qu'ils régurgitaient. Ils étaient d'une pâleur mortelle. Ils ont peur, parce qu'ils savent que j'ai peur. Je n'ai pas encore parlé de Julia. Ils n'ont pas posé de questions ; ils sont trop mal en point.

C'est surtout le bébé qui m'inquiète. J'ai été obligé de lui faire prendre le virus, à elle aussi : c'était son seul espoir. Ellen est avec elle, mais elle vomit aussi. Amanda n'a pas encore rendu ; je ne sais pas si c'est bon signe. Les enfants de cet âge réagissent différemment.

Je crois que je ne suis pas atteint, du moins pour le moment. Je suis mort de fatigue : j'ai dû m'assoupir plusieurs fois depuis le début de la soirée. De mon fauteuil dans le séjour, je regarde par la fenêtre de derrière en attendant le retour de Mae. Elle a franchi la clôture

462

marquant la limite du jardin et elle doit fouiller dans les broussailles, sur le terrain qui descend derrière la propriété, près des arroseurs automatiques. Elle a cru apercevoir une lueur verte quelque part sur le terrain en pente. Je lui ai dit de ne pas y aller seule, mais je suis trop fatigué pour aller la chercher. Elle aurait pu attendre demain matin et faire venir l'armée avec des lance-flammes pour brûler ce qu'il y a à brûler.

L'armée fait comme si elle était étrangère à cette affaire, mais l'ordinateur de Julia est à la maison et j'ai la trace de ses mails sur le disque dur. J'ai retiré le disque dur, par sécurité. J'en ai fait une copie et j'ai déposé l'original dans un coffre, à la banque. Ce n'est pas réellement l'armée qui m'inquiète, mais plutôt ceux de Xymos, Harry Handler et les autres. Ils savent qu'ils vont avoir de sérieux démêlés avec la justice. La société va déposer son bilan dans les jours à venir, mais ils risquent encore des poursuites au pénal. Surtout Harry. Si on l'envoyait en prison, je ne verserais pas une larme sur son sort.

Nous avons réussi, Mae et moi, à reconstituer la majeure partie des événements de ces derniers jours. Le rash d'Amanda avait été provoqué par des assembleurs gamma — les micromachines qui assemblaient les molécules à partir de fragments de composants. Les assembleurs devaient se trouver sur les vêtements de Julia quand elle revenait du labo. Cette éventualité l'inquiétait, ce qui expliquait pourquoi elle prenait une douche dès son retour à la maison. Les procédures de décontamination étaient efficaces, mais Julia se trouvait en contact avec les essaims à l'extérieur du bâtiment. Elle savait qu'il existait un danger.

Un soir, elle avait dû laisser des assembleurs gamma dans la chambre du bébé. Ces assembleurs sont conçus pour découper le substrat de carbone ; en présence d'une substance souple comme la peau, ils ne font que pincer. Ces pincements sont douloureux et provoquent des microtraumatismes d'un genre totalement inconnu. Dont personne ne pouvait soupçonner l'origine. Pas étonnant qu'Amanda n'ait pas eu de température : il n'y avait pas d'infection, mais une couche de particules sur sa peau. Le champ magnétique de l'IRM l'avait débarrassée instantanément des assembleurs qui s'étaient détachés dès la première impulsion. Apparemment, il était arrivé la même chose au naturaliste, dans le désert ; il campait à un kilomètre de l'unité de production et avait dû entrer en contact avec des assembleurs.

Julia savait ce dont souffrait Amanda mais elle n'avait rien dit à personne. Elle avait préféré faire appel à l'équipe de nettoyage de Xymos, qui avait débarqué à la maison en pleine nuit, pendant que j'étais à l'hôpital. Seul Eric les avait vus et je sais maintenant qu'il avait dit vrai. Cette même équipe est venue ici il y a quelques heures pour nettoyer la maison de fond en comble. C'étaient les hommes que j'avais vus dans la camionnette, au bord de la route.

Leur chef porte une combinaison argentée antimagnétique qui le fait ressembler à un fantôme et un masque donnant l'impression qu'il n'a pas de visage. Il fait d'abord le tour des lieux, puis quatre autres hommes en salopette viennent aspirer et nettoyer. J'avais dit à Eric qu'il avait rêvé, mais il n'en était rien. L'équipe de nettoyage avait laissé intentionnellement sous le lit d'Amanda un détecteur destiné à déceler la présence d'assembleurs gamma, si jamais il en était resté. L'appareil avait été construit pour ressembler à un régulateur de tension.

Après avoir enfin compris tout cela, j'ai été furieux que Julia ne m'ait pas mis au courant, qu'elle m'ait laissé m'inquiéter. Mais elle était déjà malade et il sert plus à rien aujourd'hui de lui en vouloir.

La console d'Eric avait été attaquée par les assembleurs gamma, comme les voitures dans le désert. Et comme l'IRM de l'hôpital. Dans tous les cas, les assembleurs s'attaquent aux puces mémoire riches en carbone sans toucher au processeur central.

Il y avait bien un essaim dans le cabriolet de Julia, le soir où elle a quitté la maison. Il devait venir du désert ; j'ignore si elle l'avait amené intentionnellement. L'essaim pouvait se réduire à rien ; c'est pour cela qu'Eric n'avait rien vu quand il s'était approché de la voiture. Je n'étais pas sûr non plus de ce que j'avais vu quand Julia était partie ; l'essaim devait capter la lumière d'une manière particulière. Dans mon souvenir, il ressemblait un peu à Ricky, mais il était probablement trop tôt pour que l'essaim soit capable de prendre une apparence humaine. Il n'avait pas encore assez évolué. Peut-être avais-je seulement entr'aperçu une forme indistincte et la jalousie m'avait fait imaginer qu'il s'agissait d'un homme. Je ne pense pas avoir inventé cela, mais comment en être sûr ? Ellen croit que si.

Après l'accident, Julia avait fait venir l'équipe de nettoyage. Les hommes attendaient dans la camionnette de pouvoir descendre dans le ravin pour nettoyer les lieux. Je ne sais pas si l'accident est dû à la présence de l'essaim ou bien si c'était juste un accident. Personne ne s'interrogera à ce sujet.

L'unité de fabrication a été entièrement détruite. Il y avait assez de méthane dans l'atelier pour produire une boule de feu à une température de 1 000 °C. Tout a été réduit en cendres. Mais je suis quand même inquiet : on n'a pas trouvé de corps dans les décombres, pas même les squelettes.

Mae a emporté les bactériophages dans son ancien labo, à Palo Alto. J'espère qu'elle a réussi à faire prendre conscience à ses collègues de la gravité de la situation. Elle n'a pas dit grand-chose sur leur réaction. Je pense qu'il faudrait verser les phages dans le réseau de distribution de l'eau, mais Mae croit qu'ils ne résisteront pas au chlore.

Il conviendrait peut-être de lancer un programme de vaccination ; à notre connaissance, les phages sont efficaces pour tuer les essaims.

J'ai parfois des tintements d'oreilles, un signe inquiétant. Et je sens une vibration dans ma poitrine et mon abdomen. Je ne saurais dire si je suis parano ou s'il m'arrive vraiment quelque chose. Je m'efforce de faire bonne figure, mais on ne trompe pas ses enfants : ils savent que j'ai peur.

Il restait un mystère à éclaircir : pourquoi les essaims revenaient-ils toujours au laboratoire ? Je n'avais jamais compris et cela m'inquiétait, car l'objectif paraissait déraisonnable. Cela ne cadrait pas avec les formules de Predprey. Pourquoi un prédateur retournait-il sans cesse à un endroit particulier ?

Avec le recul, il n'existe, bien sûr, qu'une seule réponse possible : l'essaim était programmé pour revenir. Le but avait été défini explicitement par les programmeurs.

Mais pourquoi programmer un but comme celui-là ?

Je ne connais la réponse que depuis quelques heures.

Le code que Ricky m'avait montré n'était pas celui qu'ils avaient utilisé avec les particules. S'il m'avait montré le véritable code, j'aurais aussitôt compris ce qu'ils avaient fait. Ricky ne m'avait rien dit. Personne ne m'avait rien dit.

Ce qui me tracasse le plus est un e-mail que j'ai découvert sur le disque dur de Julia. Un courrier électronique adressé à Ricky Morse, avec une copie destinée à Harry Handler, le patron de Xymos, dans lequel elle donnait un aperçu de la procédure à suivre pour faire fonctionner la nanocaméra dans le vent. Le plan consistait à lâcher un essaim dans la nature.

C'est précisément ce qu'ils avaient fait.

Ils ont prétendu qu'il s'agissait d'un accident dû à l'absence de filtres à air. C'est pour cela que Ricky m'avait fait faire une longue visite guidée et m'avait raconté des histoires à propos de l'entrepreneur et du système de ventilation. Rien de ce qu'il m'avait dit n'était vrai. La fuite de l'essaim était organisée.

Elle avait été préméditée.

Constatant qu'ils ne parvenaient pas à faire fonctionner l'essaim de nanoparticules dans le vent, ils avaient essayé de trouver une solution. En vain. Les particules étaient trop petites, trop légères et peut-être trop stupides. Ils ne pouvaient remédier à une conception défectueuse. Le projet d'un coût astronomique, financé par la Défense, allait capoter et ils n'y pouvaient rien.

Ils ont donc décidé de laisser l'essaim trouver des solutions.

Ils ont reconfiguré les nanoparticules en ajoutant l'énergie solaire, la mémoire et l'ordre de revenir au laboratoire, et ils ont réécrit le programme en y incluant un algorithme génétique. Puis ils ont libéré les particules pour les laisser se reproduire et évoluer, pour voir si l'essaim était en mesure d'apprendre à survivre par ses propres moyens.

Et ils ont réussi.

C'était d'une bêtise à tomber à la renverse. Je ne comprends pas comment ils ont pu se lancer dans cette aventure sans réfléchir aux conséquences. Comme tout ce que j'avais vu chez Xymos, c'était un plan à la noix, échafaudé dans la précipitation pour résoudre un problème pressant, sans penser une seconde à l'avenir. Sans doute une manière d'agir caractéristique d'une entreprise en situation critique, mais extrêmement dangereuse avec ce genre de technologie.

En réalité, c'était un peu plus compliqué. La nature même de la technologie appelait ce comportement. Un système distribué fonctionne tout seul. On le met en route et on laisse faire. On en prend l'habitude. On prend l'habitude de traiter de cette manière les réseaux d'agents. Tout l'intérêt est dans l'autonomie.

C'est une chose de lâcher une population d'agents virtuels dans la mémoire d'un ordinateur pour résoudre un problème mais tout autre chose de mettre de vrais agents en liberté dans le monde réel.

Ils n'avaient pas vu la différence. Ou ils n'avaient pas voulu la voir.

Et ils avaient mis l'essaim en liberté.

Le terme technique est « auto-optimisation ». L'essaim évolue seul, les agents les moins performants disparaissent, les plus efficaces se reproduisent pour donner naissance à la génération suivante. Au bout de dix ou cent générations, l'essaim évolue vers la meilleure solution possible. La solution optimale.

Ce genre de chose se pratique couramment à l'intérieur d'un ordinateur. On y a même recours pour créer de nouveaux algorithmes informatiques. Danny Hillis a été l'un des premiers, il y a quelques années, à faire cette expérience pour optimiser un algorithme, pour voir si l'ordinateur arrivait seul à trouver un moyen de mieux fonctionner. Le programme a découvert une nouvelle méthode. D'autres se sont rapidement engagés sur la même voie.

Mais cela n'a pas été réalisé avec des robots autonomes dans le monde réel. C'était, à ma connaissance, la première fois. Si cela s'est déjà produit, personne n'en a entendu parler, mais je suis sûr que cela se reproduira.

Bientôt, sans doute.

Il est maintenant 2 heures du matin. Les enfants ne vomissent plus ; ils ont fini par s'endormir. Paisiblement, semble-t-il. Amanda dort aussi, mais Ellen est encore bien malade. J'ai dû m'assoupir une nouvelle fois ; je ne sais pas ce qui m'a réveillé. Je vois Mae qui revient du fond du jardin. Elle est avec l'homme en combinaison argentée et toute son équipe. Elle s'approche : un large sourire s'épanouit sur ses lèvres. J'espère qu'elle a de bonnes nouvelles.

J'ai tellement besoin de recevoir enfin de bonnes nouvelles.

J'ai trouvé cette phrase dans le courrier électronique de Julia : « Nous n'avons rien à perdre. » Mais ils ont tout perdu — leur société, leur vie, tout. L'ironie de la chose est que leur tentative a été couronnée de succès : l'essaim a résolu le problème qu'ils lui avaient donné à résoudre.

Mais il ne s'est pas arrêté en si bon chemin ; il a continué d'évoluer.

Et ils l'ont laissé faire.

Ils n'ont pas compris ce qu'ils faisaient.

Je redoute que cette inscription ne figure un jour sur la pierre tombale de la race humaine.

J'espère qu'il n'en sera rien.

La chance nous sourira peut-être.

Meurtre à la japonaise

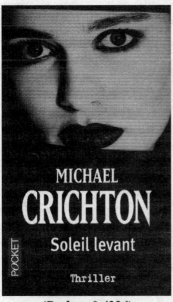

MICHAEL CRICHTON

Soleil levant

Thriller

POCKET

(Pocket n° 4334)

À Los Angeles, une soirée a été organisée pour un conglomérat japonais, dans une suite de la tour de Nakamoto. Alors que la fête bat son plein, une call-girl est assassinée quelques étages plus bas. Toutes les pistes semblent se tourner vers un tueur japonais. En pleine guerre financière nippo-américaine, impossible d'éviter le scandale. Les journaux s'emparent de l'affaire, la police subit des pressions du plus haut niveau, et la vie privée de Smith et Connor, les deux flics chargés de l'enquête, commence à être menacée.

Il y a toujours un Pocket à découvrir

Une machine à tuer

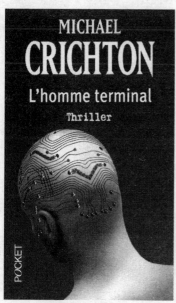

(Pocket n° 3639)

Quel scientifique n'a pas rêvé un jour de réaliser la première greffe de cerveau électronique sur un humain ? C'est ce qu'ont réussi à faire des savants américains. Le cobaye, Benson, est lui-même ingénieur informaticien. S'il s'est porté volontaire pour cette expérience, c'est que celle-ci lui permettrait peut-être de guérir son épilepsie. Mais, à la suite d'une erreur de programmation, l'homme est transformé en un meurtrier extrêmement dangereux…

Il y a toujours un Pocket à découvrir

La mort venue de l'espace

MICHAEL CRICHTON

La variété Andromède

Thriller

(Pocket n° 4193)

Tout a commencé dans le désert de l'Arizona, avec la chute accidentelle de l'un des tout premiers vaisseaux spatiaux américains et la mort soudaine de la population de la bourgade de Piedmont. Embarquée sur le satellite, une « chose » venue du cosmos s'apprête aujourd'hui à ravager la terre entière. Pour les quatre savants dépêchés sur place commence alors une angoissante course contre la montre…

Il y a toujours un Pocket à découvrir

Impression réalisée sur Presse Offset par

BRODARD & TAUPIN

GROUPE CPI

29097 – La Flèche (Sarthe), le 23-05-2005
Dépôt légal : octobre 2004
Suite du premier tirage : mai 2005

POCKET – 12, avenue d'Italie - 75627 Paris cedex 13
Tél. : 01.44.16.05.00

Imprimé en France